mtb

Zum Buch:

Die junge Musikjournalistin Eve kennt bisher eigentlich nur Gefühlschaos. Nun wäre es allmählich an der Zeit für eine erwachsene Beziehung, wenn es nach ihren alten College-Freunden ginge. Vielleicht ist sie gerade deshalb in einer sentimentalen Stimmung, als sie auf den gradlinigen Ben trifft, den sie schon ewig kennt. Auf einmal findet sie ihn viel aufregender als die neurotischen Rockstar-Typen, mit denen sie sich sonst verabredet. Aber ist wirklich was dran an dem alten Sprichwort, dass sich Gegensätze anziehen?

Zur Autorin:

Leslie Cohen ist in New York City geboren und aufgewachsen. Sie studierte an der renommierten Columbia University Literatur. Nach dem Abschluss arbeitete sie unter anderem als Musikjournalistin für eine Tageszeitung in Colorado. »Ab morgen für immer« ist ihr Debütroman.

Leslie Cohen

Ab morgen für immer

Roman

Aus dem Amerikanischen von
Anke Brockmeyer

MIRA® TASCHENBUCH

1. Auflage: September 2018
Deutsche Erstausgabe

Originaltitel: »This Love Story Will Self-Destruct«
erschienen bei: Gallery Books, New York

Umschlaggestaltung: zero-media.net, München
Umschlagabbildung: Nikki Smith / arcangel, FinePic / München
Satz: GGP Media GmbH, Pößneck
Printed in Germany
Dieses Buch wurde auf FSC®-zertifiziertem Papier gedruckt.
ISBN 978-3-95649-804-6

www.mira-taschenbuch.de

PROLOG

Eve

Eine Seite in mir sehnte sich danach, ihn ein bisschen zu provozieren, um zu sehen, wie weit ich gehen konnte, bis er durchdrehen und in die Wildnis flüchten würde. Wobei – das hier war New York, und wenn ich »Wildnis« sage, meine ich dieses winzige grüne Viereck vor unserem Apartmenthaus, das gerade so als Vorgarten durchging. War ich unschuldig? Nicht wirklich. Aber in zigtausend Glückskeksen steht der weise Spruch: *Verurteile die Taten der Jugend nicht vorschnell, sonst läufst du Gefahr, nicht zu erkennen, wie wichtig die gesamte Reise ist.* Und zigtausend Glückskekse können nicht irren.

Noch immer komme ich manchmal an ihnen vorbei – an den Straßen, den Wohnhäusern, Bars und Restaurants. Sie alle sind Teil dieser Geschichte. Die meisten Menschen nehmen sie nicht einmal wahr, mich aber lassen sie erstarren. Völlig irrational frage ich mich: Was geht hier vor sich? Ich werde philosophisch und ja, auch ein bisschen selbstbezogen. Existiert eine Wohnung noch, auch wenn du dort nicht mehr lebst? Warum geht der Betrieb in einem Restaurant weiter, nachdem du deine Rechnung bezahlt hast und die Tür sich lautstark hinter dir verschlossen hat? Ich realisiere immer noch nicht ganz, dass man hier einfach weitermacht. Ohne mich.

Ein Teil dieser Geschichte wird für immer mit diesen Orten verbunden bleiben, losgelöst von der fortschreitenden Zeit. Es gefällt mir, sie aufzusuchen und sehnsüchtig in der Vergangenheit zu schwelgen. Einige der Erinnerungen sind noch so lebendig, andere möchte ich lieber verblassen lassen. Rückblickend erkenne ich, wie uns all diese Orte irgendwohin geführt haben. Nach und nach haben wir die einzelnen Punkte mit Linien verbunden und gehofft, ein Bild zu erkennen. Es hat gedauert, bis es sich zusammensetzte. Über die ganze Stadt verteilt gab es diese Punkte – und ihre Anordnung ergab weder Sinn noch waren sie immer positiv besetzt für uns. Doch wir hätten es wissen müssen. Und immer, wenn ich mich dabei ertappe, dass ich an einer dieser Stellen vorbeigehe, drängt sich mir die Frage auf. *Warum haben wir so lange gebraucht?*

Ben

»Warum haben wir so lange gebraucht?« Hat sie das wirklich gerade gefragt? Ich werde dir erklären, warum es so lange gedauert hat. Das Verhältnis von unvernünftigen zu vernünftigen Gedanken in ihrem Kopf ist ungefähr zwanzig zu eins. Das ist ihr erster Fehler (und es gab weitere). Die meisten Menschen nehmen einen geraden Weg, um von A nach B zu kommen. Nicht so Eve. Sie läuft zickzack, geht mehrere Schritte zurück, dreht Schleifen, denkt bei jeder Kurve und bei jeder Gabelung der Straße lange nach, ob sie sie nehmen soll. Sie läuft im Kreis, schwebt, vielleicht kommt sie irgendwann an. Natürlich hätte ich gehen und sie mit dem ganzen Mist allein lassen können. Ich hätte *Viel Glück, Eve*, sagen können. *Lass uns in zehn Jahren wieder treffen, wenn du weißt, was du willst.* Doch das habe ich nicht getan. Denn die Sache mit Eve ist die: Wenn sie sich einmal entschlossen hat anzukommen, dann liegt etwas Unnachgiebiges in diesem Ankommen, und plötzlich ist der Gedanke fortzugehen aus deinem Kopf verschwunden.

1. Teil

Frühjahr 2005

Eve

Zufluchtsort in Morningside Heights

Es war unser letztes Jahr am College, und wir wollten eine Party schmeißen. Das Motto war »Müll«.

Unsere Wohnung war mit schwarzen Abfallsäcken und blinkender Weihnachtsbeleuchtung dekoriert. Von der Decke hing das Wort »MÜLL« in riesigen Lettern herab.

In dieser Nacht würde etwas passieren, das war unser erklärtes Ziel. Wir alle hatten das Gefühl, als würde etwas ganz Großes bevorstehen. Es spielte keine Rolle, wie häufig wir in der Vergangenheit enttäuscht worden waren, wie oft wir uns chic gemacht hatten und dann Stunden später ins Bett gefallen waren – ohne etwas anderes vorweisen zu können als einen leichten Schwindel, heftige Kopfschmerzen und einen Morgen, an dem wir uns erst mal erholen mussten. Wir waren hartnäckig genug, uns nicht unterkriegen zu lassen, dachten gar nicht daran. Stattdessen spürten wir eine noch stärkere Energie, sobald die Sonne wieder unterging. Wie unter Zwang klappten wir die Bücher zu, schüttelten die Trägheit unseres Nachmittagsschläfchens ab, zogen uns an, schmiedeten Pläne, schickten Nachrichten raus und hofften, dass sie Gehör fänden.

Es war die Macht der Möglichkeiten, das Gefühl grenzenloser Spannung, das ganz New York überfällt, sobald es dämmert – und die Räume hinter den Fenstern wirken, als würden sie schlafen. Es ist diese Zeit, ehe die Dunkelheit sich über die Stadt legt wie eine riesige Decke und die ersten Lichter aufflammen. Manchmal ängstigte mich diese unermessliche Weite, die darauf wartet, mit Leben angefüllt zu werden. Aber nicht heute Abend. An diesem Abend war ich bereit. Licht an, Manhattan! dachte ich, klatschte in die Hände und stand am Fenster unserer Wohnung, als wäre ich allein in der Lage, all diese kleinen quadratischen Schachteln da draußen mit hellem Licht zu erfüllen. Mir vorzustellen, ich hätte tatsächlich die Kontrolle, war verlockend. Du machst mir keine Angst, musste man sich einfach sagen, während man auf die Stadt schaute. *Ich fürchte mich nicht vor dir, verdammt.* Allerdings musste man es auch wirklich glauben.

Zusammen mit drei anderen Mädchen lebte ich in einer Vierzimmerwohnung auf dem East Campus, einem Studentenwohnheim zwischen der 117. und 118. Straße, in dem überwiegend Columbia-Studenten der höheren Semester untergebracht waren. Von meinem Fenster aus konnte ich den gesamten Campus überblicken, sah in der Ferne den Hudson River und die rosafarbenen Wolken, die sich über die Granitkuppel der Low Library senkten. In unserer Welt war die Low das Pantheon, und jenseits der Low gab es nur Gebäude – rätselhafte, anonyme Gebäude. Wir hatten einen Panoramablick über die Stadt, fast von einer Wand bis zur anderen, und doch achteten wir kaum darauf. Alles, was für uns wichtig war, passierte innerhalb der Mauern von Wohnung Nummer 1603. Nur ab und zu warfen wir einen Blick auf den Rest des Universums. Manchmal genossen wir es, uns vorzustellen, dass wir in unserer Festung hoch oben in Morningside Heights das Schicksal der Stadt in unseren Händen hielten.

Ich hatte Jesse Prescott zur Party eingeladen, einen Typen aus meinem Kurs »Lyrik und die Orte in der modernen Landschaft«, mit dem ich seit Monaten flirtete. »Glücklich bis ans Ende aller Tage«, das war der Titel des Gedichts, das ich ihm vorgetragen hatte – na ja, in Wirklichkeit hatte ich es dem gesamten Kurs vorgelesen. Ja, genau. Ich hatte es *laut* vorgelesen. Menschen. Mit Ohren. Das machte mir noch immer zu schaffen. Zum Glück war es nicht das erste Mal gewesen. Ich hatte mir das in den vergangenen Jahren in den Schreibkursen schon hundert Male angetan. Ich hatte gelernt, es durchzustehen. Es gibt Überlebensmechanismen, die sich in Situationen wie dieser sofort einschalten. Du machst mir keine Angst, musste man sich einfach sagen, bevor man anfing zu lesen. *Ich fürchte mich nicht vor dir, verdammt.*

Ich war verblüfft gewesen, dass er danach noch mit mir reden wollte, dass er immer noch mit mir reden wollte, obwohl er sich dieses hyperemotionale Geschwafel angehört hatte.

Und plötzlich sieht sie alles in einer erstaunlich brutalen Klarheit.
Jene Art von Klarheit, in der die Wirklichkeit hoffnungslos wird
und du dir eine vollkommen neue Wirklichkeit wünschst,
in der du dich darauf verlassen kannst, dass die Gedanken heiterer sind.
Sie fragt sich, ob alles in der Welt fließend ist.
Die Liebe verblasst.
Die verlockenden Erwartungen brechen weg.
Die Wirklichkeit schleudert sie an einen fremden, unbewohnten Ort, dem sie ausgeliefert ist.
Alles scheint so weit außerhalb ihrer Reichweite zu liegen
wie die gelben Lichter,
die sich in atemberaubender Geschwindigkeit hinter dem Mann drehen …

»Es hat mir gefallen«, sagte er, als Professor Rosario ihn aufforderte, sich dazu zu äußern, und schon allein wegen dieser Worte hatte er es verdient, eine Einladung zu unserer Müllparty zu kriegen. Aus reinem Selbstschutz sagte ich mir unzählige Male, dass er vielleicht nicht kommen würde. Irgendwie war es entscheidend geworden, ob er auftauchte. Sobald ich an den Tagen vor der Party daran dachte, war ich aufgeregt. Dann betrachtete ich mich und fragte mich, wie es so weit hatte kommen können.

Doch bevor irgendetwas passieren konnte, musste er ja erst mal tatsächlich an diesem Abend auftauchen und im sechzehnten Stock des East Campus erscheinen, eines Studentenwohnheims, das zu einem verrückten Zufluchtsort geworden war.

»Es ist Zeit zum Feiern! Partytime! Erzählt allen, dass es losgeht!«, sang meine Mitbewohnerin Scarlett. »Heute Abend will ich jemanden kennenlernen, der mich umhaut. Und dann will ich ihm das Herz brechen. Danach werde ich darum kämpfen, ihn zurückzugewinnen, ehe er *mir* das Herz bricht und ich dann all seine Besitztümer verbrenne.«

Ich lachte. »Was für ein Plan«, erwiderte ich und beobachtete, wie sie versuchte, das Gleichgewicht zu halten, indem sie sich mit der Hand an der Wohnzimmerwand abstützte, während sie mit der anderen glänzend schwarze High Heels mit Zwölf-Zentimeter-Absätzen anzog. An ihren Füßen sahen sie weitaus eleganter aus als in ihrer üblichen Position – in Scarletts Hand baumelnd, wenn sie am Ende einer Nacht barfuß nach Hause taumelte.

Irgendwo im Flur piepte ein Telefon. Der Ton hallte wider und schien durch die ganze Wohnung zu klingen. Nach nur wenigen Sekunden konnte ich durch die Zimmerwand hören, wie meine Mitbewohnerinnen sich darüber unterhielten.

»Es ist eine 917er- Nummer.«

»Puh, aber die Sprachnachricht ist nur dreißig Sekunden lang. Das kann nicht wichtig sein. Er sagt bestimmt ab.«

»Woher willst du das wissen?«

»Weil sie nur dreißig Sekunden lang ist. Was kann er mir in dieser kurzen Zeit mitteilen, außer, er will absagen? Und warum sonst sollte er sich so spät melden? Wenn er käme, hätte er früher angerufen. Außerdem hätte er dann keine Nachricht hinterlassen.«

»Ruf die Nummer zurück. Warum bist du so negativ?«

»Will ich ja gerade. Lass mich nur ein paar Minuten warten. Ich muss darüber nachdenken. Schließlich kann ich nicht einfach *anrufen*!«

Das Leben in Wohnung Nummer 1603 war der reinste Gefühlsrausch. Im Grunde war es ein Ort, an dem die Gefühle *Spring Break* feierten. Wo sie durchdrehen konnten, einfach sich selbst genießen – und nicht von Dingen wie Logik und guten Beurteilungen beeinflusst wurden. Und das galt besonders vor einer Party. Die Klamotten flogen. Die Aufregung wuchs. Wenn endlich die ersten Gäste eintrafen, war ich stets überrascht, noch aufrecht stehen zu können.

Ich hörte, wie jemand meinen Namen rief. »Eve!« Also ging ich in die Richtung, die Treppe hinunter, die vom Wohnzimmer in einen kleinen Flur und zu den Schlafzimmern führte. Langsam und misstrauisch näherte ich mich dem Zimmer meiner Mitbewohnerin Maya. Bei Maya wusste man nie.

Im Türrahmen blieb ich stehen.

»Ich habe eine Frage, Evelyn J. Porter, MD, PhD«, meinte sie.

»Einfach nur Eve. Kein J. Und ganz sicher ohne Erwähnung meines Bachelor-Abschlusses«, entgegnete ich lächelnd.

»Ich habe nur versucht, es offizieller klingen zu lassen. Ich habe mich von Todd getrennt«, erklärte sie und fuhr fort, ehe ich überhaupt die Chance hatte zu regieren. »Hältst du mich für einen selbstsüchtigen Menschen?«

Ehe ich antwortete, hielt ich kurz inne. Maya war die unberechenbarste meiner Freundinnen. Sie war eine wunderschöne junge Frau mit indischen Wurzeln, die stets eine riesige, schwarz umrandete Brille und Converse-Turnschuhe trug. Gleichzeitig war sie dafür bekannt, freundlich und mit einer sanften Stimme um Rat zu bitten, nur um völlig auszurasten, wenn ihr nicht gefiel, was man antwortete.

»Was meinst du?«, hakte sie nach. »Ich möchte wirklich wissen, was du denkst. Sag mir ganz ehrlich deine Meinung.« Die Lider ihrer großen braunen Augen drohten zu flattern. Dieses zierliche Mädchen, das da auf der dunkelroten Bettdecke saß, neben sich ein gerahmtes Foto von einer Eiskugel in einem Waffelhörnchen, schüchterte mich ein.

»Ich glaube nicht, dass du selbstsüchtig bist«, entgegnete ich. »Nicht mehr als jeder andere auch.«

»Also denkst du, dass er anrufen wird?«

»Na ja, wenn du dich von ihm getrennt hast …«

»Du meinst, er wird nicht anrufen?«, unterbrach sie mich hysterisch und durchbohrte mich mit ihrem Blick.

Ausdruckslos starrte ich zurück. »Tut mir leid, ich habe nicht sagen wollen …« Sie wendete sich mir ganz zu. All ihre Sanftmut und Aufrichtigkeit waren wie weggeblasen.

SANFTMUT!

»Ich bin sicher, er wird sich in ein paar Tagen melden«, beteuerte ich hastig.

Sie seufzte. »Ich wünschte, ich müsste mich auf eine Klausur vorbereiten.« Damit stand sie auf und lief zu ihrem Schrank. Klausuren waren Mayas Art von Therapie. Sie war einer der wenigen Menschen, die sich wohlfühlten, wenn sie sich die Nächte in der Bibliothek um die Ohren schlugen.

»Irgendwann wird wieder eine Klausur anstehen«, versuchte ich, sie zu trösten.

»Vielleicht muss ich nur mit jemand anders schlafen … Immerhin ist das Motto des Abends ja Müll.«

»Das stimmt«, pflichtete ich ihr bei. »Du würdest dich sozusagen an einen anderen wegwerfen.« Ihr Gesicht hellte sich auf, und wir lachten.

»Gott sei Dank haben wir nicht ein Motto gewählt wie *Die Ära der Unschuld*«, meinte sie. »Weißt du, wie schwierig das umzusetzen gewesen wäre?«

»Dann hätten wir die Party zwar ausrichten können«, überlegte ich laut, »aber nicht daran teilnehmen dürfen.«

Aus Erfahrung wussten wir, dass es am besten war, ein Motto zu wählen, das nicht zu speziell war. Schließlich wollten wir uns nicht davon einschränken lassen. Das war ein Anfängerfehler. Wir aber waren kultivierte Großstadtmädchen, die wussten, was sie taten. Wir hatten Taschen voller Dessous aus dem Neunundneunzig-Cent-Laden, diesem zauberhaften Ort in der Amsterdam Avenue, wo man einen Jahresvorrat Toilettenpapier erstehen konnte, spirituell angehauchte Lampen und eben Wäsche für Mottopartys, die vermutlich eigentlich für Prostituierte gedacht war. In diesem Laden wühlten wir uns regelmäßig durch Pappkartons voller Klamotten, doch vor nicht allzu langer Zeit sind wir dort von anderen Gegenständen abgelenkt worden und beschlossen, dass vier riesige Topfpflanzen – größer als wir – eine kluge Kaufentscheidung wären. Sie würden für die richtige Atmosphäre auf einer Party sorgen. »Das wird wie ein Dschungel«, behauptete eines der Mädels. Nach längerer Suche entschied ich mich schließlich für schwarze Spitzenwäsche, die durchsichtig war, aber nicht komplett. Geschmackvoll eben. Und da es das klassischste der Nutten-Kostüme war, erklärten meine Freundinnen, ich sei »Park-Avenue-Müll«. Dann würde ich das eben sein.

Die nächsten Stunden verbrachten meine Mitbewohnerinnen damit, mich mit vollen Händen mit Schmuck zu versorgen – lange, unechte Perlenketten, Plastik-Diamantcolliers.

»Was soll das?«, schrie ich.

»Wenn wir dir nicht helfen, neigst du dazu, zu wenig Schmuck zu tragen.«

»›Park-Avenue-Müll‹ bedeutet, so viele materielle Reichtümer anzusammeln und zu tragen wie möglich, um zu zeigen, was man hat.«

»Du kannst nicht nur etwas Schwarzes anziehen und Feierabend!«

Kate, unsere andere Mitbewohnerin, kam jetzt in Mayas Zimmer und ließ sich auf deren Bett nieder. »Sehe ich zu schlicht aus?«, wollte ich von ihr wissen, während ich ein paar Ketten umhängte und die anderen in der Hand behielt.

»Scheint so, als hättest du ein ganzes Schmuckgeschäft um den Hals«, meinte sie.

»Danke.«

Kate war halb Tschechin, halb Chinesin, und sie hatte es geschafft, die besten Merkmale beider Nationalitäten zu vereinen. Ihre Haut war immer leicht gebräunt, die Wangenknochen waren ausgeprägt, und sie hatte Grübchen. Ihre Augen und ihr Haar hatten denselben perfekten Kastanienton. Kate gab sich niemals Mühe, Gelegenheiten wie diese zu nutzen und ein verrücktes Outfit anzuziehen, das noch unterstreichen würde, wie hübsch sie war. Das hatte sie nicht nötig. An Halloween etwa, wenn jede andere als Schlampe oder als Fee ging, verkleidete Kate sich als Unabomber.

Um zwanzig Uhr kam der Bote von Hamilton Deli – es lag nur einen Steinwurf von uns entfernt, aber das hinderte uns nicht daran, die Sachen liefern zu lassen – mit einer Kiste voll mit Orangensaft, Tonic und Gingerale. In einer Ecke der Wohnung bauten wir eine Bar auf, die aus einem Schreibtisch bestand, über den wir einen schwarzen Müllsack gezogen hatten. In einem großen Zylinder steckten rote Plastikbecher, auf den Tisch stellten wir Tequila- und Gin-Flaschen, eine halbe Flasche Wodka aus unserem Gefrierschrank und die Getränke aus dem Deli. Wir positionierten die vier Pflanzen, die wir im Neunundneunzig-Cent-Laden erstanden hatten, in den Ecken und hängten Weihnachtsbeleuchtung hinein. Nachdem wir fertig waren, schauten wir uns um.

»Es sieht total verrückt aus«, rief Maya begeistert. Zu sagen, etwas sei total verrückt, war das größte Kompliment, das man in unserer Wohngemeinschaft machen konnte. Normalerweise verwendeten wir es in Momenten, in denen Alkohol, Drogen und sinnlose Aktionen zusammenkamen. Beispielsweise, wenn nach einer langen Nacht jemand nur aus Spaß plötzlich Instantsuppen bei Duane Reade kaufte oder die Badezimmertüren strich oder anfing, Leute mit einem Feuerlöscher anzusprühen. »Es war total verrückt«, sagten wir dann und genossen den Moment. *College!* Wir liebten es.

Ich mixte mir den ersten Drink des Abends und setzte mich zu Kate aufs Bett, während unsere Mitbewohnerinnen in unterschiedlichen Outfits durch das Zimmer liefen und gelegentlich Fragen stellten wie: »Meinst du, Xanax und Alkohol ist eine schlechte Idee oder auf gute Weise eine schlechte Idee?« Unweigerlich antwortete eine von uns, dieses oder jenes sei eine ganz schlechte Idee, aber dabei blieb es dann, weil wir wussten, dass es sowieso nichts ändern würde.

Plötzlich platzte Maya herein und sah aus, als hätte sie gerade die beste Neuigkeit ihres Lebens erfahren. Hinter ihr tauchte Scarlett auf. Ich erwartete, dass sie verkünden würde, sie sei an der medizinischen Hochschule aufgenommen worden. Doch stattdessen sagte sie: »Scarlett hat eine Plastiktüte voll mit weißem Pulver auf dem Rücksitz eines Taxis entdeckt!«

Verwirrt starrten wir sie an.

»Was sollen wir damit tun?«, wollte sie wissen, streckte die Arme in unsere Richtung und drehte die Handflächen Richtung Decke.

»Lasst es uns schnupfen«, kreischte Scarlett.

»Bist du wahnsinnig?«, gab Kate zurück. »Es könnte alles Mögliche sein! Waschpulver zum Beispiel.«

»Das würde uns schon nicht umbringen.«

»Oh doch, das könnte es«, erwiderte Kate.

Es war nicht gerade das, was man von zwei Mädchen erwartete, die sich auf ihr Medizinstudium vorbereiteten. Maya wollte Chirurgin werden, und nicht selten stellte sie ihre Fähigkeiten unter Beweis, indem sie etwa einen verklemmten Reißverschluss fünf Minuten vor einer Party wieder löste. Scarlett interessierte sich mehr für die Notfallmedizin, weil man sich als Chirurgin auf eine Körperregion spezialisieren musste, sie aber lieber dazu in der Lage sein wollte, jedes Problem an jeder Stelle des Körpers behandeln zu können, statt sich zu spezialisieren. Überflüssig zu erwähnen, dass es die Höflichkeit gebot, mit jeder von ihnen über medizinische Probleme zu sprechen, getrennt voneinander natürlich und immer unter Berücksichtigung ihres medizinischen Schwerpunkts. Kate, unsere Stimme der Vernunft, bereitete sich darauf vor, in der Finanzwirtschaft zu arbeiten, allerdings nur in einer Sparte, die regelmäßige Reisen nach Buenos Aires voraussetzte. Das klang in unseren Ohren zunächst wenig seriös, bis sie anfing, uns regelrecht mit Fakten über die südamerikanischen Märkte zu bombardieren.

Um elf waren wir aufgedonnert, heiß darauf, Koks zu schnupfen – oder eben Waschpulver –, und blickten uns in der leeren Wohnung um. Scarlett, die etwas anhatte, was aussah wie ein Badeanzug aus den Fünfzigern, und dazu ihre gigantisch hohen Absätze trug, stand auf, um im Haus von Flur zu Flur zu ziehen.

»Kommt ihr zu unserer Party, Jungs?«, lud sie die Typen auf unserer Etage ein, die ihr – ohne zu antworten – bis in unser Apartment folgten, als seien sie besessen von Scarlett. Mit unseren neuen Freunden im Schlepptau bestanden meine Mitbewohnerinnen darauf, Shots zu trinken. Den ersten kippte ich mit Leichtigkeit hinunter, beim zweiten spürte ich, wie der Alkohol in meine Blutbahnen rauschte. Beim dritten fühlte ich mich elend. Das ging alles zu schnell. Eigentlich brauchte ich jetzt schon eine Pause, dennoch hob ich das Glas vom Küchentisch und beobachtete, wie der Schnaps eingeschenkt wurde. So schlimm war es auch wieder nicht. *Das machen die Leute ständig!*

»Kommt der Typ aus deinem Literaturkurs heute Abend?«, erkundigte sich Maya. »Was läuft da eigentlich zwischen euch?«

»Nichts«, erwiderte ich und schob mein Schnapsglas außer Sichtweite. Maya reichte mir eine Limettenscheibe, und ich grub meine Zähne hinein. »Wir gehen nach dem Kurs immer ein Stück spazieren.«

»Ihr geht zusammen *spazieren*?«

So traurig es klang, es war die einzig richtige Beschreibung, die mir einfiel. Wir waren vom Kurs zum Pizzastand gelaufen – und ein anderes Mal zu Duane Reade. Ich gebe zu, dass ich mir ein paar Sachen ausgedacht hatte, um mit ihm zusammen zu sein, doch er hatte es genauso gemacht. Überwiegend erledigten wir gemeinsam Besorgungen. Einmal hatte ich ihn zum Computerraum begleitet und ihm zugesehen, wie er eine E-Mail verschickte. Ich richtete all meine Aufmerksamkeit auf unsere Gespräche und hatte nur einen Wunsch: dass unsere Spaziergänge länger dauerten. Der Campus war so konzipiert, dass man alles, was man brauchte, innerhalb weniger Blocks fand, was in diesem Fall ein ziemlicher Nachteil war. Ich stand am Tresen bei Duane Reade und erklärte ihm die Vor- und Nachteile von Reese's Pieces und M&Ms, aber das war es dann auch. Ich war fixiert darauf, dass er mich mögen würde, und schnell war klar, dass ich das schaffte, und das ohne besonders viel Aufwand. Jedes Mal, kurz bevor wie uns eigentlich hätten trennen müssen, fand einer von uns wieder einen Grund, noch länger nebeneinanderher zu laufen. Als wir an der Kreuzung am Broadway standen, berührte er mein Handgelenk. »Ich glaube, ich könnte einen Kaffee gebrauchen«, meinte er, nachdem er langsamer geworden war und schließlich anhielt.

»Oh, klar«, gab ich erleichtert zurück. »Ich auch.« Und dann spazierten wir weiter und taten beide so, als wäre uns nicht klar, was der jeweils andere da eigentlich tat.

»Ihr lauft zusammen? Das ist alles?«, hakte sie verblüfft nach.

Als ich gerade antworten wollte, brachte mich Kate mit einer Handbewegung zum Schweigen. »Glaub ihr nicht«, wandte sie sich an Maya. »Sie sind verliebt.«

Ich lachte. »Wie kommst du darauf, wir könnten verliebt sein?«

»Okay, also ...«, begann sie, sich auf die Aufzählung der Gründe vorbereitend. »In den Kursen sehen sie sich seltsam an. Sobald die Stunde vorbei ist, kommt der Typ rüber und denkt sich irgendeinen seltsamen Grund aus, um noch Zeit mit ihr zu verbringen. Etwa ›Äh, mein Mitbewohner und ich haben gestern die Skittles aufgegessen, äh, magst du mit mir zu CVS gehen und mir helfen, die Tüte zu mir nach Hause zu tragen?‹«

»Tja, das ist spannend«, meinte Maya.

»Da ist nichts«, beteuerte ich. »Außerdem gibt es ein paar schwerwiegende Probleme.«

»Allerdings.« Kate stellte sich gerade hin und bemühte sich um einen ernsten, professorenhaften Tonfall. »Anhand seiner Gedichte haben wir erkannt, dass er mental instabil sein könnte, doch schließlich ist er Musiker, da ist das wahrscheinlich normal.«

Ich hatte Kate von den Liedtexten erzählt, die er im Unterricht zitiert hatte, und von einem Gedicht, das er geschrieben hatte und das den Titel »O Captain! My Captain!« trug. »Allein der Titel«, hatte ich ihr vorgeschwärmt. Die Tatsache, dass ihn schon mal jemand anderes benutzt hatte, minderte seine Qualität in meinen Augen nicht im Geringsten. Soweit ich es verstanden hatte, handelte es von jemandem, der unter dem quälenden Druck stand, sein Leben in sichere Bahnen zu lenken. In zwei Monaten würde er seinen Abschluss machen können. Die reale Welt war kein Ort für einen vielversprechenden Musiker. Ich las zwischen den Zeilen, während alle in unserem Literaturkurs eine sorgenvolle Miene aufgesetzt hatten. Zunächst schien er zu erklären, wie es sich anfühlte, Feuer zu fangen, während man einen maßgeschneiderten Anzug trug. Dann ging es darum, zu Thanksgiving nach Hause zu fahren und von den Eltern und einem psychotischen Hund lebendig begraben zu werden. Es gab also einige Warnhinweise. Aber statt beunruhigt zu sein wie jeder normale Mensch, fand ich ihn wahnsinnig einfühlsam. Okay, faszinierend, um genau zu sein. Ich saß da wie hypnotisiert von seinen Worten und fragte mich, was das alles bedeuten sollte.

»Ein mental instabiler Musiker? Das ist genau dein Typ!«, behauptete Maya zuversichtlich. »Er passt genau zu dir.«

Es schien meine Freundinnen zu amüsieren, dass ich mich mit völlig anderen Leuten umgab, zu denen sie keinen Zugang hatten. Und es stimmte wohl, dass ich Berührungspunkte zwischen ihnen und den Kommilitonen aus meinem Literaturkurs vermied. Sie würden den Zirkel als »Pseudokünstler« bezeichnen, und vielleicht war das auch so. Für mich allerdings waren die Leute im Literaturkurs zauberhaft, weil sie sich mit Dingen beschäftigten, die sich nach dem College, in der realen Welt, unmöglich weiterverfolgen ließen. Diese Menschen schlugen sich die Nächte um die Ohren, um an Projekten zu arbeiten, die keinen wirklichen Zweck hatten – einfach nur, weil sie es liebten. Was hätten sie auch anderes tun können? Das war mir fremd. Ich bin in der Bronx aufgewachsen, mein Vater verdiente unseren Lebensunterhalt als Fensterbauer, und meine Mutter verbot mir, die Muppets zu gucken, weil diese ihrer Meinung nach eine Bande von Unruhestiftern waren.

Im College war ich ein wandelnder Gefühlsausbruch. Ein sanfter Druck, und ich spürte diese Empfindlichkeit in mir, ein prickelndes Gefühl. Nur ein leichter Druck von außen, und alles sprudelte unkontrolliert aus mir heraus. Es gab keine Grenzen, keine Bedingungen, für das, was ich sagte oder schrieb – oder wie lange ich etwas spüren würde. Der Literaturkurs war für mich eine ebenso wundervolle wie gefährliche Gelegenheit, mir diese Welt zu erschließen, ein Spielball der Gefühle zu werden, ohne dafür beurteilt zu werden. Okay, ein bisschen wurde ich schon beurteilt. Aber es war nicht so, dass die Leute um mich herum sagten, ich dürfe keine Gefühle haben. Schließlich hatten sie selbst auch welche. Meistens sagten sie Dinge wie: »Könntest du deine Gefühle weniger verworren ausdrücken, mehr erzählerisch, in flüssiger Dialogform?«

»Er passt perfekt zu ihr!«, stimmte Kate Maya zu. »Lasst uns überlegen … Da war dieser Bühnenautor mit der Highschool-Liebe in Florida.«

»Ich wollte ihm nur mal etwas Abwechslung gönnen«, schrie ich. »Außerdem wusste ich nicht, dass seine Freundin in Florida Cheerleaderin war. Dann hätte ich viel schneller aufgegeben – dagegen habe ich keine Chance.«

»Und dann gab es noch den kokainsüchtigen Fotografen«, ergänzte Maya.

»Nur an den Wochenenden!«

Kate verdrehte die Augen. »Danach kam der Drummer, dieser Einsiedler, der in unserem ersten Semester auf unserer Etage wohnte, nie sein Zimmer verließ und ausschließlich weiße, löchrige T-Shirts trug. Trotzdem war er sehr sexy, das muss ich zugeben. Puh, diese T-Shirts. Erinnert ihr euch, wie er einmal betrunken die Tür aus den Angeln gehoben und sie dann mit Absperrband wieder versperrt hat?«

»Zumindest war er ehrlich!«

»Was wir sagen wollen, ist, dass dieser spezielle Typ genau ins Schema passt. Du warst noch nie mit jemand Normalem zusammen.«

Ich sah von einer zur anderen. »Was ist normal?«

»Puh, du klingst schon genauso wie sie«, antwortete Kate.

»Weißt du, was lustig an Eve ist?« Maya wandte sich an Kate und tat so, als wäre ich gar nicht da. »Wenn du sie auf der Straße sähst, dann würdest du denken: Ein ganz normaler Mensch! Oder?«

»Absolut.« Kate nickte heftig.

»Vielleicht würdest du denken: Oh, sie ist hübsch! Aber das ist auch alles. Sie hat glattes braunes Haar, ist durchschnittlich groß, trägt diese türkisfarbenen Ohrringe ... Aber dann legt sie ein kleines bisschen Eyeliner auf und fängt an, über ihre Gefühle zu reden – und schon merkt man, dass sie ein Freak ist.«

»Ein Freak?«, warf ich empört ein.

»Und genau deshalb magst du sie alle.«

»Wen mag ich?«

»Die anderen Freaks«, erklärte Kate. Ich stemmte die Hände in die Hüften und schnaubte. Sie lachten. *Ja, kommt schon, kommt alle, und seht euch das Mädchen mit der traurigen Familiengeschichte an, mit dem Stiefvater, der uns eine Lavalampe und ein* Animal House-*Poster gekauft hat, um die coole Atmosphäre in unserer Wohnung noch zu unterstreichen.*

»Aber gleichzeitig siehst du so normal aus und trägst ganz normale Sachen, und du magst Frozen Yogurt und schaust dir *Project Runaway* an – und deshalb bist du mit uns befreundet.«

»*War* mit euch befreundet«, korrigierte ich sie.

Maya schaute mich mit großen Augen an. »Läuft das auf eine dieser Situationen hinaus, in denen du seine Band spielen siehst, und er sieht dich an, während er spielt, und dann kommt der Moment, in dem du erkennst, dass er ein Lied über dich geschrieben hat? Dann gehst du nach dem Auftritt hinter die Bühne, um ihn zu treffen, und da sind all diese Mädchen, die um seine Aufmerksamkeit buhlen. Aber du kannst *Macht Platz, Ladys, dieser Song handelt von mir!* sagen.«

Ich lachte. »Du bist nur noch eine romantische Komödie davon entfernt, den Verstand zu verlieren.«

»Beantworte meine Frage«, verlangte sie wie einer der Richter in den täglichen TV-Gerichtsshows.

»Wir hatten bisher kein einziges Date, deshalb kann ich dazu noch nichts sagen – doch die Nacht ist noch jung.« Ich lächelte.

Sobald wir aufhörten, auf die Tür zu starren, tauchten die ersten Gäste in Zweier- und Dreiergruppen auf wie Motten, die vom Licht angelockt wurden – allerdings sehr seltsam gekleidete Motten. Wir passten auf, dass immer eine von uns hinter der Bar stand, und verteilten die Drinks. Jeder, der hereinkam, wirkte wie betäubt, sobald er die Grünpflanzen, die blinkenden Lichter und die Mülltüten entdeckt hatte. Die Wohnung sah aus wie eine Mischung aus Dschungel und einer dunklen Gasse voller Abfall.

Nachdem die erste Runde Cocktails ihre Wirkung erzielt hatte und alle miteinander ins Gespräch kamen, begannen die ersten, sich zur Musik zu bewegen, zunächst eher pflichtgemäß, dann mit immer mehr Hingabe. Die Playlist für diese Nacht zusammenzustellen war meine Aufgabe gewesen. Ich hatte alle Songs rausgesucht, die etwas mit Dschungel zu tun hatten – wegen der Grünpflanzen-Deko. Doch als ich bei »Welcome to the Jungle« und »Jungle Love« angekommen war, hatte sich die Auswahl als weitaus begrenzter entpuppt als angenommen. Also hatte ich noch ein paar Songs aus einem Album mit dem Titel »Sounds of the Jungle« hinzugefügt. Zwitschernde Vögel. Das Rauschen des Regens. Grillenzirpen. Entweder würde es auf dieser Party total gut ankommen oder überhaupt nicht. Wir würden sehen.

Meine Mitbewohnerinnen und ich tranken noch einen Shot zusammen, nur wir allein. Es war eine Party innerhalb der Party, und die gehörte nur uns.

»Auf alle falschen Entscheidungen«, rief Maya aus, und wir stießen die Gläser aneinander.

Ich gab vor, nicht nach Jesse Ausschau zu halten, aber das stimmte nicht. Meine Laune sank, da ich immer mehr bekannte Gesichter entdeckte, denen ich schon tausendmal begegnet war. Langsam wurde ich nervös und befürchtete, dies würde nur einer von vielen Abenden werden – keine neuen, immer nur dieselben Leute, dieselben Stimmen wie seit Jahren, nur in seltsamer Aufmachung. Ich rief mir ins Bewusstsein, wie ich mich vor ein paar Stunden fertig gemacht hatte – als ich das schwarze Spitzenteil angezogen, mich verstohlen im Spiegel gemustert hatte, innerlich übersprudelnd. Und ich spürte, dass ich streitlustig wurde. *Es passiert immer wieder genau das Gleiche. Warum tust du dir das an?*

Während die Party weiterging, bemerkte ich, dass ich in einer wenig behaglichen Traurigkeit versank. Ein Typ in einem T-Shirt, auf das er Malerkrepp geklebt hatte, stieß mit mir zusammen, und ich verschüttete meinen Drink. Viel schlimmer als die Tatsache, dass ich den Wodka an meinen Füßen spürte, fand ich die Aussicht, mit ihm reden zu müssen.

»Hey«, meinte er, »tut mir leid.«

»Schon okay«, erwiderte ich unverhältnismäßig gereizt. »Nett, dich kennenzulernen.«

»Eigentlich kennen wir uns schon«, erklärte er. »Ich bin Ben. Der Mitbewohner von Julian.«

»Ach ja.« Ich nickte und tat so, als würde ich mich erinnern. Dabei starrte ich auf die Worte, die er mit Edding auf das Malerkrepp geschrieben hatte: Tacoma Narrows Bridge. Er war groß und schlank, hatte helle Haut und dunkelblondes Haar.

Jetzt folgte er meinem Blick auf sein T-Shirt. »Die Brücke ist zusammengebrochen – also ist sie Müll«, erklärte er und schaute mich erwartungsvoll an. »Ich studiere Ingenieurwesen«, fügte er dann hinzu. »Weiß nicht ... war zumindest ein Versuch.« Er zuckte mit den Schultern. »Tatsächlich bin ich auf all euren Partys gewesen.«

»Wirklich? Cool.« Es war alles andere als cool. Es war das Uncoolste, was ich heute Abend gehört hatte. Erwartete er tatsächlich, dass ich über den Brücken-Witz lachte?

»Sie sind immer lustig. Was war das noch mal für eine ... mit all den roten Martinis?«

Ich sah ihn an, als wüsste ich es nicht mehr genau, obwohl das nicht stimmte.

»Valentinstag«, schob er hinterher.

»Jepp.«

»Da habt ihr nur rote Getränke ausgeschenkt, nicht wahr?«

»Ja.« Langsam nickte ich. »Haben wir.«

Es war nicht so, dass etwas an dem Typen verkehrt war. Er war einfach nur einer von vielen Bekanntschaften, die ich im Laufe der Jahre zufällig gemacht hatte – vor der Bibliothek, am Fahrstuhl, im Hamilton Deli. Man grüßt den anderen und fragt sich insgeheim, ob man weitergehen kann oder stehen bleiben und ein paar Worte wechseln muss. Heute Abend wollte ich etwas Vielversprechenderes. Deshalb reagierte ich so abweisend auf diese peinliche gesellschaftliche Verpflichtung. *Wo blieb Jesse?*

»Okay, ich werde mir mal noch etwas zu trinken holen«, verkündete ich. Noch einen Drink. Das war stets die angemessenste Art des Rückzugs. Nicht gerade perfekt, weil jeder weiß, warum man das sagt, aber immerhin dezent. Also wandte ich mich um und steuerte auf die Küche zu, wo meine betrunkenen Freundinnen sich leise unterhielten. Ich tat so, als hörte ich interessiert zu. Auch wenn ich es vehement abgestritten hätte, war ich mir doch jeder Person qualvoll bewusst, die sich in meiner Nähe aufhielt. Während ich mich unterhielt, ohne meine Gesprächspartner direkt anzusehen, starrte ich auf die Tür.

Es stand außer Frage, dass ich es in der Sekunde spüren würde, wenn er hereinkäme. Als er schließlich tatsächlich kam, hatte ich ihn schon bemerkt, ehe mir überhaupt bewusst war, wohin ich gerade guckte. Unsere Blicke trafen sich quer durch den Raum, und wir lächelten uns an. Er wich den Gästen links und rechts seines Weges aus. Sobald er näher kam, merkte ich, wie mich Erleichterung durchflutete.

»Du bist gekommen«, sagte ich und versuchte, nicht zu überrascht zu klingen.

»Natürlich!«, gab er zurück.

Ich erklärte ihm mein Outfit damit, dass »Müll« das Motto sei, als hätte er das nicht selbst erkannt, und beteuerte, unter anderen Umständen wäre das nicht meine bevorzugte Klamotten-Wahl gewesen. Alle klugen Gedanken waren wie weggeblasen.

»Du siehst gut aus«, sagte er. »So etwas solltest du in der Vorlesung anziehen.« Lächelnd strich er sein dunkles, fast schwarzes Haar aus den grünen Augen. Sein Haar war unordentlich und stand ab, vorn fiel es in die Stirn. Die Brille, die er in der Vorlesung trug, hatte er heute nicht auf.

»Ähm …« Ich lachte.

Dann sprachen wir ein bisschen über die anderen Studenten in unserem Kurs. Er erinnerte sich noch an einige Verse aus ihren Gedichten, und alle paar Minuten zitierte er amüsiert und fassungslos aus dem einen oder anderen. Ich hörte auf, mir den

Kopf zu verdrehen und auf die Tür zu achten. Stattdessen sah ich zu ihm hoch, stellte mich dichter vor ihn, lachte über alles, was er sagte, und meine Augen strahlten. Ich stellte ihm Fragen und berührte seinen Arm, wenn er etwas Witziges sagte. Ich hatte Spaß.

Irgendwann kam Maya zu uns und verlangte nach meiner Aufmerksamkeit. Daraufhin verloren Jesse und ich uns in der Menge aus den Augen. Zusammen mit Maya ging ich in die Küche und versuchte, sie zu besänftigen. So schlimm konnte es schon nicht sein, was auch immer sie beunruhigen mochte. Mit einem hysterischen Gesichtsausdruck zeigte sie mir die leere Flasche Wodka. Wir durchsuchten die Küche, bis wir eine Flasche Espresso-Wodka fanden, die jemand mitgebracht haben musste. Er war in einer pyramidenförmigen Flasche und leuchtete grün auf, als wir ihn vom Tresen nahmen. Völlig begeistert hoben wir die Flasche mehrmals hoch und stellten sie wieder ab. Wir beschlossen, sie als »Die verzauberte Wodkaflasche« zu vermarkten, und fingen an, den Gästen den Wodka direkt aus der Flasche in den Mund zu kippen. Er sei viel zu erlesen, um ihn in Gläser zu füllen, erklärten wir, zu teuer, um auch nur einen Tropfen zu verschwenden. Sobald ich selbst ein paar Schlucke getrunken hatte, war ich plötzlich völlig überdreht und lächelte so breit, dass ich es in den Augenwinkeln spürte. Auf einmal verspürte ich den unersättlichen Drang, mich unter die Leute zu mischen, und so plauderte ich mit Wildfremden über ihre Verkleidung und die Partydekoration – etwas, was mir sonst nicht mal im Traum passieren würde.

Dabei hielt ich die ganze Zeit nach Jesse Ausschau und entdeckte ihn an verschiedenen Stellen im Wohnzimmer. Irgendwann sah ich, dass er ziemlich nah bei einem blonden Mädchen mit einem locker gebundenen Pferdeschwanz stand. Ein paarmal musterte er sie kurz und diskret. Auch sie hatte ihn bemerkt, erwiderte sein Lächeln, nickte ihm zu und lachte weiter mit ihren Freundinnen. Sie trug ein schwarzes rückenfreies Top, das sie aus einem Müllsack gebastelt hatte. *Hübsch und nachhaltig – verdammt, die Karten wandten sich gegen mich!* Es war bauchfrei und wurde mit einem Band im Nacken zusammengehalten. Prüfend schaute ich sie an, als könnte ich aus ihrer Miene schlau werden. Sie blickte ihre Freundinnen an, aber irgendwie schaffte sie es auch, immer wieder zu Jesse hinüberzusehen. Dann drehte sie sich um. Sie kannten sich. Ich sah, wie er sie leicht im Nacken berührte und seine Hand genau an dem Punkt unterhalb ihres Zopfes liegen ließ. Dann sagte er etwas zu ihr, was ich nicht verstehen konnte. Sie flüsterte ihm ins Ohr. Zwischen ihnen gab es ein geheimes Einverständnis, das ich nicht nachvollziehen konnte. Tja, es gab auch noch andere. Natürlich gab es auch noch andere. Diese Party bot unendlich viele Möglichkeiten. Die Mädchen standen bereit für ihn, für was auch immer.

Ich schob Sachen in der Küche hin und her und gab vor, sehr beschäftigt zu sein – mehr Alkohol, zum Gefrierschrank hin und wieder zurück, einen Stapel Tassen umräumen, eine Tüte Chips aufreißen. Kurz unterhielt ich mich mit Maya. Ein paar Minuten später sah ich ihn aus dem Augenwinkel mit einem anderen Mädchen, ziemlich unverblümt. Ihr Gesicht leuchtete auf, als er ihren goldenen Creolen-Ohrring berührte und mit dem Finger daran entlangfuhr. Von ihr ging ein solches Strahlen aus, dass man glauben konnte, sie sei der glücklichste Mensch der Welt. Mit dem Handrücken berührte sie leicht seinen Bauch, trank einen Schluck aus ihrem Plastikbecher und sah intensiv zu Boden. Mein Blick schoss zu ihm zurück. *Ich mag diesen Mann wirklich sehr.* Jetzt legte er seine Hand auf ihren Arm und lächelte sie an. Von ihr ging keine Gefahr aus, er war nicht dabei, eine zukünftige Version von »Wie wir uns kennengelernt haben« zu erleben. Ganz besonders für heute Nacht war er, alles in allem, perfekt.

Endlich gelang es mir, Jesse dazu zu bringen, mich quer durch den Raum anzusehen. *Was passiert hier? Bin ich dran?* Er flüsterte dem Typen neben ihm ins Ohr, und etwas an der Art, wie er dabei meinen Blick hielt, gab mir das sichere Gefühl, dass er über mich sprach. Plötzlich hatte ich eine Idee. Der Kerl neben ihm war ein Freund von Kate. Ich bahnte mir den Weg durch die Menge zu ihr.

»Kannst du herausbekommen, worüber Jesse gerade gesprochen hat?«, bat ich sie. Meine Stimme war ungewöhnlich laut.

»Gerade eben?«, fragte sie unbeeindruckt.

»Ja! Genau jetzt.«

Sobald Jesse und sein Freund sich trennten, schickte ich Kate hin. Ich stand abseits und ließ sie reden. Nachdem sie leise miteinander gesprochen hatten, sah sie mich an und griff nach meinem Arm. Gemeinsam gingen wir auf die andere Seite des Raums.

»Er hat gesagt – und ich schwöre es: ›Siehst du die Tussi da? Ich will ihr das Hirn aussaugen.‹« Sie rümpfte die Nase, als hätte es sie angewidert, die Worte auszusprechen.

»Was?«, fragte ich verwirrt.

»Er will dir das Hirn aussaugen.«

»Du meinst, vögeln?«

»Was?«

»Vögeln ergäbe mehr Sinn. Es klingt auch nicht so nach Zombie.«

»Oh«, erwiderte sie. »Klar. Vögeln. Wahrscheinlich.«

Die ganze Party schien innezuhalten. In diesem Augenblick waren all meine Vorstellungen, all die Gedankenspiele über diesen Abend mit einem Federstreich zunichte gemacht. Unvermittelt wurde ich ernst. »*Das* hat er gesagt?«

Desinteressiert nickte sie. Sie war hierfür die falsche Ansprechpartnerin. Während Kate sich auf bodenständige Einschätzungen verstand, waren meine anderen Freundinnen besser geeignet, mich auch ohne vernünftigen Grund blind zu unterstützen.

»Bist du sicher?«, hakte ich nach.

»Ja«, beteuerte sie irritiert. »Ich dachte, du hättest gesagt, er sei ein Meister der Dichtkunst.«

Ich lächelte. »Das *ist* Dichtkunst.«

Ich war in dem Stadium des Betrunkenseins, an dem man sehr direkt auf den Punkt kommt. Man sagt den Leuten freiheraus, was man empfindet. Packt sich die Dinge, die man haben will. Inzwischen tanzten immer mehr Gäste und drängten sich in der Mitte des Raums. Die Mädchenrunden hingen eng zusammen, man hörte das Lachen der Jungs. Während ich durch das Zimmer ging, spürte ich, wie etwas in meiner Kehle höherstieg und mich leicht erzittern ließ. Als ich auf Jesse zulief, trafen sich unsere Blicke. Es war einer dieser wenigen Momente tiefen Verstehens. Irgendwann würde ich womöglich eine Anspannung in meinem Innern spüren, eine plötzliche Starre, die Unfähigkeit, weiterzugehen. In diesem Moment aber genoss ich das Gefühl.

»Zeigst du mir dein Zimmer?«, bat er, sobald ich in Hörweite war.

»Auf jeden Fall«, erwiderte ich, drehte mich um und steuerte auf die Treppe zu, die hinunter zu unseren Schlafzimmern führte. Ich wusste, dass er mir folgte.

Mein Schlafzimmer war in einem grellen Rot gestrichen – das Resultat eines Malerei-Forschungsprojekts mit meinen Mitbewohnerinnen, bei dem wir alle Zimmer in unterschiedlichen Farben gestrichen hatten, eine brutaler als die andere, ohne darüber nachzudenken, wie sie im Falle eines Hangovers wirken würden. Mitten in der Nacht zog ich manchmal in Erwägung, mein Zimmer neu zu streichen, weil ich glaubte, keine Sekunde länger darin schlafen zu können. Dann lag ich im Bett und dachte darüber nach, ob rote Wände Auslöser für einen Nervenzusammenbruch sein könnten. Während ich noch darüber grübelte, schlief ich meist wieder ein. Ich habe das Zimmer nie dekoriert. Im College bedeutete einen Raum zu dekorieren, etwas an die Wände zu hängen. Und die Auswahl war entscheidend. Ich hatte nie das richtige Poster gefunden, das meine Identität unterstrichen hätte. Wenn ich im Laden mit fünf bis zehn Motiven konfrontiert wurde – eine Frau mit einem Regenschirm, die Brooklyn Bridge, der Central Park im Herbst – beugte ich mich unter dem Druck der Entscheidungsfindung. Stattdessen vertraute ich darauf, dass mein Bett mit dem weißen Bettbezug und den kleinen pinkfarbenen Herzchen darauf die Hauptattraktion des Zimmers war. Wenn ich das Gefühl hatte, harte Zeiten durchzumachen, half mir der Blick auf diese Bettwäsche.

Als ich ein Kind war, hatte, bei uns zu Hause, meine Mutter zwar billige Möbel gekauft, aber trotz ihrer bescheidenen Möglichkeiten Wert auf weiche Bettwäsche gelegt. Ein gemütliches Bett sei das Einzige, was zähle, hatte sie immer betont. Jedes Jahr im College hatte ich mir, während ich mir mein Zimmer im Wohnheim einrichtete, vorgestellt, wie sie mein neues Zimmer betreten und sich umsehen würde. Sie würde die nackten Wände mit der abgenutzten Farbe betrachten, die kalten Flure und die grauenhafte blaue Matratze mit dem verknitterten Etikett und dem Laken, das an den Seiten heraushing. »Lass uns mal dein Bett machen!«, hätte sie fröhlich vorgeschlagen und keine Widerrede geduldet. Dann hätte sie frisch gebügelte, hellgrüne und lavendelfarbene Bettwäsche ausgepackt, und mit dem Aufschütteln des letzten Kopfkissens hätte die Welt heller ausgesehen.

Jesse ging durch mein Zimmer und musterte alles mit prüfendem Blick. Währenddessen saß ich auf der Matratze und versuchte, mich zu sammeln. Ich spürte, wie mein Herz klopfte und meine Haut prickelte, im Mund hatte ich einen bitteren Geschmack. Es war das Ergebnis seiner Anwesenheit in meinem Zimmer, verbunden mit der Wirkung von Espresso-Wodka. Er beugte sich über meinen Schreibtisch und kritzelte etwas auf ein Stück Papier. Dann klebte er den Zettel an die Wand über meinem Bett. Ich sah ihn mir an. *Walden Pond* stand darauf.

»Walden Pond?«, las ich fragend vor.

»Es ist ein Witz«, erklärte er.

»Ein ziemlich britischer Witz.«

»Verstehst du ihn nicht?«

»Ich hasse es, das zugeben zu müssen, aber ich habe tatsächlich noch nie *Walden* gelesen.«

Erstaunt sah er mich an.

»Was? Ist das schlimm?«, wollte ich erschrocken wissen.

»Ein bisschen. Es ist ein Klassiker. Darin geht es um Schlichtheit. Leere Wände. Du bist ein ziemlich geradliniger Mensch. Das gefällt mir an dir.«

»Entschuldige«, rief ich und schlug mit der Faust auf mein Bett. »Ich bin *vielschichtig*.«

»Mmmm-hmmm«, erwiderte er und sah mich von oben bis unten an. »Die Wände sind ziemlich kahl für jemanden, der über Musik schreiben will. Wo ist dein Rolling-Stones-Poster?«

Darauf hätte ich sagen sollen: »Ich will nicht wegen irgendeiner Band oder eines Songs über Musik schreiben, sondern weil Musik Situationen prägt und Menschen und die Moleküle in deinem Innern.« Stattdessen erwiderte ich gar nichts, und kurz schwiegen wir beide.

»Danke, dass du zu meiner Party gekommen bist«, sagte ich schließlich mit einer aufgesetzten Begeisterung in der Stimme. *Danke, dass du zu meiner Party gekommen bist?* Wie alt war ich? Elf?

Mit einem eigenartigen Gesichtsausdruck sah er mich an. »Ich bin gern gekommen.«

Wieder entstand eine Pause, und er schaute sich erneut um.

»Schöne Mütze«, meinte Jesse dann und zeigte auf die grün und pink gemusterte Duschhaube, die auf meinem Bücherregal lag. Hastig sprang ich vom Bett auf, um sie zu verstecken, doch er hatte sie sich schon geschnappt und musterte sie nun mit äußerster Konzentration. Ich gab mich geschlagen und ließ mich aufs Bett zurückfallen. Meine Freundinnen versuchten seit Jahren, mir diese Duschhaube auszureden. Gelegentlich hatten sie sich schon in mein Zimmer geschlichen und sie in einer Tüte mit Papiertaschentüchern versteckt, von der sie wussten, dass ich sie wegwerfen wollte. Doch es war unmöglich, sie vor mir zu verstecken.

»Die ist cool, die ist wirklich cool«, beteuerte er. »Sehr Martha-Washington-mäßig.«

»Vielen Dank«, erwiderte ich lächelnd. »Genau das wollte ich damit bezwecken.«

»Darf ich dir etwas verraten?«

»Klar …«, erwiderte ich vorsichtig. Ich starrte auf das viereckige Stück Teppich zu meinen Füßen, das sich zu bewegen schien. Meine Augen spielten mir einen Streich. Der Saum des Teppichs war wie Treibsand, der weiter und weiter in einen Strudel versank. *Es passiert das Gleiche wie immer. Nur für diese Nacht? So einfach ist es nie. Es könnte schlimm enden. Richtig schlimm. Warum nimmst du dich so wichtig? Was machst du eigentlich hier? Warum hast du ihn eingeladen? Nur, damit du hier sitzen und dich von jemandem enttäuschen lassen kannst? Gut gemacht! Weiter so! Unbedingt. Lass dich heißmachen, und dann schlaf mit ihm. Und dann wird es vorbei sein.*

»Ich bin gern in dem Kurs mit dir«, sagte er.

»Ehrlich?« Ich sah ihn an.

»Ja«, beteuerte er lachend. »Warum? Ist das so erstaunlich? Du siehst aus, als hätte ich dir gerade eröffnet, dass dein Hund gestorben ist.«

»Keine Ahnung«, erwiderte ich hastig.

Er griff nach meiner Hand und zog mich hoch. Dann legte er mir den Arm um die Taille, drehte sich zu meinem Bücherregal um und fragte mich, ob ich etwas mit ihm lesen wolle. Ein paar Sekunden lang stand ich einfach nur da.

»Ich glaube, mir wird schlecht«, erklärte ich kleinlaut, ehe ich mich von ihm löste und mir die Hand auf den Mund presste.

»Vom Alkohol?«

»Nein«, antwortete ich und schüttelte den Kopf. »Von deinem Vorschlag.«

Ich starrte auf das Bücherregal, dann lächelte ich. Ich hatte ihn. Er lachte.

»Du bist echt ein Nerd«, sagte er.

»*Ich* bin ein Nerd? Du bist doch derjenige, der sich auf *Walden* bezieht und vorschlägt, wir könnten zusammen was lesen.«

»Das war eine romantische Geste.«

»Normalerweise mag ich keine romantischen Gesten.«

»Ich bitte dich, natürlich magst du sie«, widersprach er und verdrehte die Augen. »Erzähl mir nicht, du seist da die große Ausnahme. Das kaufe ich dir nicht ab.«

»Nein, ich mag so etwas nicht. Wirklich nicht.«

Ganz plötzlich hob er mich hoch und legte mich aufs Bett, sein Körper war über mir, sein Gesicht dicht vor meinem. Er wartete darauf, dass ich ihn ansah. Das war mir bewusst, doch so schnell gab ich nicht nach. Also schaute ich überallhin, nur nicht zu ihm. *Ich werde dich nicht ansehen. Ich werde dich nicht ansehen.* Ich sah ihn an. Sofort beugte er sich hinunter und küsste mich. *Verloren.* In meinem Kopf drehte sich alles, das Zimmer war in weite Ferne gerückt.

Es klopfte laut an der Tür.

»Hey, Leute!«, hörte ich Kate rufen, und Maya lachte. Und als ich meinen Kopf ein bisschen zur Seite neigte, bemerkte ich Kates Hand, die sich durch den Türspalt schob und das Licht ausmachte. Dann zog Kate schnell die Tür zu und hielt sie von außen zu.

»Wir lassen euch allein, sobald wir hören, wie ihr *vögelt*«, schrie sie.

»Deine Freundinnen drehen ein bisschen durch«, stellte Jesse fest.

Keiner von uns machte Anstalten, das Licht wieder einzuschalten, und ein paar Minuten lang küssten wir uns im Dunkeln. Dann stand er auf, und ich hörte, wie er zur Tür lief. *Will er sie aufmachen? Verschwindet er jetzt?* Er schloss ab.

Das Geräusch der Verriegelung löste etwas in mir aus. Ich setzte mich hin und schob mein Kleid zurecht, bis es weiter über meine Beine reichte. Als Jesse zurückkam, versuchte ich mich zu entspannen. Er fing an, die Ketten, die ich trug, über meinen Kopf zu streifen, eine nach der anderen. Ich spürte seine Fingerspitzen an meinem Hals. Als er damit fertig war, umarmte er mich.

»Was hast du da eigentlich an?«

»Ich dachte, es gefiele dir.«

»Das bist nicht du«, erklärte er.

»Gott sei Dank«, entgegnete ich lächelnd. »Von diesem Mädchen brauche ich eine Pause.«

Ich bemerkte, wie er in seine Hosentasche griff, und dann sah ich das Licht seines Handys, das plötzlich immer näher auf mich zukam.

»Was tust du da?«, wollte ich wissen. Er stöhnte.

»Nichts«, gab er zurück, und dann verschwand das Licht wieder. »Mist. Ich muss los.«

»Was?« Plötzlich stellte ich mir vor, wie ich meinen Mitbewohnerinnen diese Nachricht emotionsgeladen überbringen würde. *Er ist gerade gegangen!*

»Es gibt da etwas, was ich erledigen muss«, sagte er vage.

»Okay …«

»Sei nicht sauer. Sagen wir mal, ich habe einen Lieferservice, allerdings mit der Art von Waren, die ich sofort liefern muss, wenn jemand etwas haben möchte. Selbst wenn ich gerade … etwas anderes zu tun habe.«

»Du meinst … Was hast du …? Wie bist du …? Was?«

»Entscheide dich für eine Frage, Schätzchen.«

Ich schaffte es, tatsächlich einen ganzen Satz zustande zu bringen. Ich ahnte, dass er über Drogen sprach – und darüber, dass er damit handelte. Doch danach konnte ich nicht direkt fragen, denn gleichzeitig wollte ich nicht, dass er es bestätigte. Deshalb redete ich drum herum. »Wie bist du da reingeraten?«

»Ein Stellenangebot im Internet.«

»Im Ernst?«

»Nein.« Er lachte.

»Oh.«

»Aus dem gleichen Grund, warum ich in der Bücherei arbeite. Ich brauche das Geld. Schließlich bin ich ein armer Junge aus Nebraska, und so wie es aussieht, werde ich ein noch ärmerer erfolgloser Musiker. Wie auch immer. Eine langweilige Geschichte, die du schon tausendmal gehört hast. Ich bin sicher, du kannst es dir vorstellen.«

Oh, da überschätzte er mich. Ich hatte nicht den geringsten Schimmer, wovon er sprach. Wortlos sah ich zu, wie er sich fertigmachte, und dann lehnte ich neben ihm im Türrahmen, um mich zu verabschieden. Dabei stellte ich mir vor, wie ich zurück auf die Party ging und dort blieb, bis alle fort waren. Dann würde ich wieder hinuntergehen, meine Verkleidung ausziehen und schließlich oben noch eine Schüssel Cornflakes essen, um wieder nüchtern zu werden. Doch dann küssten wir uns erneut, bis er sich von mir löste.

»Wo gehe ich bloß hin?«, meinte er.

»Das weiß ich nicht.«

»Ich will nicht gehen«, sagte er. »Kann ich dich für einen Spaziergang über den Campus begeistern?«

Ich lächelte. »Ist das wieder eine deiner romantischen Gesten?«

»Definitiv nicht.«

»Okay, dann bin ich dabei. Aber wenn du auch nur ein Wort über den Mond sagst, bin ich weg.«

»Abgemacht.«

Und ab diesem Moment verging die Nacht wie im Flug. Ich erinnere mich noch, dass ich ihn bat, mir eine Jacke auszusuchen, weil ich nicht in meinem Aufzug nach draußen gehen konnte. »Welche dieser Jacken ist die richtige für eine Nacht in der Stadt?«, wollte ich von ihm wissen.

»Du hast ein Persönlichkeitsproblem«, meinte er stöhnend. »Aber vielleicht diese hier.«

Also fand ich mich mit meinem gepunkteten Regenmantel im Flur wieder, wo wir meinen Mitbewohnerinnen erklärten, dass wir gleich zurückkämen. Als ich auf dem Weg zur Tür noch einmal zurücksah, entdeckte ich Maya in einer Ecke des Raums. Sie wirkte ziemlich trübsinnig. »Gib mir eine Sekunde«, bat ich Jesse. Dann steuerte ich auf sie zu.

»Was ist los?«, wollte ich wissen.

»Ich bin traurig wegen Todd«, erklärte sie und zog die Unterlippe über die Oberlippe.

»Okay, du musst auf andere Gedanken kommen. Amüsiere dich mit jemand anderem«, riet ich ihr in meiner grenzenlosen Weisheit. »Wie wär's mit dem Typen da?«

»Welcher?«

»Der da.« Ich deutete auf den Kerl mit dem Brückennamen auf dem T-Shirt, den ich schon auf Hunderten anderen Partys gesehen und dessen Auftauchen mich vorhin so genervt hatte. Inzwischen wirkte er absolut harmlos. Tatsächlich fühlte ich mich ausgesprochen großherzig – ich war dabei, diesem Typen einen Gefallen zu tun.

»Warum gerade der?«

»Weil er süß ist, und außerdem ist es egal.« Beschwörend sah ich sie an.

»Okay, gut«, gab sie nach. Ich nahm ihren Arm und zog sie zu dem Typen hinüber, stellte sie hastig vor und verschwand dann abrupt.

Sobald ich draußen war und den Wind auf meinem Gesicht spürte, hatte ich das Gefühl, wieder atmen zu können. Ich wusste nicht genau, wohin wir gingen, aber das kümmerte mich nicht. Jeder schien in den Bars am Broadway zu sein, und wir hatten das ganze Unigelände für uns. Ich flog förmlich die Stufen hinunter, ging schneller und schneller. Jedes Mal, wenn meine Mitbewohnerinnen und ich nachts auf dem Campus waren, rannten wir die Stufen der Low hinunter, so schnell wir konnten, und unsere Herzen pumpten Adrenalin und Alkohol durch den Körper.

Am Fuße der Treppe stoppte ich. Jesse hielt mich fest an der Hand, weil sich mein Körper noch in der Vorwärtsbewegung befand und ich fast hingefallen wäre. Unbekümmert lachte ich. Er zog mich zurück, bis ich stand. »Du bist verrückt«, stellte er kopfschüttelnd fest. Als wir über den kopfsteingepflasterten Weg gingen, der den Campus teilte, ließ er meine Hand los.

»Ich liebe den Campus bei Nacht«, sagte er und sah sich um. »Ohne all die Menschen.«

Und wirklich hatte der Campus nachts eine abenteuerliche, romantische Ausstrahlung. Auch wenn es nur die nördliche

Spitze Manhattans war, wirkte es wie ein modernes Athen. Diese Enklave ehrwürdiger Institutionen – ein Theologieseminar, ein Musikcollege, die Cathedral Church of Saint John the Divine, Grant's Tomb – mit der Columbia als erhabenem Mittelpunkt.

»Was stört dich denn an den Menschen?«, wollte ich wissen.

»Alles.« Er schüttelte sich.

»Was alles?«

»Merkst du nicht, wie die Leute hier herumlaufen? Als wären sie in der dunkelsten Phase ihres Lebens und schrecklich belastet.«

»Verstehe.«

»Und ich bin hier, um ihnen dabei zu helfen, eine gute Zeit zu haben.«

Darauf erwiderte ich nichts. Alles, was ich denken konnte, war: In seiner adretten Kleidung, mit der Hornbrille und den Button-down-Hemden sieht er nicht gerade aus wie ein Drogendealer. Jesse strahlte etwas Unschuldiges aus. Es lag an der Art, wie er die Augenbrauen hochzog, wenn jemand im Kurs etwas Interessantes sagte; wie er im Café ein Scone bestellte, es dann verwundert betrachtete und sagte: »Wenn du willst, kannst du es Scone nennen. Für mich allerdings sieht es eher wie ein Muffin aus.«

Aber dann kam es. »Hey« sagte er, und in seiner Stimme lag Zurückhaltung. »Darf ich dir eine Frage stellen?« Dabei berührte er meine Hüfte, und wir blieben stehen.

»Okay ...«

»Dieses Gedicht, das du geschrieben hast. Ging es darin um deine Mutter?« Sein Blick in meine Augen war so tief, dass ich beinahe glaubte, gar nichts mehr erklären zu müssen.

Beinahe.

Er wusste es. Natürlich wusste er es. Wem wollte ich etwas vormachen? Es war im letzten Jahr der Highschool passiert, doch jeder hier kannte meine Geschichte. Ich war das Mädchen, dessen Mutter am 11. September gestorben war. Die meisten Leute sprachen mich nicht direkt darauf an. Sie gingen davon aus, dass ich nicht darüber würde reden wollen, dass ich ihre Freundlichkeit schweigend annehmen und es dabei belassen würde. Sie wollten nicht näher darauf eingehen, sondern behandelten mich wie eine tickende Zeitbombe, die jeden Moment explodieren könnte. Es war zu entsetzlich, zu unfassbar – also warum sollte man es überhaupt erwähnen?

»Meine Mutter ist gestorben, als ich zehn war«, erzählte Jesse. »Das ist der Grund, aus dem ich frage. Ich weiß, dass es mich nichts angeht, aber … Vermutlich bin ich ständig auf der Suche nach jemandem, mit dem ich darüber reden kann – so lahm das auch klingen mag.« Dann ging er weiter und schüttelte kaum merklich den Kopf.

Ich blieb noch einen Moment stehen, dann rannte ich, um ihn einzuholen, und griff nach seiner Hand. Er bemühte sich zu lächeln, doch da war noch etwas in seinem Ausdruck, ein Verstehen. Ich merkte ein mitreißendes Gefühl in mir aufsteigen. Irgendetwas in mir fühlt sich sofort angezogen, wenn ich spüre, dass jemand einen Schmerz erlitten hat. Es lässt diesen Menschen stark wirken und so, als könne er mit all dem Mist umgehen, den das Leben uns entgegenwirft. Es ist nicht nur meine Sympathie, die geweckt wird, sondern auch meine Fantasie, und ich stelle mir vor, wie ich, ich allein, mich um diese Person kümmern und sie von dem erlittenen Schmerz erlösen würde. Aus einem unerfindlichen Grund fühle ich mich dazu auserwählt, während die anderen Mädchen keine Ahnung haben und nichts verstehen. Ich aber begreife es. Ich erkenne es. Ich wünsche mir jemanden, der vom Leben ein bisschen gebeutelt wurde, der Fehler gemacht und die Konsequenzen erfahren hat. Es scheint mir wie eine besondere Qualifikation. Im Grunde genommen will ich nicht die Erste sein, die das

Leben eines anderen verpfuscht. Gib mir jemanden, der schon gelitten hat – wirklich gelitten –, und wir werden wunderbar miteinander auskommen. »*Sie?* Kein Problem, ein Date mit ihr ist nichts im Vergleich mit einer Beerdigung«, wird er sagen.

Wir gingen weiter. Nur das Geräusch der beiden Springbrunnen an der Treppe zur Bibliothek war zu hören. Der Lärm der Stadt fand hier keinen Einlass. Das einzige Licht kam von den Laternen, die den Campus erhellten. Sie beleuchteten die Säulen vor den schlichten Gebäuden und die Fahnenmasten, an denen das hellblaue Banner wehte.

Der Wind frischte auf. Wir schmiegten uns aneinander, wie um uns Halt zu geben. Ich hatte das Gefühl, etwas Entscheidendes werde passieren, aber vielleicht würde ich auch nur allein zurück zu meiner Wohnung gehen und unterwegs eine Pizza mitnehmen. Alles war möglich.

Wir kamen an der Skulptur von Alexander Hamilton vorbei, an der Fassade der Bibliothek mit ihren Arkadenbögen und den eingravierten Namen von Schriftstellern und Philosophen – Homer, Sophokles, Plato, Aristoteles, Virgil, Shakespeare, Milton, Voltaire. Vor dem Hintergrund der großen Namen entwickelte das Leben an der Universität seine eigenen Traditionen, Besonderheiten, aber auch sein eigenes Unheil. Ja, hier war ich, zusammen mit den größten Denkern der Geschichte. Mitten in einem Drogenhandel. Möglicherweise.

»Du magst also niemanden auf dem ganzen Campus, hm?«, hakte ich nach und gab ihm einen kleinen Schubs. Er tat so, als würde er stürzen.

»Dich mag ich«, erwiderte Jesse und drehte sich zu mir um. »Eindeutig.«

»Das sagst du nur, weil du mit mir schlafen willst.«

»Das ist mein einziger Beweggrund, hundertprozentig.«

Ich war nicht sicher, ob er das ernst meinte. »Ich hab's gewusst!«

»Rede keinen Unsinn.«

»Ich wünschte, das ginge so einfach.«

»Natürlich tut es das«, beharrte er. »Hey, der Musiker und die Texterin. Das ist süß, oder?«

Eine Menge unsinniger Bemerkungen flogen zwischen uns hin und her. Wir liefen weiter, bis wir zur 114. Straße gelangten mit ihren von Bäumen gesäumten Reihenhäusern. Ich konnte die Taxis sehen, die den Broadway hinauf und hinunter fuhren. Er war wie das Rückgrat des Viertels mit seinen Bars, verstaubten Läden, heruntergekommenen Drogerien, vornehmen und verfallenen Restaurants, die sich aneinanderreihten und vor denen Bücher und billige Printprodukte ebenso verkauft wurden wie Strümpfe und elektronische Geräte, die seit zehn Jahren aus der Mode waren.

Ich bemerkte eine Gruppe junger Leute, die sich an einer Ecke vor einem Studentenwohnheim Zigaretten anzündeten. Sie saßen auf dem Bordstein, und ich konnte ihr Lachen hören und ihre Schatten sehen. Morningside Heights war eine Ansammlung von Exzentrikern – ein Mann mittleren Alters, der Zeitungen in seine Jackentaschen gestopft hatte, eine ältere Dame, deren Bürste noch in ihrem Haar steckte. Trotz dieser Schrullen musste man zu diesen Menschen nett sein, denn es war nahezu unmöglich, den ganz normalen Irren aus der Nachbarschaft von deinem – Überraschung! – Philosophie-Professor zu unterscheiden.

»Warte hier«, bat Jesse und blieb vor einem der Reihenhäuser stehen. Dann legte er seine Hände auf meine Schultern. »Beweg dich nicht von der Stelle, okay?«

Ich nickte und sah zu, wie er die Treppe hinaufging. Als er die oberste Stufe vor der gewölbten Haustür erreicht hatte, drehte er sich um, sah mich an und verdrehte die Augen. Geh schon! formte ich mit den Lippen. *Beeil dich!* Im Haus war es dunkel, nur hinter den Fenstern im dritten Stock brannte

Licht. Ich versuchte, den Moment zu genießen. Es war spannend! Gefährlich! Und ich war die Komplizin.

Tatsächlich aber hatte ich Angst. Um mich zu beruhigen, sagte ich mir, ich könne schließlich jederzeit abhauen. Aber was würde passieren, wenn Jesse geschnappt würde? Ich stellte mir vor, Montag ohne ihn ins Seminar zu kommen, und der Gedanke traf mich mit voller Wucht, als wäre ich dann ganz allein auf der Welt.

Ich ging die Stufen empor und las das Schild neben der Tür: SIGMA DELTA TAU. Dann spähte ich durch die Scheibe, doch außer einer leeren grauen Mülltonne konnte ich nichts erkennen. Hinter mir kam ein Typ die Straße entlang und telefonierte mit lauter Stimme. »Sie war so verdammt betrunken, dass sie …«, bekam ich mit, doch als er weiterging, konnte ich nichts mehr verstehen.

Während ich dastand, sah ich zu, wie der Wind einen Stapel Pizzakartons durcheinanderwirbelte und ein Exemplar von Herodot vor sich hertrieb, dessen Umschlag fast abgerissen war. Ich hatte keine Ahnung, was drinnen passierte. Natürlich hätte ich spaßeshalber fragen können: »Was liefern wir eigentlich? Hasch? Kokain? LSD?« Aber das hatte ich nicht getan. Vermutlich wollte ich, dass die ganze Sache vage und unklar blieb. Tatsächlich war ich schon dabei, diesen Teil des Abends aus dem Gesamtbild herauszuschneiden und die Party neu mit dem zusammenzusetzen, was noch passieren mochte, wenn Jesse wieder aus dem Haus trat.

Zwanzig Minuten vergingen. Ich wartete und wurde immer unruhiger. Ein Wagen fuhr vorbei, jemand streckte den Kopf aus dem Autofenster und rief mir etwas zu. Aus lauter Angst, es könnte die Polizei sein, musste ich mich fast übergeben. Ich strich mein Haar zurück und wollte mich schon über den Abfalleimer an der Ecke beugen. Doch dann straffte ich mich. Plötzlich ergriff mich eine böse Vorahnung. Die Angst und der Alkohol fingen an zu wirken und trafen mich umso intensiver, da Jesse nicht mehr da war, um mich abzulenken. Ich sah zu den Fenstern im dritten Stock hoch, und die Vorstellung, dass er mich beobachtete, gab mir Sicherheit. Doch je länger ich hier unten stand, umso stärker wurde die Panik. Ich fühlte mich, als würde ich fallen. So tief ich konnte, atmete ich ein und ließ die Luft wieder entweichen. Auf dem Gehweg fühlte ich mich auf einmal nicht mehr sicher. Die Welt begann sich zu drehen und mir zu entgleiten. Auf der Suche nach irgendetwas, was mir Halt geben könnte, sah ich mich um. Ich ließ den Blick über die Fenster schweifen, doch ich konnte nichts erkennen.

Es ist immer das Gleiche. Du steigerst dich in etwas hinein, fixierst dich auf jemanden, nur um dann festzustellen, dass du loslassen musst. Warum also nicht jetzt? Der Zeitpunkt ist gekommen. Lade ihn zur Party ein, sei cool – was kann schon Schreckliches passieren? Schlimmstenfalls könntest du verletzt werden. Und was macht das schon? Es gibt weitaus Wichtigeres, denk immer daran. Sei ein bisschen selbstbewusster und tougher, als du es im Moment bist. Selbstvertrauen führt zu noch mehr Selbstvertrauen. Glaube an dich! Lass los!

Du lässt los. Natürlich tust du das. Es erfordert Mut, aber den hast du. Du sagst ihm, dass du seine Freundin sein willst. Du sagst »Ich liebe dich auch«. Du lädst ihn zu deiner Party ein. Du atmest. Du gehst davon. Du bist versucht, seine Reaktion zu analysieren – nein, lass es, das macht alles nur noch schlimmer. Geh weiter. Mach einen glatten Schnitt. Es ist sowieso schon zu spät. Du fängst an, auf die Ergebnisse zu warten und darauf, Fortschritte zu machen. Du hast den schweren Part übernommen, und jetzt entscheidet er, ob ihr weitermacht. Das unterliegt nicht mehr deiner Kontrolle. Jeder rät dir, dich zu entspannen. Du kannst eh nichts anderes tun.

Stimmt nicht. Es gibt etwas, was du tun kannst. Und was du tun wirst. Du wirst dir Sorgen machen. Darin bist du gut, das

Leben hat es dich gelehrt. Sorgen machen? Was ist das? Mache ich das gerade? Ich bin das gar nicht gewohnt. *Nein, so ist es bei dir nicht. Du kennst das Gefühl. Es ist wie ein Nebenberuf für dich.*

Zuerst ist da dieses Gefühl, verletzlich zu sein. Du willst alles zurücknehmen, dich verstecken, dich so klein machen, dass nichts mehr bleibt. Doch dann gewöhnst du dich daran, du passt dich an und beschließt: Ich bin der Typ Mensch, der es schaffen kann. Schließlich bin ich nicht daran gestorben. Ich bin heil geblieben. Mein Vater ist abgehauen, und meine Mutter ist gestorben, und deshalb werden Beziehungen für mich nie infrage kommen? Nein, danke. Ich bin ein Mensch, der nach vorn schaut. Ein Mensch, der so etwas überwindet. Und wenn man sich einmal daran gewöhnt hat, ist es wie eine Droge. Du fragst dich: Was kann ich noch alles tun? Was will er von mir wissen? Ganz sicher interessiert er sich für diese oder jene Geschichte. *Zuerst erzählst du dir die Geschichten selbst, korrigierst die Grammatik, verbesserst den Dialog und bewahrst alles auf, um es zu einem späteren Zeitpunkt hervorzuholen. Der Rauschzustand bekommt so etwas wie eine manische Qualität. Es ist, als würde dein Verstand sich von dir lösen. Deine Vorstellungskraft ist so schnell, dass du nicht mehr mitkommst. Also wirst du vorsichtig. Dir wird klar, dass du gerade den Weg für die Enttäuschung ebnest. Du befürchtest, dass du, wenn alles zu gut läuft, bestimmt von einem Truck überfahren wirst, während du gerade die Straße überquerst. Um nicht zu übermütig zu werden, schaltest du einen Gang runter und erwartest das Schlimmste. Das bringt dich in eine bedrückte Stimmung. Doch es ist eine Befreiung, ehrlich. Was hast du vorher gemacht? Du musst dich schützen! Aber dann, nach einer Weile, stellst du fest, dass du viel zu niedergeschlagen bist. Diese Weltuntergangsstimmung kannst du nicht ewig durchhalten. Also entwickelst du wieder einen vorsichtigen Optimismus, weil du sowieso nicht alles kontrollieren kannst, warum also solltest du dich die ganze Zeit schlecht fühlen?*

Irgendwann ist das Spiel aus. Der Typ war nicht das, wofür du ihn gehalten hast. Und die Tatsache, dass es vorbei ist, erscheint dir plötzlich urkomisch. Na ja, nicht der Fakt an sich ist witzig, sondern dass du geglaubt hast, es könnte halten. Du hast den Ball in die Luft geworfen und wirklich erwartet, er bliebe da oder fiele vielleicht wieder ein bisschen tiefer. Aber du warst sicher, er würde nicht auf den Boden prallen. Niemals. Denn dass der Ball wieder auf der Erde aufkommt, entbehrt ja schließlich jeder Grundlage der Physik. HA!

Und dann ist es so, als nähme jemand all die aufregenden Momente und wirbelte sie durcheinander. Derselbe Schmerz, bei dem du dich einst himmelhoch jauchzend gefühlt hast, lässt dich jetzt verzweifeln. Du weinst ganze Seen von Tränen, du krümmst dich, bebst, stützt deinen Kopf in die Hände und presst die Handflächen gegen die Stirn – diese Art von Tränen. Alles holt dich wieder ein in kurzen, schluchzenden Atemzügen, die dein Innerstes noch mehr nach innen drücken und dich nicht durchatmen lassen. Jeder einzelne Moment, in dem du dich gut gefühlt hast, kommt jetzt mit Wucht zurück, und du erkennst die Kehrseite davon. Was einst überwältigende Leidenschaft war, ist nun ebenso großer Schmerz. Doch er ist schlimmer, weil er dich auf einmal trifft und nicht über einen längeren Zeitraum verteilt wie die Freude. Er prasselt auf dich nieder wie ein heftiger Regenschauer. Du kaust auf den Worten herum, die du dir selbst gesagt hast, diesen lächerlichen Worten wie Bleib dran, du machst das großartig! Du hast es endlich geschafft! *Sie verwandeln sich in Gift, verfaulen vor deinen Augen, und es gibt keinen Weg zurück. So endgültig und durchdringend wird der Verlust sein. Und ein Zurück steht nicht zur Debatte.*

Ich sah hoch zu dem Reihenhaus. Die Lichter im dritten Stock gingen aus. Ein paar Minuten wartete ich noch, doch es war nichts zu hören.

Wo ist er? Geht es ihm gut?

Und mir?

Alles war möglich.

2. Teil

Herbst 2007

Eve

Angst und Abscheu auf der Lower East Side

Er nahm nicht ab, also beschloss ich, es zu riskieren. Es war zu einem Ritual geworden, mit der U-Bahn zu ihm zu fahren, und Jesse würde von allen Menschen am besten verstehen, dass es Gewohnheiten gibt, die nur schwer aufzugeben sind. Sollte er es jemals infrage stellen, würde ich behaupten, ich hätte einen Fimmel. Es war so verdammt einfach, zu ihm zu fahren, in die Achterbahn zu steigen, die Hände in die Luft zu werfen, die Augen zu schließen und – *wusch* – mich einfach mitreißen zu lassen.

Es waren keine Autos unterwegs und nur wenige Fußgänger. Ich ließ mich vom Schein der Straßenlaternen leiten. Von der U-Bahn-Station Second Avenue ging ich die Houston Street hinunter und nahm den schwachen salzigen Geruch von Pastrami in der Luft wahr. Ich bog nach rechts auf die Ludlow, eine schmale Gasse zwischen Feuerleitern, die sich an den Häusern links und rechts hinaufwanden. Wenn ich den Kopf heben würde, könnte ich den Computer-Großhandel sehen und den Laden für Elektrozubehör, vor dem eine Markise mit chinesischen Schriftzeichen hing. Aber ich sah nicht auf, sondern ging geflissentlich schnurstracks geradeaus. Ein paar Leute saßen auf den Feuerleitern herum. Einer beugte sich herunter, um mich zu fragen, welcher Tag heute sei. Dann spürte ich eine Hand auf meiner Schulter. Ich schüttelte sie ab, ging weiter und murmelte beruhigend vor mich hin. *Du bist gleich da. Du hast es gleich geschafft. Jesse wohnt nur ein paar Blocks weiter. Dir kann nichts Schlimmes passieren.*

Noch immer hatte ich das Gefühl, als wäre jemand hinter mir. Ich hörte Schritte, dann ein Stoppen und wie jemand auf dem Absatz kehrtmachte. Es war ungefähr die Zeit, zu der sich das Viertel wandelte, zu etwas anderem wurde. Und ich wusste, was dieser Ort in mir auslösen konnte. Um mit dem Publikum hier nach Mitternacht klarzukommen, musste ich jenen Zen-Status erreicht haben, in dem ich gelassen genug war, um jemanden anzusehen und *Oh, du hast ein blaues Auge und einen Papagei auf der Schulter? Cool! Tu, wozu du Lust hast!* zu sagen. Ich fühlte mich ständig ein bisschen verschroben, aber in dieser Gesellschaft wurde das überdeutlich.

Ich zog mein Handy aus der Tasche und rief meine Schwester Emma an. Das machte ich oft auf meinem nächtlichen Weg von der U-Bahn zu Jesses Wohnung. Zum Teil lag es daran, dass ich gern plaudern wollte, zum anderen daran, dass ich auf dieser Strecke ungern völlig allein und schutzlos war.

»Nur dass du es weißt – dein sogenannter Schutz liegt auf dem Sofa, trägt einen Cookie-Monster-Schlafanzug und ist mindestens siebzig Blocks entfernt«, erklärte sie mir.

»Das ist schon in Ordnung«, erwiderte ich. »Ich fühle mich einfach sicherer, wenn ich telefoniere. Es ist ein Signal für potenzielle Mörder.«

»Und was für ein Signal? ›Bring mich nicht um, denn ich habe Freunde‹?« Emma lachte. Fünf Minuten lang erzählte sie mir von ihrem Abend, dann drückte sie mich weg, um ein anderes Gespräch anzunehmen.

Mist. Nun war ich wieder auf mich allein gestellt.

Ich bog in die Orchard Street ein. Sie war weniger einsam. Irgendwann mal hatte ich beschlossen, dass die Orchard Street ein sicheres Pflaster wäre. Eine rote Leuchtreklame über einem Tattoo-Studio war das Einzige, was die Häuserzeile beleuchtete. Soweit ich konnte, sah ich die Straße hinunter, um sicherzugehen, dass nichts hinter einem Stapel Mülltüten lauerte.

Dann ging ich – nein, ich rannte fast – quer über die Straße zu dem Haus, in dem Jesse wohnte, ein weiß gestrichenes Gebäude ohne Fahrstuhl. Hastig drückte ich den Klingelknopf neben 4 A und wartete. Als die Gegensprechanlage anfing zu rauschen, erschrak ich zu Tode. »Ich bin's«, sagte ich dann.

»Hey, Süße«, begrüßte Jesse mich. Ich stieß die Luft aus, die ich angehalten hatte, und stellte mir vor, dass mich nun alle Gespenster der Nachbarschaft in Ruhe lassen würden. Ein paar Minuten später kam Jesse die Treppe hinuntergeflitzt und öffnete die Tür.

Der Eingangsbereich wirkte trostlos. Die Wände waren angeschlagen, eine kaputte Deckenlampe summte. Ich stellte meine Sachen auf dem Flur direkt vor ihm ab – eine Laptoptasche und eine kleine Reisetasche. Dann sah ich ihn müde an. Er dagegen wirkte hellwach in seinem T-Shirt und den Jeans.

»Langen Abend gehabt?«, erkundigte er sich, während er die Taschen vom Boden aufhob.

»Allerdings«, gab ich zurück.

»Warst du die ganze Zeit bei Nobu?«

Nachdem ich ein paar seltsame Jobs gemacht hatte, arbeitete ich jetzt als Empfangsdame in einem Restaurant im Zentrum. Meine Aufgabe dort war es, sechs Stunden lang auf den Beinen zu sein (erstaunlich anstrengend), durch das Restaurant zu gehen, *Irasshaimase!* zu rufen (das heißt »Herzlich Willkommen« auf Japanisch), die Gäste zu ihrem Tisch zu begleiten und ihnen Speisekarten auszuhändigen. So, wie ich das sah, bestand mein Job bei Nobu darin, mich um die Plätze zu kümmern, die Leute daran zu hindern, sich gegenseitig umzubringen und sie ebenfalls davon abzuhalten, *mich* umzubringen. Ich hatte noch nie zuvor in einem Restaurant gearbeitet, und im ersten Monat war ich wirklich froh gewesen. Ich freundete mich mit allen an, den Mitarbeitern an der Bar und den Servicekräften. Ich ignorierte, dass die Aushilfskellner mich anbaggerten, wenn wir zusammen Gläser polierten. Heute Abend hatte mich einer von ihnen eingeladen, mit ihm ins Red Lobster am Times Square zu gehen.

Nach mittlerweile einem Jahr ödete mich der Job an, aber ich verfolgte ein höheres Ziel. Ich wollte versuchen, es als Songtexterin zu schaffen. Das ist in New York derart aberwitzig, dass, als ich mich auf der Houston Street mit einer Freundin darüber unterhielt, ein Typ, der vorbeiging, tatsächlich zu lachen anfing – diese Art entmutigendes, schrilles, gackerndes Lachen. Als ich Jesse davon erzählte, reagierte er völlig unbeeindruckt, als wäre es logisch, dass das passieren würde. »Du darfst darüber nicht laut reden«, erklärte er mir.

Bisher hatte ich erst ein einziges Magazin gefunden, das mir Aufträge gab, allerdings hatte es nichts mit Musik zu tun. Es hieß *Outdoor World*, und in den meisten Artikeln ging es ums Jagen und Fischen. Seit ein paar Monaten arbeitete ich jetzt freiberuflich für sie, und es lief gut. Der einzige winzige Haken an der Sache war, dass ich vom Jagen und Fischen keine Ahnung hatte. Aber ich brauchte die Artikel, um irgendwann irgendjemandem beweisen zu können, dass ich Erfahrung im Journalismus hatte. Niemand, den ich kannte, hatte je etwas von *Outdoor World* gehört. Doch das war mir egal. Ich schrieb über einen Angelwettbewerb in Vermont, verschiedene Dörrfleisch-Anbieter und darüber, wie man vermeiden konnte, dass Tarnkleidung verblasste. Zwar schrieb ich nicht über Musik, aber wenigstens schrieb ich überhaupt. Jede Woche sollte ich mehrere Hundert Wörter abliefern. Ich war begeistert.

Die Arbeit bei Nobu war zehnmal weniger spannend als das Schreiben, brachte mir aber zehnmal mehr Geld ein. Als Arthur, mein Stiefvater, in seiner typisch gutmütigen und lustigen Art wissen wollte, warum mir der Abschluss an der Columbia, den er finanziert hatte, nichts weiter gebracht habe als einen Restaurantjob und einen Artikel über genießbare Käfer und wie man sie essen kann, musste ich ihm erklären, dass das Hand in Hand ging. Fast jeder, der in einem Restaurant arbeitete, war in irgendeinem Bereich ein aufstrebender Künstler – überwiegend Schauspieler, aber man traf dort auch ein paar schmuddelig aussehende Fotografen und Models mit hohen Wangenknochen an. Ich gab vor, für mich sei es eher ein gesellschaftliches Experiment und weniger ein Broterwerb – etwas, was mir das Schreiben vielleicht nie ermöglichen würde. Ich kleidete mich wie eine Bohemien – mit langen flatternden Röcken und türkisfarbenen Armreifen. Und so tauchte ich ein: Tagsüber bediente ich downtown die Gutverdienenden der Geschäftswelt, abends mischte ich mich unter die Ausgeflippten auf der Lower East Side.

»Wir hatten eine geschlossene Gesellschaft mit einer großen Party, die einfach nicht endete«, erklärte ich.

»So müde, und trotzdem ist sie den ganzen Weg hergekommen«, stellte Jesse lächelnd fest und ging hinter mir die Treppe hinauf. »Wieder einmal.«

Wenn ich am Ende des Tages vor der Wahl stand, in Arthurs Wohnung auf der Upper East Side zu gehen oder hierher, entschied ich mich immer für Jesses Zuhause. Die Entscheidung war ziemlich einfach, weil ich damit ein Erwachsenendasein vorheucheln konnte, das ich eigentlich noch nicht erreicht hatte. Jesse und ich hatten eine echte Beziehung. Meistens rief er irgendeinen Lieferservice an. Wir gingen nicht essen, aber wir bekamen um drei Uhr morgens noch Burritos oder aßen in Unterwäsche Rührei im Stehen an seiner Spüle. Er las all meine Artikel, und ich kannte jeden seiner Songs. Der über die Extra-Zahnbürste in seinem Bad handelte von mir. *Merkt euch das, Ladies.*

Während ich weiterging, griff er nach meinem Rock und zog an dem Stoff.

»Ich wollte nur sehen, was du so machst«, flüsterte ich und sah ihn schwach lächelnd an. Wieder wollte er mich festhalten, aber ich nahm ein paar Treppenstufen auf einmal, sodass er mich nicht mehr erreichen konnte.

»Verstanden«, lenkte er ein. »Ich werde mich benehmen.«

Während wir hinaufgingen, ließ ich den Blick über die geschlossenen Eingangstüren der anderen Wohnungen schweifen. Einige seiner Nachbarn kannten wir – nicht namentlich, aber ihre tägliche Routine und ihre Jobs. Im zweiten Stock lebte ein Professor für Film mit seinen zwei Söhnen, die jeden Sonntag Hasch rauchten (ungefähr zwanzig Sekunden, nachdem sie sich den Joint angezündet hatten, drang der Geruch durch Jesses Fenster). Eine Etage darüber wohnte eine Masseurin, die spätabends noch Besuch von Männern bekam, die wirkten, als kämen sie direkt aus dem Sportstudio. Dann gab es noch die Frau in den Zwanzigern, deren Freunde jeden Samstagabend kamen und Kissen, Kerzen und Papiertüten mit Süßigkeiten und Bier mitbrachten. Mit ziemlicher Sicherheit trafen sie sich zu einer Art Séance. Der Hausmeister schritt regelmäßig die Straße vor dem Gebäude ab. Er war vertrauenerweckend und sehr gesellig, während er den Gehweg reinigte. Häufig war ich hin- und hergerissen dazwischen, mit ihm über das Wetter zu plaudern oder ihm meine tief verborgenen Gedanken anzuvertrauen.

Jedes Mal, wenn ich die Treppe zum vierten Stock hinaufging, erfuhr ich eine Menge darüber, was die Menschen so trieben. Es war kein Geheimnis. Nichts davon war etwas, was »die Leute tun, wenn sie sich unbeobachtet glauben«. Daran war nichts Peinliches. Beschämend wäre es nur gewesen, spätabends *keinen* Besuch mehr zu bekommen und *nichts* zu verbergen zu haben.

Die Leute hier im Haus waren schon fasziniert, wenn Jesse nur nieste. Er erzählte ihnen von seiner Band und darüber, dass er auf einer Kunstinstallation auf der Rivington eine Colaflasche als Trompete spielen musste. Sofort war er akzeptiert und wurde sogar von der älteren italienischen Dame auf seiner Etage zum Dinner eingeladen. Wenn ich denselben Leuten begegnete, sahen sie mich nicht einmal an, so belanglos fanden sie mich. Sie blickten zur Seite, als könnte meine Unerfahrenheit sie blenden. Doch auf Jesse mit seiner Musik und seinen Geschichten über Drogenhandel in der Ivy League ließen sie nichts kommen.

»Ich war mir nicht sicher, ob es vielleicht schon zu spät ist«, sagte ich. »Ich hatte angerufen, aber du bist nicht drangegangen. Wie üblich.«

»Es ist nie zu spät«, versicherte er. »Ich bin immer noch auf, das weißt du doch.« Jede Stufe, auf die ich trat, knarrte, und zwar so heftig, dass ich fürchtete, einzubrechen und bis ganz nach unten zu fallen.

»Hast du Hunger?«, erkundigte sich Jesse.

»Immer.«

»Du solltest im Restaurant essen«, meinte er.

»Habe ich. Aber das war um vier Uhr.«

Das Dinner für die Nobu-Mitarbeiter am frühen Abend war für mich das, was ich mir unter einem königlichen Mahl vorstellte. Das Essen war mittelmäßig, aber das war mir egal. Ich lud mir Hühnchen und frittiertes Gemüse auf den Teller. Dann steckte ich mir noch fünf Cookies in meine Schürzentasche und aß sie in dem schmalen Gang hinter dem Restaurant, bis mir eine der Kellnerinnen erklärte, ich müsste das nicht heimlich tun. »Die sind ausschließlich für die Mitarbeiter, nicht für die Gäste. Du kannst so viele essen, wie du willst«, sagte sie mit einer Mischung aus Höflichkeit und Herablassung. Ich betrachtete die flachen Cookies mit den dunklen Flecken und fühlte mich leicht beschämt, weil ich sie für etwas Besonderes gehalten hatte.

»Und warum hast du am Ende deiner Schicht nicht noch etwas gegessen?«

Ich seufzte. »Ich kann mich nicht überwinden, etwas zu essen, was die Gäste auf ihren Tellern übrig gelassen haben«, sagte ich. »Darüber haben wir doch schon gesprochen.«

»Anfängerin.«

»Höhlenmensch.«

»Also schön, Porter«, erwiderte er, »keine prähistorischen Beleidigungen nach Mitternacht.«

»Wie war dein Abend?«, erkundigte ich mich.

»Ähm, okay. Ich habe mich kurz mit Ian und Chris getroffen.«

Die beiden waren Jesses Bandkollegen. Sie trafen sich ein paarmal pro Woche in einem gemieteten Studio, um gemeinsam zu üben. Schon im College hatten sie zusammen gespielt, auf kleinen Veranstaltungen in Brooklyn und auf den »Partios«, den Partys im Innenhof der Columbia Business School jeden Donnerstag. Jetzt arbeiteten sie an ihrem Debütalbum, und sobald es fertig war, wollten sie es im Internet vertreiben.

Als wir im vierten Stock ankamen, war ich außer Atem. Ich wusste nicht, ob es an den vielen Stufen lag oder daran, dass Jesse immer wieder nach meinem Rock gegriffen hatte. Er öffnete die Tür, und ich sah mich in der vertrauten Umgebung um, betrachtete das Kunstledersofa, die Küche mit dem winzigen Kühlschrank, die zwei Kochplatten und die Matratze auf dem Fußboden. Jesse hatte eine Lampe angelassen. Ein Fenster, das zur Straße hinausging, war gekippt – dieses verdammte Fenster, das nichts als Ärger brachte. Eines Morgens, als ich aufwachte, bemerkte ich eine Ameisenstraße. Sie zog sich vom Fenster durch die ganze Wohnung bis zu ein paar Frühstücksflocken-Krümeln, die auf dem Küchentresen lagen. Die Decke war niedrig und rissig, als würde sie jeden Moment einstürzen. Die Böden waren uneben. Das Einzige, was etwas Farbe in die

Wohnung brachte, waren die bunten Buchrücken im Bücherregal. Die Klassiker: Hemingway, Pynchon, Carver, McCarthy.

Jesse schloss die Tür und legte den Arm um meine Taille. Ich schloss die Augen. »Ich muss mal aufs Klo«, sagte ich, als er mich auf die Schläfe küsste.

Hastig ging ich ins Bad, blieb vor dem Spiegel stehen und betrachtete die stockfleckigen Wände. Ich brauchte eine Sekunde, um mich zu sammeln und mich bereit zu machen für den Jesse-Teil des Abends. Ohne nachzudenken, schrubbte ich die Wände mit einem Stück feuchtem Toilettenpapier, allerdings erfolglos. Also konzentrierte ich mich auf einen großen Fleck am Duschvorhang.

Schließlich wusch ich mir das Gesicht im Waschbecken. Das kalte Wasser tat gut, und ich ignorierte die Tatsache, dass das Wasser ein bisschen braun aussah. *Okay. Okay.* Alles verblasste ein wenig – das Chaos im Restaurant, die Fahrt mit der U-Bahn hierher, der kurze Gang durch die Lower East Side. Ich schloss die Augen und lauschte dem Rauschen des Wassers und dem leisen Surren des Ventilators in der Ecke.

Noch ein letztes Mal spritzte ich mir Wasser ins Gesicht. In einem kleinen Loch unterhalb des Wasserhahns bemerkte ich ein paar Fühler, die sich hin und her bewegten. Ich erschauerte und drehte den Hahn zu. Eine große Kakerlake krabbelte aus dem Loch. Ich keuchte auf und rannte aus dem Bad. Panisch öffnete ich den Wandschrank und drückte Jesse einen Besen in die Hand.

»Wir haben *Mitbewohner*«, erklärte ich dramatisch. »Im Bad. Eine riesige Kakerlake. Töte sie. Bitte, töte sie!«

Mit dem Besen in der Hand blieb er einen Moment stehen. Dann lehnte er ihn an die Wand, ging in die Küche und kam mit einem Papiertuch zurück. Damit verschwand er im Bad, und wenig später hörte ich das Geräusch der Toilettenspülung. Kopfschüttelnd kam er zurück ins Wohnzimmer.

»Den drückst du mir in die Hand?«, meinte er lachend und hob den Besen. »Hattest du kein Maschinengewehr zur Hand?«

Dann machte er meine Stimme nach. »Wir haben *Mitbewohner*. Himmel noch mal.«

»Aber ich ...«

»Den kann ich auch gegen dich verwenden.« Grinsend fuchtelte er mit dem Besen vor meiner Nase herum. »Mal sehen, wie dir das gefällt.« Er jagte mich durch die Wohnung. Ich rannte wie um mein Leben, bis er mich in eine Ecke gedrängt hatte und ich völlig außer Atem war. Vielsagend blickte er mich an und kam auf mich zu, näherte sich Schritt um Schritt seiner Beute. Ich versetzte ihm einen Hieb gegen die Brust, um ihn wegzustoßen, doch er fegte mit dem Besen über meine Füße und jagte mich weiter, bis wir beide erschöpft aufs Bett fielen.

»Was ist mit *Outdoor World* passiert?«, wollte er wissen. »Ich dachte, du stehst mittlerweile auf der Seite der Insekten.«

»Da hast du dich geirrt«, erwiderte ich lachend.

»Wenn wir schon von deinem Job sprechen ...«, sagte Jesse, nachdem wir einen Moment einfach so dagelegen hatten. Dann verkündete er, dass er ein kleines Geschenk für mich habe, und griff nach etwas am Fuße des Bettes. Ich setzte mich hin. Jesse überreichte mir eine lange, schmale schwarze Schachtel. Vorsichtig öffnete ich sie, als könnte etwas Lebendiges darin sein. Offensichtlich hatte ich noch immer die Kakerlake im Hinterkopf.

»Ein Stift?«, fragte ich und betrachtete den silbern glänzenden Gegenstand.

»Ja, und er kann leuchten.« Jesse drückte einen kleinen Knopf an der Seite, und schon leuchtete ein gelbliches Licht an der Spitze.

»Damit kannst du deine Artikel schreiben«, erklärte er. »Ich habe ihn in diesem seltsamen Vintage-Laden in Houston entdeckt und mir gedacht, du könntest ihn gebrauchen, wenn du zum Nachtangeln gehst und es zu dunkel zum Schreiben ist.«

»Ich gehe nicht zum Nachtangeln«, widersprach ich grinsend. »Mein Gott. Gibt's das wirklich? Gehen die Leute nachts fischen?«

»Das gibt es, und es könnte sein, dass du darüber schreiben musst«, sagte Jesse. »Schließlich bist du jetzt ein Naturbursche.«

»Bin ich nicht. Ich tue nur so, in der Autorenzeile.«

»Ich weiß nicht ... Du machst den Eindruck, als finge es an, dir zu gefallen. Ich sehe es schon kommen, dass du an den Wochenenden mit mir zelten gehen willst.«

Energisch schüttelte ich den Kopf. »Ich bin aus New York. Da schläft man drinnen.«

»War nur ein Scherz«, sagte er, während er den Stift betrachtete. »Eigentlich ist er für Auftritte – Konzerte, verstehst du? Denn da ist es meiner Erfahrung nach auch dunkel.«

»Oh!« Ich umarmte ihn, und meine Knie sanken in die Matratze. »Für Konzerte!«, wiederholte ich. »Klar! Danke. Träumen darf ich ja wohl.«

Er zog sein T-Shirt aus. »Mann, ist das heiß hier.« Er rutschte ein Stück zurück, um sich an die Wand zu lehnen, und zog mich mit sich. Über sein Handgelenk hatte er ein Gummiband gestreift, seine Füße waren leicht gebräunt und ein bisschen schmutzig. Zu dem Klang der Menschen, die sich unten auf der Straße etwas zuriefen, küssten wir uns, und dann zu einem Hupkonzert. Keiner von uns zog sich zurück. Jesse legte seine Beine enger um meine, seine Haut war warm und roch nach Zigaretten.

»Du triffst dich nicht mit jemandem in dem Restaurant, oder?«, wollte er atemlos wissen.

»Machst du Witze?«, erwiderte ich, während ich eine Haarsträhne von meinem Mund zurückstrich. »Ich bin doch fast jeden Abend hier!«

»Das weiß ich, aber ich will nicht, dass du dich dort in irgendeinen Kerl verliebst, jemanden, der deine Witze lustig findet und dich unter dem Vorwand nach Hause bringt, er sei um deine Sicherheit besorgt.« Er sprach das Wort *Sicherheit* mit unverhohlenem Spott aus.

»Tatsächlich gibt es da jemanden im Restaurant, mit dem ich befreundet bin«, sagte ich und lehnte meinen Kopf an seine Brust. »Er heißt Joseph und kommt aus Polen. Er hat mich eingeladen, mit ihm Meeresfrüchte essen zu gehen.«

Mir war klar, dass ich das ausschlachten und genießen musste. Jesse sprach fast nie über unsere Beziehung, aber die Augenblicke, wenn er es mal tat, waren herrlich.

»Hat er das?«, sagte er neckend.

»Er ist mir gegenüber nicht so streitlustig wie du, und dadurch fehlt dieser Beziehung das gewisse Etwas.«

Jesse legte seine Arme um mich und bettete seinen Kopf an meinen Hals. »Ach, das ist es also, was unsere Beziehung besonders macht? Meine Streitlust?«

Ich lehnte meinen Kopf an seinen, und dann küssten wir uns erneut voller Leidenschaft. Schließlich ließ er sich aufs Bett gleiten und riss mich mit sich, bis wir nebeneinanderlagen. Jesse fasste meine Handgelenke, streckte meine Arme über den Kopf und hielt sie mit einer Hand fest, während wir uns weiter küssten. Mit der anderen zog er mich aus, und ich wehrte mich nicht. Plötzlich hielt er inne, als ob ihm eine Idee gekommen wäre. Er hob mich hoch und trug mich zum Fenster.

»Lass mich runter!«, kreischte ich, doch er öffnete mit einer Hand das Fenster.

»Das werde ich«, entgegnete er und setzte mich mit einer Mischung aus Vorsicht und Gleichgültigkeit auf der Fensterbank ab. Nackt saß ich da, meine Beine um seinen Körper geschlungen, und bedeckte meine Brüste mit den Armen.

»Was tust du da?«, wollte ich wissen.

»Das Beste, was man um diese Uhrzeit tun kann.«

So blieben wir eng umschlungen auf der Fensterbank, und in Wirklichkeit war es mir an diesem Punkt völlig egal, wo wir waren. Ich war froh, dass er mich nicht gefragt hatte, sondern mir sagte, was ich tun sollte, wie ich mich zurücklehnen, den Kopf und den Oberkörper aus dem Fenster strecken sollte, während er mich festhielt. Jede Sekunde unserer gemeinsamen Zeit war ein besonderer Moment, und ich wollte sie wahrnehmen und voll auskosten. Seine Vorlieben waren niemals vorhersehbar, niemals unbeholfen. Sie ergaben Sinn. Die Fensterbank war hüfthoch, und ziemlich schnell wurde mir klar, dass er das hier schon einmal gemacht hatte. Ich war nicht die Erste. Aber ich fragte nicht danach. Das tat ich nie.

»Gleich falle ich«, warnte ich ihn, doch er stützte meinen Rücken mit seinen Händen.

»Das wirst du nicht«, meinte er.

Anfangs war es ein witziges Gefühl, Sex zu haben über den Köpfen all der Menschen in ihren Wohnungen, die gar nicht auf den Gedanken kamen, nach oben zu schauen. Es war wie ein Rausch zu wissen, dass es niemand mitkriegte. Ich entdeckte keinen einzigen Passanten, obwohl ich mich umsah und dachte: Irgendjemand muss doch nach oben sehen. *Passiert das etwa ständig? Wie häufig bin ich schon unter Leuten hergegangen, die über mir auf der Fensterbank Sex hatten? Jeder ist mir ausgeliefert, und ich bin allen anderen ausgeliefert.* In diesem Moment nahm ich die Stadt anders wahr. Bisher hatte ich immer geglaubt, nur ich beobachtete die anderen, doch jetzt wurde mir klar: Auch sie beobachteten mich.

»Sag was«, flüsterte Jesse. Ohne es bemerkt zu haben, war ich still geworden. »Wenn du nichts sagst, macht es keinen Spaß, Schatz.«

Ich schüttelte den Kopf, doch dann stöhnte ich leise auf. Meine Stimme klang irgendwie falsch, als sie in der Weite verebbte. Jeder muss das tun, richtig? Alle Leute machen es. Warum kann ich das nicht begreifen? Jeder hat Sex. Jeder hat Fenster. Es ist die einfachste Art, mit jemandem zu schlafen, und noch dazu bietet man anderen einen netten Ausblick. Es war schwer, sich auf den Sex zu konzentrieren, weil er so extrovertiert war, aber ich gab mein Bestes. Auf einmal spürte ich eine neue Verletzlichkeit in dieser Stadt, und ich war ein Teil davon. Ich war ein fester Bestandteil geworden, ein Ornament an einem Gebäude. *Wo sind nur alle? Warum schauen sie nicht aus ihren Fenstern?*

Jesse hatte einen Fuß auf die Heizung gestellt, und ich hörte, wie sein Knie das Fensterglas durchstieß. Bebend hielt ich mich an der Feuerleiter fest. Überall um uns herum lagen Glasscherben. Als ich nach unten sah, entdeckte ich den Hausmeister, der zu uns heraufblickte. »*Ich* ersetze das nicht!«, rief er.

Kaum waren wir zwei Minuten im Bett, stand Jesse schon wieder auf und ging durchs Zimmer, um seine Gitarre zu holen. Nachdem er zurückgekommen war, bat er mich, mir ein Lied vorspielen zu dürfen, das er heute geschrieben habe. In Boxershorts setzte er sich im Schneidersitz auf die Matratze und spielte es mir vor, dann wartete er auf meine Reaktion. Er hatte schon bessere Songs geschrieben, allerdings hatte ich keine Ahnung, wie ich ihm das sagen sollte. Also blieb ich einfach schweigend sitzen. In dem Moment, wenn er aufhörte zu spielen, war die Atmosphäre immer spannungsgeladen. Ich hatte gelernt, vorsichtig zu reagieren. Jetzt spürte ich, dass er den Atem anhielt. Ich wollte den Abend nicht ruinieren, deshalb sagte ich: »Es handelt vom Frühling oder von … Kalifornien? Im Frühling? Entschuldige, du weißt, wie schlecht ich darin bin …« Meine Stimme war sanft und zuckersüß. Aber er war so aufgewühlt, dass er aufstand und die Gitarre wieder in die Ecke stellte. Dann schnappte er sie sich noch mal und verstaute sie im Instrumentenkasten.

»Erklär es mir«, bat ich, aber es war nichts mehr zu retten.

»Vergiss es.«

»Ich möchte es verstehen …«

»Lass es uns vergessen, okay? Erzähl mir lieber noch was von deinem Abend.«

Seufzend bohrte ich meine Fäuste in die Matratze. Er beobachtete mich, und ich sah, dass sein Hals rot angelaufen war. In den vergangenen Wochen war Jesse extrem empfindlich geworden, was seine Musik betraf. Ich ahnte, dass er nicht besonders produktiv gewesen war und irgendjemanden brauchte, den er dafür verantwortlich machen konnte. Zuerst waren es die Bandmitglieder gewesen – er sagte, sie seien faul, zu zögerlich, unpünktlich –, aber mittlerweile lastete die Verantwortung auf meinen Schultern. Die meiste Zeit wusste ich nicht einmal, worüber wir stritten.

Er sagte etwas wie: »Du hast mich immer noch nicht wirklich verstanden, oder? Das ist nicht mal dein Fehler. Ich glaube, dir fehlt die emotionale Fähigkeit, mich zu verstehen.«

Ich reagierte darauf äußerst reif, nämlich indem ich schrie: »Sag über mich, was du willst. Aber *beleidige nicht* meine emotionale Fähigkeit!«

»Vielleicht ist unsere Beziehung das Problem«, sagte er dann – mehr zu sich selbst als zu mir, während er durch seine Wohnung lief. »Vielleicht schadet es meinem Talent, etwas wirklich Interessantes zu schreiben, wenn ich mit jemandem zusammen bin, der so beständig ist wie du.«

Das machte mich richtig sauer.

»Du findest mich *beständig*?«

»In dem einen Moment willst du, dass ich düster drauf bin. Und im nächsten erwartest du, dass ich mich zusammenreiße und darüber hinwegkomme.«

»Das stimmt nicht! Ich will dir Geborgenheit geben in dieser Welt.«

Jesse fing an, Dinge in seinem Apartment hin und her zu schieben, knallte viel zu heftig Schubladen zu, trat mit aller Kraft gegen die Matratze und sah zu, wie sie ein Stück über den Boden flog. Er schlug mich nie, aber ein paarmal war er hinter mir hergerannt, als würde er es am liebsten tun. Ich hatte immer das Gefühl, wenn ich auch nur einen Moment länger in seiner Nähe bliebe, würde er es machen. Aber ich lief jedes Mal schnell davon, mit der Angst davor im Nacken, was von ihm übrig bliebe, wenn das, was in seinem Innern lauerte, sich Bahn brechen würde. Ich hastete aus seiner Wohnung, die Treppe hinunter auf die Straße und knallte panisch und erleichtert die Tür hinter mir zu, als wäre mir im letzten Moment die Flucht gelungen. Manchmal folgte er mir nach draußen, und dann schrien wir uns auf der Straße an – laut genug, um alle Nachbarn aufzuwecken.

Gelegentlich zog er nach einem Streit noch mitten in der Nacht los, wenn ich zu müde war, um zu protestieren oder überhaupt zu begreifen, was er vorhatte. Mit glasigen, blutunterlaufenen Augen und halb bewusstlos kam er dann gegen fünf Uhr nach Hause. Wir sprachen darüber, wie viel er getrunken hatte, über seine Songs und die Schwermut, die ihn manchmal überfiel und ihm den Schlaf raubte. Ich war seine Freundin und gleichzeitig rund um die Uhr seine Therapeutin. Jedes Mal, wenn er nach Hause zurückkehrte, saß ich in Alarmbereitschaft im Bett und hörte, wie Jesse sich im Bad übergab. »Geht es dir gut?«, fragte ich dann schlaftrunken. Seine Reaktion darauf war, den Wasserhahn aufzudrehen, damit ich nichts mehr hörte. Sobald er im Bett lag, verlor er das Bewusstsein, und ich wachte jede halbe Stunde auf, um mich zu vergewissern, dass er noch atmete.

Eines Morgens lag er nicht neben mir, als ich aufwachte.

Ich fand ihn schlafend auf der Couch und versuchte zu erfahren, warum er nicht im Bett lag, doch er schien mich nicht zu hören. Daraufhin beugte ich mich über ihn und horchte auf seinen Herzschlag. Er begann, den Kopf hin und her zu drehen. Auf dem Teppich neben ihm stand eine durchsichtige Plastiktüte. Als ich seinen Namen sagte, zitterten seine Beine, als versuchte er, sich gegen negative Energie in seinem Innern zu wehren. Ich weiß noch, wie besorgt ich war und dass ich die Wohnung nicht verlassen konnte. »Jesse«, sagte ich, und meine Stimme wurde immer lauter, klarer, eindringlicher. Irgendwann öffnete er die Augen, doch als er mich ansah, schien der Mensch, den ich kannte, weit fort zu sein. Stunden später beichtete er mir, dass er Drogen genommen und auf der Couch geschlafen habe, um mir nicht zu nahe zu sein. Es war ihm zu peinlich gewesen.

An einem Morgen, in einem Park an der Essex und Canal Street, erklärte er sich endlich. Er erzählte mir, wie er Drogen im College genommen hatte, aber nichts Wildes, nur zum Ausprobieren. Und wie er welche verkaufte, um an Geld zu kommen, und möglicherweise hier und da auch nach dem College noch mal in Versuchung geraten war. Es hatte angefangen, als bei seinem Bruder, der zehn Jahre älter war als Jesse, eine bipolare Störung festgestellt worden war. Seine Familie war am Boden zerstört gewesen. Die Störung sei genetisch, erklärte Jesse, und manchmal befürchte er, ebenfalls betroffen zu sein. Drogenkonsum sei der Klassiker für manische und bipolare Menschen. Es liege in ihrer Persönlichkeit begründet, Höhen und euphorische Momente zu erleben, aber es gebe eben auch Tiefen. Und wenn man in ein Tief abrutsche, wolle man wieder herauskommen. Im College sei er einmal aufs Dach des Technik-Gebäudes geklettert. Ich erklärte ihm, dass er keine Technik-Kurse belegen müsse, wenn er es nicht wolle, und das brachte ihn zum Lachen. Eigentlich sei das gar nicht seine Art, beteuerte er, die Drogen, die Selbstzerstörung. Tief in seinem Herzen möge er es am liebsten, wenn wir zusammen im Bett lägen und Musik hörten und er mich damit necke, dass ich einen schlechten Geschmack hätte. Er nannte es *Erholung*, nach einer langen Nacht unterwegs mit mir zusammen zu sein. Für ihn bedeute es *Erholung*, wenn ich bei ihm sei und es mir mit ihm in seiner Wohnung gemütlich mache. Es bedeute, dass wir in der Dunkelheit zusammen seien, Filme ansahen und Essen aus dem chinesischen Restaurant besorgten, in dem Jesse mittlerweile von dem gesamten Team begrüßt wurde. Jedes Mal war die Tüte, die er mitbrachte, voll mit Glückskeksen, die sie ihm kostenlos dazulegten. Wenn er nachts geräuschvoll neben mir schlief, lag ich still und zufrieden in seinem Bett. Nicht nur für ihn war es eine Zuflucht, für mich ebenso. Ich hörte auf, mir über andere Dinge Sorgen zu machen. Alles trat in den Hintergrund. Das Einzige, was zählte, war, dass Jesse lebendig war.

Ich stand auf, zog mich an und wappnete mich für einen Kampf. »Das Lied hat mir gefallen«, beteuerte ich. »Und es ist nicht mein Problem, wenn *du* es nicht magst.« Ein paar Minuten vergingen, ehe er sich beruhigt hatte und zu mir kam, als ich gerade dabei war, mir die Schuhe anzuziehen. Er drückte seine Wange an meine, schlang seine Arme um mich, hob mich hoch, sodass mir die Schuhe von den Füßen rutschten, und trug mich zurück zum Bett. »Geh nicht. Geh nicht«, flüsterte er. Ich klammerte mich an seinen Hals.

Der Musiker und die Musikkritikerin.

»Weißt du was?«, meinte er, nachdem er mich auf die Matratze gebettet hatte. »Lass uns ausgehen. Wir müssen hier mal raus.« Was er meinte, war, dass wir über unseren Schatten springen sollten, trotz unseres Streits. Auf seinem Gesicht lag ein verschmitzter Ausdruck. Er stand auf, ging zu seinem Kleiderschrank und sah mich an.

»Okay«, stimmte ich zu. Ich hätte jetzt sowieso nicht schlafen können. Nach der Arbeit kam ich selten vor drei Uhr nachts zur Ruhe. Irgendetwas in mir weigerte sich abzuschalten. Dennoch ging es mir in Jesses Wohnung besser als woanders. Wenn er nicht neben mir im Bett lag, blieb mir die Vorstellung von ihm. Dann malte ich mir aus, dass ich ihn zu mir heranzog, mich an ihn kuschelte und das Gefühl hatte, an einem sicheren Ort angekommen zu sein. *Wenn alles in deinem Leben unsicher ist, klammerst du dich an Klarheit, wo immer du sie findest. Du klammerst dich an alles, was gut oder vertraut scheint.* Ob er ahnte, dass ich fünf Nächte die Woche von ihm träumte? Dass jeder Song von ihm handelte?

Ich konnte nicht zulassen, dass er ohne mich ausging und völlig high wieder nach Hause kam. Es machte mich fertig, ihn so zu sehen – unfähig zu gehen, zu sprechen oder auch nur seinen Kopf hochzuhalten.

»Ich komme mit«, sagte ich.

»Und wohin gehen wir?« Er kam zum Bett herüber und küsste mich auf den Scheitel. »Wie wär's mit PKNY?«, schlug er vor, während er mir die Hand auf die Schulter legte.

»Was ist PKNY?«

»Dein Ernst? Painkiller New York? Bist du da noch nie gewesen? Ich bin sicher, dass du es kennst. Es ist diese kleine Bar ein paar Blocks weiter. Offensichtlich haben sie einen neuen Drink mit Rum und Banana Colada, der dich nicht nur deine Schmerzen vergessen lässt, sondern auch, wie man spricht.«

»Klingt perfekt«, meinte ich halb ironisch. Dann stand ich auf, glättete die Steppdecke und schüttelte die Kopfkissen auf – für meine Mutter. Sobald ich fertig war, schubste Jesse mich leicht, sodass ich zurück aufs Bett fiel und alles ruinierte. Ich seufzte.

»Ich habe gehört, dass Piña Coladas ein Comeback erleben«, sagte er.

»Was du so alles weißt«, entgegnete ich gedankenverloren und starrte an die Decke. »Schön für sie.«

»Ich spüre das Bedürfnis, dass sich Polynesien und Manhattan vereinigen.«

»Das ist kein Bedürfnis.«

»Sei nicht so langweilig. Das ist der Grund, warum wir in Manhattan leben! Darum bezahlen wir einen unglaublichen Haufen Miete. Na ja, zumindest *ich* zahle aus diesem Grund einen Haufen Miete. Du bist ja nur ein Schmarotzer. Aber genau deshalb leben wir hier, Mann! Um morgens um eins in eine Bar in Chinatown gehen zu können.«

»Einverstanden«, sagte ich und setzte mich auf.

»Sehr gut«, meinte Jesse und hielt mir seine Hand zum Abklatschen hin. Noch immer stand er vor seinem Kleiderschrank und überlegte, was er anziehen sollte.

»Willst du ein kariertes Hemd anziehen? Oder ein kariertes Hemd?«, neckte ich ihn lächelnd.

Mit Todesverachtung sah er mich an.

»Du weißt, dass ich fast nie im Hemd ausgehe«, erklärte er mit einer Ernsthaftigkeit, als gäbe er ein Interview zu diesem Thema.

Daraufhin zog er ein Hemd heraus – kariert natürlich, genau, wie ich es vorausgesagt hatte –, warf aus schmalen Augen einen prüfenden Blick in den Spiegel und fuhr sich durchs Haar. Ich zuckte zusammen und wandte meinen Blick vom Spiegel ab. Jesse sah gut aus, aber er wusste es, und das machte ihn ein bisschen weniger attraktiv.

Sobald wir die Wohnung verlassen hatten, schien er es extrem eilig zu haben. Ich ging hinter ihm her, sah an mir hinunter und versuchte herauszufinden, was ich eigentlich in der Eile angezogen hatte. Als er irgendwann anhielt, hob ich den Blick. Wir standen vor einem winzigen Gebäude, das aussah, als wäre es eine Garage, in die gerade mal ein Auto passte. Es gab kein Vordach, keinen Namenszug. Ich konnte das silbrige Metallgitter sehen, das am Ende der Nacht heruntergezogen werden würde. Auf eine Wand neben der Bar hatte jemand eine grüne Palme vor einem himmelblauen Hintergrund gemalt.

»Hier ist es«, erklärte Jesse, öffnete die Eingangstür und ließ mich vorgehen.

Drinnen erwartete uns eine Bar aus Bambus. Überall standen farbenfrohe Drinks mit Schirmchen und Kirschen, die zusammen mit einem Stück Ananas auf einen Strohhalm gesteckt waren. Einige Gäste hatten flambierte Shots bestellt, die in einer halben Kokosnuss serviert wurden. Halbierte Wassermelonen-Schalen mit neonfarbenen Strohhalmen darin wurden an uns vorbeigetragen. Ich konzentrierte mich auf die Menschenmenge und hörte kaum zu, was Jesse mit dem Barkeeper besprach, den er natürlich kannte. Er kannte jeden Barkeeper im Umkreis von fünf Häuserblocks.

Am anderen Ende der Bar entdeckte ich Kate und konnte mein Glück kaum fassen. »Kate ist hier!«, schrie ich und tippte Jesse mehrmals auf die Schulter. Sie trug ein graues Tanktop zu schwarzen Shorts und eine lange Kette, an der ein Kristall baumelte. Auf Zehenspitzen stehend, um über die Gästeschar hinwegsehen zu können, deutete ich in ihre Richtung. Jesse sah zu ihr hinüber und dann wieder zu mir. Er verdrehte die Augen.

»Hey, lass das«, protestierte ich. »Kate ist meine Freundin.«

»Ich bin der einzige Freund, den du brauchst.«

»Das ist nicht wahr«, widersprach ich.

Er grinste. »Ich gehe nach unten«, sagte er dann.

»Was gibt es da?«

»Ein paar von *meinen* Freunden«, erklärte er achselzuckend.

»Aber ich muss Kate begrüßen.«

»Kannst du doch.«

»Okay … Dann, ähm, treffen wir uns in ein paar Minuten unten?«

Er nickte, und ich war ein bisschen erleichtert, mich ohne ihn mit Kate unterhalten zu können. Schließlich hatte ich sie seit ein paar Wochen nicht gesehen. Und damals hatten wir nicht gerade ein harmonisches Essen miteinander gehabt. Normalerweise bedeutete ein gemeinsames Dinner mit ihr perfekte Gesprächsrunden. Von dem Moment an, wenn wir uns setzten, die ersten Drinks kamen und das Brot serviert war, unterhielten wir uns so intensiv und sprachen so schnell, dass wir kaum bemerkten, was wir aßen. Doch beim letzten Mal war die Atmosphäre aus irgendeinem Grund distanziert gewesen. Vielleicht hatte Kate auch schlechte Laune wegen ihres Jobs gehabt oder etwas anderes passte nicht so richtig. Jedenfalls spürte ich nicht die gleiche Verbindung zu ihr wie sonst. Doch als ich mir jetzt den Weg zu ihr hinüber bahnte, war ich fest entschlossen, die Sache geradezubiegen und unser Verhältnis wieder zu normalisieren. Mir wurde klar, wie sehr ich sie seit diesem Dinner vermisst hatte.

Breit lächelnd steuerte ich auf sie zu. Nichts ist so prickelnd, wie zufällig eine enge Freundin zu treffen.

»Was machst du hier?«, wollte ich wissen.

»Ich bin zufällig mit ein paar Leuten hier«, erklärte sie, längst nicht so begeistert wie ich. »Du willst nicht wirklich wissen, was ich für einen Abend hatte.«

Hinter ihr an einem Tisch saßen vier Typen, die wir vom College kannten – Glick, Ben, Danza und Julian. *Ah-ha.* »Juuuuulian ist ja auch hier«, stellte ich fest und sprach den Namen in einem Singsang aus. »Warum quälst du den armen Jungen?«

»Der arme Junge hat eine Freundin«, gab sie zurück. »Aber ich denke, ich könnte trotzdem versuchen, ihn anzugraben.« Mit einem Anflug von schlechtem Gewissen lächelte sie. »Ist das schlimm?«

»Für seine Freundin? Ja. Definitiv.«

Sie verdrehte die Augen. »Erzähl mir von dir und Jesse«, sagte sie und nahm einen Schluck von ihrem Cocktail, der aussah wie ein Erdbeer-Daiquiri.

Ein paar Sekunden lang starrte ich sie an. Die Wahrheit war, dass ich ungern mit meinen Freundinnen über meine Beziehung zu Jesse redete. Ich wusste nie, was ich sagen sollte.

»Es läuft wirklich gut …«, begann ich. »Außer wenn es mies läuft.«

Sie nickte. »Das ist normal, Eve.«

»Ich weiß.«

»Wie mies ist denn mies?«

»Eine ganze Menge Alkohol und Drogen.«

Sie verzog keine Miene. »Und wenn es gut läuft?«

Ich holte tief Luft. »Ein Feuerwerk.«

»Also Standard, Eve.«

»Aber es verändert sich ständig. Ich kann mich auf nichts verlassen.«

»Möchtest du das denn?«

Fragend starrte ich sie an.

»Eve, ich denke, wenn du mit jemandem zusammen wärst, mit dem es keine Höhen und Tiefen gäbe, würdest du wahnsinnig.«

»Das ist … nicht wahr. Mit Höhen und Tiefen hat es nichts zu tun. Es geht nur um den Menschen. Jesse und ich …«

Lächelnd verdrehte sie die Augen. »*Ohhh*, ja. Jesse und du. Ich weiß, ich weiß. Diese unsagbare Verbindung, die ich nicht mal *annähernd* nachvollziehen kann. Ihr beide *versteht* einander. Komm schon, mach weiter. Sammle *Erfahrungen*. Mach es einfach. *Vaya con Dios*. Absolut. Aber hey, ich grabe Julian ohne einen offensichtlichen Grund an. Ich bin nicht in der Situation, jemanden zu verurteilen.«

»Trotz allem …« Ich wand mich. »Könnte sein, dass ich ihn liebe.«

»Ernsthaft?«

»Und ist es nicht ziemlich schrecklich, jemanden zu lieben, der dich letztendlich verletzen wird?«

Sie schüttelte ihren Kopf. »Ich liebe pinkfarbene Drinks. Deshalb vertrage ich sie kein Stück besser, aber trotzdem.« Sie streckte ihre Zunge heraus. Und ich sah, dass sie hellrot war.

»Du findest, dass ich mich selbst zu wichtig nehme?«

»*Natürlich* nimmst du dich zu wichtig. Sei einfach nur vorsichtig. Ich werde dich nicht verurteilen oder dir raten, die Sache zu beenden, aber sei vorsichtig. Das ist alles, worum ich dich bitte.«

»Ich mache mich mal auf die Suche nach ihm.«

Also zog ich los, ging die Treppe im hinteren Teil der Bar hinunter ins Erdgeschoss. Dort empfing mich ein langer, mahagonigetäfelter Gang, von dem an beiden Seiten kleine Räume abgingen. Die letzten beiden waren größer. Trotz der Dunkelheit konnte man erkennen, dass in einem ein Tisch stand, in dem anderen ein schwarzes Klavier. Ich steuerte auf einen der kleineren Räume zu. Die Tür war geschlossen, doch unter dem Spalt schien Licht hindurch.

Ich klopfte. »Komm rein!« Drinnen hockten sechs oder sieben Leute um einen Couchtisch mit verspiegelter Glasplatte, auf dem ein weißes Pulver verstreut war. Jesse sah auf und lächelte mir zu.

»Setz dich«, sagte er und rückte ein Stück zur Seite, um mir Platz zu machen.

Ich setzte mich neben ihn und warf einen aufmerksamen Blick in die Runde, ohne ein Wort zu sagen. Ein Mädchen in einem roten Kleid bot mir eine Line an. Sie trug eine Blume im Haar. »Nein, danke«, lehnte ich ab und schüttelte den Kopf. Jesse lächelte mich weiterhin an, spielte mit meinem Haar, strich mir ein paar Strähnen aus dem Gesicht und hielt sie zu einem Pferdeschwanz zusammen. »Ich passe«, betonte ich.

Sie nahm eine Nase. Er nahm eine Nase. Ich starrte auf den Boden. Schließlich gelang es mir, ihn wegzulotsen und die Treppe hinauf zu bugsieren, während er mit seinen Fingern über meinen Ellbogen strich. Ich wollte, dass er mit Kate sprach, damit sie ihre Meinung über ihn – über uns – ändern konnte. Also versuchte ich, mich mit ihm an den Tisch zu setzen und zu plaudern, aber Jesse hatte seine Hände auf meinem Rock, meinen Schenkeln, schließlich unter meinem Rock. Dadurch machte er es mir letztendlich unmöglich, mich zu unterhalten. Der Punkt ging offensichtlich an ihn – er saß einfach nur neben mir und schaffte es, dass wir so bald wie möglich gingen. Die Szene auf dem Fensterbrett blitzte in meiner Erinnerung auf. Ich antwortete fahrig auf Kates Fragen, und wahrscheinlich merkte sie es.

»Weißt du noch, was wir vorhin gemacht haben?«, flüsterte Jesse mir ins Ohr, während ich mit Kate redete.

Wortlos nahm ich seine Hand und versuchte, sie wegzuschieben und in seinen Schoß zu legen, doch damit verschwendete ich nur meine Zeit.

»Ich bin im Moment nicht ganz gesellschaftsfähig«, raunte er an meinem Hals. Seine Hände hatten meinen Rock mittlerweile komplett erobert, und mit den Fingerspitzen glitt er in meinen Slip und schob ihn zur Seite. Ich lachte. Ich fühlte mich ein bisschen benommen. Kurz dachte ich an die Streifen weißen Pulvers, aber ich schob den Gedanken beiseite.

Als Kate aufstand, um auf die Toilette zu gehen, zog Jesse mich am Arm nach draußen, drückte mich gegen die blaue Wand neben der Bar und küsste mich unter der Palme. Es kam mir vor, als wäre es das erste Mal, als würden wir etwas ganz Neues erfinden, worüber niemand anders jemals nachgedacht hätte. Er presste mich an die Mauer, und als er sich von meinen Lippen löste, atmete ich so tief durch, dass ich Sterne sah.

»Können wir jetzt nach Hause gehen und es miteinander treiben?«, sagte er lächelnd. Seine feuchten Lippen waren direkt vor meinen.

»Warte eine Sekunde«, erwiderte ich. »Ich muss dich etwas fragen.«

»Und was?«

Einen Moment lang schwieg ich. »Was … bedeute ich dir?«

»Wie bitte?«

»Du hast mich verstanden. Was bin ich? Für dich?«

»Die Frau, die gleich noch mal kommt.«

»Sei nicht so ein Arschloch.«

»Ist das dein Ernst? In diesem Moment stellst du mir so eine Frage? Ich bin high und will mit dir schlafen.«

»Gäbe es einen besseren Zeitpunkt für diese Frage?« Ich lächelte.

»Ahhhh, verstehe. Du hast mir versichert, keines von diesen Mädchen zu sein. Aber genau das bist du. Du hast mich ausgetrickst.«

»Eins von welchen Mädchen? Ich will nur wissen, was das mit uns ist.«

»Natürlich willst du das. Wahrscheinlich hast du einen ganzen Mitarbeiterstab, der sich diesem Thema widmet, während wir darüber reden.«

»Unsinn. Also gut, hör zu. Du musst mir nicht antworten. Aber kann ich dich um eines bitten? Wenn du dich von mir trennen willst, sag es mir, sobald es dir klar ist. Warte nicht ab, zögere es nicht hinaus, lass mich nicht zweifeln. Sag es einfach.«

»Du bist echt verrückt.«

»Und du beantwortest meine Frage nicht!«

»Ich will nur eine nette Zeit haben, Mann.«

»Und was heißt das?«

»Es heißt …« Er atmete tief und verärgert ein und fuhr sich mit den Fingern durchs Haar. »Himmel, Porter, du bringst mich um, weißt du das? Du bringst mich um mit dem, *was* du sagst, mit der Art, *wie* du es sagst. Wir wissen beide, dass ich im Moment kaum geradeaus gucken kann. Wir haben vorhin gevögelt, aber das spielt keine Rolle, weil es meine Lust auf dich nicht mindert. Es macht mich nur noch heißer. Das ist wie ein Kreis, ich kriege nie genug. Ich verzehre mich nach dir, und es könnte sein, dass das schlecht für meine Gesundheit ist. Wenn du jetzt gingest, würde ich wahrscheinlich sterben. Vermutlich würde ich buchstäblich aufhören zu atmen. Und ich würde alles tun, um dieses Gespräch zu beenden und dich jetzt mit nach Hause zu nehmen. Alles. Wortwörtlich. Ich will dich so sehr, dass es wehtut, verdammt noch mal, es bringt mich um.«

»Du weißt genau, dass ich es nicht mag, wenn du so etwas sagst«, erwiderte ich und sah zu ihm hoch.

»*Ganz sicher* gefällt es dir, wenn ich so etwas sage.«

Ich lächelte. »Ich mache mir Sorgen, dass …«

Ehe ich den Satz beenden konnte, hatte er mich hochgehoben und seine Hände um meine Beine gelegt. Halb protestierte ich, halb musste ich lachen. Jesse trug mich die Straße hinunter. Keine Ahnung, woher er die Energie hatte. Als wir vor seinem Haus angekommen waren, ließ er mich herunter und blieb vor mir stehen. Dann kam er immer näher, bis sich unsere Nasenspitzen berührten. In dieser Position hielt er inne, und wir schlossen beide die Augen.

»Jesse«, flüsterte ich und spürte, wie ich mich innerlich wehrte. Als er mich umarmte, konnte ich mich nicht an ihn schmiegen. Mir wurde bewusst, dass ich mit ihm nach oben gehen, mit ihm schlafen und neben ihm einschlafen könnte. Ja, ich könnte mich sogar ganz dicht an ihn kuscheln. Aber es würde nicht mehr stimmen. Selbst wenn er sich zu mir bekannte, würde ich es nicht mehr spüren. Stattdessen empfand ich hier, mit ihm auf der Straße, die Zerbrechlichkeit meines Körpers auf meiner Haut und sah vor meinem inneren Auge ein Schlaglicht von Kates pinkfarbener Zunge. Ich war gegangen, ohne mich von ihr zu verabschieden.

»Sieh mal«, begann er, während er die Arme um mich schlang und mich an sich zog, »das sind wir. So ist es gut. Erkennst du das nicht?«

Unbehaglich blickte ich mich um. Diese Nachbarschaft war nicht meine. Mir kam es vor, als fehlte irgendetwas, als müsste unter mir noch etwas sein, doch stattdessen hielt ich mich nur mit äußerster Mühe aufrecht. Da war nichts, worauf ich mich verlassen konnte.

Meine Brust wurde eng, und ich stieß einen Laut aus, den Jesse offensichtlich für ein lustvolles Stöhnen hielt, tatsächlich aber war es ein Ton, den ich auf dem Gipfel einer Panikattacke ausstieß. Das hier war nicht beständig. Ich war nicht beständig. Nichts in meinem Leben war verdammt noch mal beständig.

Als Jesse sein Gesicht an meinem Hals barg, schloss ich die Augen, und wie immer in den vergangenen sechs Jahren, wenn ich dabei war, mich von jemandem zu lösen, wünschte ich mir, meine Mutter wäre bei mir.

Eve

Kindheit in der Bronx (Oder: Vertraue niemals einem Mitternachtssnack)

Es war im Sommer 1997. Ich hatte eine Mission und trat schnell in die Pedale, während ein Gedanke in einer Endlosschleife in meinem Kopf kreiste.

Ich musste mit meiner Mutter sprechen.

Die Häuser zogen an mir vorbei, große gemauerte Vierecke, eines wie das andere: eine halbkreisförmige Auffahrt, ein paar verloren wirkende Büsche, zwei oder drei Bäume an der Straße, aber zu weit entfernt, als dass man sie berühren könnte. Von der Kingsbridge Academy, der öffentlichen Schule in unserer Nachbarschaft, musste ich nur ein paar Blocks weit radeln, um nach Hause zu kommen, und ich kannte den Weg mittlerweile in- und auswendig. Daher konnte ich es mir erlauben, etwas leichtsinnig zu sein. Ich konzentrierte mich nicht auf Autos oder anderen Verkehr auf der Straße, achtete nicht auf die Ampeln. Es war sowieso ein grauer Tag, an dem man nichts erkennen konnte. Der Schulranzen schlug gegen meinen Rücken, während ich mir die Seele aus dem Leib strampelte. Nur eines war wichtig: Ich musste mit ihr reden, ehe es zu spät war.

Ich bog nach rechts in die Blackstone Avenue ab, weiter bis zum Ende unserer Straße, die in einem Kreisel endete. Unser Haus lag versteckt hinter dem Henry Hudson Parkway, nicht direkt an der Schnellstraße, aber doch so nah, dass wir nachts, wenn alles ruhig war, die Autos hören konnten. Es war das dritte von vier Häusern auf der linken Seite, jedes von ihnen hatte ein rotes Vordach. Neben den anderen Gebäuden fiel die Häuserreihe auf. Sie schien nicht hierherzugehören, war kleiner und schmaler und fügte sich nicht in die Umgebung ein. Unser Haus war das einzige der vier mit sauberen Gardinen in jedem Fenster. Es war nicht das beste Viertel von Riverdale, nicht der grüne, vorstädtisch wirkende Teil, in dem man sich eher fühlte wie in Westchester als in der Bronx. Es war der Teil der Nord-Bronx, wo jene Menschen lebten, die nicht viel Geld hatten, dennoch war es – verglichen mit der Süd-Bronx – immer noch ein schützendes Bollwerk.

Ich lehnte mein Rad an eine Reihe von Mülltonnen und schloss die Haustür mit dem Schlüssel auf, der immer unter der Fußmatte lag. Erleichtert hatte ich festgestellt, dass der Wagen meiner Mutter in der Auffahrt stand. Auf dem Heimweg war mir der Gedanke gekommen, sie könne womöglich einkaufen gefahren sein. Mir blieb noch eine Viertelstunde, ehe meine Schwester, die drei Jahre jünger war als ich, zu Hause eintrudeln würde. Nur fünfzehn Minuten, um zu erzählen, was sie heute getan hatte. Es war das Schlimmste, was ich mir je hätte vorstellen können. Bisher hatte ich immer gemeint, das Schlimmste, was diese Verräterin tun könnte, wäre schon vor Jahren geschehen – als ich neun war und sie sich eines meiner Stofftiere ausgeliehen und auf dem Rücksitz des BxM2-Busses vergessen hatte. Aber nein, das jetzt war heftiger.

In jenem Sommer gingen meine Schwester und ich jeden Morgen gemeinsam zur Kingsbridge, trieben dort zunächst eine Stunde lang Sport und hatten dann Mathekurse, weil es nicht viel kostete und meine Mutter es irgendwie geschafft hatte, uns zu überzeugen, dies sei ein Sommercamp. Alle paar Wochen machten wir einen Ausflug, und das war der Silberstreif am Horizont. Wir gingen ins öffentliche Schwimmbad oder zum Bowling. Gerüchteweise war für das Ende des Sommers ein Trip in einen Freizeitpark geplant.

Normalerweise hätte mich die Aussicht auf einen Tag im Freizeitpark überzeugt. Doch in diesem Sommer gab es wichtigere Dinge für mich. Ich war dreizehn und hatte ein Auge auf einen Jungen namens Jeremy geworfen. An diesem Tag hatte ich herausgefunden – Freude über Freude –, dass er mich auch mochte. Im Überschwang der ersten Aufregung hatte ich meiner Schwester davon erzählt, obwohl ich eigentlich immer so tat, als existierte sie gar nicht. Nur im Notfall schenkte ich ihr Beachtung, etwa, wenn sie im Bad das Wasser laufen ließ und es beinahe eine Überschwemmung gab oder wenn sie ohne Schwimmflügel in den Pool sprang und von dem sechzehnjährigen Rettungsschwimmer herausgezogen werden musste. Unter solchen Umständen, wenn ich den Atem der entsetzten Aufsichtsperson im Nacken spürte (»Deine Schwester wäre fast *ertrunken*!«), zollte ich diesem lästigen Übel Aufmerksamkeit. Tja, ich hätte mich an diesen Grundsatz halten sollen. Nur im Notfall sollte man sich um sie kümmern. Aber ich hatte diese Regel gebrochen. Und ihr damit die Gelegenheit gegeben, diesen winzigen Moment, in dem ich sie an meinem Leben teilhaben ließ, zu einem öffentlichen Desaster zu machen. Sie marschierte direkt zu Jeremy Robbins ins Küchenzelt und erklärte, während alle anderen Kinder zuhörten: »Willkommen in der Familie!« Und dann umarmte sie ihn.

Ich wäre am liebsten im Boden versunken. Sie verstand nichts. Ihr war nicht bewusst, dass man so etwas nicht zu dreizehnjährigen Jungen sagte, wenn man sie nicht in die Flucht schlagen wollte. Das war *unmöglich*. Etwas später an diesem Tag verkündete mein Schwarm, es sei vorbei, er wolle nicht mehr im Bus neben mir sitzen, wenn wir ins Kino fuhren, und im Dunkeln auch nicht mehr an den spannenden Stellen meine Hand halten. Nun, das Letzte sagte er nicht direkt, aber es gehörte unmittelbar zu unserem Kinoausflug-Busfahrt-Vertrag, zumindest aus meiner Sicht.

Mit meiner Schwester redete ich nicht darüber. Kein Wort. Ich fuhr an diesem Tag nur ohne sie nach Hause. Sollte sie sich doch fragen, warum ich nicht auf sie gewartet hatte, und über ihre Tat nachdenken. Ich hatte einen besseren Plan. Ich musste es jemandem erzählen, der das ganze Ausmaß der Katastrophe begriff. Deshalb radelte ich nach Hause, um mich bei meiner Mutter auszuweinen. Schließlich war sie zumindest teilweise schuld an dem, was heute passiert war. Immerhin hatte sie dieses kleine Monster zur Welt gebracht.

Mit Tränen in den Augen und schwer atmend rannte ich die Treppe hinauf. Die Worte lagen mir schon auf der Zunge und warteten darauf herauszukommen, während ich wieder und wieder die Ereignisse dieses Tages in meinem Kopf durchspielte. Es ging nicht darum, dass meine Mom mir zuhören und Emma eventuell bestrafen würde. Vielmehr würde sie mich beruhigen, mich ermahnen, vernünftig zu sein, und mir eine neue Perspektive aufzeigen. Das machte sie immer, wenn ich wegen irgendetwas durchdrehte. »Es werden andere Jeremys kommen«, würde sie tröstend sagen, und ihre Ruhe würde mich wie eine Droge durchströmen und mich unempfindlicher machen. »Und jetzt lass uns nach unten gehen. Wir essen Emmas Lieblingseiscreme auf und geben ihr nichts davon ab.«

Doch als ich nach oben kam, war die Tür zum Schlafzimmer meiner Eltern geschlossen, was äußerst ungewöhnlich war. Irgendwann hatten sie uns erklärt, dass wir sie nicht stören sollten, wenn die Tür zu war. Sobald sie wieder Zeit für uns hätten, würden sie sie wieder öffnen.

Das hatte ich nicht vergessen, und trotzdem klopfte ich an. Schließlich war dies ein Notfall. Meine Schwester könnte jeden Augenblick nach Hause kommen, und dann hätte ich keine Zeit mehr für jene erwachsene Konversation, die ich mit meiner Mutter führen wollte, ohne dass eine *Zehnjährige* dabei war. Also klopfte ich und hielt den Atem an. Keine Reaktion.

Verdrossen ging ich ins Kinderzimmer, das ich mit meiner Schwester teilte, und schloss die Tür ab. Ich würde warten, aber nicht in ihrer Gegenwart. Fast hätte ich nachgegeben, als ich ihre trippelnden Schritte draußen hörte. Sie klopfte nicht, aber sie schob ein *Fruit Roll-Up* unter der Tür durch. Das aß ich jeden Nachmittag, hatte es heute in meiner Wut aber vergessen. Es passte nicht wirklich durch den Spalt, aber sie stopfte immer wieder nach, bis es unter dem schmalen Spalt zwischen Tür und Teppich durchkam und vor mir lag.

Wenn du glaubst, ein *Fruit Roll-Up* könnte alles wiedergutmachen …, dachte ich zornig und wollte es schon wieder zurückschieben, um ein Zeichen zu setzen. Doch dann beschloss ich, es zu behalten, nur für den Fall, dass ich doch irgendwann Hunger bekäme.

Nachdem Emma wieder verschwunden war, beobachtete ich erneut den Flur und wartete. Die Zeit verging unerträglich langsam, aber die Tür zum Schlafzimmer blieb verschlossen. Alles, was ich hörte, war der Ton des Fernsehers im Wohnzimmer, wo meine Schwester saß. Ich ging über den Flur und wieder zurück, presste mein Ohr an die Tür, überlegte, dass mein Vater wahrscheinlich bald von der Arbeit nach Hause käme und Mom dann würde herauskommen müssen.

Es war bereits zehn Uhr abends, als ich es schließlich wagte, mein Zimmer zu verlassen. Das ganze Haus lag im Dunkeln, meine Schwester hatte sich auf der Couch zusammengerollt und schlief. Ich klopfte an die Schlafzimmertür meiner Eltern, aber es kam keine Antwort. Also wartete ich, klopfte dann erneut. Schließlich öffnete ich langsam die Tür. »Mom?«, fragte ich vorsichtig. Meine Stimme klang überlaut in der Stille. Auf Zehenspitzen schlich ich hinein. Ihr Bett war unberührt, das Zimmer war vollkommen aufgeräumt. Es gab kein Zeichen ihrer Anwesenheit. Die Tür zum Bad war geschlossen. »Mom?«, rief ich noch einmal.

»Eve?«, kam es in einem Tonfall zurück, den ich noch nie gehört hatte. »Komm rein.«

Ich öffnete die Tür. In ihrem Morgenrock saß sie auf dem gekachelten Boden im Bad und sah mich an. Noch nie hatte ich sie auf dem Fußboden sitzen sehen. Die gesamte Szene erschien mir völlig falsch, ebenso wie ihr Gesichtsausdruck. Es war, als hätte sie alle Farbe verloren, alle Konturen.

»Dad ist fort«, sagte sie. »Er hat uns verlassen.«

Aus irgendeinem Grund begriff ich das, was sie sagte, sofort, mit allen Konsequenzen. Ich fragte nicht, wann er zurückkommen würde oder was sie damit meinte, er sei gegangen. Die ganze Situation, ihre Miene, sagte mir, dass etwas geschehen war. Ich war keineswegs ein besonders einfühlsames Kind, aber ich kannte meine Mutter. Sie arbeitete nicht und war immer da, wenn wir zu Hause waren. Wir machten alles zusammen.

Das Erste, was ich laut aussprach, war: »Können wir weiterhin hier wohnen?« Angesichts der Umstände ergab das nicht wirklich Sinn. Aber mir war offensichtlich bewusst, dass sich die Regeln ändern würden, dass es nichts mehr gab, worauf ich mich wirklich verlassen konnte. Wenn mein Vater nicht mehr hier war, wo war er dann? Er hatte kein anderes Zuhause als dieses.

»Ja, natürlich«, versicherte sie, und dann begann sie zu weinen. Ich weinte nicht mit ihr. Stattdessen stand ich einfach nur da und hatte das Gefühl, ich müsste mich um sie kümmern, müsste etwas ändern. Und ich weiß noch, dass ich mich für diese Aufgabe nicht geeignet fühlte. Voller Mitleid reichte ich ihr eine Packung Taschentücher.

Dann ging ich in die Küche, sah mich dort um und bemerkte, dass das Geld verschwunden war. Die vierzig Dollar.

Sie hatten dort in der Ecke gelegen, die Scheine hatten gerade so weit hervorgelugt, dass sie zu sehen waren. Der erste Gedanke, der mir in den Kopf kam, war, dass mein Vater das Geld genommen hatte. Immerhin war es ja seins. Es gab noch diesen Glaskrug mit kleinen Münzen, den er in seinem Schrank im Schlafzimmer aufbewahrte. Jeden Abend, wenn er von der Arbeit nach Hause kam, steckte er sein Kleingeld hinein. Oft erkannte ich, wenn ich schon im Bett lag, an diesem Klimpern der Münzen im Glas, dass er nach Hause gekommen war. Dieses kurze klingelnde Geräusch sagte mir, dass alles in Ordnung war und alle daheim waren. Dann konnte ich beruhigt einschlafen. Oft schlichen meine Schwester und ich ins Schlafzimmer und versuchten zu schätzen, wie viel Geld in dem Krug sein mochte. Wir versuchen, ihn hochzuheben, doch er war zu schwer. Angesichts der Größe des Kruges, des Gewichts und der hohen Dichte an Münzen vermuteten wir, es müssten etwa eine Million Dollar sein. Wir liebten es, mit meinem Vater darüber zu reden, wofür wir das Geld ausgeben könnten, wenn er all diese Münzen zur Bank brächte. Unsere Wünsche waren nicht sonderlich abgehoben – meistens gehörte ein Ausflug nach Disney World dazu. Eine Zeit lang war ich verrückt nach Minnie Mouse und sehr sicher, dass wir ganz schnell Freundinnen werden würden, wenn wir uns erst einmal kennengelernt hätten. Wir hatten so viele Gemeinsamkeiten. Beide liebten wir Schleifen, und wir tolerierten Mickey, auch wenn wir manchmal dachten, dass er zu ehrgeizig sei. Und dann, an einem wundervollen Nachmittag, war der Krug voll, und unser Vater brachte ihn zur Bank. Er machte eine große Show daraus. Wir halfen ihm, die Münzen in Plastiktüten zu verstauen. Als er zurückkam, präsentierte er die vierzig Dollar in Scheinen und legte das Geld unter den Serviettenhalter in der Küche, wo wir sie alle sehen konnten. Verbunden mit dieser Geste war sein Versprechen, dass wir es irgendwann alle zusammen für etwas Schönes ausgeben würden.

Als ich jetzt entdeckte, dass das Geld verschwunden war, vergrub ich alle Erinnerungen daran tief in meinem Innern. Niemals würde ich meine Mutter darauf ansprechen. Und ich verbot mir den Gedanken, er könnte es sich geschnappt haben, als er schon auf dem Weg nach draußen gewesen war. Das würde er niemals tun, sagte ich mir. *So achtlos hätte er es nicht mitgenommen.* Ich überzeugte mich selbst, dass er es nur an sich genommen hätte, damit wir es nicht sahen und dadurch immer wieder an das unerfüllte Versprechen erinnert würden. Später beschloss ich, dass meine Schwester es gemopst haben musste. *Natürlich war sie es gewesen.* Aber ich fragte sie nie danach – aus Angst, sie könnte doch unschuldig sein.

Es war blanke Ironie, ging mir in diesem Moment auf, dass ich Angst vor allem gehabt hatte. Ein Überfall, ein Brand, ein Erdbeben – erzähl mir von irgendeinem schlimmen Ereignis, und ich werde im Bett liegen und mir Sorgen darüber machen. Eine ziemlich konkrete Angst war, dass ein Blitz in einen Baum einschlagen und dieser beim Umstürzen den Wagen meiner Eltern treffen könnte: Sie fuhren während eines Gewitters auf dem Highway, mitten im Gespräch schlug ein Blitz in einen an der Straße stehenden Baum ein und dann – *rums!* – die Tragödie. In der Konsequenz machte ich mir endlose Sorgen, wenn sie unterwegs waren und auch nur der kleinste Regenschauer drohte. Ich fragte mich, wo sie wohl gerade seien, wie weit sie es noch bis zu ihrem Ziel hätten und wann sie zurückkämen. Dann starrte ich aus dem Fenster in den bedrohlich aussehenden Himmel und wünschte mir, ich könnte den Regen aufhalten und die Wolken vertreiben. Ein kleiner Streifen blauen Himmels erleichterte mich.

Doch unter all den Ereignissen, vor denen ich Angst gehabt hatte, war niemals der Gedanke gewesen, dass mein Vater meine Mutter – uns alle – verlassen könnte, noch dazu ohne Vorwarnung. Aus irgendeinem Grund hatte ich das nie in Erwägung gezogen. Vermutlich war das die Erklärung dafür, dass es mich so schwer traf, als es dann passierte. Ich hatte mit so etwas nicht gerechnet, und dabei hatte ich es mir doch zur Gewohnheit gemacht, immer das Schlimmste zu erwarten.

Es passierte an einem Tag, an dem ich glaubte, er könne nur besser werden. Ich schleppte mich durch die Stunden und war sauer auf meine Schwester, die mich blamiert hatte – als hätte das irgendetwas mit echtem Leid zu tun. *Das hier* war Leid. Mir wurde klar, wie blind ich gewesen war. Warum hatte ich meine Eltern nie intensiv beobachtet, darauf geachtet, wie sie miteinander sprachen, wie sie einander ansahen? Vielleicht wäre das alles nicht passiert, wenn ich aufmerksamer gewesen wäre. Ich schwor mir, in Zukunft besser aufzupassen. Künftig wollte ich die wachsamste Beobachterin sein, jeden im Auge behalten und Katastrophen im Keim ersticken. Ich begann, Tagebuch zu führen, und schrieb alles auf – Kleinigkeiten über die Freundinnen meiner Schwester, wie oft meine Großeltern uns pro Woche besuchten. Sogar das Wetter hielt ich 1998 einen Monat lang detailliert fest, vielleicht würde es einmal wichtig sein. Sobald meine Mutter das Haus verließ, machte ich eine Liste der Sachen in ihrem Kleiderschrank. Und ich sagte mir, dass man nicht einfach so andere Menschen verlassen konnte.

Nachdem meine Mutter sich an jenem Abend vom Fußboden im Badezimmer hochgequält, meine Schwester ins Bett gebracht und Pfannkuchenteig vorbereitet hatte, analysierte sie die Situation mit mir am Küchentisch. Insgeheim fand ich Gefallen daran, mit ihr dort zu sitzen, ein spätes Abendessen einzunehmen – einen Mitternachtsimbiss nannte sie es – und wichtige Dinge zu besprechen. Bevor mein Vater gegangen war, hätte sie so etwas nie erlaubt. Dinner gab es grundsätzlich um sieben, und es bestand immer aus den gleichen Zutaten: Fleisch, Gemüse, Kartoffeln. Es war, als hätten wir zum ersten Mal ein Geheimnis, als teilten nur wir zwei etwas Wichtiges. Ein Problem, das wir lösen konnten. An diesem Abend behandelte sie mich wie eine Freundin und nicht wie ihre Tochter. Alles in allem fühlte ich mich ziemlich erwachsen.

Die Analyse dessen, »was mit Dad falsch gelaufen war«, begann zunächst langsam. Mom sagte, sie sei sich über nichts mehr sicher, aber sie habe gewusst, dass er unglücklich gewesen war. Bei seiner Arbeit hatte es einige Veränderungen gegeben, nachdem eine größere Firma seine gekauft hatte. Dad hatte einen neuen Chef bekommen, den er nicht mochte. Doch diese Erklärung griff meiner Meinung nach zu kurz. Mein Vater war keiner der Menschen, die in ihrer Arbeit aufgingen. Er arbeitete für einen Fensterhersteller. Das Einzige, was ich über die Firma wusste, war, dass sie auf der Lower East Side war, auf der Avenue D, und dass er sich jeden Abend, wenn er heimkam, ein Glas Scotch einschenkte. Dessen Geruch, eine Mischung aus Holz und Pflastern, dazu das Klackern der Eiswürfel – das machte für mich meinen Vater nach einem langen Arbeitstag aus. Doch über seine Arbeit sprach er kaum. Eigentlich sprach er über nichts wirklich.

Meine Mutter erzählte, in den vergangenen Jahren sei er sehr still geworden, selbst für seine Verhältnisse, doch sie habe das nie als Zeichen von Unzufriedenheit gedeutet. Er habe angefangen, mehr zu trinken. Sie waren alle sehr vage und verwirrend, ihre Erklärungen. Es war klar, dass sie nicht wusste, was sie uns sagen sollte. Eines Tages hörte sie dann völlig auf, darüber zu reden. Plötzlich wurde ich wieder zum Kind, und wenn sie über ihn sprach, dann nur mit einer Freundin am Telefon oder mit meiner Großmutter am Küchentisch. Ich hörte, wie sie über seine Stimmungsschwankungen redeten.

Meine Großmutter erzählte, sie habe über einen Prominenten und dessen psychische Erkrankung gelesen, doch da bemerkte meine Mutter mich, und sie unterbrach das Gespräch. Sie sagten, er käme vielleicht zurück und dass er seine Entscheidung ganz sicher bedauerte. Immerhin waren sie fünfzehn Jahre lang verheiratet gewesen, und meine Großmutter beteuerte, er werde allein nicht gut zurechtkommen.

Während sie die Küche aufräumten, sah ich mich in dem halb leeren Haus um. Auch wenn er nicht mehr körperlich anwesend war, seine Präsenz war doch überall spürbar. Ich sah ihn in der Lampe auf dem Flur vor meinem Zimmer, die er jeden Abend ausgeschaltet hatte, ehe er ins Bett ging. Dieses Licht, das war *er*. Solange es brannte, war er auf, sah fern, hielt Wache. Wer würde es nun ausschalten? Sobald ich einen gelb blühenden Löwenzahn im Garten entdeckte, sah ich ihn. Einmal hatte er mir geholfen, daraus einen Blumenstrauß für Mom zu binden, und mir erlaubt, die Gärten der Nachbarn zu plündern. Es hatte sich angefühlt, als würden wir etwas strikt Verbotenes tun, indem wir Blumen aus fremden Gärten stahlen. Erst als ich älter war, wurde mir klar, dass es höchstens Mundraub gewesen war.

Wenn meine Großeltern abends wieder fortgingen, war es still. Ich denke, das war das Schlimmste von allem. Meine Mutter hörte auf, mit mir zu reden. Sicherlich, sie erkundigte sich nach der Schule, nach meinen Freunden und stellte endlos Fragen, doch ihre Nachfragen waren halbherzig. Sie war nicht präsent, war nicht wirklich da. Nie zuvor hatte ich mich so einsam gefühlt.

Und dann, eines Samstagmorgens, hörte ich ungewöhnliche Geräusche aus ihrem Schlafzimmer. Musik. Paul Simons »Loves Me Like a Rock«. Verstohlen schaute ich ins Zimmer und sah, wie sie um ihren Teppichläufer tanzte. Sie wirkte tatsächlich glücklich, wie befreit, auch wenn ich nicht wusste, wovon. Und wieder – trotz meines Beschlusses, jederzeit mit allem zu rechnen – hatte ich gesehen, dass sich etwas zusammenbraute. Ich wusste nicht, wie das hatte geschehen können. Schließlich war nicht alles auf einmal wieder perfekt. Doch als ich meine Mutter dabei überraschte, wie sie tanzte, fühlte auch ich mich plötzlich leicht. Es war ein Gefühl wie am Freitagnachmittag, wenn die Schule vorbei ist, oder zum Sommeranfang, wenn man voller Erleichterung an nichts anderes denkt als an Eis am Stiel. Ich hatte das Gefühl, wir hatten eine neue Phase erreicht, und es gab keinen Weg zurück.

Das Haus in der 238. Straße war plötzlich ein neues Universum. Jeden Morgen hörte meine Mutter Musik. Sie bemühte sich nach Kräften, alltägliche Dinge in ein Abenteuer zu verwandeln – den Park, die Bäckerei, neue Kleidung, sogar den Weg zur und von der Schule. »Wer zuletzt ankommt, hat verloren«, verkündete sie und rannte los.

»Was hat er verloren?«, riefen wir ihr nach und sprinteten ebenfalls los. Sie war blonder und hübscher und wirkte jünger als zuvor. Zudem hatte sie begonnen zu arbeiten, sie war jetzt Sekretärin einer Anwaltskanzlei im World Trade Center. Ehe mein Vater gegangen war, hatte sie oft davon gesprochen, das Haus verkaufen zu wollen. Es schien immer halb wie ein Scherz zwischen ihnen gewesen zu sein, wenn sie ihn mit ihrem großen Traum nervte, nach Manhattan zu ziehen. Jedes Mal, wenn wir »in der Stadt« gewesen waren, stichelte sie auf dem Heimweg im Wagen darüber, wie viel Spaß wir hatten – und dass es viel schöner wäre, diese verschlafene Nachbarschaft hinter uns zu lassen. Mein Vater entgegnete, er liebe die Ruhe, und sie kam mit ihren Plänen einfach nicht voran. Ihr Traum behielt den Status einer Idee, und mir war klar, warum: Wir konnten es uns schlicht nicht leisten. Das war eine Tatsache, die auch meinem Vater bewusst war, und vielleicht hatte er es meiner Mutter gesagt, wenn meine Schwester und ich nicht dabei waren.

Jetzt, nach seinem Weggang, war dieser Fakt noch erdrückender. Mom war zwar lustiger, aber auch ungeduldiger und schneller gereizt. Sie bestückte den Kühlschrank nicht mehr, machte das Haus nicht mehr sauber. Das Wasser in der Toilette wurde gelblich. Einmal, als ich auf der Suche nach ein paar Kleinigkeiten war, um meiner Schwester und mir etwas zu essen zu machen, entdeckte ich grüne Klumpen in einem Glas Tomatensoße. Ich war so entsetzt, dass mir das Glas aus der Hand glitt und auf dem Fußboden zersprang.

»Evie, zeig mir mal das Gedicht, das du geschrieben hast«, bat sie mich irgendwann. »Das über diese Schüssel, die nicht mit in die Spülmaschine geräumt wird. ›Die Klage der Schüssel‹? Ich möchte es lesen.« Sie erklärte mir immer wieder, dass ich mein Herz zu sehr an Gegenstände hängte, weil mir die Zuneigung meines Vaters fehle. Er sei nicht fähig zu irgendeiner festen Bindung, meinte sie. Und dann fügte sie hinzu, sie wolle das Gedicht lesen, um sich vor Augen zu führen, dass ich nicht so sei wie er.

Samstags schleppte sie uns den ganzen Tag durch die Stadt. Wir gingen nicht ins Museum oder zu Veranstaltungen, sondern streiften durch die Straßen. Wenn wir uns auf den Heimweg machten, pochten meine Füße, weil wir so lange gelaufen waren. Es war die einzige Beschäftigung, die sie wirklich liebte. »Irgendwann, wenn du die Präsidentin der Vereinigten Staaten bist und du die Präsidentin von Kuba«, sagte sie und deutete lachend mit dem Finger nach hinten, wo wir auf der Rückbank des Wagens saßen, »dann werde ich in Manhattan leben.«

Ich weiß noch, dass ich dachte: Es ist mir egal, wo wir leben, ich werde Dad überall vermissen. Das sagte ich ihr sogar manchmal, aber nur, wenn ich wirklich böse auf sie war und mich so verzweifelt nach einer Lösung sehnte, dass ich es aussprechen musste, auch wenn ich wusste, wie sehr ich sie damit verletzte.

»Alles ändert sich«, erwiderte sie darauf, als wäre es tatsächlich so einfach.

Als ich noch sehr klein war, erzählte ich den Leuten fälschlicherweise, mein Dad wäre Fensterputzer. Der Unterschied zwischen einem Fensterputzer und einem Fensterbauer war mir nicht klar. Das fand mein Dad so witzig und bezaubernd, dass er diese Geschichte jedem erzählte, den er kannte. Seine Tochter glaubte, er verdiene seinen Lebensunterhalt damit, Fenster zu putzen. Er erzählte die Geschichte mit diesem besonderen Ausdruck in den Augen, diesem Blick ungetrübten Glücks, beinahe zu Tränen gerührt. Es hatte eine Zeit gegeben, in der ihm diese Geschichte etwas bedeutete, so wie vieles andere auch. Eine Zeit, in der es schien, er würde nie aufhören, sie zu erzählen. *Alles ändert sich.*

Und so war es auch. Seine Besitztümer begannen ganz langsam zu verschwinden. Zuerst waren die gerahmten Fotografien fort, die meine Eltern zusammen zeigten, ohne uns. Dann tauchten seine Pullis und Hemden nicht mehr auf, später seine Schuhe, zuletzt die Jacken. Ich wusste nicht, wohin all das verschwunden war. Kurz grübelte ich darüber nach, aber zwang mich bald, es nicht zu tun. Das Ergebnis war ein Haus, das exakt zur Hälfte leer war. Trotzdem spürte ich ihn noch dort. Ich erwartete, dass er jeden Moment hereinkommen und das normale Leben mit uns wieder aufnehmen würde. Doch das tat er nicht. Und schließlich begriff ich es.

Jahre später klingelte eines Abends das Telefon. Es war eine New Yorker Nummer, und eine fremde Männerstimme meldete sich. Normalerweise riefen keine fremden Männer bei uns an, also wurde ich hellhörig. Er sagte, sein Name sei Arthur. Meine Mutter nahm das Telefon mit in ihr Schlafzimmer und schloss die Tür hinter sich. Als sie nach einer Weile wieder herauskam, sagte sie etwas davon, er sei der Freund eines Freundes und: »Er wohnt in der Stadt, verstehst du?« Und ich erwiderte ihr Lächeln und versuchte, ihre Begeisterung zu teilen.

Ich erinnere mich, dass ich ein paar Tage später von der Schule nach Hause kam und sie chic angezogen in der Küche vorfand, ein Glas Scotch vor sich. Sie trank nie, insbesondere nicht daheim und ganz besonders nicht diese braune Flüssigkeit, die so sehr mit meinem Vater verbunden war. Sie wirkte nachdenklich, ihr Blick war ein bisschen glasig, und sie hielt das Glas umklammert. Dann erzählte sie, dass sie sich in der Stadt mit diesem Mann getroffen habe. Einige Wochen später lernte ich ihn kennen. Er trug ein gestreiftes Hemd mit kurzen Ärmeln. Er war in Ordnung. Nett. Nicht mein Vater.

Gleichwohl gewannen wir als Familie langsam wieder Boden unter den Füßen. Wir fühlten uns nicht mehr wie kurz vor dem Ertrinken, es gab wieder Lichtblicke für uns. Nachdem Arthur meiner Mutter einen Antrag gemacht hatte, verkauften wir unser Haus in der Bronx und zogen nach Manhattan. Nicht nur nach Manhattan – auf die Upper East Side. Arthur war Börsenmakler und arbeitete vom Büro in seinem wunderschönen Haus auf der Park Avenue aus. Sein Gästezimmer teilten Emma und ich uns. Es hatte zwei Einzelbetten, gelb gestrichene Wände und einen flachen CD-Player, der an der Wand hing und so hypermodern war, dass er sich von selbst öffnete, sobald man den Raum betrat.

Meine Mutter arbeitete weiterhin in der Anwaltskanzlei. Freitagnachmittags kam sie regelmäßig aufgebracht nach Hause, weil sie sich über diesen oder jenen aufgeregt hatte. »Ich kann euch gar nicht sagen, wie froh ich bin, jetzt Wochenende zu haben.« Doch schon am Samstagnachmittag erzählte sie beinahe wehmütig von ihren Kollegen, und ihre Stimme war voller Zuneigung, wenn sie sie mit Spitznamen bezeichnete und verriet, was sie am liebsten zum Lunch aßen.

Immer wieder betonte Arthur, sie könne den Job aufgeben. »Josie, ich weiß wirklich nicht, warum du weiterhin dort arbeitest«, sagte er ständig. Doch sie beharrte darauf. Vermutlich fand sie es insgeheim schön, dass sie, obwohl sie in seiner Wohnung mit all seinen Sachen lebte und seine Freunde in seinen Lieblingsrestaurants traf – eigentlich sein Leben lebte –, noch etwas hatte, was nur ihr gehörte. Vielleicht aber war es auch ihre Notfall-Absicherung. Ihr war nur allzu bewusst, dass alles anders kommen konnte als gedacht.

Bei Arthur zu wohnen schien zunächst aufregend und besonders. Er war äußerst nachsichtig und wollte, dass wir uns bei ihm zu Hause fühlten. Emma testete die Grenzen aus, indem sie eine Party veranstaltete, während Mom und Arthur einmal übers Wochenende weggefahren waren. Hocherfreut nutzte Emma die Tatsache aus, dass man sich in der Stadt Alkohol liefern lassen konnte, ohne nach dem Ausweis gefragt zu werden. Der einzige Haken an der Sache war, hinterher sämtliche Spuren der Party zu verwischen – inklusive der Rechnung vom Getränkelieferanten auf dem Küchentisch. Gott, welche Sorgen ich mir machte, während die Party in vollem Gange war! Ich blieb zu Hause, um die Situation im Auge zu behalten und aufzupassen, dass nichts von Arthurs Schnickschnack kaputtging oder Gläser zu nah am Rand des Tisches standen. Ich vergewisserte mich, dass das Schwert, das irgendjemand der silberglänzenden Ritter-Statue abgenommen hatte, hinterher wieder in der Scheide steckte. Ich mochte Arthur nicht sonderlich, aber ich wollte trotzdem nicht, dass sein antikes Schwert abhanden kam.

Das Gute war, dass sich unser Leben wieder normalisierte, seit wir bei Arthur wohnten. Das Leben bestand aus Freunden und dem üblichen Teenager-Kram. Das Allerbeste aber war: Meine Mutter und ich fingen wieder an, miteinander zu reden. In Arthurs Küche stand dieser kleine runde Tisch, und dort saßen wir und sprachen über alles. Dieser Tisch bekam alles mit, wurde Zeuge von allem – dem Guten wie dem Schlechten. Wir entwickelten eine Beziehung zueinander, die zugleich großartig wie auch äußerst schwierig war. In epischer Breite diskutierten wir alles, und Arthur war oft erstaunt, wie viel Zeit wir damit verbrachten, einfach dazusitzen und zu reden. Meistens genoss ich diese Gespräche. Mit meiner Mom zu reden war wie mit einer engen Freundin zu sprechen, die besonders involviert war. Sie schaffte es, einerseits sehr weise zu sein und andererseits eine kindliche Sorglosigkeit an den Tag zu legen, seit wir in der Stadt lebten. Ständig gebrauchte sie die Redensart *total cool*, um etwas zu beschreiben. Sie musterte mich zum Beispiel in kniehohen Stiefeln, die sie mir vielleicht kaufen wollte, und sagte: »Total cool! Niemand außer dir hat solche Stiefel«, als wäre sie eine sechzehnjährige Version ihrer selbst. Oder sie entdeckte ein Schwarz-Weiß-Poster von einem Motorrad in einem Schaufenster und meinte: »Total cool. Lass es uns für dein Zimmer kaufen.«

Wir teilten so vieles, dass ich oft das Gefühl hatte, etwas passiere gar nicht wirklich, solange ich ihr nicht davon erzählte. Es war, als würde sie Ideen und Gedanken in einem imaginären, aber trotzdem höchst offiziellen Tagebuch meines Lebens protokollieren. Pech für mich, dass sie weit davon entfernt war, neutral zu sein, und sich somit von allen Menschen am wenigsten zur Protokollantin eignete. Sie wollte nicht einfach nur informiert sein, sie wollte Dinge gestalten und ihre nicht sonderlich dezente Meinung einfließen lassen. Aber um ehrlich zu sein, war ich meistens froh darüber, dass sie die Führung übernahm. Hin und wieder allerdings entwickelte sich ein Streit, und dann fand das statt, was Arthur den Dritten Weltkrieg in seiner Wohnung nannte. Gereizt sah meine Mutter ihn dann an. Arthur hinkte grundsätzlich drei Schritte hinterher. Es machte sich einfach niemals jemand die Mühe, ihn auf den neusten Stand zu bringen. Wir waren überzeugt davon, dass er selbst einen Weg hätte finden müssen, um Bescheid zu wissen. Meine Mutter und ich schrien uns an, ich knallte meine Tür zu (was sie hasste und was die Situation letztlich eskalieren ließ), doch nach einer halben Stunde ging einer von uns wieder auf die andere zu. Meistens war ich das, weil ich befürchtete, jene Ratgeberin zu verlieren, der ich am meisten vertraute. Dann fingen wir an, ruhiger über die Dinge zu diskutieren. Und irgendwann verstand sie meine Perspektive.

Und dann kam der 11. September. Ich hätte erwartet, dass mein Vater anrufen würde, doch das hat er nie. Ich weiß noch, wie das Telefon läutete, als wir gerade zur Beerdigung aufbrechen wollten. Wir standen alle drei schon in der Tür, hielten unsere Jacken in der Hand und lauschten wie erstarrt auf das Klingeln. Als Arthur Anstalten machte abzunehmen, bat ich ihn: »Geh nicht ran, *bitte*«, weil ich so sehr glauben wollte, es sei mein Vater. Ich wollte meine Illusion nicht zerstören, dass er anrufen würde, dass es ihn interessierte, was geschehen war. Er kam nicht zur Beerdigung. Emma und ich sanken tiefer als je zuvor. Und in gewisser Weise verbrachte ich die nächsten zehn Jahre damit, darauf zu warten, dass das Telefon läutete.

Ben

Essex Street 49, zwischen Hester und Grand Street,
Lower East Side

Dieser Abend war eigentlich nichts Besonderes. Da war dieses Mädchen, Eve. Ich wusste, wer sie war, weil wir uns im Laufe der Jahre immer mal wieder begegnet waren, aber es war nicht so, dass ich sie wirklich kannte. Ich hatte auch nie über sie nachgedacht. Aber diese Nacht endete damit, dass sie mir leidtat. Und das war entscheidend für alles, was danach geschah. Deshalb fange ich hier an.

Der Abend begann wie so viele andere in einer Bar mit meinen Freunden. Keiner von uns hatte eine Wohnung, wo man gut trinken konnte, deshalb machten wir es meistens so. Ich wohnte in Hoboken, aber lud dorthin nie Leute ein, weil ich befürchtete, mein Mitbewohner könnte genervt sein – auch wenn er nicht gerade der Knaller war. Er war Koreaner und studierte an der Technischen Hochschule Chemieingenieurwesen, und er tat nichts anderes, als zu lernen, Computerspiele zu spielen und mitten in der Nacht Suppe zu kochen, die roch, als könnte man damit Tote aufwecken. Die meiste Zeit saß er allein in seinem Zimmer und hatte die Tür geschlossen. Wenn mir langweilig war, blieb mir nichts, als anzuklopfen und mich mit ihm über biokatalytische Verfahren zu unterhalten.

Danza wohnte noch bei seinen Eltern in Connecticut. Glick bezahlte zweihundert Dollar im Monat dafür, dass er auf einer Couch im Kellerschoss einer Wohnung in Crown Heights übernachten durfte. Und Julian wohnte mit seiner Freundin zusammen, aber sie mochte uns nicht. Überhaupt nicht. Von Anfang an lagen wir nicht auf einer Wellenlänge. Eines Tages war sie nach Hause gekommen und hatte Glick entdeckt, der gerade unter ihrer Dusche stand. Das hatte das Fass zum Überlaufen gebracht. Julian zahlte heute noch dafür.

Also gingen wir in diese Bar an der 34. Straße. Sie lag zentral, und das Bier war billig. Wie so oft war ich zu spät und stieß direkt aus meinem Büro im Finanzdistrikt zu den anderen. Als ich ankam, tranken sie schon seit Stunden.

»Das wird ein großartiger Abend«, erklärte Glick, während ich mich setzte, meine Jacke auszog und die Krawatte lockerte. »Wahnsinnig.«

Wenn es etwas gab, was ich an Glick wirklich zu schätzen wusste, war es sein grundloser Optimismus. Man konnte es Irrglauben nennen, Naivität oder Selbstüberschätzung. Jedes Mal, bevor wir loszogen, legte er die Latte hoch und ließ sie förmlich gen Himmel wachsen, unabhängig von den Plänen, die wir hatten. Und es war ja ein positiver Charakterzug, solch eine Begeisterungsfähigkeit zu besitzen. Warum also nicht?

»Was habt ihr geplant?«, erkundigte ich mich und schenkte mir ein Bier ein. »Steht die Lower East Side noch auf dem Programm?«

»Unbedingt«, bestätigte Glick.

»Ich bin dabei«, ergänzte Julian. »Haben wir ein bestimmtes Ziel?«

Seit zwei Jahren hatten wir das College hinter uns, und nun, da wir arbeiteten und etwas Geld ausgeben konnten, bot die Stadt völlig neue Möglichkeiten. Jedes Wochenende entdeckten wir neue Clubs, erkundeten neue Stadtviertel. Wir wollten alles aus ihr herausholen und jeden erdenklichen Spaß mitnehmen. Ja, wir wollten Mädchen kennenlernen und sie flachlegen, aber das war nicht unser vorrangiges Ziel. Unsere oberste

Priorität war es, eine gute Zeit zu haben, uns zu betrinken und Unsinn anzustellen.

»Lasst uns ins Hair of the Dog gehen«, schlug Glick vor. »Ich habe gehört, da soll es gut sein.«

»Kommen wir da rein?«, gab ich zu bedenken.

»Benjamin, du musst Vertrauen haben«, erwiderte Glick.

»Ich habe keine Lust, dorthin zu gehen, wenn wir nicht reinkommen«, beharrte ich. »Wir haben den gesamten letzten Samstagabend in der Schlange gestanden.«

»Wir werden reinkommen«, sagte er voller Zuversicht.

»Na dann – abgemacht.«

Wir wollten die ganze Stadt erobern, aber ehrlicherweise waren wir schon froh, wenn wir in einen coolen Club hereinkamen. Wir hatten nicht *viel* Geld. Ständig mussten wir in der Schlange warten. Das Problem war, dass wir nicht in unbekannte, halb leere Clubs gehen wollten, es uns aber auch nicht leisten konnten, Tische vorzubestellen. Also steuerten wir jene schlüpfrigen und beliebten Bars an, die brechend voll waren, aber nicht zu teuer oder zu exklusiv. In eine wirklich angesagte Bar hineinzukommen, das war ein besonderer Triumph.

»Kate hat mir geschrieben, dass sie in irgendeine kleine Bar in Essex geht. PKNY«, sagte Julian. Danza lachte und machte einen Schnalzlaut mit seiner Wange. Julian ignorierte ihn.

»Kate, ja?«, meinte Glick. »Was hat sie noch gesagt?«

»Sie ist nur eine Freundin«, erklärte Julian.

»Ich muss auch mal eine *Freundin* finden«, sagte Danza, ehe er aufstand und zur Toilette ging. Er trug ein Button-down-Hemd, das zu klein war. Von hinten zeichnete sich seine Wirbelsäule durch den Stoff ab. Auch seine Armmuskeln waren zu erkennen, aber vermutlich war gerade das gewollt. »Ich bin dabei. Lasst uns gehen.«

»Wie du meinst«, stimmte Glick zu, ehe er hinzufügte: *»Boss«*. Darüber musste er selbst immer noch lachen. Jedes

Mal. Er hatte Josh den Spitznamen »Danza« gegeben, weil er der Mannschaftskapitän war. Damit war er der Boss – und das wiederum führte zu Tony Danza aus *Wer ist hier der Boss?* Glick war völlig begeistert gewesen von seiner eigenen Idee. Man hätte meinen können, er hätte Plutonium entdeckt. Sobald jemand Neues dazukam, wies er ihn auf das Wortspiel hin, in der Hoffnung, derjenige werde anbeißen und weiter nachfragen. Und, oh Mann, wenn jemand darauf ansprang, war der Abend für Glick gerettet. Seine Augen leuchteten voller Vorfreude darauf zu erzählen, woher der Spitzname stammte. In seiner Vorstellung scharten sich alle um ihn, als wäre er ein alter weiser Erzähler, dessen Geschichten alle Zeiten überdauern würden. So war Glick nun einmal, und wir liebten ihn dafür.

»Schläfst du heute Nacht bei mir?«, wollte ich von Danza wissen.

»Nein, ich nehme den Fünfuhrzug zurück nach Connecticut«, erklärte er.

Ich lachte. »Was für eine Aussicht.«

»Jepp. Ein Zug voller Siegertypen.«

»Okay, Jungs, setzt euer Pokerface auf«, sagte Glick und bedeutete der Kellnerin, dass er zahlen wolle.

Wir vier gehörten zum Hockeyteam der Columbia. Das war nicht so, wie es sich anhörte. Wir spielten nicht samstags in einem bis auf den letzten Platz gefüllten Stadion gegen Yale oder Brown, mit Eltern, die heiße Schokolade tranken und Mädchen, die, ihre Strickmützen über die Ohren gezogen, uns zujubelten und uns ein tröstliches Gefühl gaben, wenn wir verloren. Nein, Columbia spielte in keiner Liga, deshalb waren wir mehr so etwas wie ein Clubteam, das gegen SUNY New Paltz spielte, ohne Zuschauer auf den Rängen, und stundenlang mitten in der Nacht mit dem verdammten Mannschaftsbus unterwegs war, weil wieder jemand seine Ausrüstung vergessen hatte und wir noch mal zurückfahren mussten. Den Jungs gegenüber hätte ich es nie zugegeben, aber ich glaube, mir bedeutete es mehr als allen anderen zusammen – ich hatte die ganze Highschool-Zeit über gespielt und war froh gewesen, am College spielen zu können, auch wenn wir nur ein beschissenes Pseudoteam hatten, das im ersten Jahr auch noch gesperrt worden war, weil man uns mit Alkohol in der Umkleide erwischt hatte, und wir um neue Mitglieder warben, indem wir T-Shirts mit der Aufschrift *Sei kein Mädchen – komm ins Hockeyteam der Columbia* trugen. Wie die meisten schlechten Ideen hatte auch diese mit Glick zu tun.

»Lasst uns hier verschwinden«, schlug Danza ein paar Minuten später vor und leerte sein Bierglas. Julian nickte zustimmend, und ich schenkte mir noch ein Glas ein und trank es auf ex.

Während wir in der U-Bahn zur Grand Street saßen, löcherte Glick mich wegen meines Jobs. Das machte er ständig und überall, und er konnte ziemlich nervig sein.

»Wie war dein Tag? Konntest du eine volle Stunde Mittagspause machen?«

»Jepp«, erwiderte ich. »Eine Stunde. Wie es tariflich vorgesehen ist.«

»Was für Schutzhelme geben sie euch? Könnt ihr sie anschließend behalten, oder sammeln sie die wieder ein und verwenden sie für den nächsten Trupp? Lass nächstes Mal einen für mich mitgehen, ich möchte so gern einen Schutzhelm haben.«

Er verherrlichte meinen Job auf dem Bau, machte Witze über die Gewerkschaft, als hätte er auch nur einen blassen Schimmer davon. Tatsächlich arbeitete ich in der Abteilung für Baustatik und Hochbau bei Skidmore, Owings and Merrill, dem Architekturbüro, das die Ausschreibung für den Bau des Freedom Towers gewonnen hatte. Ich war das letzte Glied in der Kette, aber es war trotzdem spannend. Um meinen Platz in der Hierarchie ganz deutlich zu machen: Ich war für die Zahlen zuständig, unter anderem für die Windwiderstand-Messungen. Dafür arbeitete ich am Modell und prüfte, dass der Bau alles Mögliche aushielt – die Menschen im Gebäude, die geparkten Autos, Schnee, Wind und Eis. Das alles setzte dem Material auf die Dauer zu, und deshalb musste sichergestellt sein, dass es der Belastung standhielt.

Die Tatsache, dass ich am College den technischen Zweig belegt hatte – und meine Freunde Geisteswissenschaften –, schien immer ein Thema zu sein. Keine Ahnung, warum, aber für sie war es wichtig. Sie behandelten mich, als gehörte ich einer anderen Spezies an, als wäre ich nicht wirklich sozialisiert, nur weil ich nicht vierzehnmal *Unendlicher Spaß* gelesen hatte. Einmal fragten sie mich etwa, ob ich wisse, wie man ein Boot aus Brennholz baut. Als hieße Ingenieur zu sein, archaische Überlebensfähigkeiten gelernt zu haben und nach dem Studium erst mal auf eine einsame Insel zu gehen, um auszuprobieren, ob man dort mit seinem Wissen klarkäme. Irgendwann habe ich mich umgekehrt erkundigt, ob sie in ihren Kursen eigentlich jemals etwas gelernt hätten, was nicht rein theoretisch war. Daraufhin erntete ich Blicke voll kläglicher Verwirrung, und ich habe nie wieder so eine Frage gestellt. Auf diese Weise machte man sich an der Columbia keine Freunde. Sondern damit, *Unendlicher Spaß* ganz toll zu finden.

Ständig wurde ich gefragt, warum ich nicht Architekt geworden sei. Immerhin arbeitete ich für ein bekanntes Architekturbüro. Ich erklärte dann immer, dass es in der Architektur um das äußere Erscheinungsbild ging. Architekten entwarfen die Gestaltung, aber sie arbeiteten mit Bauingenieuren wie mir (respektive meinen Chefs) zusammen, weil wir diejenigen waren, die sich mit den Materialien, den Trägern, dem Glas, dem Mauerwerk auskannten und wussten, was funktionierte und was nicht. Die Architekten hatten eine Vorstellung davon, wie ein Gebäude aussehen sollte. *Lasst es uns so gestalten wie einen Vogel, der mit den Flügeln schlägt! Eine Schlange, die sich im Sand aufrichtet!* Im Falle des Freedom Towers wollten sie ein Bauwerk erschaffen, das gleichzeitig sowohl Denkmal sein sollte als auch zukunftsweisendes Sinnbild dafür, dass die Stadt sich neu erfand. Also hatten wir es immer mit einer Menge künstlerischen Hokuspokus zu tun und mit Leuten, die großartige Ideen hatten, während wir Bauingenieure das alles umsetzen sollten. Es musste stabil sein, ohne auf die künstlerische Form zu verzichten, und dann musste es auch noch umsetzbar sein. Also hatten wir eine Gebäudestruktur entwickelt, die sicherstellte, dass das Ganze nicht einstürzte. Und auch wenn jeder bestätigte, wie wichtig unser Job sei, fanden ihn alle offensichtlich extrem uncool.

Immer bekam ich die gleiche hilflose Reaktion der Leute und hörte etwas wie »Hmmm, das ist interessant. Ich glaube, ich kenne keinen einzigen Bauingenieur«. Und schon war das Gespräch beendet. Aber Glick übertrumpfte alle. Wahrscheinlich war er nur sauer, dass er selbst nichts auf die Beine stellte. Nachdem er Absagen von allen Consultingfirmen im Großraum New York bekommen hatte, machte er nun das Marketing in der Swimmingpool-Firma seines Vaters. Zwar beteuerte er, das sei nur vorübergehend, aber es schien schwierig, einen anderen Job zu bekommen, wenn man sich nicht einmal bewarb. Nachdenklich musterte ich ihn jetzt in der U-Bahn, während er seine Fingernägel säuberte. An seiner Wange klebte ein kleines Stück Pute von einem Sandwich, das er vor Stunden gegessen haben musste. Ich wartete den richtigen Moment ab, um ihn darauf hinzuweisen.

Nachdem wir aus der U-Bahn gestiegen waren, mussten wir noch ein paar Blocks weit laufen. Wir kamen an Geschäften vorbei, die Restaurantzubehör verkauften, an Lebensmittelgroßhändlern und an Geschäften mit wenig aufschlussreichen Namen wie *Internationale Herrenmode* oder *Neue Ära – Factory Outlet*. In einigen Schaufenstern war Kleidung ausgestellt, in anderen stapelten sich Kartons, hier und da gab es eine chemische Reinigung. Wir kamen an einem T-Shirt-Laden vorbei, und Glick zeigte auf ein gelbes T-Shirt im Schaufenster, auf dem *Reden ist schwer* stand. »Hey, Ben, das sollten wir für dich besorgen«, meinte er. Julian und Danza lachten. Glick bezeichnete mich gern als Langweiler, das war sein Lieblingswitz über mich. Ich ignorierte ihn. Immer. Vielleicht konnte ich mich nicht gut ausdrücken. Aber Glick hatte so viel überbordende Persönlichkeit, und trotzdem beeindruckte er niemanden. Da war ich lieber ein bisschen ruhiger.

Der Stadtteil war ziemlich düster. Ein Hauch von Geschichte durchwehte ihn. Das hier war das alte New York, abgesehen von ein paar Pizzabuden, schicken Cocktailbars und Gruppen von jungen Leuten vor den Clubs. Zwischen den Leuten und dem Viertel bestand ein Widerspruch, so, als wären wir in dieses Universum zurückversetzt worden. Hier traf modernes Leben auf eine historische Umgebung, man bekam eine Ahnung davon, wie New York zur Jahrhundertwende gewesen sein mochte. Man konnte sich in das Gefühl hineinversetzen, die Stadt berge Gefahren, auch wenn das in Wirklichkeit nicht stimmte. Es war nur gerade so gefährlich, dass es Spaß machte.

Wir kamen an einer Bar vorbei, die Stanton Social hieß. Es war eine der besten Adressen hier, und wir versuchten hineinzukommen, wurden aber abgewiesen, und das konnte ich sogar verstehen. Wir waren ein Haufen betrunkener Typen. »Oh, tut mir leid, dass ich heute Abend kein Jackett anhabe«, rief Glick, als wir uns zum Gehen wandten. Dann entdeckte er ein Pärchen, das mit seinen Kindern im Teenageralter essen war. »Tut mir leid, dass ich hier nicht nett mit meiner Familie essen gehe.«

Auf der Straße lag ein Kaffeebecher, und Glick trat wütend dagegen. Er hatte wohl gedacht, der Becher wäre leer, tatsächlich aber war er voll, und der Kaffee spritzte über Julian. »Bist du bescheuert?«, schrie Julian und ging auf ihn los. Was für ein Bild. Als wäre alles nur auf diesen Moment zugelaufen. Julians gesamter Rücken und seine Hose waren voller Kaffeeflecken. Wir anderen hatten nicht einen winzigen Tropfen abbekommen.

Danza kaufte einen Satz Würfel von einem Typen auf der Straße, und als wir nach Essex kamen, entdeckten wir die Tiki Bar. Sie lag an der Essex Street zwischen der Hausnummer 47, einem Sportgeschäft, das Mannschaftsbekleidung verkaufte, und Nummer 51, einem Laden mit dem Namen The Pickle Guys, vor dem zwei Fässer standen und eine Fahne *Wir versenden landesweit* verkündete. Es gab keinen Hinweis aufs PKNY, aber wir erkannten es an der Palme, die an die Backsteinmauer gemalt war.

»Hier ist es«, sagte Julian.

»Klasse«, meinte Glick, schnalzte mit den Fingern und zeigte auf die Palme. »Jetzt wissen wir, dass wir im Paradies sind.«

Wenn Glick mit den Fingern schnalzte und auf etwas deutete, hieß das, es hatte seine Zustimmung gefunden. Es war seine Art zu zeigen, dass es genau seiner Vorstellung entsprach. Wir gingen hinein und verschafften uns wie gewohnt einen Überblick, wobei jeder von uns seine eigenen Prioritäten hatte. Glick suchte nach dem schnellsten und mühelosesten Weg, einen Drink zu bekommen. Danza überprüfte das Verhältnis von Frauen und Männern und suchte den Platz, an dem er sich am besten zur Geltung bringen konnte. Für Julian stand die Musik im Vordergrund, und er tendierte dazu, die Bars ausschließlich nach ihrer Songauswahl zu beurteilen. Er beanspruchte für sich, einen ausgefeilten Musikgeschmack zu haben, aber meiner Meinung nach wollte er eigentlich nur Billy Joel hören.

Wir beeilten uns, einen Tisch gegenüber der Bambus-Bar zu besetzen, und hatten Glück: Eine Gruppe war gerade gegangen, als wir hereinkamen. Auf einer Kneipentour einen freien Tisch zu ergattern war Gold wert. Zufrieden saßen wir da, studierten die Getränkekarte und fühlten uns, als könnten wir alles haben – ja, als gehörte uns die Bar.

»Sind das alle Drinks?«, meinte Danza, während er die sechs Seiten durchblätterte, auf denen Frozen Cocktails, Mai Tais, Longdrinks, Scorpion Bowls und Schnäpse aufgelistet waren.

»Mir egal«, erwiderte Julian. »Ich will irgendwas mit Rum, nichts Gefrorenes.«

»Ich auch«, stimmte ich zu. »Ich glaube, ich bestelle den Lei Lani Volcano.«

»Ich nehme den Kon-Tiki Tropical Itch … oder den Sleeping Giant …« Unschlüssig sah Danza auf die Karte.

»Starke Wahl. Ich nehme den Dying Bastard. Oder den Dead Bastard. Irgendeinen Bastard jedenfalls«, erklärte Glick erfreut. Er wählte seine Drinks grundsätzlich nach dem Namen aus, und somit entsprach diese Bar genau seinem Geschmack. Jedes Mal, wenn er etwas zu trinken bestellte, ließ er sich jede Silbe auf der Zunge zergehen und war entzückt. »Es geht nicht nur um den Drink, sondern darum, wofür er *steht*«, pflegte er zu sagen. Es gab nur wenige Menschen, die es so sehr liebten zu trinken wie Glick.

Während wir auf die Bedienung warteten, kam Kate auf uns zu – oder, besser gesagt, auf Julian.

»Hallo Jungs«, begrüßte sie uns. »Michael.« Sie schenkte Glick ein Nicken und streckte ihm die Hand entgegen. Kate war die Einzige, die Glick mit seinem Vornamen ansprach. Wahrscheinlich war sie schon angeheitert, denn normalerweise behandelte sie uns drei wie Luft.

Kate war wunderschön, und mit dieser Meinung stand ich nicht allein da. Sie war Halbasiatin und hatte diese besondere exotische Ausstrahlung. Und das Selbstbewusstsein. Davon hatte sie eine ganze Menge. Sie war eine dieser Frauen, die einem ganz lässig das Gefühl »Es ist schön, dich kennengelernt zu haben/mit dir den Abend zu verbringen/mit dir zu reden, aber ich brauche dich nicht« gaben.

»Wo ist Ali heute Abend?«, wandte sie sich an Julian und lächelte dabei fast. Im College hatte Julian mit Kate geschlafen, obwohl er nicht annähernd in ihrer Liga spielte. Sie waren nie wirklich zusammen gewesen, aber sie hatte ihn sich warmgehalten, sodass sie ihn immer am Ende eines Abends hatte anrufen können. Er lief ihr buchstäblich hinterher. Irgendwann, als wie gerade bei McDonald's am Times Square saßen, rief sie ihn an und sagte, sie sei in einer Bar in der Nähe der Columbia. Er schwindelte, er sei in der gleichen Ecke, und raste zur U-Bahn. Sie hatte ihm erklärt, sie seien Freunde mit gewissen Vorzügen, FMGV, und jetzt, da Julian mit jemand anderem zusammen war, schien sie noch mehr darauf versessen zu sein, ihn auf Abruf bereitzuhalten.

»Ali geht's heute Abend nicht gut«, erwiderte er, ohne sie direkt anzusehen. Kate nickte kurz und befriedigt, dann schwang sie herum und steuerte die Bar an. Sie hatte alle Informationen bekommen, die sie brauchte. Zumindest für den Moment.

Jeder von uns sah Kate nach, als sie davonging. Sie entdeckte ihre Freundin, ein Mädchen namens Eve Irgendwas, die wir vom College kannten. Eve drehte sich nicht zu uns um. Und ehrlich gesagt, war es kein großer Verlust, dass sie nicht zu uns rüberkam. Ich hatte kein Interesse an dem üblichen Small Talk. »Erinnerst du dich an mich? Ich war Julians Mitbewohner.« Die letzten zehn Male hatten wir genau das gleiche Gespräch geführt. Trotzdem hatte ich das Gefühl, sie zu kennen. Denn wir sahen uns ständig – bei gemeinsamen Freunden, auf Partys, überall. In einem Sommer hatten Julian und ich uns im Central Park mit ihr und ihren Freundinnen zu einem Konzert verabredet, und ich weiß noch, wie sie dort auf einer Picknickdecke gesessen hatte, zwei Flaschen Wein und eine Packung Cracker neben sich. Sie war vorbereitet gewesen, und ich hatte es irgendwie süß gefunden, wie sie immer alles plante. Als Glick eine Magnumflasche Pabst-Bier hervorzauberte und rumgehen ließ, machte sie ein ziemliches Theater.

Die Clique der Mädchen war grundsätzlich lustig. Wir kannten sie nicht so gut, aber wir gingen immer zu ihren Partys und trafen sie häufig. Alles, was sie machten, war unglaublich mädchenhaft. Sie organisierten Valentinstag-Partys, unterhielten sich über ihre Outfits und gingen zusammen aufs Klo. Sie sprachen miteinander in einer Geheimsprache, und selbst wenn ich die einzelnen Worte verstand, zog ihr Gespräch wie ein Schnellzug an mir vorbei, wenn sie richtig loslegten. Ich nahm es wahr, aber ich konnte mich an kein Detail erinnern.

»Eine FMGV, wie sie im Buche steht«, meinte Glick grinsend.

»Nicht mehr«, entgegnete Julian. »Der Zug ist abgefahren.«

Die Sache mit Julian war, dass er den absolut sicheren Instinkt hatte, wie er Frauen aufreißen konnte. Keiner wusste, woher er das hatte. Ob er außergewöhnlich gut aussah, vermochte ich nicht zu beurteilen. Aber er wusste einfach, wie er mit ihnen reden musste – eine Fähigkeit, die wir anderen noch perfektionieren mussten. Er hatte ein Gespür dafür, was und wie viel er sagen musste. Es fiel ihm nicht schwer, ihnen Fragen zu stellen. Er war charmant, ohne einer Frau das Gefühl zu geben, er verlasse sich auf seinen Charme. Glick hatte seine eigene idiotensichere Methode. Er starrte ein Mädchen an, musterte es von Kopf bis Fuß, wenn es an uns vorbeiging, und dann – wenn er glaubte, der richtige Moment sei gekommen –

hob er kaum merklich das Kinn. Zu behaupten, es funktioniere niemals, täte ihm unrecht.

»Falsch, Mann. Sie will keine Freundin mit gewissen Vorzügen mehr sein«, erklärte Glick. »Jetzt will sie VMK sein.«

»VMK?«

»Verheiratet mit Kind – sie ist scharf drauf, zu heiraten und Kinder zu kriegen.«

Sobald wir unsere Getränke hatten, begann Glick, Julian über Ali auszufragen. »Wie läuft's so bei euch? Warum ist sie schon wieder nicht mitgekommen?«

»Äh, sie fühlte sich nicht gut, habe ich doch schon gesagt. Sie wollte heute Abend nicht ausgehen.«

»Fühlt sie sich jemals wohl? Was ist los mit ihr?« Glick verhielt sich zwar wie ein Arschloch, aber er hatte genau den Punkt getroffen.

»Sie ist nie dabei«, fiel Danza ein, und dabei redete er für gewöhnlich nicht schlecht über andere. Er war entspannt und beobachtete andere normalerweise nicht ständig.

»Wir haben sie seit mehr als einem Monat nicht gesehen.« Ich beschloss, mich ebenfalls einzumischen.

»Findet sie uns so unmöglich, dass sie es nicht verbergen kann?«, fuhr Glick fort. »Oder schwelt da etwas unter der Oberfläche? Ah, ins Schwarze gezielt. Achtung Bodenkontrolle, Julian befindet sich im Sinkflug … Wir haben eine Bruchlandung. Landebahn frei, wir haben einen Notfall.«

»Ach ja?« Julian war total sauer. »Was ist mit euch, Jungs? Ben, du hast es zwar geschafft, mit dem Mädchen aus Kansas zu schlafen. Oder Kentucky? Aber als du sie dann wieder besucht hast, hat sie dich gezwungen, *Titanic* zu gucken, und als du dabei eingeschlafen bist, hat sie dich rausgeworfen. Und Danza, hat nicht das Mädchen, das du letztes Wochenende abgeschleppt hast, gesagt, sie werde nie wieder mit dir schlafen, aber ihr könntet euch weiterhin grüßen, wenn ihr euch zufällig seht?«

Danzas Miene wurde ernst. »Hör auf, Mann. So, wie du uns beschreibst, klingt es erbärmlich«, beschwor er Julian und warf einen Blick über die Schulter.

»Oder erstaunlich«, meinte Glick.

»Und Glick, das letzte Mal, dass bei dir etwas gelaufen ist, war vor *mindestens* einem Jahr, und sie ist nur aus einem einzigen Grund mit dir nach Hause gegangen – weil du behauptet hast, du hättest Gras, was nicht stimmte.« Zumindest was Glick anging, hatte Julian recht. Seine Sexabenteuer waren selten und lange her. Jedes Mal, wenn es passierte, rechnete ich fast damit, er werde eine Anzeige in die Zeitung setzen.

Es war unvermeidlich, dass nun die alten Geschichten auf den Tisch kamen. Erstaunlich, wie viel Begeisterung wir für die Storys aufbringen konnten, die wir uns bereits Hunderte Male erzählt hatten, aber es machte immer wieder Spaß, sich daran zu erinnern. College … was für eine verrückte Zeit das gewesen war! Und jetzt lag das schon zweieinhalb Jahre zurück.

»Unzählige Male konnte ich den Anruf beim Rettungsdienst gerade noch abwenden«, sinnierte jetzt Glick. »Sie dachten immer, ich wäre zu betrunken. *Mädchen*, Alter. Sie wollen immer helfen und begreifen nicht, dass ein bewusstloser Typ in der Ecke kein Grund ist, den Notarzt zu rufen. Amateure. Aber denen hab ich's gezeigt.«

»Allerdings«, pflichtete Danza ihm bei. »Bis auf das eine Mal, als sie dich mitgenommen haben und du abhauen musstest.«

»Stimmt, ich musste wirklich fliehen! Damals bin ich im Krankenhaus-Nachthemd über den Campus gerannt.« Er trank einen Schluck von seinem Cocktail. »Lasst mich euch eins sagen: Diese Nachthemden sind total dünn. Sie wärmen überhaupt nicht.«

»Sie sind auch nicht dafür gemacht, dass man draußen damit herumrennt«, gab ich zu bedenken.

»Wenn wir ehrlich sind«, warf Julian ein, »sind sie auf jeden Fall eine Klasse besser als das, was du normalerweise trägst.«

»Was ist an meiner Kleidung auszusetzen?«

»Draußen sind zwanzig Grad, und du trägst Cord«, sagte Julian. »Das sind Winterhosen, Mann. Ich betrachte mich wirklich nicht als Modeexperte, aber das weiß sogar ich. Ist dir nicht warm? Rinnt dir nicht der Schweiß über den Rücken?«

Glick ignorierte uns und bestellte noch einen Drink. Dabei wedelte er mit den Armen wie ein exotischer Vogel. Glick war immer die Zielscheibe unserer Scherze, aber er trug es mit Fassung. Worüber sollten wir reden, wenn nicht über ihn?

»Wisst ihr was, lasst uns Danza endlich mal betrunken machen«, sagte Glick teils zu der wenig beeindruckten Kellnerin, teils zu uns. »Ich habe ihn noch nie betrunken erlebt. Lasst uns ihn abfüllen, und dann könnt ihr mich mal mit euren üblichen Verurteilungen verschonen. Eine Runde für den ganzen Tisch, Lady«, rief er und machte eine wedelnde Handbewegung. Die Kellnerin sah verunsichert aus und ein bisschen genervt. Aber sie nickte und kam ein paar Minuten später mit einem Tablett voller Alkohol zurück.

Also tranken wir. Eine Menge.

Julian verbrachte eine gute halbe Stunde damit, sich an der Bar mit Kate zu unterhalten, während wir uns gnadenlos über ihn lustig machten, weil er einen derart angestrengten Gesichtsausdruck hatte, als befände er sich in einem ernsthaften moralischen Dilemma. Gleichzeitig aber beobachtete er schamlos, wie sie mit der Kette spielte, die direkt über ihren Brüsten hing. »Deine Freundin ist draußen«, rief Glick irgendwann. Die Lüge funktionierte wie ein Zauberspruch. In Sekundenschnelle saß er wieder bei uns am Tisch.

Danza holte die Würfel heraus und wir begannen, C-Lo zu spielen. Es war ein Spiel, das wir manchmal mit drei Würfeln in der Umkleide gespielt hatten. Dabei musste man so lange würfeln, bis man 4, 5, 6, einen Drilling, einen 6er-Pasch oder mehr als der Gegner geworfen hatte, um zu gewinnen und den Pott zu erhalten. Also würfelten wir, spielten, wetteten, nahmen den Türsteher noch mit auf und sorgten für ziemlich viel Aufsehen mit Geld auf dem Tisch, Geld auf dem Fußboden. Schließlich verloren wir hundert Dollar an eine Gruppe von Mädchen, die gerade Junggesellinnen-Abschied feierte. Dann verschwand Danza mit der zukünftigen Braut, nachdem er sie mit etwas ähnlich Blödem angesprochen hatte wie: »Gehört es heute Abend nicht zu deinen Aufgaben, einen Fremden zu küssen?«

Um ein Uhr nachts waren wir völlig betrunken. Und hungrig. Wir überlegten, in einen Pancake-Laden in der Clinton Street zu gehen.

»Hat der nicht schon zu?«

»Egal, wir klopfen einfach an die Tür. Die bekommen doch sicher Lieferungen. Wir sagen einfach: ›Die bestellte Hefe ist da – und schon sind wir drin.‹«

»Ich breche nicht in einen Pancake-Laden ein«, sagte ich. »Immerhin gibt's an jeder Straßenecke einen Imbiss.«

»Genau, Alter, schließlich ist das nicht das einzige Restaurant in Manhattan, in dem wir noch etwas zu essen bekommen«, wandte auch Julian ein.

»Wir machen es *genau so*«, erklärte Glick. »Es geht nicht um die verdammten Pancakes, es geht ums verdammte Prinzip.«

»Welches Prinzip?«, wollte ich erstaunt wissen. Der Streit ging noch eine Weile so weiter, unnötig lange. Irgendwie war es auf einmal eine Frage der Loyalität. Wie so oft. Alles drehte sich immer um das Team.

»Jungs. Wir haben uns ein Ziel gesetzt, und das wollen wir auch erreichen«, erklärte Glick. »Deshalb sollten wir uns mit nichts Geringerem zufriedengeben als den fluffigsten Pancakes der Welt.« Er hatte sich schon so in Rage geredet, dass er einen ganz roten Kopf hatte. »Wir müssen den Abend so beenden. Begreift ihr das nicht? Der gesamte Abend war letztendlich darauf ausgerichtet, diese Pancakes zu bekommen. Ohne diese Pancakes hat der Abend gar nicht existiert.« Er schüttelte seinen Kopf. »Ich mache das nicht für mich. Ich mache das *für uns alle*. Ich mache das, damit ihr morgen aufwacht und einen vollen Magen habt und euch sagt: ›Wow, was für ein großartiger Abend.‹«

Glick war ein Idiot, und es hatte keinen Sinn, mit ihm über etwas zu diskutieren, was er sich in den Kopf gesetzt hatte. Julian war vogelfrei an diesem Abend, nachdem seine Freundin etwas anderes vorhatte, sich »nicht wohlfühlte« oder »arbeitete« oder was auch immer, und obwohl er unablässig gähnte, würde er keine Minute eher nach Hause gehen als nötig. Auch Danza konnte kaum noch die Augen offen halten, aber er beharrte darauf, ein Teamplayer zu sein, alles für seine Mannschaft zu geben und nicht vorher abzuspringen, egal, worum es ging. Und das war gut für ihn. Ich aber verabschiedete mich und ging. Vermutlich habe ich nicht die Führungsqualitäten eines Danza und auch nicht dessen grenzenlose Hingabe. Also ging ich, begleitet von ihren grimmigen Protesten.

»Glick«, rief ich noch einmal quer durch die Bar. »Du hast Pute im Gesicht.«

Nicht jeder ist ein Gewinnertyp.

Ich freute mich darauf, allein zur U-Bahn zu gehen, und hoffte, nicht zu lange auf den nächsten Zug warten zu müssen. Jetzt, am Ende der Nacht, sahen die Straßen anders aus. Die Lower East Side wirkte noch immer cool, aber wenn man genauer hinsah, entdeckte man einen mürrischen Ausdruck auf den Mienen der Passanten. Noch immer machte das Viertel einen verträumten Eindruck, aber letztendlich war es nur ein Stadtteil mit alten Mietshäusern. Es gab einen Grund dafür, dass alle gegangen waren, ehe wir kamen – er zählte nicht wirklich zu den schönsten Ecken der Stadt. Hier lebten die ärmsten New Yorker. Noch vor zwanzig Jahren hatte ein Zimmer hier vielleicht fünfzig Dollar im Monat gekostet. Es wurde zwar gesagt, der Zustand der Häuser sei besser geworden, aber das war schwer zu glauben, wenn man sie bei Tageslicht betrachtete. Nirgendwo anders hatten die Bewohner so wenig Licht und Luft, und nirgends lebten so viele Menschen auf so engem Raum. In einem Lehrgang zum Thema städtischer Infrastruktur hatte ich viel gelernt über Viertel wie dieses, über Mietshäuser, die Verkehrsbelastung, fehlende Parkplätze und Freiflächen.

Die Lower East Side hatte ihren Reiz, aber je mehr Zeit man dort verbrachte und je genauer man hinsah, umso mehr stach die Realität ins Auge. Die Schäden wurden sichtbar, und der Charme verschwand. Es fehlte an Technik. Alle Häuser hatten bauliche Mängel. Ginge man in irgendeines der Häuser an der Lower East Side und legte eine Murmel auf den Boden, sie würde auf eine Seite des Raumes rollen. Die Fußböden waren nicht eben, und das machte mich wahnsinnig. Unwichtig zu erwähnen, dass die Wände nicht gerade waren. Man hatte das nie genau berechnet.

Als ich um die Ecke an der Houston und Ludlow bog, hörte ich die Stimme eines Mannes. Während ich weiterging, wurde die Stimme lauter, doch ich konnte niemanden sehen. Ich wandte mich um, weil ich dachte, er spreche vielleicht mit mir. Mein Blick fiel auf die andere Straßenseite, und da entdeckte ich Eve. Sie stand neben diesem Typen in einem karierten Hemd, der mir aus Collegezeiten bekannt vorkam. Er spielte in einer Band. Oder so was. Ich weiß nicht, warum, aber dieser Kerl hatte so etwas an sich, was *arbeitslos* schrie. Im College war Eve ständig mit solchen Typen zusammen gewesen. Keiner wusste genau, was sie machte. Egal. Karohemd jedenfalls stand ihr gegenüber. Sie hielt etwas Abstand zu ihm und hatte die Arme vor der Brust verschränkt. Irgendetwas an ihm brachte mich immer gegen ihn auf. Er schien der Typ von Mensch, der nur mit dir redet, wenn er etwas von dir will.

»Himmel, was ist los mit dir heute Abend?«

»Ich mache mir Sorgen!«, erwiderte sie, dann bemerkte sie, dass sie laut geworden war, und senkte ihre Stimme. Sie setzte sich auf eine nahe stehende Bank. »Ich weiß, das sagen alle andauernd. Aber ich habe keine Eltern, und manchmal fühle ich mich ganz allein auf der Welt, versteh das doch bitte. Und ich weiß, auch *das* sagen ganz viele Leute, aber in meinem Fall ist es tatsächlich wahr.«

Wie angewurzelt blieb ich stehen. Sobald ich hörte, was sie sagte, hatte ich das seltsame Gefühl, Teil dessen zu sein, was hier passierte.

»Du bist nicht allein«, beteuerte er und setzte sich neben sie. Er klang nun ruhiger, als ich erwartet hatte. Ich sah, wie der Wind mit ihrem Haar spielte.

»Ich habe das Gefühl, als würde ich mich verzweifelt an jemanden oder etwas klammern. Und du … hältst mich nicht fest.«

»Ach wirklich? Obwohl ich dich jede Nacht im Arm halte, wenn du schläfst?«

Oh Mann. Dieser Kerl.

»Sieh mal, Eve. Es ist nicht dein Fehler. Ich fühle mich, als wäre eine tiefe Dunkelheit in meinem Innern. Es vergeht kein einziger Tag, an dem ich mir nicht wünschte, sie wäre fort. Aber ich weiß nicht, wie ich sie loswerden kann.«

»Ich weiß genau, was du meinst. Hilft dir das nicht? Sollte es dir nicht helfen?«

»Nein, denn deine Dunkelheit fühlt sich nicht an wie meine.«

Es sollte verboten werden, dass zwei Literaturstudenten zusammen waren.

»Ich dachte, es wäre so«, sagte sie kopfschüttelnd und starrte zu Boden. »Ich dachte, wir hätten das gemeinsam.«

»Mann, ich bin echt müde, und ich bin es leid, mit dir darüber zu diskutieren. Und die Wahrheit ist ... *Das werde ich mit niemandem gemeinsam haben.*« Er deutete auf den Zwischenraum zwischen ihnen, dann stand er auf und begann, im Kreis zu laufen, immer wieder.

Jetzt war ich ganz sicher: Er war wie getrieben. Vielleicht war er high.

»Was ich mit anderen Menschen gemeinsam haben werde, das wird immer etwas anderes sein. Dieser Gedanke bricht einem das Herz, nicht wahr? Aber vielleicht sind wir nicht gut füreinander. Okay? Das ist wahr! Wir sind wahrscheinlich nicht richtig füreinander. Natürlich können wir diesen Streit jetzt monatelang führen, sogar jahrelang. Du würdest darüber verrückt, und mir täte es leid, und am Ende würden wir beide nur leiden. Ich bin fest davon überzeugt, dass uns beide etwas nicht Greifbares verbindet, dass wir miteinander verbunden sind, wie ich es vielleicht nie wieder mit jemandem erleben werde. Das allein könnte für lange Zeit reichen. Ich könnte bei dir bleiben, nur um diese tiefe intuitive Angst zu umgehen, niemals wieder so etwas zu finden.«

Intuitiv? *Okay, jetzt übertrieb er wirklich.*

Sie legte ihre Hand an den Mund und sah aus, als würde sie gleich anfangen zu weinen. Würde sie weinen? Ich kannte mich in diesen Dingen nicht gut aus, aber sie wirkte, als würden gleich die Tränen fließen. Ich ging ein paar Schritte nach links, um mich im Dunkeln zu verbergen, aber eigentlich war es mir egal, ob sie mich entdeckten. Es würde sie nicht stören. Schließlich war ich nur ein entfernter Bekannter, auch wenn ich das Bedürfnis verspürte, ihr zu helfen, aus welchem Grund auch immer. Doch es gab nichts, was ich hätte tun können. Sie saß nur da und konzentrierte sich auf ihn.

»Was?«, fuhr er fort. »Dich nerven die Drogen, stimmt's? Es beunruhigt dich, dass ich Drogen nehme? Gut, du bist hübsch und klug, es gibt keinen Grund, warum du mit jemandem wie mir zusammen sein solltest. Keinen Grund, und du solltest es auch nicht tun. Lass es, rate ich dir. Geh.«

»Aber du bist ...«

»WAS bin ich?«, schrie er.

»Nichts ... Es ist nur ... Ich hätte mich nie getraut, dir das alles zu sagen. Du magst recht haben, aber ich wäre nie auf die Idee gekommen, so mit dir über uns zu reden. Es hört sich logisch an, was du sagst, es sind logische Worte, aber sie klingen zu sehr nach Abschied.«

»Dir ist klar, dass du mich an diesen Punkt gebracht hast, oder? Du hast eine Entscheidung gefordert. Das war *dein* Ziel.«

Sie legte ihre Hand an die Stirn, über ihre Augen, über ihr Gesicht. Er saß reglos da. Was war los mit ihm? Was war so schwierig daran, einfach den Mund zu halten und jemanden zu trösten? Es gab keinen Grund, sich gegenseitig so zu quälen. Wenn ich einem aufgewühlten Mädchen gegenüberstand, hatte ich immer die Tendenz, nachzugeben, ruhig zu sein, vielleicht zu kompromissbereit. Nie war ich absichtlich fies. Oder war ich es vielleicht und merkte es nicht? Einige Male hatte ich mich betrunken mit einem Mädchen gestritten, doch dann schliefen wir miteinander, ehe die Sache ausdiskutiert war, und waren einfach darüber hinweggekommen. Da war dieses Mädchen gewesen, das mich extrem genervt hatte. Aber der Sex war toll, und ich war ständig heiß auf sie gewesen. Eine kleine Dosis Schmerz oder Wut können positive Auswirkungen haben, schätze ich. Aber das hier ging zu weit.

Ich wollte weitergehen und sie mit ihrem verkorksten Gespräch allein lassen. Sie tat mir leid, aber ehrlich gesagt war ich auch froh, mit diesem Mist nichts zu tun haben. Ich hatte nicht das Verlangen nach einer festen Freundin, aber wahrscheinlich würde ich irgendwann an diesen Punkt kommen. Eines wusste ich genau: Wenn es so weit war, wollte ich eine Beziehung, die nicht voller Dramen war.

Es wurde Zeit, von hier zu verschwinden.

Eve

Im Stadtzentrum, im Vorraum irgendeiner Bankfiliale

Der Himmel verdunkelte sich jäh, und die Wolken brachten dieses Unheil verkündende Gefühl mit sich. Plötzlich goss es in Strömen, und der Regen erwischte mich in der Mittagspause mitten auf der Straße. Ich rannte zurück zu der Vermögensverwaltungsfirma, bei der ich seit ein paar Monaten als Assistentin arbeitete. Arthur hatte einen Freund, der dort angestellt war, und als er mir die Stelle angeboten hatte, war mir der Gedanke an ein festes monatliches Einkommen unglaublich verlockend erschienen. Außerdem erinnerte mich der Job bei Nobu zu sehr an Jesse und daran, nach Hause zu kommen und immer noch wie ein Teller Chicken Teriyaki zu riechen. Also beschloss ich, dass ich einen sauberen Schnitt brauchte, was diesen Teil meines Lebens betraf. Es passte einfach nicht mehr zu mir. Es war die *andere* Eve. Die neue, erwachsene Eve reiste herum, etwa zum Kopierraum und wieder zurück. Schreiben konnte ich immer noch, sagte ich mir. Wenn ich vorgeben konnte zu wissen, was Vermögensverwaltung war, konnte ich auch vorgeben, immer noch zu schreiben.

Überall waren Leute. Die Straßen rund um den Bryant Park waren belebter als jeder andere Teil der Stadt. In diesem unablässigen Strom von Menschen hatte ich keine Chance auszuweichen. Und so war es unvermeidbar, dass mich irgendein Kerl im Anzug halb bewusstlos schlug. Er rempelte mich so stark an, dass ich auf der Straße landete – mitsamt meinem Salat. Der größte Teil flog aus dem Plastikbecher, sodass es kurzfristig aussah, als regnete es Kopfsalat, und ich konnte die Reste mit der Hand wieder vom Boden aufsammeln, um sie anschließend wegzuwerfen. Verdammt. Es war ein Dreizehn-Dollar-Salat, der für zwei Mahlzeiten hatte reichen sollen.

»Klar, Sie haben's ja so eilig!«, wollte ich dem Typen aus meiner Position – in der Hocke mitten auf der Straße – hinterherschreien. *»Sie haben es sooo eilig!«* Doch da tauchte, während ich noch versuchte, etwas von dem Salat zu retten, eine Frau auf. Sie kniete sich neben mich, sah mich an und fragte: »Machen Sie Witze?« Dann erklärte sie mir, ich sei ekelhaft, als wäre ich obdachlos und würde vor ihren Augen aus der Mülltonne essen. Als ob es ihr zustand, irgendetwas, was auf dieser Straße passierte, zu kommentieren.

Ich explodierte förmlich. Es kann einen ziemlich sauer machen, wenn einem ein Fremder ins Gesicht sagt, man sei ekelhaft. Ich rannte ihr nach.

»HEY!«, schrie ich ihren Hinterkopf an. Sie wandte sich um. »Sie regen mich wirklich auf, wissen Sie das? Sie haben kein Recht, mich so aggressiv anzugehen. Sie kennen mich doch nicht einmal! Ich habe versucht, meinen Salat einzusammeln, denn der hat dreizehn Dollar gekostet, und ich habe kein Geld, das in Strömen fließt. Also kümmern Sie sich gefälligst um Ihre eigenen Angelegenheiten!«

So leicht sollte sie nicht davonkommen. Sie sollte das Ergebnis ihres psychopathischen Handelns ruhig mitbekommen. Auf meine Worte erwiderte sie nichts, sondern sah tatsächlich schuldbewusst aus. Und statt mich bestätigt zu fühlen, raste plötzlich mein Herz als Reaktion auf diese Auseinandersetzung. Ich brauchte einen Moment, um mich zu sammeln, und so fand ich mich plötzlich im Vorraum einer Bank zwischen Fifth und Sixth Avenue neben den Geldautomaten wieder, versuchte, langsam zu atmen und dafür zu sorgen, dass mein Herz nicht mehr flatterte wie ein Schmetterling auf Kokain. Da dies der einsamste Platz war, den ich in dieser Gegend würde finden können, hatte ich ihn ganz bewusst angesteuert.

In dem Vorraum, diesem Paradies, das ich auserkoren hatte, war es still. Ich setzte mich auf einen Mauervorsprung, auf dem Werbeheftchen und Stifte lagen, und beschloss, nie wieder hinauszugehen. Meinst du, sie werden mich hier in Ruhe leben lassen? fragte ich mich und gab mir sogleich die Antwort. *Nein, natürlich nicht.* Die Nörgler da draußen würden sicherstellen, dass ich hierfür bezahlte. Kein Quadratmillimeter dieser Stadt war kostenlos. Überhaupt lebten – unabhängig von den Kosten – viel zu viele Leute hier. Die Insel war nicht groß genug. Wir machten uns alle nur etwas vor. *Sieh dir diesen Ort an.* Ich schaute aus dem Fenster auf all die bedauernswerten Gestalten in ihren schwarzen Mänteln und mit ihren riesigen schwarzen Regenschirmen. Den Blick gesenkt, hasteten sie durch die Straßen, als hofften sie, irgendwie davonzukommen, während der Regen ihre Rücken hinunterlief.

Verdammt. Das war das Stadtzentrum. Oder zumindest empfand ich es so, und ich ging jeden Tag hierher zur Arbeit, in diese gefühlte Außenwelt, weil ich meinen Lebensunterhalt in dieser Stadt nicht allein von meinem Nobu-Lohn bezahlen konnte. Mit dem neuen Job bekam ich ein angemessenes Gehalt und hatte eine Krankenversicherung. In einem winzigen Raum in einem riesigen Gebäude mitten in der City Dokumente sortieren, während mir nur ein Kopiergerät Gesellschaft leistete? Ja, das konnte ich. Kopien gegen Lebensmittel. Doch von Tag zu Tag wurde ich feindseliger. Downtown fühlte ich mich wie eine Ameise, die in einem Labyrinth aus Hochhäusern gefangen war und nur darauf wartete, dass der nächste Schuh sie zerquetschte. Man konnte kaum den Himmel sehen, nur kleine Ausschnitte davon, und selbst dafür musste man sich ziemlich recken. Und wenn man dann einen Blick auf seine Weite erhaschte, brachte dies längst nicht die Erleichterung, die man erwartet hatte. *Wo ist der Rest des Himmels? Wo ist der Rest von allem anderen?* Ständig vibrierte der Boden – die Menschen besetzten jeden Millimeter des Gehwegs, vor dem Starbucks bildete sich eine Schlange, und ein Presslufthammer riss den Bürgersteig auf, während zwei Taxis sich gegenseitig auswichen und hupten. Einer der Fahrer streckte den Kopf aus dem Seitenfenster. »Was hast du für ein Problem?«, rief er dem anderen zu. »Willst du jemanden umbringen, nur um eine verdammte Fahrt zu bekommen?«

Sirenengeräusche dröhnten, Polizeiwagen schossen vorbei – Mannschaftswagen voller bewaffneter Beamter, dazu berittene Polizei. Kann mir bitte jemand erklären, in was für einer Situation man in New York die Kavallerie braucht? Das wollte ich jetzt wirklich wissen. Vielleicht würde hier gleich alles in die Luft gejagt werden. Diese Vermutung hatte ich immer, wenn mehr als zehn Streifenwagen an mir vorbeisausten. Hoffentlich könnte ich wenigstens noch irgendetwas zu Mittag essen, bevor ich von Terroristen niedergeschossen würde. Liebe Terroristen, wenn möglich, möchte ich gern mit vollem Magen getötet werden. Noch mehr Martinshörner. Mehr Polizeiwagen. Pfeifen. Hupen. Unaufhörliches Hupen. *Was ging hier vor sich?* Sollte ich jemanden fragen? Oder es googlen? Das wäre mal etwas Neues. Es ist ja nicht so, als gäbe ich »NYC Desaster« oder »NYC Schießerei« nicht mindestens einmal am Tag in die Suchmaschine ein. Neiiiin, das mache ich nie. Was für eine extrem irrationale und nutzlose Tätigkeit. Man sollte annehmen, ich hätte mich an solche Szenen gewöhnt. Bryant Park war im Grunde ein Bollwerk der Notfallvorsorge. Dieses Mal würde ich mir keine Sorgen machen. Ich war es leid. Offensichtlich hatte ich das herrliche Gefühl der Gleichgültigkeit nun endlich verinnerlicht. Ich wollte es nicht mehr wissen. Was machte es auch für einen Unterschied? Schließlich war es ja nicht so, als würde noch ein Salat auf mich warten.

Nun, während ich in dem kleinen Raum zwischen den Geldautomaten saß und der Himmel Regen auf den Gehweg spie, als hätte er seit Monaten darauf gewartet, wurde mir langsam bewusst, worauf ich seit Monaten wartete. In meinem Zorn gelang es mir, endlich klar zu denken, und ich begriff: New York war der Grund für all meine Probleme. Diese. Verdammte. Stadt. Aber ich musste nicht hier leben. Niemand wird gezwungen, in New York zu leben. Das war keine Pflicht. Und weißt du, was ich tun könnte? Ich könnte einfach gehen. Ich könnte diesen Job bei der Zeitung in Colorado annehmen, um den ich mich nach der Trennung von Jesse aus einer Laune heraus beworben hatte. Es ging darin um die Berichterstattung über die Musikszene einer Kleinstadt und um Vorankündigungen der Konzerte, die dort in einer regional bekannten Veranstaltungshalle stattfanden. Ich hätte nie gedacht, dass der Verlag sich melden würde. Aber sie hatten angerufen und gefragt, ob ich bereit sei, nach Colorado zu ziehen – eine Frage, über die ich mir nie zuvor Gedanken gemacht hatte, und die Antwort kam ganz spontan.

»Ja«, sagte ich zu meiner eigenen Verblüffung. »Ja, das wäre ich.«

Jetzt dämmerte mir, dass dies vielleicht keine Flucht wäre, sondern ein genialer Plan. In Colorado könnte ich über Musik schreiben. War das nicht ein guter Grund, auch wenn ich dafür von zu Hause fortziehen müsste? Ich müsste nicht mehr in diesem Büro arbeiten, Dokumente kopieren und binden, um drei Uhr zum Geburtstag von irgendjemandem in den Konferenzraum gehen und übersüßen Kuchen essen, seltsame Konversation betreiben und mich hinterher krank fühlen. Denn traurigerweise waren diese Dinge genau das, was mich jeden Tag erwartete.

In New York hatte ich bisher über Jagen und Fischen geschrieben und über Hundezüchter, zudem Artikel über die besten Büroausstattungen für ein Magazin für Büroausstattungs-Verantwortliche – alles freiberufliche Aufträge, die ich praktisch umsonst gemacht hatte, zusätzlich zu meinem täglichen Job. Nebenbei bemerkt: Es gibt zwei Fachzeitschriften für Büroausstattungen. Die andere ist das *American Journal of Office Supplies*. Sie hatten mir fünf Cent pro Wort (!) angeboten, wenn ich für sie neue Büromöbel besprechen würde. Aber zuvor musste ich eine Tausend-Wörter-Arbeitsprobe einreichen sowie eine Seite Literaturkritik, und daraufhin hatte ich nie wieder etwas von ihnen gehört.

Der Stadt war es egal. Ich würde keinen Preis dafür bekommen, dass ich es in dieser feindlichen Welt aushielt, in der ich Panikattacken bekam und mein Herz bis zum Hals schlug von dem Moment an, in dem ich morgens in die U-Bahn stieg, angesichts all der fremden Menschen und des Obdachlosen in seinem Superman-T-Shirt, der mich ständig auf dem Weg zur Arbeit belästigte, und mir erklärte, ich könnte so hübsch sein, wenn ich nur *lächelte*.

Manchmal löste die Tatsache, dass meine Mutter in dieser Stadt verschwunden war – buchstäblich von ihr verschlungen worden war –, in mir ein Gefühl unbändigen Entsetzens aus. Dann kam meine irrationale Seite zum Vorschein, etwa in einem überfüllten U-Bahn-Waggon oder auf der Straße, wenn die Sirenen heulten. Diese irrationale Seite sagte: Die Stadt hat sie sich einverleibt. *Und das könnte auch mir passieren.* Bis heute begreife ich nicht, warum sie hatte dort sein müssen, in jenem Teil der Stadt, in jenem Moment. Verstandesmäßig war es mir klar. Da war ihr Job, und es war ein Wochentag. Dennoch verstand ich auf einer ganz elementaren Ebene nicht, warum sie von allen Orten, wo sie hätte sein können, gerade *dort* gewesen war.

Ich musste an die Oberfläche stoßen, aber ich wusste nicht, wie ich dorthin gelangen konnte. Jeder Trost, den ich bei Jesse gefunden hatte, war fort. Nun versuchte ich voranzukommen. Ich war zu allen Verabredungen gegangen, zu all den tollen Vorstellungsgesprächen in dem mittelmäßigen italienischen Restaurant an der 32. Straße. Möglich, dass ich nur deshalb zu Dates ging, um der wachsenden Angst zu entgehen, die mich beschlich, wenn ich in meine leere Wohnung kam, das Geräusch der Verriegelung an der Tür hörte, die Angst davor, dass mein Vermieter die Miete erhöhte und mir riet, meinen Vater um ein Darlehen zu bitten. Kleine Frage am Rande: Glaubst du, sie würden mich eventuell in dem mittelmäßigen Restaurant an der 32. Straße wohnen lassen?

Vor ein paar Tagen lief ich über den Union Square und entdeckte ein zehn Meter hohes Plakat von Jesses Band im Schaufenster vom Virgin Megastore. *Es gibt keine Gerechtigkeit in dieser Stadt.* Das Debütalbum der Band war auf dem Weg, ein riesiger Hit zu werden, und wurde schon als eines der besten des Jahres gefeiert. Es sei eine innovative Hommage an afrikanische Musik, hieß es. Drei Typen, im Hintergrund des Bildes das Empire State Building. Da gibt es nichts zu beschönigen: Diese Stadt war nicht groß genug für dieses Plakat und mich.

Und klar, ich hatte Arthur. Das stimmte – ich hatte Arthur mit seinen roten Wangen, dem dicken Bauch und den Witzen, von denen mir immer leicht übel wurde. Er hatte meine Mutter glücklich gemacht. Er hatte sie zu allen Ausstellungen, in Museen und Broadway-Shows begleitet, die sie sehen wollte. Mit ihm hatte sich ihr lebenslanger Traum eines glanzvollen Lebens in Manhattan verwirklicht. Sein Gästezimmer stand mir immer offen. Das allein hätte genügen sollen, um ihn für immer und ewig in mein Herz zu schließen. Dennoch … Ich setzte auf Emma, die hin und wieder für ein paar Tage bei ihm wohnte. Eines Tages würde sie mit mir über seine Angewohnheiten reden müssen. Davon hatte er viele. Aber es kam nie dazu. Es war nicht so, dass sie ihre Gereiztheit verbarg, nein –

sie schien tatsächlich nicht genervt von ihm. Auf Arthurs endlose Witze reagierte sie mit einem Lächeln, das nicht etwa höflich war, sondern absolut ehrlich. Konnte Emma so etwas vortäuschen? Wer weiß? Ich beherzigte ihren Rat, schloss die Augen und atmete tief durch. Dann stellte ich mir vor, ich wäre an einem Strand, die Wellen rauschten, ich spürte den warmen Sand zwischen meinen Zehen. Das Problem war, ich wünschte mir trotzdem noch, Arthur k. o. zu schlagen, nur eben in einer maritimen Umgebung.

Manchmal, wenn ich mal wieder meine fensterlose Wohnung als Quelle für meine Traurigkeit ausgemacht hatte, besuchte ich ihn in seiner Wohnung, weil ich mich nach dem Anschein eines Zuhauses sehnte. Aber bei ihm zu sein, fühlte sich auch nicht richtig an. Nicht mehr. Letzte Woche hatte ich an seinem Computer gesessen und aus Versehen eine Dating-Website für Leute über sechzig entdeckt, die er kurz zuvor besucht hatte. Plötzlich machte sich das Gefühl in mir breit, hier nicht länger willkommen zu sein. *Er wollte sich wieder mit Frauen treffen?* Natürlich. Was hatte ich denn erwartet? Als ich die Website entdeckte, erschauerte ich. Später starrte ich die Wand an, während er fernsah, und stellte mir vor, wie Arthurs Liebesleben aussehen mochte, und ich versank tiefer und tiefer in Hoffnungslosigkeit. Fühle ich mich hier besser oder in meiner eigenen Wohnung? fragte ich mich. Wie betäubt saß ich da und versuchte zu planen, wie ich den nächsten Tag überstehen sollte – und den Tag danach, der Bedrohung durch immer neue Tage in dieser Stadt standhalten könnte. All dieses fieberhafte Herumgerenne, ohne je anzukommen, ohne je den richtigen Ort zum Ankommen zu finden, alles immer schrecklich dringend. *Und wofür?*

Colorado versprach mir die Befreiung. Meine Gedanken kämen endlich ein bisschen zur Ruhe. Der Tapetenwechsel täte mir gut. Ich würde den Kopf frei bekommen. Zum ersten

Mal könnte ich andere Teile meines Ichs wahrnehmen, so, als würde jemandem plötzlich bewusst, dass er Beine hatte. In Colorado könnte ich schreiben, ohne gleichzeitig in einer Vermögensberatung oder in einem Restaurant zu arbeiten. Und ich musste auch nicht mit Hunden spazieren gehen oder vorgeben, Katzen zu mögen, nur weil irgendein Typ bei Two Cats Productions Katzen liebte und mich damit beauftragen würde, einen Artikel über eine Band zu schreiben oder auch gelegentlich auf seine Katze aufzupassen.

Während ich hier allein saß, auf der Flucht vor dem Regen und vor der Rückkehr zur Arbeit, fühlte ich mich so gut wie lange nicht mehr. Ich hatte angefangen, darüber nachzudenken, New York zu verlassen. Ich wollte nicht länger leiden. Aus dem Fenster an der 42. Straße sah diese Stadt, die ich so gut kannte, plötzlich anders aus. Und auf einmal wollte ich nichts lieber als gehen. New York war schmutzig und grau und laut und beengt, und ich denke, New York selbst weiß es zu schätzen, wenn ich *Scheiß drauf!* sage.

3. Teil

Winter 2010

Eve

Ein japanischer Zirkus am Saint Mark's Place

Ich trat durch die Tür und sah mich einem Plakat gegenüber, auf dem eine Frau von roten Tintenfischen entweder gequält oder verwöhnt wurde. Die Decke war niedrig. Der Raum war schmal, aber lang gezogen. Während ich durch das Restaurant ging, das einem dunklen Tunnel voller Kuriositäten glich, sah ich mich suchend nach vertrauten Gesichtern um. Ich bemerkte eine japanische Flagge, besprüht mit Graffiti, nackte Schaufensterpuppen mit Gasmasken, eine Skulptur von Godzilla, den Tokyo Tower zerstörend. *Musste es so gruselig sein?* Offensichtlich war ich zu lange nicht mehr in der Stadt gewesen.

Es fällt mir schwer, das zuzugeben, aber in den ersten Monaten nach meiner Rückkehr war ich wirklich eine Zumutung für die Gesellschaft. Ich trug zerrissene Jeans und zeichnete mich durch eine negative Einstellung aus. Ich stapfte durchs East Village und dachte: Du versuchst schon wieder, mich fertigzumachen, New York. *Vergiss es!* Mir lag daran, jedem klarzumachen, dass ich zwar wieder »zurück« war, aber nicht mehr gewillt, dieses ganze New-York-Gerenne mitzumachen. Da draußen gab es mehr als diese Stadt, und das wusste ich jetzt. Ich war bergsteigen gewesen. Und zelten. Ich hatte als Musikreporterin gearbeitet. Hunderte von Konzerten hatte ich besucht und Telefoninterviews mit berühmten Musikern geführt, während sie gerade in ihrem Tourbus Lunch aßen. Ich hatte mich mit Typen verabredet, die aus Helikoptern sprangen, ohne eine Sekunde zu zögern. Auf den Punkt gebracht: Ich hatte gelebt. Ich hatte vieles erlebt. Ich war klar im Vorteil.

Aber wenn ich nicht aufpasste, würde New York wieder in mich hineinsickern. Anders konnte ich es nicht erklären. Die verdammte Stadt passte mir wie angegossen. Warum sonst würde ich mich sofort zu Hause fühlen, als wäre ich endlich wieder daheim, selbst auf dem Saint Mark's Place, der ein Konglomerat bildete aus Punk und Japan und Drogenzubehör? Ich sah zu dem Gebäude auf, das der Adresse auf dem Zettel in meiner Hand entsprach. Ab der Sekunde, als ich Saint Mark's Place 25 gehört hatte, war es mir vertraut vorgekommen. Für eine meiner Musikkolumnen über Elektromusik hatte ich hierüber mal recherchiert. Am Saint Mark's Place 19–25 war der Electric Circus beheimatet gewesen, ein Nachtclub, der die Bohemien- und Clubkultur der Sechzigerjahre verkörpert hatte. Experimentelle Bands wie Grateful Dead und Velvet Underground hatten hier gespielt, und in den Pausen waren Jongleure, Pantomimen, Feuerschlucker und Trapezkünstler aufgetreten. Es war der Inbegriff jener drogengeschwängerten, psychodelischen Zeit mit ihrem Schwarz- und Stroboskoplicht und dem alles durchdringenden Geruch nach Rauch. Im Laufe der Jahre hatte sich Saint Mark's Place 19–25 von einem Nachtclub erst in eine deutsche Musikgesellschaft verwandelt, dann in ein Gemeindezentrum, den Treffpunkt einer polnischen Organisation und schließlich in eine »Trockendisco« für Anonyme Alkoholiker. Schließlich hatte man das Gebäude in einzelne Wohnungen umgewandelt. Und jetzt gab es im Erdgeschoss von Saint Mark's Place 25 jenes äußerst bizarre japanische Restaurant, in dem ich mich endlich mal wieder mit meinen Freundinnen treffen wollte.

In Colorado war mir zunächst alles wie eine Art Therapie vorgekommen – neue Umgebung, neue Leute, anderes Essen.

Alles anders. Mein alter Rhythmus war passé. Es schien, als wäre ich in ein Labyrinth mit ganz ungewohnten Regeln hineingeraten und bewegte mich nun darin. Ich fühlte mich ein bisschen verloren, aber gleichzeitig so, als würde ich von innen leuchten. Es gab einige Stolperfallen, und oft fühlte ich mich als Außenseiterin. An manchen Abenden hätte ich dafür gemordet, das Klingeln meines Telefons zu hören. Doch das alles war wie ein Teil eines Experimentes, und es ging tatsächlich vorüber, sobald ich mich mit ein paar Leuten bei der Zeitung angefreundet hatte.

Doch fast drei Jahre später musste ich zugeben: Es war genauso großartig, wieder nach New York zurückzukehren. Die Stadt – ja, sogar die alte, schäbige, laute, chaotische Stadt – hatte sich erneuert, insbesondere jene Viertel, die ich vorher nicht besonders gut gekannt hatte. Saint Mark's wirkte wie in eine andere Welt katapultiert mit diesem Sammelsurium von Eigentümlichkeiten, die eher nach Tokio zu gehören schienen. Dieses Band von Neonlichtern, die Vordächer dicht an dicht gedrängt, die knallbunten Schilder, die für psychologische Bücher, Comics, Strümpfe, Schallplatten, Piercings, Perücken und Fußmassagen warben. Und ich lief mitten hindurch und war euphorisiert. Es ist einfach, die Stadt zu verlassen, aber es ist ein unvergleichliches Gefühl, wieder zurückzukehren.

Draußen vor dem Restaurant warteten einige Leute darauf, hineingelassen zu werden. Im Eingangsbereich stand eine etwas dämonisch wirkende Statue, und eine elektronische Plastikkatze bewegte ständig ihren Arm auf und ab. Es war einer dieser Läden, in die man nur ging, wenn man das Gefühl hatte sich auszukennen, und das hatte ich ganz eindeutig nicht. Als ich vor der Schiebetür stand, überfiel mich plötzlich ein seltsames Gefühl von Erregung. *Gleich würde ich meine Freundinnen wiedersehen!* Ja, jene Freundinnen, die ich brüskiert hatte, von denen ich so dringend Abstand gebraucht hatte, dass ich von einer Seite des Landes auf die andere gezogen war. Ich hatte entschieden, dass diese Freundinnen nicht gut für mich seien, zu schwierig, zu »New York«. Und jetzt erfüllte mich das Wissen, sie würden da drin sein, mit Vorfreude.

»Meine Freundinnen sind schon hier«, würde ich jedem erzählen, der mich danach fragte. Doch das tat niemand. Keiner schien sich zuständig zu fühlen. Es gab nur gehetzte Kellner, Tabletts mit dampfendem Essen und Chaos.

Dann entdeckte ich Kate und Maya. Sie saßen an einem langen rechteckigen Tisch an der rückwärtigen Wand. Hinter ihnen hing ein Bild von zwei Füßen, die eine sorgsam gepflanzte Reihe von Grünpflanzen und Blumen zertrampelten. Einige andere am Tisch kannte ich, ein paar allerdings nicht. Kate lehnte sich an Maya. Sie amüsierten sich köstlich über irgendetwas auf ihrem Smartphone, Kate griff nach Mayas Arm und warf sich lachend gegen sie. Das Mädchen neben Kate, das mir nicht bekannt vorkam, sah die beiden an und fragte sich vermutlich, was denn so witzig sei, aber ich wusste es. Sie konnten sich ebenso ins Lachen hineinsteigern wie in Verzweiflung oder eine Paranoia. So waren sie eben – offen und ehrlich und sprunghaft.

Der Anblick von Kate und Maya stimmte mich hoffnungsvoll. Eine Zeit lang hatten wir uns aus den Augen verloren, aber wir waren in gewisser Weise zusammen aufgewachsen. Oder zumindest hatten wir einige wichtige Jahre miteinander verbracht. Scarlett war nicht mehr in der Clique, seit sie zum Medizinstudium nach Los Angeles gegangen war. Abgesehen von gelegentlichen Updates über das Wetter hatten wir kaum mehr etwas von ihr gehört. So was wie: »Hab gehört, es schneit bei euch. Hier sind 24 Grad« oder »Hey Leute! Ich glaube, jetzt bin ich offiziell Kalifornierin. Draußen sind zehn Grad, und ich friere, obwohl ich Stiefel trage!«

Maya hatte uns diese E-Mail weitergeleitet und dazugeschrieben: »Am liebsten würde ich ihr sagen, wohin sie sich ihre Stiefel stecken kann. Ist sie schon immer so egozentrisch gewesen?« Maya war deshalb so sauer, weil sie selbst im Elmhurst Hospital in Queens Erbrochenes vom Boden der überfüllten Wartezone wischte, während Scarlett offensichtlich am Strand studierte.

Als ich auf die beiden zuging, bemerkte ich sofort einige Veränderungen an Maya und Kate. Maya hatte ihre dicke Brille gegen ein konventionelleres, weniger auffälliges Modell getauscht. Sie trug den schwarzen Pulli, den sie in Collegezeiten gelegentlich angehabt hatte, doch damals hatte sie ihn nur für Bewerbungsgespräche oder ähnlich offizielle Gelegenheiten aus dem Schrank geholt. Jetzt aber schien der Pulli Teil ihrer alltäglichen Garderobe geworden zu sein. Auch Kates Kleidung war formeller geworden. Statt der üblichen T-Shirts oder Tank Tops, die sie im College als Hommage an ihre kalifornischen Wurzeln getragen hatte, trug sie jetzt eine cremeweiße Seidenbluse, und über der Stuhllehne hing ein schwarzer Blazer.

»EVE!«, schrie Kate jetzt über den Lärm im Restaurant hinweg. Ich beugte mich über den Tisch, um sie zu umarmen, und sie zogen mich am Arm und versuchten, mich ganz über die Tafel zu zerren. Meine Bluse rutschte hoch, und eine Gabel spießte sich in meinen Bauch. Ein paar einfühlsamere Leute rückten zur Seite, sodass ich mich setzen konnte. Ich ließ den Blick über die Anwesenden am Tisch schweifen, winkte denjenigen zu, die ich noch vom College kannte und die zum Hockeyteam gehört hatten – Glick, Ben und der, den sie Danza nannten.

Sie verbringen ernsthaft noch immer Zeit mit diesen Typen? Ganz freiwillig? dachte ich.

»Oooooh, sie ist jetzt ganz Colorado«, hörte ich Glick zu den anderen sagen. Keine Ahnung, warum er das sagte. Na gut. Ich hatte einen blassen Schimmer. Es lag an den Jeans.

»Diese Typen? Immer noch?«, wandte ich mich an Kate und Maya, nickte nach rechts und ließ sie nicht aus den Augen.

»Wir sind Trinkbrüder geworden«, erklärte Maya stolz. »Es hat sich herausgestellt, dass sie sehr umgänglich sind.«

»Sie haben sogar donnerstags spontan Zeit«, sagte Kate und zählte die Vorzüge an den Fingern auf. »Sie sind pünktlich. Oft bezahlen sie die Getränke. Und sie haben uns nicht für Colorado im Stich gelassen.«

»Oh, verstehe«, erwiderte ich lächelnd.

»Warum bist du wieder hier?«, wollte Glick wissen. »Bitte erkläre es in höchstens drei Sätzen.« Dann hielt er mir seine Essstäbchen wie ein Mikrofon vor den Mund.

»Ich habe hier einen besseren Job bekommen«, sprach ich in die Stäbchen. Vermutlich war er nicht an den Details interessiert, wie ich es geschafft hatte, nach drei Jahren als Musikredakteurin in Colorado als Assistentin zu Voice zu wechseln, einem Musikprogramm, das Originalaufnahmen auf seiner Website anbot. Gespräche über Karrieresprünge waren nicht gerade seine Spezialität.

»Ich kann kaum glauben, dass wir es geschafft haben, dich aus deiner Wohnung zu locken«, meinte Kate.

»Ja, was hast du eigentlich gemacht?«, wollte Maya wissen.

»Gearbeitet«, gab ich zurück.

Kate nickte. Maya verdrehte die Augen. »Ach so, klar«, sagte sie. »Du hast auf der Couch gelegen und Frozen Yogurt gegessen, gib es zu.«

»Und ich kann nicht etwa beides gemacht haben?«, erwiderte ich.

Maya lachte. »Oh, das geht natürlich auch«, gab sie zu und umarmte mich. Ich spürte ihre Wärme. *Endlich jemand, der mich wirklich kannte – und den ich wirklich kannte.* Der Geruch ihres Pullis katapultierte mich direkt zurück ans College. Bei unserer ersten Begegnung, zwei Wochen nach dem Beginn des ersten Semesters, stand sie vor ihrem Kleiderschrank und erzählte von diesem Club unten im Meatpacking District, der immer montags Weltraum-Mottopartys veranstaltete. »Deep-Space-Montag«, hatte sie erklärt, während sie Klamotten durch den Raum warf. An jenem Abend ging ich mit ihr in den Club und trug dabei einen ihrer kurzen funkelnden Röcke. Wir tanzten stundenlang zu elektronischer, spaciger, futuristischer Musik, und dann gingen wir dorthin, wo alle Mädchen aus dem College nach einer durchtanzten Nacht hingehen, wenn sie kein Geld mehr haben, aber Riesenhunger – Duane Reade. Mit müden Augen saßen wir auf den Stufen irgendeines Stadthauses, aßen Entenmann's Kuchen, konnten nicht aufhören zu lachen und kicherten so sehr, bis es wehtat. Wir stellten fest, dass wir uns trotz all der Unterschiede ähnlich waren, und in diesem großartigen Moment sah ich meine Zukunft vor mir – eine Freundschaft mit einem Mädchen namens Maya. Unvorstellbar aber war es, dass ich meiner Mutter nie würde davon erzählen können – jener Frau, die mir während meiner Schulzeit immerzu an dem kleinen runden Küchentisch gegenübergesessen und den Status meiner Freundschaften analysiert hatte. Von der ersten Sekunde an, in der ich mich mit Maya anfreundete, konnte ich es nicht fassen, dass ich niemals mit meiner Mutter über sie würde reden können. *Wie soll das gehen, dass ich ihr nicht von Maya erzähle? Ich habe meine erste Freundin im College gefunden, und meine Mutter wird es nie erfahren.*

Als Maya sich jetzt von mir löste, griff sie nach meinem Ohrläppchen und inspizierte es. Ihre Augen waren nur Millimeter von meinem Gesicht entfernt.

»Ist das ein zusätzliches Piercing? Bist du mitten in einer Gothic-Phase?« Sie warf Kate einen eindringlichen Blick zu und zog mein Ohr zu ihr hinüber. »Was soll das?«, wollte sie wissen.

»Ähm, nichts«, gab ich lächelnd zurück. »Ich bin nicht mehr sechzehn.«

»Hast du mal was von Jesse gehört?«, erkundigte sich Maya.

»Nein.« Nachdrücklich schüttelte ich den Kopf und sah auf meinen Teller. »Gott sei Dank.«

In Wahrheit hatte ich die meiste Zeit damit verbracht, nach Feierabend und an den Wochenenden durch die Musikläden zu streunen, und dabei ganz bewusst alles vermieden, was im Zusammenhang mit Jesses Band stand. Überall, wo ich mich umschaute, schien er zu sein. Vor Kurzem hatte die Band einen herben Schlag erlitten. Wiederholt hatte man sie eine Gruppe von Elite-Uni-Schnöseln genannt, die sich an fremden Liedern vergriffen. Doch die negative Presse förderte ihre Popularität schließlich nur noch. Obwohl ich versuchte, es zu ignorieren, war mir eines Abends ein Artikel in die Hände gefallen, in dem Jesse zitiert wurde. Er verteidigte die Band, erklärte, sie alle hätten in der Collegezeit Nebenjobs gehabt und würden bis heute ihre Studentendarlehen zurückzahlen.

Bei Voice hatte ich niemandem erzählt, dass ich ihn kannte, auch wenn es mir beruflich vielleicht geholfen hätte. Immer hatte ich das Gefühl, bei Voice außerhalb meiner Liga zu spielen. Ich ging zu den Partys der Firma in SoHo – einem wundervollen Loft mit signierten Alben an den Wänden und »Hör-Räumen« mit Seidenkissen. Ernsthaft, in keinem dieser Räume lagen weniger als zwanzig Kissen in hellen Farben auf dem Boden. Der Firmeninhaber war ein Milliardär, der sein Vermögen mit irgendetwas anderem verdient hatte, ehe er Voice gründete, daher spielte Geld hier keine Rolle.

Ich ging zu den Konzerten, für die ich eingeteilt war, und machte mir keine Gedanken darüber, allein hinzugehen. Hier in der Stadt hatte ich keine Angst, und ich fühlte mich auch nicht so einsam. Während ich die Straßen im East Village entlanglief, sah ich an mir hinunter und stellte fest, dass Colorado irgendetwas mit mir gemacht hatte. Es musste an der Entfernung liegen, daran, dass ich aus meiner gewohnten Umgebung gerissen worden war, an den neuen Freunden, die gar nicht darauf eingingen, wenn ich sagte: »Aber ich habe ein bisschen Höhenangst!« Ich war unabhängig geworden.

»Habt ihr schon bestellt?«, erkundigte ich mich, während ich die »Herausforderungen« auf der Speisekarte las – Truthahnhoden, Nudeln mit gebratenen Maden und ein riesiger Teller mit Reis. Der kostete nichts, vorausgesetzt, man aß ihn in weniger als zwanzig Minuten leer. Es gab eine Vorspeise, die »Russisch Roulette« hieß. Sie bestand aus einem Teigbällchen, das mit Wasabi gefüllt war und von außen nicht von den anderen Teigbällchen mit Tintenfischfüllung zu unterscheiden war. Die Speisekarte war unglaublich lang und unübersichtlich. Es gab nichts, was ich ansatzweise wiedererkannte. Ich blätterte mich Seite um Seite durch japanische Schriftzeichen neben der englischen Übersetzung, die ebenso unverständlich war.

»Wer hat dieses Restaurant ausgesucht?«, wollte ich wissen.

»Was glaubst du?« Kate sah Maya an. Ich hätte es wissen müssen. Maya liebte Restaurants mit einem Motto oder kitschigem Interieur. Zu Collegezeiten hatte sie mich zu Ninja New York geschleppt, weil sie es liebte, dass die Kellner als Ninjas verkleidet waren und zwischen den Gängen Zaubertricks präsentierten. Ich machte gute Miene zum bösen Spiel, ging mit ihr durch den »Geheimgang« ins Restaurant, statt ganz normal den Fahrstuhl zu nehmen. Irgendwann sprang plötzlich ein Ninja hinter unserem Tisch hervor und erschreckte mich so sehr, dass das Stück Sushi, das ich gerade mit Stäbchen aufgespießt hatte, durch die Luft flog. »Nie wieder«, schwor ich danach, und sie gab zu, dass diese Aktion ein bisschen übertrieben gewesen war.

»Leute«, sagte Glick. »Lasst uns ein paar Entscheidungen treffen. Was trinken wir heute Abend?«

Ich ließ den Blick über den Tisch schweifen, auf dem mehrere Bierflaschen standen. Offensichtlich reichte das nicht. Maya bestand darauf, ein paar Sake-Bomben zu ordern, und winkte dem Kellner. »Wir brauchen acht mal heißen Sake.« Die Jungs bestellten ganze Teller voller Chickenwings, und zwar so viele, dass der Kellner sie fragte, ob sie die Maxi-Platte nehmen wollten. Doch sie lehnten ab und entschieden sich ganz bescheiden für die zweitgrößte Portion.

»Und?«, wandte ich mich an Maya. »Wie läuft die Facharzt-Ausbildung?«

»Ohhh, gut«, erwiderte sie. »Abgesehen von der Tatsache, dass ich jedes Mal, wenn ich eine Prüfung habe, das Gefühl in den Händen verliere.«

»Was?«

»Eve, ich möchte *Chirurgin* werden. Da sind die Hände extrem wichtig.«

»Na ja, für mich sind die Hände auch wichtig, aber …«

Sie machte mir mit einer Handbewegung deutlich, dass es nicht notwendig war, das weiter auszuführen. Als ich sie ausdruckslos ansah, sagte sie so langsam, wie man einem Kind etwas Offensichtliches erklärt: »Deshalb wäre es das Allerschlimmste, wenn mit meinen Händen etwas passieren würde. Stress kann ziemlichen Mist auslösen. Weißt du noch, wie ich damals eine Woche vor meinem Zulassungstest Medikamente genommen haben, weil ich hoffte, damit meine Nervosität in den Griff zu bekommen?«

»Allerdings. Und dadurch wurde alles noch schlimmer«, mischte Kate sich ein. »Ganz offensichtlich.«

»Damals bin ich in Grant's Tomb gegangen, weil ich das Gefühl hatte, einen Ort der Andacht aufsuchen zu müssen. Aber alles, was ich dort zu sehen glaubte, war ein *Geist*.«

»Und jetzt bildest du dir ein, das Gefühl in deinen Händen zu verlieren?«, ergänzte ich.

»Genau. Das ergibt auch Sinn.«

»Na ja, ich bin Autorin …« Ich streckte meine Hände aus und betrachtete sie. Ganz plötzlich schienen sie zu kribbeln.

»Lasst das!«, befahl Kate energisch und schob meine Hände unter den Tisch. »Hör nicht auf Maya, sie ist verrückt.« Dabei bedachte sie Maya mit einem warnenden Blick. »Setz ihr nicht auch noch einen Floh ins Ohr.«

»Noch dazu müssen wir jetzt schwarze OP-Kittel tragen. *Schwarz!*«, fuhr Maya entsetzt fort. »Im Hinblick auf die Accessoires-Auswahl ist das allerdings weitaus besser als Blau. Kannst du dir vorstellen, wie schwer es ist, passenden Schmuck zu Hellblau zu finden?«

Wortlos schüttelte ich den Kopf.

»Nahezu unmöglich«, betonte sie. »Noch dazu mit meinem Hautton. Schwarz steht mir weitaus besser.«

»Klingt doch nach einer positiven Entwicklung«, meinte ich und sah zu Kate hinüber, die Maya verärgert anschaute. »Und wie läuft's in der Finanzwelt?«, erkundigte ich mich in Richtung Kate.

»Gut, aber anstrengend.« Sie seufzte. »Ich gebe mein Bestes.« Mit halb geschlossenen Augen atmete sie tief durch und presste Zeigefinger und Daumen gegeneinander. »Charlie sagt ständig, ich solle mich von einem Coach beraten lassen. Aber mir gefällt die Vorstellung gar nicht, mir von jemandem, der freiwillig Coach geworden ist, sagen zu lassen, was ich tun soll.«

Ich musste lachen. Charlie war Kates Verlobter. Bisher hatte ich ihn nicht kennengelernt, sondern nur Fotos von ihm auf Facebook gesehen. Er stammte aus Arkansas und arbeitete in einem Fotostudio in Chelsea. Wahnsinn, was alles passiert war, seit ich umgezogen war. Kate hatte einen Verlobten, den ich nicht mal kannte!

»Wo ist Charlie denn heute Abend?«, wollte ich wissen.

»Bei einem Fotoshooting in Istanbul. Er ist beängstigend

gut in seinem Job.« Wieder seufzte sie. »All diese berühmten Fotografen wie Annie Leibovitz und Mark Seliger wollen ständig mit ihm zusammenarbeiten. Und ich kann nur hoffen, dass er nicht eines Tages mit einem der Models schläft.« Das sagte sie zwar leichthin, aber ich spürte, wie beunruhigt sie war, und ahnte, dass mehr dahintersteckte. Doch ich kannte Kate gut genug, um nicht weiter nachzuhaken, sondern nur zu lachen und mir vorzunehmen, sie zu einem späteren Zeitpunkt unter vier Augen noch einmal darauf anzusprechen.

»Und wie geht es dir mit … Erol?«, wandte ich mich an Maya. Sie war mit einem Anwalt zusammen, dessen Familie aus der Türkei stammte. Er war auf Long Island aufgewachsen, das war alles, was ich über ihn wusste.

»Puh, mit dem bin ich durch. Gestern Abend … Wir haben einen Film geschaut und zusammen auf dem Sofa gesessen. Irgendwann bin ich eingeschlafen und um vier Uhr morgens wieder aufgewacht. Da lag er in *meinem Bett*. Das geht nicht. Ich hasse ihn. Und jetzt bin ich wieder Single.«

Kate zuckte zusammen.

»Er lag in deinem Bett?«, wiederholte ich.

»Er hat behauptet, er habe versucht, mich zu wecken. Und dann habe er versucht, mich rüberzutragen, aber er habe – ich zitiere! – *mich nicht vernünftig fassen können*. Daraufhin habe ich ihm erklärt, aus dieser Geschichte komme er nicht mehr heraus, immerhin hatte er mich als *fett* bezeichnet.«

Kate und ich brachen in schallendes Gelächter aus.

»Ach, komm schon«, sagte ich, nachdem ich mich wieder gefasst hatte. »Das klingt eigentlich wirklich harmlos.«

»Ich weiß nicht«, gab sie zurück, aber ein kleines Lächeln stahl sich auf ihre Lippen. »Vielleicht bin ich nicht mehr sauer auf ihn. Ich denke darüber nach. Er ist echt ein süßer Typ. Sein Gesicht ist perfekt. Und er bringt mich zum Lachen. Aber er bleibt auf Bewährung.«

»Das ist nur gerecht.«

»Meinst du wirklich, ich kann jemanden heiraten, dessen Name fast klingt wie *egg roll*? Schließlich will ich meinen chinesischen Lieferservice nicht verwirren, indem er glaubt, wir würden ständig Frühlingsrollen bestellen.«

»Ist das wirklich ein Argument?«, gab ich lächelnd zu bedenken.

»Eve, ich bestelle ständig was beim Chinesen. Deshalb ist es wichtig, dass der Typ vom Lieferservice mich versteht.« Sie seufzte. »Der Name ist türkisch. Erol. Aber wahrscheinlich gäbe es weitaus schlimmere Namen.« Gedankenverloren nippte sie an ihrem Drink. »Ach, was ist eigentlich mit dem … Reporter passiert? Mit dem du zusammen warst? Erzähl uns von den Männern in Colorado.«

»Sie sind süß«, meinte ich und wollte schon ins Detail gehen, doch dann beschloss ich, mich nicht wieder komplett in ihre Welt hineinziehen zu lassen, sondern mich bedeckt zu halten. Das war wahre Reife!

»Was ist das denn für eine Antwort? Willst du uns testen?«, fragte Maya und versuchte, mich aus der Reserve zu locken. Doch ich zuckte nur mit den Schultern und schwieg.

»Wie ist denn deine neue Wohnung?«, erkundigte sich Kate.

»Es ist die schönste Wohnung, in der ich je gelebt habe«, antwortete ich wahrheitsgemäß.

Ich hatte ein Apartment im East Village gefunden. Es war noch kleiner als mein Zimmer bei Arthur, aber es hatte den unbezahlbaren Vorteil, dass es mir ganz allein gehörte. Um die erste Monatsmiete zu bezahlen, hatte ich meine Ersparnisse aus Colorado angreifen müssen. Doch das machte nichts. Die Vormieterin hatte mir erzählt, Hunderte junge Frauen wie ich warteten genau auf so eine Wohnung. Das hatte genügt, um mich anbeißen zu lassen.

»Allerdings habe ich ein kleines Mäuseproblem«, fügte ich widerstrebend hinzu. Maya schob blitzartig ihren Stuhl zurück und kletterte darauf.

»Mäuse?«, schrie sie.

»Ich habe keine dabei«, meinte ich beruhigend. Daraufhin setzte sie sich wieder. »Eigentlich wollte ich sagen, ich *hatte* ein Mäuseproblem. Aber das ist kein Thema mehr, weil wir uns angefreundet haben und langsam zu einer Wohngemeinschaft werden.«

»Wie bei Cinderella?«, kam es von Maya.

Ich nickte. »Genau so.«

Vor einer Woche hatte ich festgestellt, dass in der Wohnung, auf die Hunderte junger Frauen warteten, Mäuse lebten. Also kaufte ich ein Gift, von dem der Verkäufer im Laden behauptete, es sei humaner als eine Falle. Doch es schien die Mäuse eher anzulocken, als zu töten, deshalb beschloss ich, einen Kammerjäger zu bestellen. Er erklärte mir, statt des angeblichen Gifts, das ich in der Wohnung verteilt hatte, hätte ich genauso gut Cornflakes ausstreuen können. Offensichtlich war es also tatsächlich ziemlich human gewesen. So schnell ich konnte, sammelte ich die Köder wieder ein. Und nachdem immer weniger Mäuse herumtollten, begann mich das Ganze zu amüsieren. Nach und nach fing ich an, liebevoll über mein süßes kleines East-Village-Apartment und seine bezaubernden Mäuse-Mitbewohner zu reden. So etwas gab es nur in New York!

Als der Sake kam, erklärte Maya uns minutiös, was nun zu tun sei. Sie zeigte uns, wie man die Essstäbchen auf das Bierglas legen musste, das kleine Schnapsglas daraufstellte, auf den Tisch schlug, bis der Sake im Bier landete, und dann die Mischung trank.

»Warte! Warum können wir nicht den Sake direkt ins Bier kippen?«, wollte Glicks Freund Ben wissen, der neben ihm saß. Nach all den Jahren, in denen wir uns immer wieder über den Weg gelaufen waren, wusste ich nichts von Ben, stellte ich erstaunt fest. Der Hauptgrund war vermutlich, dass er nicht viel redete. Eigentlich nie, im Gegensatz zu Glick, der laut war und ein Talent dafür hatte, bei jedem genau den wunden Punkt zu treffen.

»So macht es mehr Spaß«, fand Maya.

»Ist das nicht ein bisschen peinlich?« Ich sah mich im Restaurant um.

»Nein, es ist lustig«, behauptete sie, als würde sie das jeden Tag machen.

Wir zählten bis drei, schlugen alle auf den Tisch und stürzten dann unser Bier hinunter, das einen Hauch Schärfe hatte. Ich schaffte nur die Hälfte. Mehr ging nicht. Das ganze Glas in einem Zug? Unmöglich. Ich versuchte, es zu verbergen. Maya und Kate würden mich umbringen.

»Noch eine Runde«, rief Glick der Kellnerin zu und wischte sich mit der Hand den Mund ab. »Das war köstlich. Und noch ein paar Shots zusätzlich.« Kate protestierte kreischend. Während die beiden darüber stritten, ob noch mehr bestellt werden sollte oder nicht, schob ich mein Glas an den Rand des Tisches, um es unter die anderen Gläser zu mischen.

Als ich aufblickte, sah Ben mich direkt an.

»Hey«, sagte er protestierend leise zu mir. Er hatte alles beobachtet. Bitte verrate mich nicht, bat ich ihn stumm mit einem beschwörenden Blick, und plötzlich entstand ein bizarrer Moment der Nähe, in dem schon fast eine Prise Zärtlichkeit steckte.

Was soll das? Nur wegen meiner mangelnden Trinkfestigkeit?

Nach ein paar Sekunden sah ich zur Seite und reihte das Besteck ordentlich auf dem Tisch auf. Was war das denn? Es war ganz offensichtlich. Irgendeine Art von Anziehung. Das

Gefühl kannte ich. Allerdings hatte ich nicht bei einem Typen damit gerechnet, dem ich schon tausendmal über den Weg gelaufen war und bei dem ich immer überlegt hatte, ob ich ihn grüßen musste oder einfach weitergehen konnte. Außerdem waren wir in einem hell erleuchteten, völlig unromantischen Restaurant. Und zwischen uns auf dem Tisch lagen mindestens dreißig abgenagte Hühnchenknochen.

Schon kam die zweite Runde von Sake-Bomben. Dieses Mal trank ich alles aus, um einen weiteren intimen Moment mit Ben zu vermeiden. Stattdessen verwickelte ich Maya in eine Diskussion über ihre neueste Theorie, dass ein Typ, mit dem sie zusammen war, keine Lebensberechtigung mehr hatte, wenn er nicht wusste, wie sie ihren Burger mochte. Nebenbei aß ich ein paar gefüllte Teigbällchen und Würfel, die aussahen wie Hühnchen, aber schmeckten wie Shrimps. Irgendwann brachte die Kellnerin Wein auf Kosten des Hauses, und schließlich war ich ebenso betrunken wie alle anderen am Tisch. Seufzend brach ich einen Glückskeks durch.

»Wisst ihr was, Leute«, sagte ich tief durchatmend. »Ich weiß, dass ich behauptet habe, Colorado sei großartig und so ... Aber das war es nicht. Jedenfalls nicht immer.«

Was ich meinen Freunden nicht erzählte, war, dass ich zwar äußerlich ein echtes Colorado-Girl geworden war. Innerlich aber war ich immer ich selbst geblieben. Wenn ich meinen Freunden in Colorado zugehört hatte, wie sie davon schwärmten, bei Vollmond einen Berggipfel zu erklimmen und das unvergleichliche Gefühl zu haben, eins mit der Natur zu sein, hatte eine leise Stimme in mir immer aufgelistet, was alles daran gefährlich war. Und jedes Mal, wenn sie mich gefragt hatten, ob ich mitkäme, musste ich mich zwingen, keine Krankheit vorzutäuschen. Mit dem Mountainbike die »krasseste« Tour in Utah fahren? *Zu verkatert.* Eine Drei-Tages-Wanderung in den Bergen? *Ich erhole mich gerade von einer schlim-*

men Erkältung. Klettern am Independence Pass? *Würde ich gerne … aber … hust, hust … Ich habe das Gefühl, als wenn meine Bronchitis wiederkommt.* Letztendlich bin ich meistens mitgegangen, aber nur, weil ich mich mit der Wahl konfrontiert sah, entweder mitzumachen oder mich das gesamte Wochenende wie eine Ausgestoßene zu fühlen.

»Das hatten wir schon vermutet«, erwiderte Maya, die nicht einmal vorgab, überrascht zu sein. »Warum hättest du sonst zurückkommen sollen?«

»Ich habe euch wirklich vermisst.« Wow, der Wein entfaltete tatsächlich seine Wirkung. Ich befürchtete, dass ich gleich anfing zu weinen. »Na ja, ich meine, jobmäßig war es wirklich toll, über Musik schreiben zu können und so. Und ein bisschen Abstand zu New York zu bekommen.«

»Und zu den immer selben Leuten«, ergänzte Kate, wobei sie einen vielsagenden Blick in Glicks Richtung warf, der sich gerade Essstäbchen in die Nase steckte.

»Aber die Typen da draußen waren gefährlich«, fuhr ich fort.

»Was meinst du damit?«, wollte Kate wissen.

Ich hob mein Glas und musterte es argwöhnisch. »Dass ich fast in einer Lawine gestorben wäre – und zwar mehrmals –, weil ich versucht habe, ein Mädchen zu sein, mit dem man Spaß haben kann.«

»Und waren sie wirklich so süß?« Maya griff nach ihrem Drink.

»Allerdings, wie ich gesagt habe. Ich wäre fast daran gestorben. Nein, aber im Ernst, es war im Grunde so wie mit Jesse – in den Phasen zwischen seinen charmanten und seinen düsteren Stimmungen. Ich versuche immer, alles am Laufen zu halten, und verhalte mich so, wie ich glaube, dass es von mir erwartet wird. Immer bin ich das bedauernswerte Opfer, das sich auf irgendeinen gestörten Typen einlässt. Ich sag euch was: Künftig werde ich nicht mehr in meinem pinkfarbenen Pyjama herumsitzen und warten, dass ein Kerl anruft. Das ist so abgeschmackt und ungerecht, versteht ihr?«

»Machst du das wirklich?«, wollte Kate wissen.

»Im übertragenen Sinne ja.«

»Eve, ich habe dich vermisst«, meinte sie. »Niemand außer dir trägt pinkfarbene Pyjamas – im übertragenen Sinne.«

»Verglichen mit wem ist es ungerecht? Mit den Männern?«, schaltete Maya sich ein. »Wenn du dich tatsächlich mit Männern vergleichst, bist du auf dem besten Wege, verrückt zu werden.«

»Ich verrate euch was, Mädels – eine naive Romantikerin zu sein, das ist harte Arbeit«, beharrte ich.

»Siehst du dich so?« Kate lachte. »Du hast immer eher den Eindruck gemacht, als wenn in deinen Beziehungen ziemliche Weltuntergangsstimmung geherrscht hätte.«

»Sei einfach nicht so verträumt. Besuch mich mal im Krankenhaus«, schlug Maya vor. »Die Leute sterben ständig und überall.«

»Ich meine das ernst! Meiner Meinung nach bin ich endlich bereit für eine erwachsene Beziehung mit einem normalen Mann.«

Kate keuchte, und Maya starrte mich an. »Jemand *Normales*?«

Unbeirrt nickte ich.

»Aber das spricht gegen deine gesamte Einstellung«, sagte Maya entsetzt.

»Herzlichen Glückwunsch.« Mit festem Griff schüttelte Kate mir die Hand. Vermutlich machte sie das auch in ihren beruflichen Besprechungen. »Willkommen in der Erwachsenenwelt. Lasst uns auf die Suche nach einem ersten Opfer gehen.«

Ehe ich es verhindern konnte, sah ich schuldbewusst zu Ben hinüber, der Glick dabei beobachtete, wie er sich die Stäbchen weiter in die Nase schob und erfolglos versuchte, sie dort zu halten. Dann senkte ich den Blick hastig auf meinen Teller.

Aber nicht schnell genug.

»Ben?«, kreischte Kate.

»Psst. Nicht. Sei still! Sei still!« Dann überlegte ich kurz. »Aber was hältst du von ihm? Findest du, er ist *zu* still und vielleicht *zu* nett?«

»Eve, er war im Hockeyteam. Wie nett kann er schon sein?«, ließ sich Maya vernehmen.

»Genau, ich bin sicher, er hat ein paar harte Schläge ausgeteilt, falls du dich mit dem Gedanken besser fühlst«, fügte Kate hinzu.

Ich dachte an die kleine Delle auf Bens Nasenrücken, wodurch sie aussah, als sei sie schon mal angebrochen gewesen. Es war der einzige Makel seines Gesichts.

»Das tue ich«, erwiderte ich.

»Das Mädchen kann also aus der Irrenanstalt entlassen werden …« Maya sah mich an und schüttelte langsam den Kopf.

Nach und nach leerte sich das Restaurant, bis wir die einzigen Gäste waren, abgesehen von ein paar Teenager-Mädchen in der Ecke, denen die Sushi-Chefs gerade einen Drink ausgegeben hatten. Glick verschwand kurz, und als er zurückkam, erzählte er, dass es im oberen Stockwerk eine Bar gebe und er sich in die Barkeeperin verliebt habe. Das sagte er so ernst, dass wir ihm fast glaubten. »Ich habe sie gefragt, wann sie Feierabend hat«, erklärte er verzückt. »Und dann habe ich sie gebeten, mir einen Gin Tonic zu machen. Am Ende habe ich ihr all mein Geld gegeben, das ich im Portemonnaie hatte.« Wie zum Beweis zog er seine Geldbörse heraus, öffnete sie und schüttelte sie über dem Tisch aus. Sie war tatsächlich leer.

Die Rechnung wurde zusammen mit in Plastik eingeschweißtem, koloriertem Zucker gebracht, aus dem die Gäste in einer altertümlichen Maschine Zuckerwatte drehen konnten. Ich kämpfte um ein pinkfarbenes Päckchen. Als Ben aufstand, war das Erste, was mir auffiel, dass sein Kapuzenpulli fast bis zu den Knien reichte. Er war ein gut aussehender Typ, doch das bemerkte man kaum, weil er immer Sachen im Baggy-Stil trug. Sein orangefarbenes T-Shirt, das darunter hervorblitzte, hatte mehrere Löcher am Hals.

Ausgelassen hüpfte ich zu der Zuckerwatte-Maschine, schüttete den Zucker hinein und beobachtete, wie sich die klebrige Watte um mein Essstäbchen wickelte. Nachdem ich ein paar Bissen abgezogen hatte, reichte ich den Bausch weiter an Maya, die ihn nur kurz musterte und sofort in den Mülleimer warf. »Mir ist jetzt schon schlecht genug«, sagte sie anklagend, als hätte ich sie mit irgendetwas angesteckt. Gemeinsam gingen wir hinauf in die Bar im zweiten Stock. Es war voll hier, die Musik ohrenbetäubend. Auf dem Balkon, von dem aus man über Saint Mark's schauen konnte, standen die Raucher. Die Wände waren rot gestrichen und mit goldenen japanischen Schriftzeichen verziert. In der Mitte des Raumes hing ein kleiner Kronleuchter. Wir stellten uns an die Bar und schrien uns die Lunge aus dem Leib. Maya schmiedete Pläne für ihren Geburtstag in der kommenden Woche. »Vielleicht sollten wir zu Dave & Buster's gehen.« Sie lachte. »Die Leute da sind ziemlich fertig, und das Essen ist ekelhaft. Aber sie haben ein paar gute Salate … Sollen wir? Hält dein Magen das aus?« Prüfend blickte sie mich an. »Es ist witzig da. Sie haben eine Skeeball-Anlage.«

»Meinetwegen. Wo ist das denn?«

»Am Times Square«, erklärte sie.

»Natürlich, wo sonst!«, erwiderte Kate stöhnend.

»Wir können auch zu O Ya gehen«, schlug Maya vor. »Aber sie haben keine Karte, man überlässt dem Koch, was er zubereiten will. Und es kostet ungefähr dreihundert Dollar.«

Kate warf ihr einen vernichtenden Blick zu. »Wir haben also die Wahl zwischen Dave & Buster's und einem Dreihundert-Dollar-Laden, in dem der Koch bestimmt, was wir essen?«

Plötzlich tippte Ben mir auf die Schulter. »Kommst du mal mit auf den Balkon?«, fragte er bittend.

Da die Musik schon seit Längerem ständig die gleichen vier Töne, einen lauten Bass, spielte, der den Boden vibrieren ließ, wollte ich nichts lieber als das.

»Klar«, sagte ich deshalb.

Draußen lehnte ich mich über die Brüstung und schaute hinunter zu den Menschen, die auf der Straße unterwegs waren. Auch in meiner Wohnung war mein Lieblingsplatz direkt auf der Fensterbank. Von dort aus konnte ich alles sehen. Und da ich im zweiten Stock wohnte, war ich nah genug, um ihre Gesichter zu erkennen, zu hören, was sie sprachen, und das Gefühl zu haben, in Gesellschaft zu sein. Es war die urbane Alternative zum Bergsteigen – ein Weg, sich irgendwo außerhalb seines Selbst zu befinden. Mit dem Unterschied, dass man in New York zudem einen Blick auf das Leben der anderen erhaschen konnte. Wenn ich die Leute beobachtete, musterte ich sie von den Füßen aufwärts. Ich sah zu, wie sie ihre Schritte auf dem Gehweg setzten, beurteilte, wie sie sich für den Tag gekleidet hatten, musterte ihre Mienen. Dann wartete ich auf ein paar Gesprächsfetzen. Die besten kamen von jenen, die gerade telefonierten. Leute am Handy vergaßen oft, dass sie keineswegs allein unterwegs waren.

Selbstvergessen sah ich den Menschen unten auf der Straße zu, bis ich hörte, wie Ben sich räusperte.

»Was war das vorhin unten?«, wollte er wissen.

»Nur ein Augenblick«, erwiderte ich lächelnd.

Er kam näher und stellte sich neben mich. »Und was machen wir jetzt?«

Aus dem Augenwinkel sah ich einen hellen Blitz, weil drinnen gerade ein Japaner Feuer durch einen Reifen pustete.

»Okay, mal im Ernst, wo sind wir hier eigentlich?«, meinte ich.

Auch Ben sah ins Restaurant. »Ist das nicht offensichtlich? In einem japanischen Zirkus.«

Ich lachte.

»Ich habe das Gefühl, als müsste ich jetzt genau das Richtige sagen … auch unter Berücksichtigung des Augenblicks.« Um Zustimmung heischend sah er mich an.

»Das solltest du.« Ich nickte.

»Fändest du es passend, wenn ich etwas über deine Augen sagen würde?«

»Igitt! Auf keinen Fall.«

»Und was würde dir dann gefallen?«

Langsam schüttelte ich den Kopf. »Keine Chance. Ich werde dir ganz sicher nicht helfen.«

»Ach, komm schon. Gib mir ein paar Tipps. Sollen wir übers College reden? Über deinen Job? Über deine Klugheit?«

»Meine Klugheit?« Drohend sah ich ihn an.

Je länger das Schweigen zwischen uns andauerte, umso unruhiger wurde er, während mein Selbstbewusstsein wuchs. Noch nie hatte ich jemanden nervös gemacht. Normalerweise machten andere *mich* nervös. Ob ihm das bewusst war?

Ich sah nach drinnen zu meinen Freundinnen. Jetzt kamen noch andere Gäste auf den Balkon, und wir mussten in eine Ecke ausweichen.

Ben legte eine Hand auf meinen Rücken, und die Berührung versetzte mir einen kleinen Stromstoß. Als er sich wieder von mir löste, meinte ich, noch immer seinen Daumen auf meiner Haut zu spüren. Ein paar Sekunden lang fühlte ich mich, als würde ich fallen, als hätte ich komplett den Boden unter den Füßen verloren und keinen Halt mehr. *Sieh nach unten. Sieh nach unten.* Doch der Alkohol und der Balkon machten es nur noch schlimmer.

»Ich habe das Gefühl, als würde das Ding gleich abstürzen«, sagte ich, während ich weiter auf meine Füße starrte.

Ben schüttelte den Kopf. »Alle Balkone hier in der Straße sind über hundert Jahre alt«, erklärte er. »Sie sind absolut sicher.«

»Warum klingst du wie ein Fachmann?«

Er lächelte. »Ich kenne ziemlich viele Random Facts über diese Stadt. Das bringt mein Job so mit sich.«

»Wo arbeitest du eigentlich?«, erkundigte ich mich, während ich versuchte, mich zu konzentrieren. *Ich habe schon wieder dieses seltsame Gefühl im Bauch. Es passiert erneut.*

»Bei Skidmore, Owings and Merrill. Das ist ein Architekturbüro. Ich arbeite in der Abteilung für Baustatik. Wir bauen gerade den Freedom Tower«, erzählte er stolz.

»Im Ernst? Das ist ja cool.«

»Stimmt. Abgesehen davon, dass es ein ziemliches Chaos ist.« Er straffte sich und sah sofort weniger wie der Typ in dem Kapuzenpulli aus, an den ich mich vage vom College erinnerte und der immer seine Hände in den Hosentaschen hatte und sich nie gerade hielt. Wie ein Blitz durchfuhr mich die Erinnerung an Ben, wie er mir eines Tages mit seinem Basecap und seinem Hoodie auf dem Weg zum Buchladen aufgefallen war, als ich aus dem Fenster meines Wohnheim-Zimmers hinausgesehen hatte.

»Warum Chaos?«

»Es ist ein ständiges Hin und Her zwischen den Architekten und den Statikern darüber, was möglich ist und was nicht. Beide Seiten sind mittlerweile ziemlich frustriert. Noch dazu ist es ein emotional aufgeladenes Projekt, das von der Politik forciert wird.« Er seufzte. »Gleichzeitig aber ist es befriedigend, die Ideen zu ordnen und umzusetzen.« Dann erzählte er mir von der Geschichte von Saint Mark's und den Häusern um uns herum. »Sie sind 1831 erbaut worden«, sagte er. »Sieh dir die Unterteilungen an, die unterschiedlichen Schattierungen von Rot und Braun. Heute sind es vier Gebäude, ursprünglich aber war es ein großer Ballsaal mit einem Balkon.« Er deutete auf die Decke des Restaurants. »Sie haben die Wände verputzt und alle rechten Winkel entfernt, sodass der Eindruck einer riesigen Höhle entstanden ist.«

»Saint Mark's ist ein seltsamer Mix der Kulturen«, sagte ich.

»Es wirkt so, als wäre es dem Untergang geweiht, nicht wahr? Ich meine, all die Musikkneipen sind geschlossen, die Punks hängen hier nicht mehr rum, es ist völlig ungefährlich geworden. Es gibt auch keine Raubüberfälle mehr. Die Drogendealer sind zur Avenue D gezogen. Es hat keine Eigenheiten mehr. Das Viertel ist wie der Geist einer vergangenen Ära.«

»Klar«, sagte ich lachend. »Wenn erst mal die Drogendealer weggehen ...«

»Der 7-Eleven«, erwähnte er kopfschüttelnd.

»Was ist damit?«

»Wenn diese Kette in einem Viertel wie diesem eröffnet, bedeutet das das Ende. Im East Village herrscht ein tiefes Misstrauen gegen jede Art von Supermarktketten, unabhängig davon, ob exklusiv oder nicht. Die Leute hier haben ihren Stolz. Ihnen gehören die Wohnungen, und die Gemeinschaft funktioniert. Deshalb lassen sich hier die Nachbarschaftsstrukturen langsamer verändern als überall sonst in der Stadt.«

Ich schaute auf das Vordach des Ladens vor uns. AUFSPÜREN UND ZERSTÖREN stand darauf. Das Schaufenster war mit Puppenteilen dekoriert, ihre Gesichter wirkten bedrohlich. Außerdem gab es ein Plastikschwein, eine Mickymaus-Figur in einer Uncle-Sam-Verkleidung, eine Gasmaske und die Inschrift NIEMAND IST UNSCHULDIG.

»Als ich sechzehn war, bin ich oft hier gewesen«, fuhr Ben fort. »Vor und nach den Konzerten habe ich auf der Straße mit meinen Freunden herumgehangen.« Seine Stimme war leise, aber klang gleichzeitig auch stabil, solide, sachlich. Mir kam es vor, als träfe ich Ben zum ersten Mal. All unsere vorherigen Begegnungen – im College oder irgendwo anders in New York, auf einer Party, wo wir zusammen in einer Gruppe gestanden hatten – verblassten in meiner Erinnerung.

»Aber du wirkst so unverkommen.«

»Was meinst du damit?«, wollte er irritiert wissen.

»Oh, ich wollte damit nur sagen … ähm, nichts. Egal. Du hast dich also nach den Konzerten hier herumgetrieben?« Dieser Typ kriegt mich nicht rum, schoss es mir durch den Kopf, aber dann rief ich mich selbst zur Ordnung. *Eine erwachsene Beziehung. Erwachsen!*

»Jepp. Und dahinten«, er hob den Arm und deutete die Straße hinunter, »habe ich mal eine ziemliche Abreibung bekommen.«

»Was heißt das?« Langsam fing ich an, in Ben einen Rebellen zu sehen, und das reizte mich ein bisschen. Unter der harmlosen Oberfläche hatte er tatsächlich Ecken und Kanten. Gott sei Dank.

Er schüttelte den Kopf. »Damals gab es diese ganzen Gruppen. Jeder hatte sich auf seine Bands festgelegt und nahm das sehr ernst.«

»Warum?«

»Warum es diese Gruppen gab – oder warum sie ihren Musikgeschmack ernst nahmen?«

»Ähm … beides?« Die Rädchen in meinem Kopf ratterten auf der Suche nach einer guten Schlagzeile, einem ersten Satz. Doch dann wurde mir klar, dass – selbst wenn dies ein interessantes Thema für einen Artikel wäre – ich zehn Jahre zu spät dran war.

»Keine Ahnung. Ich war in einem Konzert im CBGB, und vermutlich bin ich dem falschen Kerl in die Quere gekommen. Als wir dann zum Saint Mark's kamen, hat sein Freund mir eine reingehauen. Na ja, eigentlich nicht nur das – er hat mir das Jochbein gebrochen.«

Ich zuckte zusammen.

»Was ich damit sagen will – es ist schön, sich heute an genau demselben Ort mit einer hübschen Frau zu unterhalten, an dem ich vor zehn Jahren zusammengeschlagen worden bin«, sagte er und sah mich konzentriert an. »Siehst du, jetzt habe ich es doch geschafft, etwas über dein Aussehen zu sagen.«

»Pah!«, machte ich nur, und er lachte. Mir fiel auf, wie glücklich er plötzlich wirkte. *Was habe ich an mir, das ihm so sehr gefällt? Ich kann mir schon vorstellen, wohin das alles führt. Wie könnte ich ihm widerstehen? Ich werde das nicht verstreichen lassen, auf keinen Fall. Ich bin kuriert. So wie Bens Knochen wieder verheilt ist, mache ich mir keine Gedanken mehr darüber, verlassen werden zu können. Dies ist meine Chance auf den Durchbruch. Ben ist klug und süß, und ich habe lange genug unter Typen gelitten, denen ich nicht vertrauen konnte. Keiner ist geblieben. Vielleicht schaffe ich es mit ihm, eine tiefe Bindung einzugehen.*

»Hast du je das Gefühl, die Stadt mit ganz anderen Augen zu sehen? Wegen deines Jobs?«, wollte ich wissen, während ich ihm in die Augen sah, mit meinem Haar spielte – mein Bestes gab.

»Definitiv«, bestätigte er. »Wenn ich in der Bahn sitze und mir ein besonderer Balken oder eine Säule auffällt zum Beispiel. Ich merke das selbst gar nicht, aber ganz unwillkürlich überlege ich, wie die Lasten verteilt sind, wie die Statik aussehen mag.« Verwirrt sah ich ihn an. »In der U-Bahn-Station«, erklärte er mit wachsender Begeisterung, »laufen eine Menge Träger unter der Straße hindurch, und die wiederum werden von Säulen gestützt. Wenn man genau genug hinsieht, kann man die Verbindungen der Träger erkennen, und das finde ich spannend. Etwa, ob sie genietet sind oder geschraubt. Bis in die Sechzigerjahre hat man genietet, erst danach war die Technologie so weit entwickelt, dass man Schrauben einsetzte, die weitaus einfacher zu montieren waren. Daran, ob Nieten oder Schrauben verwendet worden sind, lässt sich erkennen, wann etwas gebaut worden ist, ob man es schon renoviert oder im Originalzustand belassen hat. In der U-Bahn sieht man häufig Nietenkonstruktionen neben geschraubten, und dann weiß man, dass in den Achtzigern etwas geändert worden ist. So nähert man sich der Geschichte eines Bauwerks.«

Unsicher, was ich darauf erwidern sollte, nickte ich nur. Ich hatte keine Ahnung von Nieten und Schrauben, aber ich verstand die Gesamtsituation. Ein Junge, der sich in ein Mädchen verliebt hatte.

Die Netten interessieren sich nie für dich.

»Ben.« Mit schmalen Augen sah ich ihn an.

»Ja?«

»Willst du mit mir schlafen?«

Er sah mich an, als hätte ich ihm die dümmste Frage gestellt, die es gab.

»Hmm.« Er machte eine vage Handbewegung. »Ja.«

Ben

Sixth Avenue 500, zwischen 12. und 13. Straße, West Village

Als ich in ihrer Wohnung aufwachte, war mein erster Gedanke: Oh, Shit. Das war meine übliche Reaktion, wenn ich im Bett neben jemandem aufwachte, den ich kannte. Meiner Erfahrung nach ist es weitaus weniger schlimm, neben einem fremden Mädchen aufzuwachen. Während ich neben ihr lag und sie betrachtete, wie ihr Arm mit dem Kissen und ihrem Haar verschmolz, nahm ich mich selbst ins Kreuzverhör.

Habe ich einen Fehler gemacht?

Bin ich jetzt in etwas verwickelt, was ich eigentlich gar nicht will?

Doch dann sagte ich mir, dass es keinen Grund zur Sorge gab. Und schon wandelte sich das *Oh, Shit* in *Oh, warte mal, das war klasse*. Mein Arm war eingeschlafen, und ich zog ihn vorsichtig unter ihr hervor. Zuerst kam das Gefühl im Unterarm wieder, aber in meiner Schulter, auf der ich offensichtlich die ganze Nacht unglücklich gelegen hatte, dauerte es erheblich länger.

Am Fußende des Bettes lugte Eves Bein hervor. Ihr Haar – ein glänzendes Braun, das dort, wo die Sonne durch die Vorhänge hindurch aufs Bett schien, heller leuchtete – fiel über ihren Rücken und ihre Schultern. Gestern Abend hatte sie es mit einer Spange hochgesteckt gehabt, die lag jetzt auf dem Nachttisch. Sie war flach und zierlich und mit drei roten Steinen verziert, die in einer Reihe angeordnet waren. Auf dem

Nachttisch lagen außerdem ein Paar blauer Ohrringe in Triangel-Form, eine Packung Taschentücher, und dort stand ein Wecker.

Ich betrachtete den Teil ihres Gesichts, den ich sehen konnte. Eve war hübsch – jene Art von Attraktivität, die man gern länger ansah. Ich war kein Freund davon, aus einem kurzen Blickkontakt oder so was ein großes Theater zu machen, aber als wir uns gestern über den Tisch hinweg angesehen hatten, war definitiv etwas zwischen uns gewesen. Himmel, was war da los? Ich hatte sie geneckt, und ganz plötzlich hatte sie gelächelt. Es war ein besonderer Moment gewesen, den ich nicht wirklich beschreiben konnte. Aber es war spannend und hatte meine Aufmerksamkeit erregt. Obwohl ich ihr schon zuvor öfter begegnet war, hatten wir uns noch nie angelächelt. Es hatte gereicht, einen Funken zu entzünden. Gereicht, um hier zu landen. Ich beschloss ihr vorzuschlagen, frühstücken zu gehen, wenn sie aufwachte. Wenn es eine einmalige Sache gewesen wäre, etwas Unverbindliches mit einer wildfremden Frau, hätte ich mich schnell vom Acker gemacht, ohne irgendwelche Fragen zu stellen. Aber Eve und ich waren zusammen zum College gegangen, unsere Freundeskreise überschnitten sich. Da konnten wir auch zusammen frühstücken. Ich hatte diese One-Night-Stands sowieso satt. Dieser Sache wollte ich eine Chance geben.

Ich sah mich in ihrer Wohnung um. Die Wandfarbe, die offensichtlich erst vor Kurzem erneuert worden war, zeigte in Richtung Decke ein paar Unregelmäßigkeiten. Rechts neben dem Bett stand eine Kommode mit einem rechteckigen Spiegel darüber. Das Zimmer wirkte aufgeräumt, ohne überflüssigen Krimskrams. Vom Bett aus konnte ich den Rand eines farbigen Teppichs erkennen und den oberen Teil eines Stapels von Schals, die gefaltet in einem Korb lagen. Am besten gefiel mir die Aussicht aus dem Fenster neben dem Bett. Von dort aus konnte man auf die Fifth Avenue und die kahlen Zweige eines Baumes sehen. Es war ganz ruhig draußen, völlig anders als in meiner eigenen Wohnung in Hoboken, wo ich die ganze Nacht über die vorbeifahrenden Trucks hörte. Aber auch mein Zuhause hatte seine Vorteile – mein Mitbewohner und ich hatten ein paar Möbel und die Porzellan-Sammlung der beiden neunzigjährigen Damen übernommen, die vor uns in dieser Wohnung gelebt hatten und auch dort gestorben waren. Eine paradiesische Einrichtung für Junggesellen.

Während ich darauf wartete, dass Eve aufwachte, überlegte ich, ob ich heute Nacht etwas Schlimmes gemacht hatte – ob ich gut gewesen war, ob ich anschließend geschnarcht hatte. Noch einmal ließ ich Revue passieren, wie ich überhaupt hier gelandet war. Wir hatten in der Bar geflirtet, und dann hatte ich sie nach Hause begleitet. Als wir vor ihrer Tür angekommen waren, hatte sie sich nicht von mir verabschiedet, sondern einfach weitergeredet, und dabei war sie ins Haus gegangen, hinauf in ihre Wohnung. Keine Ahnung, ob sie erwartet hatte, dass ich mitkam. Aber sie hatte auch nicht gesagt, ich solle *nicht* mitkommen, und das hatte mir gereicht.

Dann hatte sie mir die Wohnung gezeigt. Das Einzige, woran ich mich noch erinnerte, war, dass sie vor dem Bücherregal gestanden und mir ziemlich betrunken ihr Ordnungssystem erklärt hatte. Vier der Bücher hatte sie auf einem separaten Regal abgelegt. Das seien ihre Lieblingsbücher, hatte sie gesagt, und deshalb hätten sie einen Platz abseits der Massen verdient. »Mach dir keine Gedanken. Sie sind nicht einsam. Schließlich haben sie einander«, hatte sie versichert. Nachdem sie das gesagt hatte, daran erinnerte ich mich noch, hatte ich sie umarmt. Völlig grundlos, einfach nur aus einem Instinkt heraus. Warum? Weil sie so eine unersättliche Leserin war? Das wäre früher kein Grund für mich gewesen. Aber gut, in diesem Augenblick ergab es irgendwie Sinn. Und schließlich landeten wir in ihrem Bett, und weder sie noch ich machten eine große Sache daraus. Es funktionierte wie selbstverständlich.

Als sie sich nun unter der Decke bewegte, sah ich sie wieder an, ohne mich zu rühren. Ich musste mich zusammenreißen, nicht zu lächeln. Ich wollte nicht, dass sie dachte, ich machte mich über sie lustig, aber es war eine witzige Situation. Es ist schon seltsam, wenn man darüber nachdenkt, dass zwei Menschen, die sich seit Jahren flüchtig kennen, plötzlich zusammen im Bett aufwachen. Jetzt drehte sie sich zu mir um und sagte »Hi« auf diese Art, wie Mädchen *Hi* sagen, als würden sie in Wirklichkeit viel mehr damit ausdrücken und als wäre es geboten, das als Mann auch zu begreifen. Dann zog sie die dicke Decke komplett über sich, rollte sich darunter zusammen und stöhnte.

»Der Druck ist mir zu groß«, konnte ich sie sagen hören.

»Welcher Druck?«

»Was, wenn ich nicht entzückend verschlafen aussehe? Ich habe das Gefühl, als müsste ich entzückend verschlafen aussehen.«

Ich lächelte. »Solange du dich unter der Decke versteckst, kann ich dazu nichts sagen.«

Sie tauchte wieder auf, allerdings nur so weit, dass ihr Haarschopf und ihre Augen zu sehen waren.

»Du siehst normal aus«, stellte ich achselzuckend fest.

Wieder versteckte sie sich. Ich lachte, überlegte, mich aufzusetzen, entschied mich aber dagegen. Stattdessen lehnte ich meinen Kopf an das Kissen. Nach einer Minute ungefähr tauchte sie wieder auf, schnappte nach Luft, und ich musterte sie. Allzu lange konnte ich sie nicht ansehen, denn dann würde wieder das Gleiche passieren wie gestern im Restaurant. Gut, aber zu viel, zu schnell.

»Hast du dich gestern Abend gut amüsiert?«, erkundigte ich mich.

»Allerdings.« Ihre Stimme klang gepresst, aber zustimmend.
»Was hat dir am besten gefallen?«
»Die Zuckerwatte«, sagte sie.
»Blöde Kuh.«
Sie lachte lauthals, und ich konnte weit in ihren Mund sehen.

Keine Ahnung, warum, aber dieses Mädchen im Bett lachen zu sehen, war das Reizvollste, was mir seit Langem passiert war. »Hast du Lust auf Frühstück?«, wollte ich wissen.

Sie schien darüber nachzudenken. Normalerweise verkrümelte ich mich so bald wie möglich. Das Großartige an New York war, dass immer eine ganze Parade von Menschen unterwegs war, die morgens noch in ihren Kleidern des vergangenen Abends herumliefen. Jedes Mal, wenn ich an einem Mädchen vorbeikam, das noch das übliche Schwarz und High Heels trug, musste ich lächeln. Ich war mir sicher, dass es auch eine Menge Typen gab, die ihre Sachen vom Vorabend trugen, aber das war schwerer zu erkennen. Üblicherweise sprang ich dann unter die Dusche, besorgte mir Kaffee und etwas zu essen und überlegte, ob ich dem Mädchen vom Vorabend noch eine Nachricht schreiben wollte. Meine bevorzugte Variante war herauszufinden, was sie für den Rest des Wochenendes geplant hatte, und ihr dann später am Tag (viel später), eine Nachricht zu schicken wie *Leider hast du deine Zahnbürste bei mir vergessen!* oder was auch immer es gewesen sein mochte.

Nachdem sie eine Weile über das Frühstück nachgedacht hatte, stand sie auf, ohne ein Wort zu sagen, nahm hastig ein T-Shirt aus der Schublade und zog es in aller Eile an, als sei sie auf der Flucht, und ließ mich einfach zurück. Dann hörte ich nur noch das Wasser im Bad rauschen.

Als sie mit der Zahnbürste im Mund aus dem Bad zurückkehrte, sagte sie irgendetwas, was wegen der Zahnbürste schwer verständlich war. Es klang wie »Okay, lass uns frühstücken gehen«. Also zog ich mich an.

Auf dem Weg war es vollkommen still. Die Kälte kribbelte an meinen Ohren, und ich setzte die Kapuze auf, um sie zu schützen. Die Straßen waren menschenleer, und der Himmel war so weiß, dass er wirkte, als sei auch er gefroren. Ein paar Schneeflocken rieselten zur Erde und hinterließen Punkte auf dem Gehweg. Meiner Theorie nach waren Stadtviertel mit einem aktiven Nachtleben morgens grundsätzlich verwaist. Es war, als müsste sich der Stadtteil selbst von den Aktivitäten der Nacht erholen und sei noch nicht aufgewacht. Unglücklicherweise verstärkte diese eigentlich friedliche Atmosphäre die Stille zwischen uns, die plötzlich schwer wog und unangenehm wurde. Ich wollte am frühen Morgen nicht zu redselig wirken – insbesondere nicht an der Seite eines Mädchens, das offensichtlich gar nicht darauf stand –, deshalb dachte ich nicht darüber nach, was ich sagen könnte.

Beim Gehen hielt Eve den Blick auf ihre Füße gesenkt. Dabei murmelte sie etwas von einem Bagel-Laden an der Sixth Avenue, aber um dorthin zu gelangen, müssten wir vom East Village bis zum West Village laufen.

»Gern«, sagte ich. »Ich hab's nicht eilig.«

Wir kamen an Cooper Union und Astor Place vorüber, gingen über die Macdougal Street, vorbei an sämtlichen NYU-Bars und Comedy-Clubs. Irgendwann fingen wir an zu reden, unverfängliche Themen, etwa, wie dieses oder jenes sei, verglichen mit der Columbia. Sie verwies auf all die Orte, an denen sie tagtäglich vorbeikam. Offensichtlich wurde sie langsam wach, je länger wir gingen.

»Hier gibt es ausschließlich Erdnussbutter-Sandwiches. Kannst du dir das vorstellen? Wer geht los, um sich ein Erdnussbutter-Sandwich zu kaufen? Das kann man sich doch einfach zu Hause machen«, meinte sie.

»Allerdings. Wie kann man so faul sein?«, stimmte ich zu.

»Vielleicht sind sie etwas Besonderes.« Nachdenklich zuckte sie mit den Schultern. »Keine Ahnung, ich habe sie noch nie probiert, also kann ich mir kein Urteil erlauben.«

Wir gingen unter dem Bogen am Washington Square hindurch, kamen an einem Mann vorbei, der mindestens acht Jacketts übereinander trug und irgendetwas von Loyalität vor sich hin murmelte. Weiter ging es die Fifth Avenue hinauf, dort, wo das Wohngebiet mit den eleganten Wohnhäusern und den Concierges in ihren grauen Uniformen lag. Von der Straße aus konnte man einen Blick in die marmornen Eingangshallen erhaschen. Als wir auf die Sixth Avenue kamen, zeigte sie mir den Bagel-Laden mit seiner dunkelblauen Markise und den zwei Bänken vor der Tür. Als wir näher kamen, sah ich, dass die Fenster beschlagen waren. Wir gingen hinein und sahen uns mit einer Schlange von mindestens zwanzig Kunden konfrontiert, die direkt an der Tür begann. Hier also waren sie alle. Es duftete nach frisch gebackenem Brot und Kaffee, und genau danach sehnte ich mich in diesem Moment. Wir reihten uns am Ende der Schlange ein.

»Was nimmst du?«, fragte ich Eve, um das Schweigen zu brechen, das sich wieder zwischen uns ausgebreitet hatte.

»Hmmm …« Sie sah auf die Speisekarte, die auf eine Tafel geschrieben war, und dann auf die mit Etiketten versehenen Körbe voller Bagels: Mohn, Sesam, Vollkorn, weitere Sorten. Eve starrte so lange auf jede der Aufschriften, dass man meinen konnte, sie studierte deren tiefere Bedeutung.

Während wir uns im Schneckentempo voran bewegten und winzige Schritte machten, die beinahe wie Fortbewegung wirkten, näherten wir uns mehr und mehr den Körben, doch zwischen uns blieb es angespannt. Wir unterhielten uns über Glick und seine heimlichen Trips nach Atlantic City und mutmaßten, ob er wohl spielsüchtig sei. Die chaotische

Atmosphäre in dem Bagel-Laden mit all den Leuten, die bestellten und bezahlten, ihre Tüten ausgehändigt bekamen und dann so schnell wie möglich hinauswollten, war dabei nicht besonders hilfreich. Die Kunden riefen den Mitarbeitern ihre Wünsche zu, und während diese freundlich nickten, mussten sie aufpassen, dass sie sich gegenseitig nicht über den Haufen rannten, wozu eine gehörige Portion Geschick gehörte. Die Stimmung in diesem Laden war nicht gerade perfekt dafür, eine Konversation aufrechtzuerhalten, aber wir gaben unser Bestes.

Als wir endlich unsere Bagels, den Kaffee und Orangensaft ergattert hatten, fanden wir noch einen Tisch in einer Reihe mit sechs anderen, die alle dicht an dicht zusammenstanden. Der Typ neben uns saß allein am Tisch und hatte die Nase in die Zeitung gesteckt. Das sah vielversprechend aus. Zumindest würden wir von seiner Seite kein Gejammer ertragen müssen, und das war mehr, als wir von dem Kerl auf der anderen Seite sagen konnten, der über die besten Meeresfrüchte dozierte, die er je gegessen hatte, was zu seiner »großen Überraschung« in Albuquerque, in New Mexico, gewesen sei, wie er dem Mädchen ihm gegenüber mitteilte, das etwa halb so alt zu sein schien wie er. Doch dann enttäuschte uns auch der Zeitungsleser. Alle paar Minuten hörten wir ein schmatzendes Geräusch aus seiner Richtung. Offensichtlich riss er den Mund weit auf, während er aß. Eve und ich warfen Blicke zu ihm hinüber. Zunächst war es nicht weiter schlimm, aber beim achten oder neunten Schmatzen hörten wir auf zu essen, weil wir so genervt waren.

Sollen wir ihn umbringen? Lautlos formte sie die Worte mit den Lippen.

Ich lachte, und das ließ das Eis zwischen uns schmelzen. Sobald wir den Laden verlassen hätten, würde ich sie nach ihrer Telefonnummer fragen, beschloss ich.

Dummerweise verkündete sie genau in diesem Moment, sie müsse gehen. Sie entschuldigte sich, stand auf, kramte in ihrer Tasche, zog ihr Portemonnaie heraus und legte ein paar Dollarscheine auf den Tisch, obwohl ich schon bezahlt hatte. Hatte sie das nicht gesehen? Oder wusste sie nicht, dass ich der Typ Mann war, der die Bagels bezahlte?

Dann wickelte sie ihren nahezu unberührten Bagel ins Papier, warf ihn in den Müll und verschwand mit einer Handbewegung, die irgendwo zwischen einem Winken und einem militärischen Gruß angesiedelt war. Ein paar Sekunden blieb ich sitzen und versuchte zu begreifen, was da gerade passiert war.

Dann stand ich ebenfalls auf und holte sie auf der Straße noch vor der nächsten Querstraße ein. Ich war völlig verwirrt, und außerdem hatte ich sicher noch Mohnsamen zwischen meinen Zähnen.

»Was ist los?«, wollte ich wissen. Sie drehte sich um.

»Du bist ein netter Typ und alles«, meinte sie. »Aber dein Vorschlag, zusammen zu frühstücken, sagt mir …« Sie wandte den Blick ab.

»Was sagt dir mein Vorschlag, zusammen zu frühstücken?« Ich lächelte. »Dass ich Lust hatte zu frühstücken?«

»Er sagt mir, dass du auf der Suche nach einer … Freundin bist. Vielleicht sogar nach etwas Ernsthaftem. Aber das hat nichts mit mir zu tun.«

»Ach?«

»Glaub mir«, beschwor sie mich. Und dann, zwischen 12. Straße und Sixth Avenue, umarmte sie mich vor einem geschlossenen Wein- und Spirituosenladen auf eine ganz seltsame Weise. Es fühlte sich so mies an, dass ich an diesem Ort immer an die seltsame Umarmung würde denken müssen. Ich weiß noch, wie ich dachte, es sei die schlimmste Umarmung der Geschichte. Sie hielt sich in sicherer Distanz zu mir, berührte mit ihren Händen kaum meine Schultern. Offensichtlich waren wir beide gerade auf unterschiedlichen Wegen. Sie ging, ich kam. Zum Teil war sie schon fort.

»Erzähl keinem, was passiert ist«, bat sie, während sie in ihrer Tasche nach irgendetwas suchte.

»Ich würde es nicht mal dir erzählen«, erwiderte ich.

Als sie gegangen war, kehrte ich in den Laden zurück. So etwas hatte ich noch nie erlebt. Ich betrachtete unseren Tisch, die leeren, zur Seite geschobenen Stühle. Nur noch ein kleines Stück von meinem Bagel lag im Einwickelpapier auf dem Tisch. Es wirkte wie der Beweis dafür, dass ich allein gefrühstückt hatte.

Unter Eves Stuhl entdeckte ich eine kleine, weiße, rechteckige Karte und etwas, was aussah wie eine gefaltete Quittung. Die beiden Blätter stachen auf dem dunklen Boden hervor. Ich hob sie auf. Vermutlich waren sie aus ihrem Portemonnaie gefallen. Sie hatte ihre Sachen so hastig weggeräumt, als wollte sie vor mir fliehen – aber warum? Ich hob die Zettel auf, faltete die Quittung auseinander. Sie stammte aus einem Musikgeschäft. Nun, das lag nahe.

Dann sah ich mir die Karte genauer an. Sie war alt, abgegriffen und weich, und der Aufdruck war verblasst.

Josephine Porter
Assistentin der Geschäftsleitung
Callaham & Gibbs, LLP
Two World Trade Center

Die Schrift war rot und kam mir bekannt vor. Es war eine Visitenkarte von der Anwaltskanzlei, in der mein Vater Partner war. Und ich begriff, dass ich auch den Namen der Frau kannte, der darauf stand. Die Erkenntnis traf mich mit voller Wucht. Mir wurde schwindlig, als wenn alles Blut aus meinem

Kopf gewichen und jegliche Verbindung zu meiner Umgebung aufgelöst worden wäre.

Mir schien der Boden unter den Füßen weggerissen, und nichts war mehr wie zuvor.

Mein Vater war an diesem Tag zur Arbeit gegangen wie an jedem anderen auch. Es war die übliche Routine – sein Wecker klingelte einmal, zweimal, ein drittes Mal. Noch in Boxershorts und T-Shirt, die Haare vom Schlaf zerzaust, machte er ein paar Fitnessübungen im Wohnzimmer, ehe er in der Dusche verschwand, während meine Mutter Obst für ihn klein schnitt. Dann riss er einen Joghurt auf, und der Geruch breitete sich in der ganzen Küche aus. Mit einem großen Löffel begann er zu essen. Ich hasste den Geruch, und das sagte ich ihm auch mit schöner Regelmäßigkeit.

Ich stellte mir vor, dass er wenig später in seinem Wagen saß, Musik von den Eagles hörte oder einen der Sender mit Kaffeehausmusik oder Unterhaltungsmusik, die er für seinen morgendlichen Arbeitsweg gespeichert hatte. Dann würde er das Bürogebäude betreten haben, immer darauf bedacht, keine Türen oder Menschen anzufassen. Er öffnete Türen nach Möglichkeit mit dem Fuß, Fahrstuhlknöpfe bediente er grundsätzlich nur mit dem Handrücken. Mein Vater hatte Angst vor Bakterien, jedoch vor wenig anderem, soweit ich wusste.

Später erzählte er, dass er zehn Minuten an seinem Schreibtisch gesessen hatte, als er hörte, wie etwas einschlug. Das war mein Bild von ihm – wie er da saß mit seinem Kaffee, mit trägem Blick sein E-Mail-Postfach checkte und von einem Geräusch der Außenwelt gestört wurde. Die Nachricht, ein Flugzeug sei in den anderen Tower hineingeflogen, verbreitete sich rasch. Keiner sagte etwas von Terrorismus. Jeder dachte, es handle sich um einen Unfall, irgendetwas Schreckliches. Doch schnell wurde das entsetzliche Ausmaß deutlich, als sie das Loch sahen, das in dem Gebäude klaffte. Violette Flammen stiegen auf, Papierfetzen segelten heraus, Menschen stürzten sich in die Tiefe. Man konnte nur die Silhouetten der menschlichen Körper sehen, die an den 22.000 gleich großen, 45 Zentimeter breiten Fenstern vorbeistürzten. Ich hatte in der Schule gelernt, wie die Türme konstruiert waren. Die Fenster waren deshalb so schmal, damit auch Menschen mit Höhenangst sich in dem Gebäude sicher fühlten. Gleichzeitig mussten sie sowohl die Innendecken als auch den Druck des Windes von außen aushalten.

Mein Dad erzählte, dass jeder, der ans Fenster trat, um zum anderen Turm hinüberzusehen, sofort zurückschreckte oder aufschrie angesichts des entsetzlichen Anblicks. »Es war extrem heiß«, sagte er. »Ich konnte die Hitze auf meinem Gesicht spüren, so, als ob ich an einer offenen Ofentür gestanden hätte.« An diesem Punkt der Geschichte unterbrach ich ihn üblicherweise, denn ich wusste, was er sagen wollte. »Wie konntest du im Gebäude bleiben, nachdem du das gesehen hattest?«, rief ich. »Warum verdammt bist du nicht hinausgelaufen? Wie konntest du auch nur in Erwägung ziehen zu bleiben?« Ich beharrte darauf, dass *ich* gegangen wäre. Raus da, so schnell mich meine Beine getragen hätten. Er aber sagte immer das Gleiche in verschiedenen Variationen. *Ja, das sagst du jetzt. Aber wir hatten ja keine Ahnung, dass noch ein Flugzeug kommen würde. Absolut keine Ahnung – wie denn auch? Wir glaubten, Glück gehabt zu haben. Ein Blitz schlägt nicht zweimal ein.* Also beschloss er zu bleiben, ebenso wie die meisten seiner Partner. Es brachte mich beinahe um, wenn er das sagte. Als würde in einer solchen Situation die Firmenhierarchie noch irgendeine Rolle spielen. Auch ihre Sekretärinnen blieben auf ihr Geheiß hin.

Doch nach ein paar Minuten begann seine Assistentin, ihre Sachen zu packen. »Wenn die anderen bleiben wollen, ist das ihre eigene Entscheidung. *Wir* müssen hier raus. Ich habe zwei Töchter, die ohne Vater aufwachsen. Sie werden nicht auch noch die Mutter verlieren.« Sie überzeugte Dad, das Gebäude mit ihr zu verlassen. Er fand sie ein bisschen hysterisch, und sie machte sich oft zu viele Gedanken. Dennoch entschied er sich, mit ihr zu gehen, und sei es nur, um sie nicht allein zu lassen, da sie nicht sonderlich belastbar war. In diesem Moment wirkte sie verstört. »Ich hole nur meinen Wagen aus der Tiefgarage, dann fahre ich Sie nach Hause«, bot er an, als sie durch die Eingangshalle gingen. Sie lebte in der Upper East Side, und er meinte, ihr einen Gefallen zu tun.

»Ihren Wagen holen? *Sind Sie verrückt?*« Sie drängte ihn förmlich aus dem Gebäude.

Die Welt ging unter, und mein Vater wollte seinen Wagen holen. Aber so war er nun einmal. Unter Druck blieb er ganz ruhig. Als ich klein war, empfand ich Dad als den einzigen Ruhepol bei uns zu Hause. Mein Bruder schlug sich grundsätzlich auf die Seite meiner Mutter. Mom stritt sich mit Dad, denn sie hielt nichts davon, mit angestautem Ärger schlafen zu gehen. Deshalb hielt sie sich an die tolle Strategie, ihm die Hölle heißzumachen und sich abzureagieren, ehe sie ins Bett gingen. Manchmal machte sie so seltsame Dinge, wie mitten in der Nacht alle Möbel umzustellen. Aber mein Dad wusste, wie er sie wieder beruhigen konnte. Er fasste sie an den Schultern, sprach mit fester Stimme zu ihr und beruhigte sie dadurch. So funktionierte ihre Beziehung.

Deshalb bin ich hundertprozentig davon überzeugt, er hätte sein Büro nicht verlassen, wäre es nach ihm gegangen. Dementsprechend war es nicht seine Weitsicht, sondern die seiner Assistentin, die ihm das Leben rettete. Ich habe diese Frau nie kennengelernt, die ihn sicher aus dem Tower brachte. Sie war der Grund dafür, dass, als der Lift seine letzte Fahrt vom 110. Stock bis ins Erdgeschoss machte, mein Dad mit darin stand.

Er war einer derjenigen, die Glück hatten. Auf der Vesey Street hörten sie über sich einen lauten Knall, wie bei einer Sprengung. Ein Geräusch, das in Tausenden Filmen zu hören ist. Ein weiteres Flugzeug war in den zweiten Turm gerast. Der Boden unter ihren Füßen erzitterte, und sie sahen, wie das Gebäude bebte. Seine Assistentin rannte in die eine Richtung, mein Vater in die andere. Und diese Entscheidung, getroffen im Bruchteil einer Sekunde auf der Vesey Street – oder dem, was einst die Vesey Street gewesen war, jetzt aber nur noch aus einem Dunst aus Rauch und Feuer bestand –, entschied über Leben und Tod. Er sah sie niemals wieder. Alle vermuteten, sie sei von herabfallenden Trümmern erschlagen worden.

Einige Zeit später fand die Trauerfeier statt, und ich erinnere mich, dass mein Vater in den Wochen nach dem 11. September von dem Schuldgefühl regelrecht vernebelt war. Seine Selbstvorwürfe, sie zunächst zum Bleiben überredet zu haben, waren vernichtend. Irgendwann sah ich, wie er vor dem Fernseher saß, den Kopf in die Hände gestützt. Meine Mutter saß neben ihm und hatte die Hand auf seinen Rücken gelegt. »Warum sind wir nicht früher aufgebrochen? Warum nur habe ich gesagt, sie solle bleiben?«, hörte ich ihn sagen. Er fühlte sich verantwortlich für ihr Schicksal. Und auf eine gewisse Weise, eine entsetzliche Weise, war er das auch.

Ich weiß noch, dass auch ich mich schuldig fühlte – als wäre diese entspannte Grundhaltung, die ich von ihm geerbt hatte, falsch. Also schob ich eine fadenscheinige Begründung vor – irgendetwas in der Schule, was noch nachzuarbeiten sei –, um nicht zur Trauerfeier gehen zu müssen. In Wirklichkeit wollte ich nicht damit konfrontiert werden. Diese Frau hatte eine Tochter, die so alt war wie ich. Verdammt. Das wollte ich nicht miterleben müssen. Immerhin hatte auch ich beinahe meinen Vater verloren. Für mich war es »okay«, nicht hinzugehen, und meine Eltern akzeptierten meinen Vorwand. Und das machte es nicht besser. Nur ich kannte die ganze Wahrheit. Ich wollte ihr nicht ins Gesicht sehen müssen. Es gibt ein Wort für Menschen, die wie ich als Achtzehnjähriger sind. *Feige*.

Während ich jetzt die Visitenkarte wieder und wieder in meiner Hand drehte, fühlte ich mich erneut wie dieser achtzehnjährige Junge. Ich steckte die Karte in meine Brieftasche und verließ den Bagel-Laden. Was es für Eve bedeuten würde, wenn – falls – sie das jemals herausfände, wollte ich mir nicht ausmalen. Oder wenn – falls – ich es ihr jemals erzählte.

Wie gesagt. *Feige*.

Aber vielleicht würde ich sie sowieso nie wiedersehen.

Ben

Second Avenue 93, zwischen 5. und 6. Straße,
East Village

Drei Wochen später, es war gegen elf Uhr abends, war ich gerade an der Ecke Second Avenue und 4. Straße und überlegte, wo ich mir eine Pizza holen sollte. Ich war ziemlich betrunken und hungrig, aber zumindest noch so vernünftig, dass mir klar war: Ich sollte erst ein bisschen nüchterner werden, ehe ich einen Zug bestieg. Nun kämpfte ich mit der Entscheidung zwischen East Village Pizza zwischen 9. Straße und First Avenue und Stromboli Pizza zwischen Saint Mark's und First. Schon fast entschlossen, rechts in die 5. Straße einzubiegen und zu Stromboli zu gehen, änderte ich meine Meinung wieder. Obwohl viele Stromboli für den besten Pizzabäcker im East Village hielten, war es eine Touristenfalle. East Village Pizza war besser und hatte mehr Lokalkolorit. Also blieb ich auf der Second Avenue, statt rechts abzubiegen, und genau dort traf ich auf Eve. Sie stand vor einer schwarzen Tür ohne Aufschrift zwischen zwei Restaurants.

»Hi«, sagte ich behutsam, als hätte ich ein kleines Tier im Wald vor mir, das ich mit einer unbedachten Bewegung verschrecken könnte.

»Oh, hi!« Sie schien sich zu freuen, mich zu sehen. Vermutlich, weil sie allein unterwegs war.

»Was machst du hier?«

»Ich bin auf dem Weg in ein Konzert. Und du?« Sie war ganz anders als damals im Bagel-Laden. Mehr wie das Mädchen am Abend zuvor, am Saint Mark's. Witzig. In Flirtlaune.

»Ich will mir gerade eine Pizza holen.«

Sie lächelte. »Spannend ... Hast du Lust, mich stattdessen zu begleiten?«

Ich gönnte mir ein paar Sekunden, sie einfach nur anzusehen, denn ich brauchte einen Moment um zu begreifen, was hier gerade passierte. Es kam mir vor wie ein Trick. Doch dann stimmte ich zu, unabhängig davon, dass unser Frühstück nicht sonderlich glücklich geendet hatte. Ja, ich würde ihr Spiel mitspielen. Los ging's. Hinzu kam, dass sie dieses kurzärmelige, blau-weiß gestreifte Kleid trug, das zwar hochgeschlossen war, dafür jedoch so kurz, dass man nichts sehen, aber ziemlich viel erahnen konnte. Außerdem klang es weitaus besser, den restlichen Abend mit ihr zu verbringen, als alle anderen Möglichkeiten, die ich hatte. Wie gesagt, ich war betrunken und hungrig.

Also stand ich zusammen mit ihr in der Lit Lounge, und alles, was ich vorher gedacht hatte, war auf einmal aus meinem Kopf verschwunden. Alles, was geschehen war, schien weit weg. Eve war aufregend. Und ich verfügte nur über ein Kurzzeitgedächtnis. Sollte ich sie auf die Visitenkarte ansprechen? Auf ihre Mutter? Später vielleicht. Die Dinge liefen gerade gut, und ich fürchtete, alles zu ruinieren, wenn ich ihr jetzt offenbarte, was ich ihr irgendwann würde sagen müssen. Gerade bei jemandem wie Eve schien das keine gute Idee.

Deshalb beschloss ich, erst mal zu plaudern.

»Was war eigentlich los?«, fragte ich, während wir warteten, dass das Konzert losging. »Warum bist du so plötzlich verschwunden?«

»Oh, das tut mir so leid«, erwiderte sie und wandte sich zu mir um. »Es war dumm von mir. Ich bin plötzlich irgendwie durchgedreht.«

»Aus welchem Grund?«

»Weiß ich selbst nicht«, sagte sie und legte die Hände vors Gesicht. Gelegentlich blitzte ein dunkler BH-Träger an einer Schulter auf, und sie schob ihn wieder zurück. Das unschuldig wirkende Kleid bildete einen Kontrast zu ihrem schwarzen Nagellack, einem rebellischen Signal.

»Du weißt nicht, warum du durchgedreht bist?«

Sie hatte ihr Haar gescheitelt und zurückgebunden. Außer einem rosa Lippenstift war sie ungeschminkt.

»Ja, aber das passiert mir häufig. Also bezieh es nicht auf dich.«

Nicht auf mich beziehen?

»Ich weiß nicht ... Wahrscheinlich lag es daran, dass es nicht nur ums Frühstück ging, sondern um diese ganze *Idee* eines Frühstücks. Nie zuvor hat mich jemand zum Frühstück eingeladen, nachdem ich mit ihm, du weißt schon, geschlafen hatte. Dadurch wirkte es so gefährlich.«

»Das Frühstück?«

»Ja. Nach dem ersten Mal? Ich hätte fast die Polizei gerufen.«

»Ach ja? Und was hättest du denen erzählt?«

Sie lächelte. »Oh, sie hätten mich schon verstanden. Natürlich hätte ich eine weibliche Beamtin angefordert.«

Ich hatte nicht geahnt, dass sie es so interpretieren würde. »Okay«, sagte ich schulterzuckend.

»Lass es mich wiedergutmachen. Wir können einfach einen lustigen Abend miteinander verbringen.« Ihr Lächeln wurde breiter.

Aufgeregt sah sie mich an und nahm meine Hand.

»Komm schon! Komm mit!« Damit zog sie mich am Arm durch den Saal. »Das Konzert ist unten, im Untergeschoss. Sie nennen es Lit Dungeon«, erklärte sie und hob die Augenbrauen. Ich folgte ihr eine Wendeltreppe hinunter. »Sie haben Beschwerden bekommen wegen Lärmbelästigung, Alkoholausschank an Minderjährige und Drogen. Ungefähr tausendmal ist dieser Club in Schwierigkeiten geraten, aber trotzdem hat er es irgendwie geschafft, nicht geschlossen zu werden. Das muss man ihnen hoch anrechnen. Eine Zeit lang hat der Inhaber diese verrückte Taktik verfolgt: Er hat die Mitarbeiter die Sachen der Gäste klauen lassen und sie dann, wenn die Leute sich beschwert haben, wieder zurückgegeben. So wollte er ihnen klarmachen, dass sie nichts unbeaufsichtigt liegen lassen können.«

»Ausgesprochen dumm.«

»Finde ich auch.«

»Hast du vor, über das Konzert zu schreiben?«, erkundigte ich mich, während wir weiter durch die Dunkelheit stiefelten.

»Ja, könnte ich mir vorstellen«, erwiderte sie. »Noch einer meiner berühmten Artikel!« Sie senkte den Blick und lachte voller Selbstironie. Ich war nicht sicher, wie ich das fand.

»Was meinst du damit?«

»Ach, nichts. Es ist nur so, weißt du, dass die Leute nicht wegen meiner Artikel auf die Seite von Voice gehen, sondern um illegal Lieder herunterzuladen.«

»Das stimmt nicht«, widersprach ich. »Schließlich stellen sie die Artikel nicht ohne Grund auf die Seite.«

Das Untergeschoss war in ein rotes Licht getaucht. Der Raum war klein, dunkel, schmuddelig und hatte eine niedrige Decke. Über der Bühne hing rote Weihnachtsbeleuchtung, nicht etwa aufgereiht, sondern ziemlich wirr. Ein Gitarrist und ein Schlagzeuger betraten gerade die Bühne und begannen mit den Vorbereitungen. Ein paar Leute im Publikum pfiffen. Der Drummer wischte sich das Gesicht mit einem Handtuch ab und richtete sein Basecap. Der Gitarrist nahm einen Schluck von dem Drink, den er mitgebracht hatte. Er war schwarz gekleidet und wandte uns den Rücken zu. Der Schlagzeuger dagegen saß direkt vor uns und rutschte auf seinem Sitz hin und her.

»Sollte ich irgendwas über diese Band wissen?«, erkundigte ich mich.

Eve schüttelte den Kopf.

»Viel weiß ich nicht über Musik«, räumte ich ein.

»Ich auch nicht«, verriet sie.

Erstaunt sah ich sie an. »Du arbeitest bei Voice!«

»Schon, aber ich habe nicht dieses Fachwissen über Musik wie einige andere. Manche sind ein wandelndes Lexikon, was Musikgeschichte und Alben und Bands betrifft.« Sie ließ den Blick über die Menge schweifen. »Ich weiß nur, wenn mir etwas gefällt, und das reißt mich dann mit. Und wenn ich die Musik mag, lasse ich zu, dass sie Gefühle auslöst, Erinnerungen, alles Mögliche. Das ist der Schlüssel – einfach nur abzuwarten, ob es dir gefällt«, erklärte sie. »Ob es etwas in dir anrührt. Und es dann zuzulassen.«

Ich sah auf ihren BH-Träger. Als der Drummer die Arme hob und die Schlagstöcke aneinanderschlug, wirbelte sie herum, und dann begann er, indem er seinen gesamten Körper nach vorn warf. Eve stand vor mir und bewegte sich im Takt. Die Menge presste uns aneinander. Das war gut so, denn wir befanden uns in dieser seltsamen Phase, miteinander geschlafen zu haben, aber nicht Händchen halten zu wollen oder sonst wie Körperkontakt zu haben, weil alles völlig unklar zwischen uns war. In einem Konzert zu sein und uns gezwungenermaßen berühren zu müssen, machte es einfacher und ließ das Eis zwischen uns schmelzen, ohne dass es uns bewusst war.

Zunächst zufällig, dann absichtlich berührte ich ihre Hüfte, denn mir schien es, als wäre das von ihr akzeptiert. Sie hatte einen tollen Körper, und es kostete mich einige Anstrengung, mich zurückzuhalten. Aber ich wusste, das musste ich tun. Ab und zu lehnte sie sich gegen mich. Ich summte, und sie lächelte. Ganz offensichtlich versuchte sie, nett zu mir zu sein. Es war genau wie an dem Abend, als wir im Bett gelandet waren. Damals war sie wie verwandelt gewesen und hatte mich dazu gebracht, ihr wie ein Hündchen nach Hause zu folgen. Genauso war sie auch heute Abend wieder, als hätte sich etwas in ihrem Innern gelöst. Ich wusste zwar nicht, wie ich mich verhalten sollte, aber mir war klar, dass ich es nicht verderben wollte. Auf keinen Fall sollte sie in ihre alte Eve-Stimmung verfallen, die ich vom College kannte – jene Eve, die nur Hallo sagte und weiterging, die in einem Bagel-Laden saß und kein Wort sagte. Manchmal zog sie sich in ihr Schneckenhaus zurück, doch jetzt gerade war sie da. Ich ließ sie tanzen und bemerkte, wie der Saum ihres Kleides vor mir hin und her schwang. Sooft sich die Gelegenheit ergab, legte ich meine Hände an ihre Taille. Eine grenzwertige Berührung, das war mir bewusst.

Nach ein paar Songs lehnte sie sich an mich. »Gefällt es dir?«, erkundigte sie sich leise.

»Was?« Unwillkürlich ließ ich den Blick von ihren Augen weiter hinunterschweifen. Shit, dachte ich dann und sah schnell wieder nach oben.

»Die Band.«

»Oh. Ja. Sie ist gut«, erwiderte ich schulterzuckend.

Sie zögerte und schob ihr Armband am Handgelenk auf und ab. »Das ist alles?«

Ich war ratlos. »Die Musik gefällt mir. Sie ist gut.«

»Schon, aber welche Gefühle löst sie in dir aus?«

Die Frage trieb mich in die Enge. Spielte da eine Band? Hatte ich gar nicht mitbekommen. Ich konnte an nichts anderes denken als daran, Eve zu berühren.

»Das Gefühl, dich küssen zu wollen. Die Tatsache, dass im Hintergrund ein Drummer spielt, ist mir ziemlich egal.«

»Aber hast du hier stärker das Gefühl, mich küssen zu wollen, als wenn wir draußen auf der Straße stünden?«

»Glaube ich nicht.« Ich starrte auf ihre Lippen. »Das wäre vermutlich egal.«

Sie blinzelte auf jene Weise, wie sie es tat, wenn sie misstrauisch war. »Du bist ganz offensichtlich als Kind zu heiß gebadet worden«, stellte sie fest. »Mit deiner Gefühlslage stimmt was nicht. Gut, dass ich hier bin. Oh, weißt du, was wir nach dem Konzert tun?«

»Was?« Ihre Worte kreisten durch meinen Kopf. Mit meiner Gefühlslage stimmte etwas nicht.

»Wir sollten versuchen, mit meinem Presseausweis hinter die Bühne zu kommen!«

Sie fasste meine Ellbogen und stand mir direkt gegenüber.

»Klar«, stimmte ich zu.

»Klar? Das ist alles?« Sie lächelte. »Du verlierst nicht gerne viele Worte, hm?«

Ich zuckte mit den Schultern. »Stimmt. Aber wenn ich *klar* sage, dann meine ich es im besten Sinne des Wortes.«

Sie lachte, löste sich von mir, und als die Band die ersten Takte eines Liedes spielte, das sie mochte, wandte sie sich mit großen Augen um.

»Wahrscheinlich wirst du mich nicht mehr so cool finden, wenn wir ins Lit-Lounge-Gefängnis gewandert sind.« Sie zog sich zurück und kam dann wieder auf mich zu. »Bestimmt gibt es hier einen Knast für Leute wie uns, die sich als berechtigt ausgeben, hinter der Bühne zu sein.«

Ich ließ den Blick über die Menge schweifen – es war eine Mischung aus jungen Leuten, die vor der Bühne standen, und älteren, die an der Bar saßen. Die Zuhörer vor uns riefen irgendeinen Songtitel. Offensichtlich befürchteten sie, er werde sonst nicht gespielt.

Ich wandte meine volle Aufmerksamkeit wieder Eve zu.

Nach dem Konzert gingen wir ans andere Ende des Saals, und Eve öffnete die Tür zu irgendeinem Hinterausgang, als würde sie so etwas ständig tun. »Ich will der Band nur ein paar Fragen stellen. Ein oder zwei Zitate würden meinem Artikel eine ganz andere Wendung geben.«

Ich folgte ihr, und dann warteten wir, bis der Türsteher eine Liste durchgesehen hatte, auf der Eve und ich nicht standen.

»Könnten Sie das mit Kim klären?«, bat sie, nachdem er abgelehnt hatte, uns hineinzulassen. »Sie hat gesagt, ich dürfte der Band nach dem Konzert ein paar Fragen stellen.«

Der Türsteher sah sie irritiert an, doch dann verschwand er, um sich mit jemandem zu besprechen.

»Wer ist Kim?«, wollte ich wissen, nachdem er gegangen war.

»Keine Ahnung.« Sie lehnte sich an mich. »Ich finde, das klingt so, als wäre das jemand, der etwas zu sagen hat. Kim.«

Verständnislos sah ich sie an.

»Ich habe gedacht, wenn ich irgendeinen Namen fallen lasse, wirkt unsere Geschichte authentischer.«

»Ah.«

Es war kalt hier. Eines der Fenster stand offen. Während wir warteten, schnalzte Eve mit den Fingern und tippte mit den Schuhen auf den Boden. Die Geräusche hallten im Treppenhaus wider.

»Ach, übrigens, das hast du verloren«, sagte ich, nahm die Visitenkarte aus meiner Brieftasche und reichte sie ihr. Es war ein erstes Vorfühlen.

Mit geschlossenen Augen nahm sie die Karte und presste sie an die Brust. »Danke«, sagte sie und steckte sie in ihr Portemonnaie. »Ich hatte schon befürchtet, sie wäre weg.«

»Ist das … war das … deine Mutter?«, stotterte ich. Es schien mir am sichersten, so zu tun, als wüsste ich nichts. Gleichzeitig war mir klar: Damit, dass ich ihr die Karte zurückgab und diese Frage stellte, verbarg ich absichtlich etwas vor ihr.

»Jepp«, erwiderte sie, und das war alles. Nur das. Rums. Nun hatte sie bestätigt, was ich sowieso schon wusste. Doch bis zu diesem Augenblick hatte es irreal gewirkt. Die Frau auf der Visitenkarte war die Assistentin meines Vaters gewesen, sie hatte zwei Töchter gehabt, und eine dieser Töchter war Eve. Jetzt sprach sie weiter, doch ich hörte nur mit halbem Ohr zu. Es war wie gedämpft, als hätte jemand ohne meine Zustimmung die Lautstärke heruntergedreht. »Ich hatte Angst, sie verloren zu haben. Und so etwas zu verlieren, ist nicht schön«, fuhr sie fort. »Einmal habe ich einen Handschuh verloren und war völlig verzweifelt.«

»Wegen eines Handschuhs?«, gelang es mir zu fragen, obwohl ich immer noch nicht wieder im wirklichen Leben angekommen war. Und nachdem sie das Wort »Handschuh« erwähnt hatte, fiel mir noch etwas anderes ein. Eine Geschichte, die mein Vater mir erzählt hatte, als ich noch jünger war. Immer mal wieder tauchte seine Sekretärin, Eves Mutter, in seinen Erzählungen auf. Es hatte geschneit, und mein Bruder und ich stritten darum, wer das Auto nehmen dürfte. Dad wollte uns zu der Einsicht bringen, wie albern dieser Streit war. Dann erzählte er uns, seine Sekretärin sei an einem kalten Wintermorgen mit knallroten Händen ins Büro gekommen und habe versucht, sie warm zu hauchen. Er habe sie gefragt, warum sie keine Handschuhe trage. »Ich habe sie heute Morgen meiner Tochter geliehen«, hatte sie gesagt. Ja, gelegentlich brachte er uns dazu, den Mund zu halten. Es gab Familien, die nicht genügend Handschuhe für jedes Mitglied hatten. Beschämt hörten wir auf zu streiten.

Eve lachte. »Ich habe einen Song über meine Handschuhe geschrieben. Nicht über diese«, fügte sie hinzu und blickte auf ihre Hände. »Über jenen, den ich verloren habe. Willst du ihn hören?«

»Den Song?« Ich wusste nicht wirklich, worüber wir gerade redeten. Dafür beschäftigte es mich umso mehr, dass ich ihr die Karte zurückgegeben hatte, ohne meine Rolle in der

Geschichte preisgegeben zu haben. Teils war ich immens erleichtert darüber, teils hatte ich extreme Gewissensbisse deswegen.

»Ich werde ihn nicht singen, aber ich kann dir den Text aufsagen.« Sie begann mit einer hell klingenden Stimme, die höher war als normalerweise, und hielt dabei einen Handschuh in jeder Hand. Sie bewegte sie im Takt, als wenn sie irgendeine Tanznummer aufführen würde. Und ganz offensichtlich machte sie genau das.

»Warum hast du ein Lied darüber geschrieben?«, wollte ich wissen, nachdem sie geendet hatte.

»Weil sie so füreinander empfinden«, erklärte sie. »Es war ein ausgesprochen trauriger Tag. Sie waren so lange zusammen und sind überall gemeinsam gewesen. Stell dir das Leben vor, das sie jetzt führen – einer ohne den anderen …«

Ich dachte über die Handschuhe nach, über ihre Mutter und darüber, wie all dies zusammen Eve zu einem guten Menschen machte. Nicht unbedingt im moralischen Sinne, aber ich begriff, dass sie hilfsbereit und einfühlsam war, ohne dabei mütterlich zu wirken. Woran lag es? Okay, sie war süß. Ich konnte es nicht leugnen, sie war einfach süß. Wir hatten eigentlich keine Gemeinsamkeiten, was Interessen oder den Job anging oder die Art, wie wir die Welt sahen. Aber sie war so anmutig. Selbst die Art, wie sie ihren Blick durch einen Raum schweifen ließ, hatte etwas Anmutiges, einen gewissen Charme oder wie auch immer man es nennen mochte. Es kam mir vor, als könnte ich ihr dabei zusehen, wie sie Suppe kochte, und sie täte es mit der gleichen fürsorglichen Einstellung wie alles andere in ihrem Leben.

»Ich muss zugeben, dass ich mir noch nie Gedanken darüber gemacht habe, was für ein Leben meine Handschuhe ohne mich führen würden.«

»Noch *nie*?«, wiederholte sie ungläubig.

»Nein.«

Sie zuckte mit den Schultern. »Ich denke ständig darüber nach, was meine Besitztümer ohne mich machen würden.«

»Das ist verrückt.«

Eine Minute lang schwiegen wir. Während wir darauf warteten, dass der Türsteher zurückkam, nahm ich mehrere Anläufe, um ein Thema zu finden, über das wir reden könnten, aber mir fiel nichts ein, das gepasst hätte. Ich spürte, wie mich eine gewisse Panik ergriff. *Wir sind im Bagel-Laden. Es ist Bagel-Stufe 1! Die höchste Alarmstufe auf der Bagel-Skala!* Doch dann hatte ich plötzlich eine Idee. Mit Eve umzugehen, war wie ein Wettkampf. Es war wie ein Spiel, in dem wir kurz vor Schluss zwei Tore zurücklagen. Wie ein Bauprojekt, bei dem die Statik noch nicht feststand. Vielleicht sollte ich ihr von meinem Vater und unserer bizarren Verbindung erzählen. Eventuell würden wir uns dadurch annähern. Aber es war auch möglich, dass es alles ruinieren würde. Ich wusste keine Lösung.

Stattdessen griff ich in meine Jackentaschen, zog meine Handschuhe heraus und legte sie neben ihre.

»Glaubst du, sie mögen sich?«, fragte ich und sah auf meine schäbigen braunen Handschuhe neben ihren grünen.

Sie lächelte. *Ah-ha. Erwischt.*

»Es ist noch zu früh, das zu sagen«, meinte sie.

Nachdem wir letztendlich abgewiesen worden waren, gingen wir zurück nach oben. An der Bar ergatterten wir zwei Plätze in der Ecke und bestellten etwas zu trinken. Neben uns saß ein Typ mit langen Haaren, seine Arme waren über und über tätowiert. Er unterhielt sich mit einem Kerl mit struppigem Bart und einer Lederweste, und sie sprachen über die »Disneyfikation« des East Village.

»Sieh dir zum Beispiel den an«, sagte der eine zum anderen und zeigte auf einen jungen Mann in Polohemd und Kakihose, der gerade an uns vorbeiging. »Sein spießiges Outfit. Dieser Laden hier war mal Studio 54 – und Kokainpartys auf der Toilette, und jetzt ist er Top 40 und NYU Kids. Müll, Alter.«

Der andere nickte. »Schätze, es hat sich rumgesprochen, dass die Mädchen im Lit leicht zu haben sind. Ein Haifischbecken, Mann.«

»Das kannst du wohl sagen. Die Preise sind gestiegen. Es gibt sogar eine Einlasssperre. Seit die Yuppie-Gesellschaft dem echten Nachtleben den Krieg erklärt hat, gibt es kein Halten mehr für die Gentrifizierung.«

Eve lächelte mir zu. »Ich denke, wir sind Teil des Problems«, flüsterte sie verschwörerisch. »Wir sollten inkognito bleiben.«

»Okay, ich bestelle die Shirley Temples wieder ab«, stimmte ich zu und wandte mich an den Barkeeper.

»Pssst!«, machte sie und legte ihre Hand auf meine. »Mach keine Scherze. Was ist das Härteste, was wir ordern könnten? Tequila? Bestell uns Tequila!«

Ich legte meine Hand nach oben und fuhr mit meinen Fingerspitzen über ihre. Sie atmete tief durch und bewegte sich nicht. »Was ist los?«, fragte ich und versuchte zu verbergen, wie glücklich ich über den Verlauf des Abends war. Sie blieb die Antwort schuldig, und das war in Ordnung. Wenn sie das Gleiche fühlte wie ich, war alles in Ordnung. Mir kam es vor, als sei sie kurz davor, mit mir zu verschwinden. Ich lehnte mein Knie gegen ihres. Dann leerte ich mein Bierglas und bezahlte die Rechnung. Ob ich Geld aus dem Portemonnaie zog oder nur eine Quittung von der Reinigung – keine Ahnung.

Draußen auf der Straße standen die Leute Schlange vor einem Absperrband. Sie warteten darauf, für die nächste Show eingelassen zu werden, die nach Mitternacht beginnen sollte. Alle trugen dicke, unförmige Jacken und hüpften leicht auf und ab, um sich warm zu halten.

»Komm mit zu mir«, schlug ich vor und konnte meinen Atem in der Luft dampfen sehen. Ihre Wangen waren knallrot. Ich wollte nach ihren Händen greifen, aber sie hatte schon Handschuhe angezogen.

»Ach, ich weiß nicht.« Sie vermied es, mich anzusehen, und konzentrierte sich stattdessen auf den Bankautomaten gegenüber. Er war mit schwarz-weißen Aufklebern, roten Graffiti und Sprüchen wie *GBGB war hier*, *Love me* und *Finsternis* übersät. Wir standen vor einem Thai-Restaurant und stießen beinahe an eine stehende Anzeigentafel mit den Spezialitäten des Tages – gebratener Reis mit Krabbenfleisch, Kai-Kua-Nudeln und Pad Kee Mao. Offensichtlich hatte jemand die Tagesgerichte hastig in rosafarbener Kreide auf die Tafel geschrieben. Ich sah darauf hinunter, weil ich vermeiden wollte, Eve anzustarren, denn ihre Miene spiegelte Verwirrung, sie schien zu überlegen.

Sie dachte tatsächlich darüber nach. Ich hatte ihr Interesse geweckt. Aber wer wusste schon, wie lange das anhalten würde?

Ich sah auf, trat auf sie zu und küsste sie, und es war ein verdammt guter Kuss. Um genau zu sein: Er war perfekt. Als ich mich von ihr löste, bemerkte ich, dass sie dabei war, ihre Meinung zu ändern. Mit zusammengekniffenen Augen musterte sie mich.

»Ich will nicht nach New Jersey.« Dabei lächelte sie.

»Niemand will das«, erwiderte ich, dann hob ich sie hoch und trug sie zur PATH-Station an der 9. Straße.

Eve

5. Straße, in meiner Wohnung, in meinem Zimmer

Die Spur von Rosenblättern begann an der Tür und führte zu meinem Bett. Ich betrachtete die verblassten gelben Blätter auf dem Holzboden zu meinen Füßen. Mein erster Gedanke war, ganz im Ernst ... *Ich werde gleich von einem ziemlich kreativen Serienkiller ermordet.* Doch dann bemerkte ich, dass mir die Blütenblätter bekannt vorkamen. Vor ungefähr einer Woche hatten Rosen von genau dieser Farbe in einer Vase auf meinem Küchentresen gestanden.

»Du hast *verwelkte* Rosenblätter genommen?« Ich ging in die Küche, wo Ben in Boxershorts stand.

Er wandte sich um und sah mich an. »Ja, und?«

»Du kannst doch keine verwelkten Rosenblätter verwenden.« Ich lächelte. »Man nimmt frische Blätter, zumindest wenn es romantisch sein soll, und davon gehe ich mal aus.«

»Aber wir hatten die Rosen doch schon.« Er sah verblüfft aus.

»*Wir* hatten gar nichts. *Ich* hatte Rosen, die schon fast hinüber waren.«

»Exakt. Sie waren nicht mehr schön, also habe ich ihnen eine neue Verwendung gegeben. Nehmen die Leute wirklich *frische* Rosenblätter?«

»Allerdings!«

»Was für eine Verschwendung!«

Ich starrte ihn an. »Was machst du hier eigentlich noch?«

Er zuckte mit den Schultern. »Nun, nachdem du fort warst,

bin ich noch mal eingeschlafen. Und dann habe ich beschlossen, romantisch zu sein – mit den Rosenblättern eben –, damit du eine nette Überraschung erlebst, wenn du nach Hause kommst. Danach habe ich mir ein Sandwich gemacht, das übrigens ausgesprochen lecker war.«

Ich trat auf ihn zu und nahm im Vorbeigehen ein Buch vom Tisch. »Verschwinde!« Damit schlug ich ihm auf die Schulter, als wäre er eine lästige Fliege. »Raus hier! Raus! Verschwinde!«

»Aber …« Er drehte sich um und sah mit hilflosem Blick auf die Arbeitsfläche, auf der alle Lebensmittel, die ich besaß, offen herumlagen und -standen. In jedem steckte ein Messer. Dann atmete er durch, als wollte er etwas Wichtiges sagen. »Aber ich habe dir noch nichts von dem Sandwich erzählt.« Seine Stimme klang beunruhigt.

Hastig sammelte er die Messer ein und wusch sie unter fließendem Wasser ab. Sobald er damit fertig war, trocknete er sie mit einem Geschirrtuch ab.

»Ich will nicht fies sein«, sagte ich, während ich ihm dabei zusah. »Aber ich habe Bedenken, dass du das, was zwischen uns ist, mit einer echten Beziehung verwechselst. Also keine Rosenblätter mehr, okay?«

»Also bist du nicht meine Freundin?« Er schmunzelte und wartete darauf, dass ich anbiss.

Missbilligend sah ich ihn an. »Du weißt, dass wir nur miteinander schlafen.«

Grinsend verschränkte er seine Finger, streckte die Arme über den Kopf und gähnte.

»Es ist schon seltsam, wie du mich immer hinauswirfst und am nächsten Wochenende Nachrichten schickst mit *Ich vermisse dich soooo, wo bist duuuu? Was hast du vor?*! Man könnte annehmen, du wüsstest nicht, was du willst.«

»Sehr witzig. Ich weiß genau, was ich will.«

Er hatte recht und ich nicht. Aber das schien nebensächlich, sobald er meine Wohnung verlassen hatte.

»Mir ist nur nicht klar, warum du mich jeden Samstagabend nach meinen Plänen fragst, wenn die Antwort doch immer die gleiche ist.«

»Und zwar?«, fragte ich gepresst.

»Wenn du ausgehst, gehe ich auch.«

Er wollte mich an sich ziehen, doch ich ging hinüber zum Bett und hob sein T-Shirt vom Boden auf. »Das ist erbärmlich«, rief ich und warf das T-Shirt in seine Richtung. Lachend fing er es auf.

Während ich ihn schon zur Tür schob, versuchte er zu erklären, dass es eine absolut glückliche Fügung sei, die ihn immer wieder in meine Arme treibe. Im Ingenieurwesen könne es zu unglaublichen Fortschritten führen, wenn man etwas entdecke, wonach man gar nicht bewusst gesucht habe. Man stolpere quasi über etwas, was viel besser sei als das, was man ursprünglich entwickeln wollte.

»Es war purer Zufall«, entgegnete ich, und dann fing ich an, die Wohnung aufzuräumen, ein paar herumstehende Gläser einzusammeln und in die Spüle zu stellen.

»Synchronizität«, widersprach er.

»Keine Ahnung, was das bedeutet«, rief ich, ohne mich zu ihm umzudrehen.

Ben schlug einen belehrenden Ton an. »Der Gedanke dahinter ist, dass der Zusammenhang zwischen zwei Dingen ebenso gut durch Kausalität entstehen kann wie durch Bedeutung. Es ist nicht unbedingt logische Konsequenz oder Schicksal, sondern manchmal einfach nur der Zeitpunkt, der zwei Dinge gleichzeitig passieren lässt. Es ist eine grundsätzliche Erklärungsweise – ein hypothetischer Faktor ebenso wie die Kausalität. Ich habe dich also nicht auserwählt. X hat nicht Y verursacht. Aber ich denke, die Tatsache, dass wir uns immer wieder begegnen, hat der Rationalität einen Riss zugefügt. Es hat den intellektuellen Widerstand gebrochen. Wieder und wieder sind wir in das Leben des anderen getreten, und das ist gut so. Da liegt nichts Größeres dahinter. Aber weil eben genau das passiert ist, denken wir irgendwann, wir seien füreinander bestimmt, und gehen dem nach. Und plötzlich sind wir füreinander bestimmt, einfach weil wir angenommen haben, es könnte so sein.«

»*Du* hast gedacht, es könnte so sein.« *Ich* hatte keine Ahnung, wovon er sprach.

»Oh, komm schon. Es ist eine bedeutungsvolle Fügung. Denk einfach mal darüber nach, wie groß die Chance ist, dass es *nicht* passiert wäre. Das ist das Phänomen der Paralleluniversen, die Theorie der Quantenphysik – dass wir alle durch alternative Welten navigieren, die in Beziehung zu unserer früheren Geschichte stehen. Und es gibt Myriaden anderer Welten, die sich nie berühren.«

»Ich glaube nicht an Paralleluniversen.«

»Wie kannst du dir da sicher sein? Vielleicht glaubt *diese* Version von dir nicht daran, aber eine andere schon. Ich kann nur sagen, dass ich an all die Gelegenheiten zurückdenke, bei denen wir uns begegnet sind, und ich danke Gott dafür. Du hättest ganz woanders sein können, an hundert verschiedenen Orten, aber du warst da.«

»Und das ist deiner kleinen Theorie nach Bestimmung? Das überzeugt mich nicht, Ben.«

»Komm schon.« Er ließ nicht locker. »Wie groß war die Chance, dass wir jemals etwas miteinander zu tun haben würden – geschweige denn, den besten Sex der Welt miteinander erleben?« Er lächelte.

»Verschwinde!«, schrie ich.

Dann sah ich, wie er sich anzog. T-Shirt, Hose, Gürtel. Ich hinderte ihn nicht daran. Doch als er begann, seine Schuhe zu schnüren, kamen die Schuldgefühle. Ich betrachtete den Boden, blickte auf seine Füße, die Wildlederschuhe, seine Hände, die eine Schleife banden. Was machst du da? fragte ich mich. Ich wollte nicht, dass er aufbrach. Deshalb ging ich zu ihm und lehnte meinen Kopf an seine Schulter. Sofort hielt er in der Bewegung inne.

»Ich glaube, wir sollten nicht mehr beieinander übernachten«, sagte ich. Er lachte und schlang seine Arme um meine Taille.

»Tja, dann gibt's eben kein Kuscheln mehr«, flüsterte er mir ins Ohr und umarmte mich fester. »Dein Pech.«

Nachdem er gegangen war, sammelte ich die Blütenblätter auf und warf sie in den Müll. Dann räumte ich alles ordentlich auf – stellte das Geschirr und die Gläser in die Spülmaschine, zog die Tagesdecke auf dem Bett glatt, legte meine Sachen gefaltet auf einen Stapel. Die Sonne schien in die Wohnung und erwärmte sie. Ich beschloss, spazieren zu gehen und mir etwas von der Energie, die sich in meinem Innern aufgestaut hatte, etwas von den chaotischen Gedanken, wegzulaufen. Die Stadt würde ein Übriges für mich tun, wie immer, wenn ich mich fühlte wie jetzt. Ich würde eine Weile laufen, fest aufs Pflaster treten, mich in dem Treiben um mich herum verlieren, in den fremden Gesichtern, dem Gewusel zwischen Läden und Restaurants. Und dann würde ich wieder nach Hause kommen und mich wohlfühlen. Ich schnappte mir eine Jacke aus dem Schrank, sprang die Stufen hinunter, durchquerte die Doppeltüren und die Eingangshalle mit den rosafarbenen Kacheln an den Wänden.

Sobald ich draußen war, zog es mich wie immer nach links Richtung Astor Square. Die 5. Straße bestand aus einer Reihe von Stadthäusern und Mehrfamilienhäusern, Bäume verliehen ihr einen pittoresken und charmanten Anstrich. Alle Gebäude waren ungefähr fünf Stockwerke hoch. Die 5. Straße war meine Erlösung. Sobald ich hier war, empfand ich eine plötzliche Erleichterung. Das Haus, in dem ich wohnte, war rosa gestrichen, mit einer mintgrünen Haustür, zu der eine steile weiße Treppe hinaufführte. Es wirkte nicht ganz so ursprünglich wie die anderen, dunkelroten und braunen Häuser in unserem Block, eher wie eine Comic-Version. Aber mir gefiel es, dass ich es schon von Weitem erkennen konnte. Freunden, die mich besuchten, erklärte ich, sie müssten nach dem niedlichsten Haus in der Straße Ausschau halten, und sie fanden es immer auf Anhieb – es war das Haus, das stets so aussah, als hätte es sich für einen Geburtstag herausgeputzt.

Während ich lief, dachte ich an meine Mutter. Ich hatte Ben noch nichts von ihr erzählt, auch nicht von meinem Vater. Immer wieder sagte ich mir, meine Beziehung zu Ben sei nicht wichtig genug, um darüber zu sprechen. Überhaupt redeten wir nicht über unsere Eltern. Soweit ich wusste, war sein Familienleben perfekt, und das machte mich noch mehr zu dem Mädchen mit dem Makel. Er würde denken, dass ich von ihm abhängig wäre. *Sie wird keinem anderen Mann trauen, weil ihr Vater sie im Stich gelassen hat.* Als Ben mir die Visitenkarte meiner Mutter zurückgegeben hatte, hätte ich ihm von ihr erzählen können. Doch ich war einfach nur erleichtert gewesen, die Karte wieder an den angestammten Platz in meinem Portemonnaie stecken zu können. Ohne sie hatte es leer gewirkt. Seit dem Tag, als meine Mutter sie mir zugesteckt hatte, bewahrte ich sie hier auf. Die Karte selbst war nichts Besonderes, auch nicht die Tatsache, dass meine Mutter sie mir gegeben hatte. Zu jenem Zeitpunkt war es schlicht praktisch gewesen, denn so hatte ich sie auch im Büro erreichen können, falls ihr Handy mal nicht funktionierte. Tatsächlich war sie ein bisschen genervt von mir gewesen. »Schalte dein Handy nicht aus«, hatte ich stets gesagt. »Niemand schaltet heutzutage sein

Mobiltelefon aus, Mom.« Sie hatte die Angewohnheit gehabt, es auszuschalten, wenn sie es nicht benutzte. Meine Schwester und ich hatten das anstrengend gefunden.

Wenn ich jetzt darüber nachdachte, wurde mir klar, wie stolz sie wahrscheinlich auf die Visitenkarte gewesen war. Sie symbolisierte, dass sie nach der Trennung von meinem Vater etwas erreicht hatte. Jetzt hatte sie einen neuen Ehemann und einen neuen Job – und zwar beides in Manhattan. Mom hatte uns gezeigt, dass die Buchstaben ein bisschen erhaben waren, und uns erklärt, man erkenne daran, dass es keine Billig-Visitenkarte sei. Jeder Buchstabe sei geprägt, nicht einfach nur gedruckt, hatte sie betont. »Das machen nur noble Firmen«, hatte sie ergänzt. Dann hatte sie auf die Adresse hingewiesen, diese immens wichtige Adresse. »Downtown Manhattan«, hatte sie vorgelesen, als ob wir es noch nicht bemerkt hätten.

Ich hatte die Augen verdreht, die Karte eingesteckt und eigentlich vorgehabt, die Nummer später in mein Handy einzuspeichern. Dann wollte ich die Karte wegwerfen. Aber nach ein paar Tagen hatte ich festgestellt, dass es mir gefiel, die Visitenkarte in meinem Portemonnaie zu haben – dieses kleine weiße Rechteck, das ich immer sehen konnte, sobald ich mein Portemonnaie öffnete. Es war eine Erinnerung daran, wie gut es ihr jetzt ging. Zum Glück, nach all dem, was sie durchgemacht hatte. Nun musste ich mir keine Sorgen mehr um sie machen. Außerdem war es wie eine Verbindung zu ihr, die beinahe spürbar war. Und nachdem sie fort war – wirklich fort – konnte ich die Karte natürlich nicht mehr herausnehmen. Wahrscheinlich gefiel es mir, an jene Zeit zu denken, als Mom sie mir gegeben hatte, an ihren Wunsch, mich zu beschützen.

Es war nur ein kleiner Gegenstand, der mir Sicherheit verlieh. Mit Gefühlsduselei hatte das nicht wirklich zu tun, es war so, als wäre sie dadurch weiter präsent. Ich konnte mir in Erinnerung rufen, wie sie damals die Hand ausgestreckt und mir die Karte gegeben hatte, ohne den Gedanken an die schmerzhaften Momente, die noch gefolgt waren. Diese Karte *konnte* ich nicht aus meinem Portemonnaie nehmen. Es war albern, einen guten Grund, sie dort stecken zu lassen, gab es nicht. Es gab weitaus sentimentalere Erinnerungsstücke, Dinge, die mir mehr bedeuteten. Aber die Karte erinnerte mich jedes Mal, wenn ich sie betrachtete, an das erste Mal, als ich sie gesehen hatte. An eine Zeit, als mein Leben noch intakt gewesen war, nicht perfekt natürlich, aber intakt. An eine Zeit, in der ich die Dinge besser im Griff gehabt und ein Sicherheitsnetz mich gehalten hatte. Gut, dieses Netz hatte durchaus ein paar Löcher aufgewiesen. Im Laufe der Jahre hatte ich sie entdeckt – ein riesiges Loch hatte mein Vater verursacht. Aber ich hatte immer gewusst, wo die Löcher waren, und ich war dankbar gewesen für den Teil, der stabil war. Es war da gewesen. Ich hatte mein Leben geführt, mich mit kleinen Problemen herumgeschlagen, und dieses Netz war immer da für den Notfall. Ich vermisste dieses Leben mit dem löchrigen, aber doch stabilen Schutz um mich, bevor alles unstet geworden war und ich mich nirgends mehr dazugehörig fühlte. Kurioserweise suchte ich nach wie vor nach einem Ersatz – links und rechts, oben und unten. Nach etwas, was mich erden würde. Egal was, ich wollte nur die Verbindung spüren.

Ich fühlte mich nicht wirklich allein. Schließlich hatte ich meine Schwester und meine Freundinnen und mehrere ältere Erwachsene, die sich um mich kümmerten, wie die Freunde meiner Mutter oder mein Stiefvater. Doch das genügte nicht. Es fühlte sich zutiefst unzureichend an. Das Schlimmste an dem Verlust meiner Mutter war, in der Schwebe zu hängen. Ich hatte das Gefühl, als könnte ich gehen, wohin ich wollte, und tun, wozu ich Lust hatte, ohne dass es irgendeine Bedeutung hatte, weil niemand es mitbekam. Es war die große Freiheit. Und ich hasste sie.

Als ich wieder nach Hause kam, war es bereits dunkel geworden. Auf den Stufen vor dem Haus saß Emma, mehrere Taschen neben sich.

»Gewöhn dir endlich mal an, deine Anrufe anzunehmen«, sagte sie und sah mich feindselig an.

»Unterwegs habe ich das Telefon nicht gehört«, erklärte ich, während ich die Stufen hinaufging. »Ich dachte, du kämst später.«

»Meine Freundinnen sind schon unterwegs«, erwiderte sie. »Ich muss was essen, bevor ich mich mit ihnen treffe, und Arthur meint, ich solle zuvor Zeit mit dir verbringen.«

»Wie großzügig von dir.« Dabei schloss ich die Tür auf, und Emma schlüpfte vor mir hinein.

»Sieh dir das an«, sagte sie. »Alles ist so ordentlich und makellos, völlig untypisch für dich.« Sie trug Jeans und ein Sweatshirt, doch ihre langen blonden Haare und die langen Beine ließen sie in allem großartig aussehen. Ihr Haar war seit dem letzten Mal, als wir uns gesehen hatten, blonder geworden, was die Ähnlichkeit mit unserer Mutter noch verstärkte. »Wo bekommt man etwas Gutes zu essen?« Sie zog ihr Handy heraus und tippte etwas. »Hast du Hunger? Willst du auch was?«, erkundigte sie sich.

Eine Stunde später lag sie mit einem Salat und einer Schale Pommes frites auf meinem Fußboden. Emma wechselte zwischen meiner und Arthurs Wohnung, während sie auf eine eigene sparte. Arthur und ich hatten nur wenige Berührungspunkte, die Chemie zwischen uns stimmte nicht. Um es auf den Punkt zu bringen: Wenn das Leben eine Sitcom wäre, gäbe es bei Arthur und mir keinen Handlungsstrang. Als Teil einer größeren Gruppe könnte es funktionieren, aber die Drehbuchschreiber würden nie nur uns beide zusammen auftreten lassen. Emma kam besser mit ihm klar. Sie unterhielten sich über Sport und waren schon gemeinsam bei ein paar Spielen gewesen. Und auf einem James-Taylor-Konzert. Sobald Arthur und ich allein in einem Raum waren, senkte sich Schweigen über uns.

»Ich kann es nicht fassen, dass er dich nicht wahnsinnig macht«, sagte ich zu ihr. »Als ich noch bei ihm gewohnt habe, ist er mir höllisch auf die Nerven gegangen mit seinen Witzen.«

Arthur konnte noch nicht mal eine Tomate im Laden aussuchen, ohne sich mit den anderen Kunden zu unterhalten und eine kleine Show abzuziehen. Fragte ihn eine Kellnerin im Restaurant, was er trinken wolle, machte er voller Freude »Hmmm, hmmm, hmmm«, als wäre es toll, gefragt zu werden, und dann bestellte er mit einer solchen Begeisterung, als hätte er die Wahl des Jahrhunderts getroffen.

»Mich stört er nicht«, sagte Emma schlicht. Klar, dachte ich. Emma wirkte immer so, als gehe sie nichts etwas an, während ich alles an mich heranließ.

»Kennst du schon seinen aktuellen Klingelton?«, wollte ich wissen.

»Ich glaube, ja.«

»›Stayin' Alive‹?«

»Stimmt, ich glaube, es hat letztens beim Dinner geklingelt.«

»Ich hätte nicht gedacht, dass ich diesen Song so häufig in meinem Leben hören würde.«

»Ja«, stimmte sie abwesend zu, »eine seltsame Wahl.«

Ohne etwas zu sagen, blieb ich sitzen, während Emma sich vor meinem Computer niederließ. Schließlich legte ich mich aufs Bett. Sie sah nicht von der Tastatur auf und beachtete mich kaum. Ihr Blick fiel auf den Notizblock neben dem Bildschirm, sie nahm ihn hoch und hielt ihn mir unter die Nase. Ich sah genauer hin. Unten auf dem ersten Blatt stand: »Erinnere mich daran, dass ich dir etwas über LES Jewels erzähle.«

Ich nahm ihr den Block ab, riss das oberste Blatt heraus und knüllte es zusammen. Die Notiz stammte von Ben. LES Jewels, auch bekannt als Lower East Side Jewels, war ein Obdachloser, den man im gesamten East Village kannte. Ben und ich hatten ihn gestern Abend gesehen, als er vor dem Tompkins Square Park nach Kleingeld gefragt hatte – und dann noch einmal bei Ray's Candy Store. LES Jewels kannte jeden. Er war das, was man einen liebenswerten exzentrischen Nachbarn nennen könnte. Er unterhielt sich mit den Leuten, war aber psychisch krank, was nicht unproblematisch war. Manchmal hielt er mitten auf der Straße die Autos an und weigerte sich, zur Seite zu gehen. Ben und ich sprachen oft über ihn und die anderen schrägen Vögel im East Village. Aber es war immer Ben, der weiter nachhakte und Neuigkeiten über sie zu erzählen hatte.

»Wer hat das geschrieben?«, wollte Emma wissen. »Und warum lächelst du die ganze Zeit?« Ich zwang mich zu einem Stirnrunzeln und musterte sie. Sie stand auf und warf misstrauisch einen Blick in meinen Schrank. Dann wühlte sie sich durch ein paar T-Shirts, die zusammengefaltet am Fußende des Bettes lagen.

»Was ist hier los?«, fragte sie weiter und hielt ein T-Shirt mit der Aufschrift COLUMBIA ENGINEERING hoch.

Ich wich ihrem Blick nicht aus. »Wäre es so seltsam, wenn ich mich mit jemandem träfe?«

Sie verzog das Gesicht, als hätte sie auf etwas Saures gebissen. »Wer würde sich denn mit dir treffen wollen?« Dann lächelte sie und setzte sich wieder auf meinen Schreibtischstuhl. »War nur ein Scherz«, versicherte sie. »Teilweise zumindest.« Dann griff sie nach Papier und Stift und begann zu schreiben.

»Es ist auch nichts Ernstes«, erklärte ich.

»Und wer ist es?«

»Er heißt Ben.«

»Erzähl mehr. Hast du etwa heimlich einen Freund?« Gelegentlich verfiel Emma in die Rolle der kleinen Schwester, die nicht ausgeschlossen sein wollte. Sie war diejenige, die »Willkommen in der Familie« rief und damit die Sehnsucht nach meiner Kindheit ins Mark traf.

»Er ist nicht mein Freund«, versicherte ich hastig. »Gestern Abend waren wir zusammen auf dieser blöden Weihnachtsfeier in den Community Gardens an der 9. Straße. Jeder hatte etwas zu essen mitgebracht, und es wurde Feuer in einer Schubkarre gemacht und ...« Je mehr ich von der Party erzählte, umso begeisterter war ich selbst. »Da war so ein Typ, Biker Bill. Er ist einer der Hells Angels. Die kennst du doch, oder? Er hat einen Pferdeschwanz und einen Kinnbart, und er ist riesig. Jeder nennt ihn nur Biker Bill. Na ja, jedenfalls stand Biker Bill die ganze Zeit direkt vor dem Feuer, und irgendwann kam ein Streifenwagen. Jemand erzählte, er sei Soldat bei den Fallschirmjägern gewesen und habe eine Waffensammlung. Es waren lauter seltsame Typen da. Auf jeden Fall hat Lower East Side Jewels versucht, das Feuer mit seinen Schuhen auszutreten und ...«

»Warum bist du da überhaupt gewesen?«

Ich zuckte mit den Schultern. »Weil ich gedacht habe, daraus könnte vielleicht ein Artikel entstehen.«

Verwirrt sah sie mich an. »Weshalb?«

»Ich habe gehofft, mehr über C-squat herauszufinden, dieses verlassene Gebäude auf der Avenue C, in dem Hausbesetzer leben.«

Verständnislos starrte sie mich an.

»Ben hat mir davon erzählt. Ich wusste nicht einmal, dass es dieses Haus gibt, aber dann habe ich angefangen, darüber zu lesen. In den Neunzigern sind eigentlich alle Hausbesetzer hinausgetrieben worden, aber einigen ist es gelungen zu bleiben. Sie leben in den Wohnungen, und im Erdgeschoss gibt es

Punkkonzerte. Manchmal sogar richtig gute Konzerte. Einige der Mitglieder einer der einflussreichsten Punkbands der Jahrtausendwende wohnen noch immer dort. Ach, und ich habe ein Mädchen kennengelernt, das Bestatterin lernt.« Vielsagend hob ich die Augenbrauen. »Sie ist tatsächlich ganz oben auf die Williamsburg Bridge geklettert. Und sie ist in ein Gebäude am Times Square eingebrochen. Sie hat mir ein Foto gezeigt, auf dem sie von oben auf die Leute hinuntersieht, die unten vorbeigehen. Dann hat sie mir noch eine kranke Geschichte von ihrem Freund erzählt, den sie verdächtigt hatte, ihren Hund umgebracht zu haben. Sie hat eine Autopsie durchführen lassen. Wer erlebt schon so etwas? Egal, diese C-squat-Sache hat mich interessiert, weil so viele Musiker dort gelebt haben und einige noch immer dort wohnen. Ziemlich viele von ihnen nehmen Drogen, und die Beschaffungskriminalität ist hoch, aber ich wollte mehr herausfinden über diese verrückte Wohnsituation.«

»Warum? Um dorthin zu gehen und nach guten Typen Ausschau zu halten?«

»Nein!«, schrie ich und starrte sie an. »Weil ich dachte, es könnte eine spannende Story für Voice sein.«

»Ich würd's dir zutrauen«, neckte sie mich. »Lebt dieser Ben dort?«

Ich neigte meinen Kopf zur Seite. »Ben ist Statiker und lebt in Hoboken.«

»Und warum magst du ihn nicht mehr?«, wollte sie wissen. »Ist er denn nett?«

»Joa ...« Einen Moment dachte ich darüber nach. »Sehr nett sogar. Und was cool ist an ihm: Man glaubt zunächst, er wäre ein ganz normaler Ingenieur, aber dann kennt er all diese Random Facts. Aber er hat keine richtigen *Probleme*. Und deshalb bin ich nicht in ihn verliebt, verstehst du?«

Sie versuchte, das zu verdauen. »Du bist echt psycho«, entgegnete sie dann und sah mich ohne den Anflug eines Lächelns an, während sie an dem ausgefransten Bündchen ihres Sweaters zog.

»Ich weiß«, räumte ich ein, »es klingt verrückt.«

Sie verdrehte die Augen. »Es *klingt* nicht verrückt, du *bist* verrückt.«

Da ich die ältere Schwester und außerdem reifer war als sie, verkniff ich es mir, sie daran zu erinnern, dass auch sie ihre Eigenarten hatte.

Emma war bekannt dafür, neunhundert männliche Kumpel zu haben und keinen richtigen Freund. Als wir heranwuchsen, war immer irgendjemand bei uns zu Hause und schien dem Boden zu huldigen, auf dem sie lief. Sie schenkten ihr gerahmte Fotos, die sie für Emma gemacht hatten, und gaben vor, irgendeine Show mit ihr gucken zu wollen, die gerade im Fernsehen lief. Viele von ihnen vertrauten sich mir an in der Hoffnung, ich könnte ihnen einen Tipp geben. Doch ich hatte nur Mitleid mit ihnen und erklärte, Emma sei eben anders. Tatsächlich glaubte ich, dieses ganze Thema »Beziehung« erschreckte Emma. Es war zu unberechenbar.

Doch Emma gegenüber erwähnte ich nichts davon. Wir waren nicht der Typ Schwestern, die gleichzeitig beste Freundinnen sind. Emma und ich waren Schwestern mit biologisch begründeten Ähnlichkeiten. Unsere Stimmen konnte man nicht auseinanderhalten. Wir machten einige identische Gesten. In anderen Dingen wiederum waren wir völlig verschieden. So haben wir ganz unterschiedlich darauf reagiert, was mit unseren Eltern passiert ist. Natürlich haben wir beide den Verlust gespürt, aber wir sind anders damit umgegangen. Ich hatte versucht, mich gegen kommende Schmerzen zu wappnen, indem ich alle Menschen in meiner Umgebung genau beobachtete. Emma dagegen sah sich Horrorvideos an, ehe sie zu Bett ging. Als sie älter wurde, ging sie ständig aus. Eines Morgens, als sie siebzehn war, fand ich sie ohnmächtig in Arthurs Küche.

Sie beharrte darauf, auf der Party zu viel Helium aus Ballons eingeatmet zu haben. Arthur erschien das plausibel, aber mir nicht. Später fand ich heraus, dass sie mit dem Freund eines anderen Mädchens geschlafen hatte und deshalb bei einer Abschlussparty herausgeschmissen worden war.

Einmal hatte sie in unserem gemeinsamen Bad in Arthurs Wohnung Hasch mit ihren Freundinnen geraucht und über Nacht eine Kerze brennen lassen. Ein kleines Feuer entfachte. Noch Monate später ließ sie dieses Geschehnis nicht los. Kleine Dinge ängstigten sie, und sie erklärte: »Ich glaube, das liegt an dem Brand.« Sie beschäftigte sich mit dem Thema. *Wie schnell kann ein Feuer sich ausbreiten? Meinst du, ich hätte die ganze Wohnung abfackeln können? Macht es einen Unterschied, dass die Wohnung alt ist? Wie verhält sich ein Feuer in einer Neubauwohnung? Stimmt es, dass die Türknäufe am schnellsten heiß werden?* In Restaurants ließ sie die Hand über der Kerzenflamme schweben und versuchte, sie mit den Fingern zu löschen. Sie hatte Albträume, in denen etwas explodierte und die Wohnung abbrannte. Arthur ging mit ihr zu einer Psychotherapeutin, und sie erklärte ihr, es gehe nicht um das Feuer, sondern darum, was sie mit dem Feuer verbinde. Sie meinte, der Schreck wegen des Brandes lasse Emma noch einmal das Trauma erleben, dass unser Vater die Familie verlassen hatte. Schockzustände könnten sehr lange überdauern und sich auf ganz unterschiedliche Weise zeigen.

Als meine Mutter starb, befürchtete ich, jetzt ginge alles den Bach runter. Aber Emma wechselte an eine Schule in North Carolina und kam tatsächlich geerdeter zurück. Es war, als wäre sie durch einen Tunnel gegangen und auf der anderen Seite wieder herausgekommen. Sie hatte beschlossen, Geschäftsführerin zu werden. »In welcher Art von Firma?«, erkundigte ich mich. Ganz offensichtlich spielte das für sie keine Rolle.

»Mir egal. Hauptsache, ich bin die Chefin«, erklärte sie. Immer wieder hatte sie neue Ideen, die ich nur bedingt zu beurteilen vermochte. Ich konnte mir schwerlich vorstellen, dass irgendjemand sie ernst nahm. In meinen Augen war Emma noch immer zwölf. Wer würde ihr schon zuhören? Selbst als sie jetzt, in meinem Wohnzimmer, sagte, sie müsse schnell eine Telefonkonferenz abhalten, dachte ich insgeheim: Sie ist komplett überspannt.

Als sie an den Computer zurückkehrte, wirkte sie noch immer verblüfft, während sich ihre Augen auf den Bildschirm hefteten. Schließlich stand sie auf.

»Eve.« Sie seufzte. »Du willst, dass dich jemand zerstört. Zerstört. Davon kann ich dich nicht abhalten.«

»Mich wird niemand zerstören. Ich mag Ben. Er ist nett, aber es gibt ein paar Gründe, warum er mich langweilt.«

»Weil er kein Heroin nimmt?«

»Nein ... wir liegen einfach nicht auf einer Wellenlänge.«

»Und?«

»Und er ist nicht mein Typ.«

»Weil er kein Heroin nimmt.«

»Hör auf.«

»Geh zum C-squat. Setz dir einen Schuss. Leb dort eine Weile unter diesen Leuten.«

»Worüber redest du?«

»Das weißt du genau«, sagte sie. Ohne Vorwarnung war sie plötzlich wütend. »Uns sind ein paar schlimme Sachen passiert. Und ich bin sicher, für manch einen Psychologen wäre es ein wahres Fest, die Verbindung zwischen dem Verschwinden unseres Vaters und unserer Beziehung zu Männern herzustellen – oder wie sich im Verlust unserer Mutter der Verlust unseres Vaters wiederholt hat. Du hast dich entschieden, dich noch immer davon beeinflussen zu lassen.«

»Ich glaube nicht, dass ...«

»Es ist wie damals, als wir noch jünger waren und du im Laden einen Laib Brot aus dem Regal genommen hast. Später wolltest du ihn nicht mehr haben und hast ihn klammheimlich zu den Oliven gelegt. Aber dann hast du dich so schlecht gefühlt, weil der Laib jetzt nicht mehr bei den anderen Broten lag, dass du mich zurück in den Laden geschickt hast, um ihn ›wieder zu seinen Brotfreunden zu legen‹, damit er größere Chancen habe, gekauft zu werden. Und selbst nachdem wir das Brot wieder zurückgelegt hatten, hast du den ganzen Abend gefragt: ›Was, meinst du, ist mit dem Brot passiert? Glaubst du, jemand hat es gekauft? Denkst du, ein nettes Paar könnte es mit nach Hause genommen haben?‹ Du hast ihm einen Namen gegeben, eine Persönlichkeit, und hast von ihm gesprochen, als hätten wir es verlassen. Natürlich, das war irgendwie witzig. Aber es war auch so, als wenn du all deine psychischen Probleme auf einen Laib Brot projiziert hättest, statt wie jeder andere zu begreifen, dass Brot keine Gefühle hat. Es war, als brauchtest du diesen Schreck des Verlassens. Nun gut. Wann immer du es brauchst, es wird für dich da sein. Keiner kann es dir abnehmen. Nur du selbst.«

Es war, als wetze sie vor meinen Augen die Messer. Sie fuhr fort und kontrollierte das Gespräch mit einer Autorität und erwachsenen Stimme, die nur zu bestimmten Gelegenheiten hervortraten. Etwa, wenn meine Mutter ihr gesagt hatte, in welcher Größe sie ein Sweatshirt kaufen oder was sie frühstücken sollte.

»Du empfindest den Zwang, so zu sein, wie du bist«, sagte sie. »Und ehrlich gesagt verstehe ich, warum du so *warst*. Aber jetzt? Inzwischen? Ich glaube, du hast Angst vor dem, was passieren würde, wenn du nicht mehr darauf zurückfallen würdest. Es war so lange Teil deiner Persönlichkeit, dass du dich wunderbar damit arrangiert hast. Es ist, als hättest du vor langer Zeit beschlossen, niemals glücklich zu sein.«

»Hör zu«, unterbrach ich sie und fragte mich, wie sie es geschafft hatte, mich so wütend zu machen. »Ich werde nicht hier sitzen und mich von dir analysieren lassen. Jeder hat Probleme. Du auch.«

Warum konnte Emma nicht einfach zugeben, dass sie ebenso empfand wie ich? Das hätte mir tatsächlich helfen können. Ich würde denken: Siehst du? *Wir sind alle nur Menschen, die irgendwie versuchen, ihr Leben zu führen. Wir sind alle ein bisschen überfordert.* Ich hätte ihr gern erklärt, wie ich zu Ben stand, und zwar auf eine Art, die sie hätte nachvollziehen können. Fast hätte ich ihr von seinem lahmen Versuch erzählt, von Schicksal oder Fügung zu sprechen, und ihr damit den Grund geliefert, warum ich nicht mit ihm zusammen sein konnte. Das hätte sie auf jeden Fall ebenso absurd gefunden wie ich. Ich hatte den Drang, *Ich habe Angst, ihn zu enttäuschen* herauszuschreien. Ja, ich konnte mir genau vorstellen, an welchem Zeitpunkt ich ihn enttäuschen würde. Es war wie eine unsichtbare Mauer, die ich nicht durchbrechen konnte. Oder nicht durchbrechen würde – ich wusste nicht, was entscheidender war. Das Erschreckendste an der ganzen Sache war, dass Emma recht hatte. Ich war diejenige, die das Problem noch immer mit sich herumschleppte.

Als sie sich umgezogen und chic gemacht hatte – jetzt trug sie ein schwarzes Sweatshirt mit Löchern und roten Lippenstift –, trat sie vom Spiegel zurück und sah mich fragend an.

»Es muss nicht so sein«, sagte sie. »Wenn du diesen Ben nicht magst – gut. Aber sei keiner von diesen *kaputten* Typen. Uns ist viel Schlimmes zugestoßen, *aber das bist nicht du*. Hast du was Süßes?«

Für den Bruchteil einer Sekunde sah sie wieder aus wie das kleine Mädchen, das sie einst gewesen war. Das mich nicht allein ließ, das auf mich zählte und mir so lange nachlief, bis ich sie in meine Spiele einweihte. Es war aus einer anderen Zeit –

einer Zeit, bevor sie eigene Freunde hatte, bevor es roten Lippenstift und abgewetzte Jeans in ihrem Leben gegeben hatte und Trips nach San Francisco mit irgendeinem grobschlächtigen Typen, von dem ich befürchtete, er werde sie irgendwo bei Las Vegas aus dem Wagen werfen.

»Du wolltest immer alles verstehen«, fuhr sie fort, während sie in meiner Küche rumorte. Als sie zurückkam, hatte sie eine Handvoll Geleefrüchte dabei. »Nehmen wir mal Dad als Beispiel. Du wolltest immer verstehen, was er tat. Für mich dagegen war er immer eine Art Schildkröte.«

»Was?«

»Ein Rätsel, das ich nie würde ergründen können. Wer weiß schon, warum eine Schildkröte tut, was sie tut? Ich jedenfalls nicht. Würdest du je versuchen, sie zu verstehen? Hast du schon mal einer Schildkröte zugesehen und *Hmmm, ich frage mich, warum sie jetzt diese Richtung eingeschlagen hat* gedacht? *Warum nur hat sie ausgerechnet diese Pflanze angeknabbert? Was gefällt ihr an diesem Stein?*«

»Nein«, gab ich lächelnd zu.

»Genau. Du musst über Dad denken wie über eine Schildkröte. Wir als kultiviertes Volk verstehen die psychologischen Beweggründe von Schildkröten nicht besonders gut.«

»Du kannst mir nicht vorwerfen, ich würde Brot personifizieren, und dann Dad mit einer Schildkröte vergleichen.«

»Zu guter Letzt sind wir dann doch Schwestern«, gab sie ungerührt zurück und kam auf mich zu. Instinktiv öffnete ich die Hand, und sie legte ein paar Geleefrüchte hinein – die Sorten, die sie nicht mochte, aber ich.

Als sie aufbrechen wollte, begleitete ich sie die Treppe hinunter bis zur Haustür. Während ich ihr nachsah, wie sie die 5. Straße hinunterging und dann weiter, spürte ich einen unerwarteten Schmerz. Sie muss ihn auch gespürt haben, denn plötzlich drehte sie sich um, und ich dachte: Zu guter Letzt sind wir doch Schwestern. *So ist es, eine Schwester zu haben. Man hat nicht immer Spaß zusammen, sondern sitzt sich gegenüber und redet über die alltäglichen Probleme – ob der Typ, mit dem sie sich Nachrichten schreibt, zu viel Arbeit hat. Aber wie beschäftigt kann jemand sein? Serviert er sie vielleicht gerade ab? Du gibst ihr Ratschläge, die sie halbherzig annimmt. Du sagst das, was deine Mutter zu sagen pflegte, wenn auch in abgewandelter Form. Du sagst:* Konzentrier dich auf die Arbeit; verabrede dich mit jemand anderm; hör auf, dir Gedanken über Dinge zu machen, die du nicht beeinflussen kannst; wenn du wartest, dass das Wasser zu kochen anfängt, kocht es nie! *Fast immer ist eine von uns Single und die andere nicht. Diejenige, die gerade in einer Beziehung steckt, gibt der anderen Ratschläge, bedacht darauf, nicht zu selbstgefällig oder herablassend zu klingen. Diejenige, die Single ist, versucht, nicht allzu ablehnend zu wirken, sondern die Ratschläge anzunehmen, denn sie kann es sich gerade nicht leisten, sich Feinde zu machen. Sie weiß, du hast beste Absichten, aber sie kann ihre Verärgerung nicht ganz verbergen. Wenn du ihre Freundin wärst und nicht ihre Schwester, würde sie sich von einer optimistischeren, fröhlicheren Seite zeigen und so tun, als wäre sie dankbar. Sie würde Dinge sagen wie »Danke« und »Das hilft mir jetzt wirklich«. Aber weil sie deine Schwester ist, sitzt sie da mit gerunzelter Stirn, als wären deine Ratschläge eine einzige Zumutung. Sie hört nicht wirklich zu. Sie passt nicht auf. Also kannst du einfach weiterreden, wenn es das ist, was du gerade brauchst. Und dann werdet ihr beide in halbwegs einträchtigem Schweigen dasitzen, heimlich wünschen, euer Gegenüber wäre eine Freundin und nicht die Schwester, euch fragen, warum das peinlich ist, und euch dann damit trösten, dass ihr zumindest nicht allein seid. Du denkst dir:* Warum muss sie nur so eine miese Laune haben? Kann sie nicht ein bisschen Rücksicht auf mich nehmen? Ich bin auch nur ein Mensch. Sieht sie das gar nicht? *Dann wirfst du einen Blick auf die Uhr und denkst, wie erleichtert du sein wirst, wenn ihr wieder auseinandergeht, wenn du dich nur noch mit einem von euch beiden herumplagen musst. Manchmal ist es ein bisschen zu viel, zwei Menschen mit so vielen Ähnlichkeiten zu ertragen. Also trennt ihr euch. Und zuerst kommt Erleichterung auf. Aber dann wird dir bewusst, dass es härter ist, als du gedacht hattest. Du hattest nicht erwartet, dass die Trennung dir etwas ausmachen würde. Es wird offensichtlich im Augenblick der Trennung. Es schmerzt, wenn sie gerade geht. Du setzt ein breites Lächeln auf, winkst ein bisschen zu enthusiastisch, worüber ihr beide lachen müsst, denn schließlich ist das hier ja nichts Besonderes. Ihr seht euch übertrieben sorgenvoll an, obwohl ihr eigentlich nicht besorgt seid. Und das wisst ihr auch beide. Es ist dieser »Viel Glück«-Blick, nichts Spezielles. Das wahre Leben. Die Gewissheit, dass ihr jeder für sich da durchmüsst und hofft, dass es die andere meistert. Sie geht weiter, und irgendwann kannst du sie nicht mehr sehen. Jetzt ist es offiziell. Ihr habt euch getrennt. Aber sie hat dich nicht verlassen. Sie ist einfach in ihr Leben zurückgekehrt und du in deines. Und das ist gut so. Intuitiv spürst du, dass du weinen könntest, aber das geht vorüber. Nach ein paar Minuten ist es vorbei. Wirklich vorbei.*

Nachdem sie aus meinem Blickfeld verschwunden war, ging ich hinein und rief Ben an. »Also gut«, sagte ich, sobald er sich gemeldet hatte, »erzähl mir von dem Sandwich.«

Ben

5. Straße 218 East, zwischen Second Avenue und Bowery, Apartment 2W, East Village

Eine Frau fasste mich am Arm.

»Ich kenne Sie«, sagte sie. »Genau, ich kenne Sie!« Damit ergriff sie meine Hand.

Ich war auf der Christopher Street und kam gerade aus einem Kaffee- und Tee-Laden, der seiner Aufschrift zufolge bereits seit den 1920er-Jahren hier existierte. Schon vom Gehweg aus konnte man die süßen und bitteren Gewürzaromen des Ladens riechen. Drinnen standen Jutesäcke voller Kaffeebohnen. Die Aufschriften auf den Säcken verrieten, woher die Bohnen stammten. *Türkei, China, Brasilien* stand darauf, und auf den Teekisten *Orange* oder *Jasmin*. Hinter dem Tresen gab es Dosen mit Gewürzen, Kaffeemühlen und Waagen aus Messing.

Ich war für eine Recherche im Village unterwegs. Die Pläne für den Freedom Tower waren einmal mehr zum Erliegen gekommen, nachdem sich das Beratungskomitee eine hitzige Debatte darüber geliefert hatte, ob man Ladenflächen in die Pläne mit aufnehmen sollte oder nicht.

Dieses Mal machten die »Zurück zum Denkmal«-Befürworter Probleme, angeführt von der Frau, deren Bruder der Pilot jenes entführten Flugzeugs gewesen war, das ins Pentagon gestürzt war. Sie war gegen jegliche Läden auf dem Grundstück, wollte das Denkmal komplett frei von Geschäften haben und die Pläne für ein Museum ausweiten. Sie meinte, dadurch, dass man auch nur über weitere Läden nachdenke, verwandle man einen weiteren Teil Manhattans in eine Shoppingmall. Ein anderes Mitglied der Gruppe, deren Mann im Südtower gearbeitet hatte, gab zu bedenken, es sei unverschämt, Läden einzuplanen, ohne sich zuvor mit den Familien zusammengesetzt zu haben. Und dass die Port Authority schon Mietverträge mit Einzelhändlern geschlossen habe, ehe man die Öffentlichkeit um ihre Meinung gefragt habe, sei eine ebensolche Frechheit. Also überprüften wir noch einmal die Bereiche Manhattans, in denen es Läden gab, ohne dass sie negative Auswirkungen auf das Viertel gehabt hätten, und verwiesen auf das East Village. Und deshalb verbrachte ich meinen Samstag auf der Christopher Street und versuchte herauszufinden, was diese Geschäfte von jenen in irgendeinem anderen Viertel unterschied. Es war nicht so, dass die Läden im East Village keinen Umsatz machten. Im Gegenteil. Sie hatten Tradition, und einige waren wirklich einzigartig, jedoch nicht alle.

Ich hatte das East Village auch deshalb ausgewählt, weil es den Vorteil hatte, in Eves Nachbarschaft zu sein. Sie bedeutete mir mittlerweile viel. Nachdem ich den Kaffeeladen verlassen hatte, ging ich zu einer Bäckerei auf der Commerce Street, um ein paar Sachen für sie zu besorgen, obwohl ich nicht genau wusste, ob ich sie heute noch sehen würde. Ich wusste nicht einmal, ob sie zu Hause war, aber plötzlich zählte ich darauf.

Auf der 10. Straße, zwischen First und Avenue A, kam ich an einem Laden vorbei, der über und über von Pflanzen besiedelt war. EXOTISCHE PFLANZEN – EDELSTEINE UND KRISTALLE – BONSAI – ORCHIDEEN – BLUMEN FÜR ALLE ANLÄSSE war auf dem Schild draußen zu lesen. Vor dem Laden standen Blumen aufgereiht am Gehweg, Kakteen und Kräuter in Töpfen. In den Fenstern hingen Pflanzen und Traumfänger. Der Duft, der aus dem Laden drang … wie Weihrauch und ganz intensiv nach brennendem

Holz. Ich konnte mir nicht vorstellen, wie jemand es länger als fünf Minuten da drinnen aushielt, ohne wahnsinnig zu werden.

Was eine Erklärung für die Frau sein konnte, die noch immer meinen Arm umklammert hielt.

Kurz überlegte ich. »Das glaube ich nicht«, sagte ich schließlich.

»Doch, ich *kenne* Sie«, beharrte sie. »Aber Sie waren so beschäftigt mit Ihren Freunden, Beziehungen, Ihrem Job und der Familie, dass Sie keine Zeit für *Magie* hatten.« Ihre blau lackierten Fingernägel bohrten sich in meine Haut. »Habe ich recht?«

»Erwischt«, gab ich ironisch zu und versuchte, mich aus der Umklammerung zu lösen.

Wissend nickte sie. »Sie brauchen eine Zauberin in Ihrem Leben, nicht wahr?«

»Ähmmm.« Ich schüttelte den Kopf. »Eher nicht.« Damit versuchte ich weiterzugehen. Wenn sie mit einer Zauberin eine Frau meinte, die heimliche Macht über mich hatte, dann, ja, dann hatte ich diese Frau schon gefunden.

»Oh doch, ich sage Ihnen, Sie brauchen eine. Kommen Sie ein paar Minuten herein, ja?« Blinzelnd warf ich einen Blick in den Laden. Er war weiß gestrichen und voller Rauchschwaden.

»Haben Sie zu tun? Was machen Sie? Wohin wollen Sie gerade?«, erkundigte sie sich.

Ich hatte nicht vor, die Wahrheit zu sagen, die da wäre: »Ich laufe nur so herum, aber irgendwann hoffe ich, das Mädchen zu treffen, an das zu denken ich nicht mehr aufhören kann. Und dabei habe ich nicht vor, wie eine giftige Kräutermischung zu riechen.«

»Kristalle haben heilende Wirkung. Wussten Sie das? Ich zeige Ihnen ein paar davon. Oder interessieren Sie sich nicht für Heilkunst? Für Ihr Wohlbefinden? Um negative Energien zu neutralisieren? Ihre Mitte zu finden?«

Sie drehte meine Hand um und betrachtete die Innenfläche. Ihre Miene wurde ernst.

»Oh, Sie müssen *definitiv* hereinkommen«, beschloss sie.

Ich sah auf meine Hand hinunter und lachte. »Was? Haben Sie etwas entdeckt, was Ihnen nicht gefällt?«

»Allerdings. Sind Sie Wissenschaftler?«

»Nein, ich bin Ingenieur.«

»Ich hab's gewusst! Ich wusste doch, dass Sie Wissenschaftler sind!«

»Ich bin kein ... Sind Ihre Kristalle genauso präzise? Egal, ich muss weiter.«

»Wollen Sie nicht wissen, was Sie im Leben erwartet?«

»Das sind ziemlich große Steine da.«

Sie wirkte bestürzt. »Oh, das sind keine *Steine*.«

»Tatsächlich nicht?«, erwiderte ich und sah zwischen den Pflanzen hindurch ins Schaufenster. »Sie sehen aus wie Steine.«

Sie runzelte die Stirn.

»Ich sage Ihnen was«, fuhr ich fort. »Sie geben mir einen wissenschaftlichen Beleg für Ihre Annahmen, und ich komme rein und sehe mich um.«

Sie hielt die Hände vor die Brust. »Die Heilkunst durch Kristalle ist uralt, sie lässt sich mindestens sechstausend Jahre zurückverfolgen, bis ins alte Mesopotamien. Jahrhundertelang ...« Dann schien sie den Faden zu verlieren.

»Sind diese Steine aus Mesopotamien?«

»Nein, aus Arkansas.«

Ich musste lachen.

»Also, mein Lieber«, sagte sie. Anscheinend hatte sie beschlossen, offen und ehrlich zu sein. »Selbst wenn wir festhalten, dass Sie nicht an die Heilkräfte glauben – möchten Sie nicht etwas wahrhaftig Wundervolles sehen? Wir haben ein paar wirklich schöne Dinge. Vertrauen Sie mir, ja? Sie sind es wert, hereinzukommen. Sie gehen doch auch in Museen, oder? Warum sollten Sie diese tollen Gegenstände verpassen?«

»Schon gut, schon gut«, gab ich nach, damit sie mich nicht weiter nervte, ging durch das Grün und öffnete die Tür. Ich hatte ein schlechtes Gewissen gegenüber der Frau. Immerhin hatte sie einen schweren Job, glaubte ich zumindest. Sobald ich eingetreten war, erkannte ich, dass der rauchgeschwängerte Raum voller Menschen war. Ganz offensichtlich gab es in dieser Stadt einen nicht zu unterschätzenden Markt für Gegenstände, die Spannung abbauen und Blockaden lösen konnten. Weil mir die Frau weiter durch den Laden folgte, kaufte ich für vier Dollar einen Stein, der »Klarheit bringt und zu nüchternen Entscheidungen verhilft«. Im Ernst, ich wollte hier nur noch raus. Von dem Rauch bekam ich Kopfschmerzen.

Mit dem Stein in der Tasche ging ich schließlich in Eves Richtung und war froh über die Weihrauch-freie Luft. Man weiß Sauerstoff, gemischt mit all den Gerüchen der Stadt, erst zu schätzen, wenn es einem daran mangelt.

Von meiner Wohnung in Hoboken aus konnte ich die Skyline von Manhattan sehen – die Wolkenkratzer im Zentrum, das leicht abfallende Gelände zum Village und schließlich die Steigung im Finanzdistrikt. Dass sich die Wolkenkratzer downtown und im Zentrum häufen, ist der Geologie geschuldet: Entsprechend dem grauen Stein unter den Straßen Manhattans wurden dort die höheren Gebäude errichtet, wo der massive Stein dicht unter der Oberfläche liegt und das Gewicht der Wolkenkratzer tragen kann. Unter dem Village dagegen ist der Boden nicht so stabil, hier war früher Sumpfland. Man musste sehr viel tiefer graben, um auf Stein zu stoßen.

Sobald ich in der Nähe von Eves Wohnung war, schickte ich ihr eine Nachricht. Der Text sollte lässig sein und durfte nicht nach Beziehung klingen. Dieses Wort musste sich verstecken wie ein kleines Tier im Wald.

Also schrieb ich: *Machst du heute Abend was?*

Ihre Antwort kam unmittelbar. *Nein! Sorry, bin krank. Vermutlich die Grippe.*

Ich spürte einen Stich der Enttäuschung. *Kann ich dir irgendetwas vorbeibringen?*, schrieb ich zurück.

Dann stand ich auf der Straße und wartete auf ihre Nachricht, nur einen Block von ihrer Wohnung entfernt.

Nein, geht schon klar. Aber wenn du heute Abend in der Nähe sein solltest, fände ich es nicht schlimm, wenn du hier einen Zwischenstopp einlegen und mir ein bisschen Gesellschaft leisten würdest. Ich habe gestern meinen Job verloren. Voice ist vom Bundesgericht geschlossen worden. Wusstest du, dass es illegal ist, Musik zu stehlen?

Schnell tippte ich in mein Handy. *Tatsächlich?*

Eve gefiel der Alltag bei Voice. Sie machte sich über sich selbst lustig und behauptete, im Büro gehe jeder davon aus, dass alles, was sie über Musik zu sagen habe, ziemlich lahm sei. Aber ich nahm an, dass sie unterschwellig ziemlich genau wusste, was sie tat. Sie liebte ihren Job so wie ich meinen, und das gefiel mir an ihr. So viele Leute jammerten über ihre Arbeit.

Mein Telefon vibrierte in meiner Hand.

Ja … Ich fände es nicht schlimm, wenn du kämst.

Ich lief ein paarmal um den Block, um nicht den Eindruck zu erwecken, ich stünde wie ein Stalker vor ihrer Tür. Als ich dann endlich zu ihr ging, nahm sie mein Erscheinen unkommentiert hin. Sie öffnete mir in einer Decke, in die sie sich eingewickelt hatte wie ein Burrito.

»Entschuldigung«, sagte ich. »Haben Sie Eve gesehen?«

Sie sah mich an, und dann musste sie niesen, weshalb sie sich die Decke vor die Nase hielt. »Sehr witzig«, sagte sie, und ihre Stimme klang verschnupft und ganz anders als sonst.

Ich griff in meine Tasche und zog den Stein heraus, den ich in dem Kristall-Laden gekauft hatte.

»Ich habe dir einen heilenden Kristall mitgebracht«, erklärte ich. Fragend betrachtete sie den kleinen blauen Gegenstand in ihrer Hand. Ihr Gesichtsausdruck war es wert, den Stein gekauft zu haben. »Nur ein Witz«, sagte ich, nahm ihn wieder an mich und hielt ihr stattdessen eine weiße Papiertüte hin. »Hier sind ein paar Kekse.« Ihre Miene hellte sich auf. »Ich hatte befürchtet, wenn ich dir Suppe mitbrächte, würdest du mich hinauswerfen. Wahrscheinlich wäre es dir zu klischeehaft oder so was.«

Sie nahm die Tüte und warf einen Blick hinein.

»Großartig, du darfst bleiben«, beschloss sie und trug die Tüte in die Küche.

»Oh, vielen Dank. Es ist so wundervoll hier.« Ich sah mich in ihrer Wohnung um. Überall lagen zerknüllte Papiertaschentücher verstreut, auf dem Bett verteilten sich Hustenbonbons, auf dem Nachttisch standen Nasenspray und eine Flasche Hustensaft, dazwischen lag ein Fieberthermometer.

Sie sah zur Decke und wirkte, als müsste sie schon wieder niesen, und dann nieste sie. Viermal. »Wie konntest du dich so sehr erkälten?«, wollte ich wissen.

»Keine Ahnung«, erwiderte sie frustriert, als hätte sie über diese Frage schon seit Wochen nachgedacht. »Wahrscheinlich liegt es daran, dass ich wenig geschlafen habe und viel erledigen musste. Ich war jede Woche bei fünf Konzerten.«

»Fünf?«

»Tatsächlich war ich stolz auf mich.« Sie verzog die Lippen und lächelte schließlich. »Bis gestern.«

»Was ist mit deinem Job?«

Sie zuckte mit den Schultern. »Mist. Aber ich werde etwas anderes finden. Vermutlich schlechter bezahlt.«

»Ja … wobei das Gehalt dort schon schlecht war.«

»Allerdings.«

Ich überlegte, was ich Tröstliches sagen könnte, doch mir fiel nichts ein. Natürlich könnte ich »Tut mir leid« oder »Alles wird gut« in verschiedenen Variationen sagen, aber ich wusste, dass sie das hasste. Sie würde sich sofort wieder in ihr Schneckenhaus verkriechen. Oder mich mit dem nächstbesten spitzen Gegenstand erstechen. Das wusste man bei Eve nie so genau.

Sie kroch ins Bett und zog sich die Decke bis zum Kinn. Neben ihr lag ein weiterer Berg zerknüllter Taschentücher, und sie hatte die kulinarische Wahl zwischen einer Teetasse, in der noch der Beutel baumelte, und ein paar Crackern, die auf einer Serviette auf ihrem Nachttisch lagen.

»Setz dich zu mir«, bat sie. Ich ging zur Heizung und hielt meine Hand darüber. Sie war nur lauwarm. Außer der Heizung selbst wurde durch sie nichts erwärmt.

»Ist dir nicht kalt?«

»Schon, aber wenn du dich neben mich setzt, geht es mir besser«, erwiderte sie und sah mich mit großen Augen an. Ihr Haar lag wirr auf dem Kopfkissen.

»Was ist mit den Regeln?«, neckte ich sie, noch immer auf die Kälte im Raum fixiert. Wie sollte sie da wieder gesund werden?

Sie seufzte. »Du bist doch schon hier. Da kann man nichts mehr machen.«

Ich legte die Hand an die Wand hinter ihrem Kissen, sie war eiskalt. Dann befühlte ich ihren Kopf. Er war ebenfalls kalt, genauso wie ihr Haar – logischerweise, schließlich lag sie quasi draußen. Das Problem mit Heizungen in alten Wohnungen war, dass man keine Kontrolle über sie hatte. Es gab so viele verschiedene Arten von Heizsystemen – um welches handelte es sich hier? Ich sah mich um. Der Raum hatte ein quadratisches Fenster. Ich ging hinüber und stellte fest, dass es nicht wirklich dicht war. Ich überlegte, ob es als Übergangslösung möglich wäre, ein Kopfteil ans Bett zu bauen und so eine Barriere zu schaffen zwischen Eves Kopf und der Außenwelt. Also machte ich mich auf die Suche nach einer Holzplatte.

»Was suchst du?«, wollte Eve wissen.

»Hast du zufällig lange Holzlatten irgendwo?«

Sie lächelte. »Machst du Witze?«

»Keineswegs.« Ich schlüpfte zu ihr ins Bett und krabbelte über sie hinweg zu der Seite, die am nächsten zum Fenster lag. Dort setzte ich mich hin, lehnte den Rücken an die kalte Wand und legte meinen Arm um Eve. Von dieser Position aus sah ich sie an. Ihre Nasenspitze war rot, sie hielt die Augen geschlossen. »Ich sitze gern nah neben dir«, erklärte ich. »Selbst wenn es keimfreiere Sitzgelegenheiten gibt.«

»Ich weiß.«

»Im Ernst, zurzeit siehst du aus wie ein einziger riesiger Keim«, sagte ich. »Wie einer von diesen großen grünen Keimen aus der Werbung für Grippemedikamente.«

»Warum sagst du, ich sei *riesig*?«

»*Das* ist dein Problem? Gut, du bist ein süßer kleiner Keim.«

»Besser.«

»Eve, ich sage dir jetzt etwas in deinem geschwächten Zustand, weil ich glaube, dass du vernünftiger bist, wenn dein Körper nicht stark genug ist, sich zu wehren und irrational zu reagieren.«

Fragend sah sie zu mir auf. »Und zwar?«

»Ich möchte ganz offiziell ein Date mit dir haben. Dienstag.«

»Dienstag? Warum ausgerechnet Dienstag?«

»Weil Montag in meinen eigenen Ohren zu ungeduldig klang, als ich es auf dem Weg hierher ausprobiert habe.«

Sie stöhnte. »Du verstehst das nicht. Es gab ein paar … Geschichten, von denen ich dir nicht wirklich erzählt habe.

Wahrscheinlich hätte es schlimmer kommen können, aber es war ziemlich schrecklich, und ich habe Angst, dass es zwischen uns nicht funktionieren könnte, weil wir so … unterschiedlich sind … und ich weiß nicht, ob ich es dir je auf eine Weise erklären kann, die jemand wirklich versteht, der nie erlebt hat …«

Das erschien mir wie der passende Moment, ihr alles zu erzählen. Über meinen Vater. Die Visitenkarte. Doch dann sah ich sie an, und instinktiv wollte ich sie nicht noch mehr verletzen. Ich wollte, dass sie sich besser fühlte, nicht schlechter. In meinem Kopf hatte sich der Plan herausgebildet, dass ich ihr erst zu mehr Stabilität verhelfen würde, und ihr dann erzählen könnte, was immer ich wollte. Ich musste nur das Date klarmachen und den Weg für eine richtige Beziehung ebnen. Und um das zu schaffen, musste ich ihre Ängste zerstreuen, nicht noch neue aufbauen. Zum Glück kannte ich mich damit aus.

»Darf ich dir etwas von meinem Job erzählen?«, wollte ich wissen.

»Was denn?«

»Wenn du ein Haus baust, musst du an all die Dinge denken, die mit diesem Haus passieren könnten – Hurrikans, Schneestürme, Unfälle … Niemand weiß, was passieren wird, aber wir müssen ziemlich genau vorhersagen, was geschehen könnte. Wir berechnen diese Möglichkeiten mathematisch, auch wenn dadurch keine exakten wissenschaftlichen Daten entstehen. Es gibt zu viele Unbekannte, man muss sich immer fragen: Was ist am wahrscheinlichsten? Und dann stellt man Kalkulationen an, um die größtmögliche Sicherheit zu erreichen, dass das Gebäude standhalten wird. Damit kann man weiterarbeiten. Das *Was wäre wenn?* hinter sich lassen zu können und endlich vorwärts zu gehen, ist ein befriedigendes Gefühl.«

Sie sagte nichts, aber ich wusste, sie hörte mir zu. Ihre Augen waren offen, und sie sah friedlich aus. Endlich einmal hatte sie nicht die Brauen hochgezogen.

»Natürlich kann ich die Zukunft nicht vorhersehen, aber nach meinen Berechnungen bin ich ziemlich sicher, dass es funktionieren wird. Und mehr kann dir niemand versprechen. Das ist alles, was du je bekommen wirst. Und es ist das Beste, was du erwarten kannst.«

Sie sah mich groß an und bereitete einen finalen Protest vor. »Aber was ist mit …?«

Ich schüttelte den Kopf. »Nein. Kein imaginärer potenzieller hypothetischer Faktor wird mich in die Flucht schlagen, denn in allen Dingen gibt es Konstanten. Dienstag gehen wir zusammen aus. Und wenn du Nein sagst, nehme ich dir die Kekse weg.«

Sie verschränkte die Arme über der Bettdecke und atmete hörbar aus. »Ich kann nicht fassen, dass du mir so etwas erzählst, während ich Malaria habe.«

Das war's. Ich hatte gewonnen.

Ich hob die Bettdecke an und deckte sie über mich. »Du hast keine Malaria.«

»Es könnte aber ein Parasit sein. Ich habe keinen Appetit. Normalerweise bin ich immer hungrig. Wie erklärst du dir das?«

»Es ist kein Parasit«, widersprach ich seufzend. »Die muss man füttern. Dann hättest du extragroßen Hunger.«

Sie lachte und schenkte mir einen warmherzigen Blick. Ich lächelte, dann schloss ich die Augen und stupste ihren Fuß mit meinem an.

»Dienstag.«

»Vielleicht.«

»Dienstag.«

»Du wirst es bereuen«, murmelte sie.

»Warten wir's ab.«

Ich zog sie näher zu mir heran. Nach ein paar Minuten sagte sie nichts mehr. Bei Eve bedeutete das nur eines: Sie war dabei, einzuschlafen.

»Versuch nicht, mich in Sicherheit zu wiegen«, sagte sie da plötzlich.

»Warum sollte ich?«, fragte ich lachend.

Dann streckte ich meinen Arm über ihren Kopf und machte das Licht aus, sodass das Einzige, was den Raum noch erhellte, eine Straßenlaterne auf der 5. Straße war.

Eve

Ein kubanisches Restaurant in der Christopher Street

Ben wartete unten an der Treppe vor dem Haus auf mich. Es war so kalt, dass er seine Hände aneinanderrieb.

»Schön hier«, sagte er und blickte an der rosafarbenen Fassade hinauf.

»Sehr witzig«, erwiderte ich. »Du hättest reinkommen können.« Ich zog den Reißverschluss meiner Jacke zu und band den Schal so, dass er auch mein Kinn und meine Nase schützte, als wir losgingen.

»Ich wollte, dass du die Erfahrung eines *echten Dates* machst.«

»Tja, wenn du reingekommen wärst, hättest du erlebt, wie ich mich mit der Frage quäle, welchen Rollkragenpulli ich anziehen soll.« Ich lächelte ihn an.

Ein paar Sekunden lang konzentrierte sich sein Blick auf den Boden. »Oh. Weil es das reizloseste Kleidungsstück ist, das du hast?«

»Genau!«

»Du bist krank.«

»Ach, dafür, dass es unser erstes Date ist, kennst du mich ziemlich gut.«

»Tja, mein Pech.« Er steckte die Hände in die Taschen und zog den Kopf tiefer in den Kragen seiner Jacke.

»Du hast es so gewollt«, erinnerte ich ihn.

»Ich weiß, ich weiß.« Er streckte den Arm zur Seite, damit ich nicht bei Rot über die Straße laufen und von den heranrollenden Autos überfahren werden konnte. Prompt rannte ich dagegen. »Es ist nur … Ich habe vergessen, was passiert, wenn du redest.«

Ben überraschte und beeindruckte mich damit, dass er ein Restaurant mit einer tollen Atmosphäre ausgesucht hatte – freigelegtes Mauerwerk, Hängeleuchten, die ein warmes Licht spendeten, eine kleine Stumpenkerze auf jedem der Tische. Aus der Küche strömte der Duft von Kochbananen, der sich mit dem von Knoblauch und Zwiebeln mischte. An einem runden Tisch saß ein bärtiger Mann und rollte Zigarren, der braune Tabak lag auf zwei Häufchen neben ihm.

»Sehr authentisch«, merkte ich an und deutete auf den Mann, während wir uns an unseren Tisch setzten.

»Ich hatte keine Ahnung«, sagte Ben und sah sich lächelnd um.

Wir saßen in mit weißem Leder bezogenen Sesseln. Ben studierte die Speisekarte so ernsthaft, als stände dort eine komplexe mathematische Gleichung, die es zu lösen galt. Ich dagegen sah mir die Karte zwei Sekunden lang an und entschied mich dann für ein Gericht mit Reis und Hühnchen, das eine sichere Wahl zu sein schien. Es spielte sowieso keine Rolle. Wenn ich nervös war, schmeckte ich nichts.

Wir klappten die Speisekarten zu und tranken Wasser. Ben erzählte mir von einer Russin, die heute schon mehrmals fälschlicherweise seine Handynummer gewählt hatte. Es war zweifellos eine der schlechtesten Geschichten, die er jemals erzählt hatte. Sie ging weiter, nachdem wir unsere Drinks bestellt hatten, und war absolut nicht interessant. Ich langweilte mich, und dann stieß ich auch noch aus Versehen mein Wasserglas mit dem Ellbogen um. Der Anfang unseres Dates stand offensichtlich unter keinem guten Stern.

Der Kellner brachte einen Teller voll dampfender Fajitas für Ben. Dann stellte er zögernd einen gigantischen Haufen gelben

Reis mit winzigen Hühnchenstücken vor mich hin. Ben musterte mein Essen.

»Das ist … eine Menge Reis«, bemerkte er. Mit einer Handbewegung brachte ich ihn zum Schweigen, schob meine Gabel in den Reis und tat so, als wäre es völlig normal. *Ich esse ständig bergeweise Reis!* Aber er hatte recht: Es war eine ziemliche Menge. Ich konnte kaum darüber hinwegschauen. *Randnotiz an mich selbst: Sei das nächste Mal nicht so aufgeregt, sondern gönn dir eine Extraminute oder zwei für die Speisekarte, okay?* Um mein Gesicht zu wahren, wechselte ich das Thema – irgendetwas anderes als die Tatsache, dass ich aus lauter Nervosität eine Beilage bestellt hatte.

Wir redeten über unsere Freunde vom College, was einfach und harmlos schien. Doch das Gespräch driftete in Richtung unserer Familien, Ben erzählte mir von seinem Bruder, der gerade nach Costa Rica gezogen war, worüber seine Mutter sich aufregte.

»Wenn mein Bruder und sie zusammen sind, streiten sie sich unaufhörlich. Sie gehen sich buchstäblich an die Gurgel. Gleichzeitig will sie nicht, dass er so weit weg ist. Völlig widersinnig.«

»Absolut verständlich«, widersprach ich.

»Wie meinst du das?«

»Was ist daran nicht zu verstehen?«

»Erkläre es mir.«

»Sie lieben sich zu sehr, um sich tatsächlich lieben zu können. Streit macht es einfacher. Letztendlich bedeutet es das Gleiche – es ist nur eine andere Art, Gefühle auszudrücken.«

»Eine brutalere Art.«

»Schon, aber manchmal ist gerade diese Brutalität die richtige Antwort.«

»Woher weißt du das alles?«

Ich lächelte. »Das ist grundlegende menschliche Psychologie.«

»Oh Mann, du steckst voller Unsinn.«

»Reis. Ich stecke voller Reis.«

Als der mexikanische Milchkuchen serviert wurde, kam es mir vor, als sei die Anspannung des ersten Dates verflogen. Von da an hatten Ben und ich einen netten Abend. »Irgendwann will ich meinen Bruder in Costa Rica besuchen. Warst du jemals surfen?« Offensichtlich wollte Ben surfen lernen. *Ja, dachte ich insgeheim, ich könnte mir vorstellen, mit dir nach Costa Rica zu fahren und eines dieser surfenden Pärchen zu sein.* Kurz erinnerte mich das an die Typen, mit denen ich in Colorado zusammen gewesen war. Wahrscheinlich wäre es nicht schwierig, sich für Ben wieder in das Pseudo-Naturmädchen zu verwandeln. Doch ich ließ die Chance verstreichen.

»Nein, ich habe es noch nie ausprobiert. Und eigentlich reizt es mich auch nicht.«

»Warum nicht?«

»Ich habe Angst vor dem Meer«, erklärte ich mit fester Stimme, als wäre es völlig offensichtlich. Es war mir wichtig, dass Ben das wusste. Er sollte alles wissen, unverblümt. So war es immer zwischen uns gewesen, und ich sah keinen Grund, warum sich das nun ändern sollte.

Er lachte. »Wovor kann man denn da Angst haben?«

»Ähm … Hallo? Vor Haien? Schon mal gehört?«

Als wir aus dem Restaurant kamen, gingen wir durch den Washington Square Park. Direkt neben dem Eingang stand ein Eiswagen, aber die Lichter waren aus. Die Musik ebenso. Der Verkäufer lehnte im Fenster. Er hatte eine rote Nikolausmütze auf und wartete auf Kundschaft.

»Nicht so einfach, heute Eis zu verkaufen«, sagte ich zu Ben. »Wir sollten eins nehmen.«

»Es ist unter null Grad!«

»Ja, aber vielleicht ist das Eis so kalt, dass es uns dadurch wärmer vorkommt.«

»So funktioniert Temperaturempfinden nicht.«

»Vorschlag: Du kaufst mir ein Eis, und dafür darfst du mir den Rest des Weges erklären, wie Temperaturempfinden funktioniert.«

Das munterte ihn auf. »Einverstanden.«

Also gingen wir hinüber zum Eiswagen. Ich bestellte ein kleines Vanilleeis in der Waffel mit bunten Streuseln.

»Bunte Streusel?« Mit großen Augen sah Ben mich an. »Wie alt bist du?«

»Was nimmst du denn immer? Karamell?«

»Gar kein Topping.«

»Warum nicht?«

»Weil ich erwachsen bin«, behauptete er stolz.

»Das ist ein Fehler«, erwiderte ich. »Erwachsensein wird überbewertet.«

Als wir weitergingen, fingen meine Zähne an zu klappern. Ich leckte noch ein paarmal an meinem Eis, dann warf ich den Rest in den nächsten Abfalleimer und versuchte, meine Hände an einer zerknüllten Papierserviette abzuwischen. So schnell wie möglich zog ich meine Handschuhe wieder an.

»Hab ich dir doch gesagt«, meinte Ben kopfschüttelnd und unterbrach seinen Vortrag über Thermodynamik. Er legte seinen Arm um mich.

»Sieh dir diese riesige Fontäne an.« Ich deutete auf die Fassade der NYU-Bibliothek, als spräche ich über etwas Majestätisches – und nicht über ein kleines Rinnsal, das an der Seite des Gebäudes hinunterplätscherte. »Die Bibliothek wurde im achtzehnten Jahrhundert erbaut. Das lässt sich an der Struktur des Mauerwerks erkennen und ...« Ich versuchte, so viele Architekturkenntnisse hervorzukramen wie möglich und gab mein Bestes, um Ben zu beeindrucken. »Wie du weißt, kamen die Pilgerväter 1734 hierher, und sie wollten etwas erschaffen, was ihre alte Kultur widerspiegelte – und deshalb …«

»Das ist keine Fontäne«, unterbrach mich Ben und verdrehte die Augen. »Das ist ein Wasserrohrbruch.«

»Oh.« Ich blieb stehen. »Sollen wir jemandem Bescheid geben?«

Während wir weitergingen, hielt Ben meine Hand. Es war eine sternenklare Nacht, seit Stunden schon war es dunkel, und wir schienen die einzigen Menschen auf der Straße zu sein. Schließlich kamen wir vor meiner Haustür an und blieben dort stehen.

»Du weißt, dass ich nie nach dem ersten Date mit jemandem schlafe.«

Er lachte. »Ach so, nur *vor* dem ersten Date, hm?«

»Genau. Das ist meine Devise.«

»Du weißt genau, dass ich schon häufiger bei dir war.«

»Ja, aber …«

»Was ist los? Denkst du, ich wüsste nicht, wie man einen Rollkragenpullover auszieht?«

Ich tat so, als wäre ich frustriert, und hielt den Blick auf den Bürgersteig gesenkt. Und vielleicht war ich wirklich ein bisschen frustriert, weil ich nicht wusste, was ich sagen sollte und wie ich ihn davon abhalten könnte, mit nach oben zu kommen. Gleichzeitig konnte ich nicht aufhören zu lächeln, und es war mir fast peinlich, wie glücklich ich mich fühlte. Dann trat er auf mich zu und küsste mich, und damit löschte er all die Gedanken aus meinem Kopf. Als er sich von mir löste, blieb ich wie erstarrt stehen. Ich konnte nicht mehr denken, und definitiv würde ich ihm nicht sagen, er solle *nicht* mit nach oben kommen.

Von da an war alles ganz still, wie die Stadt nach einem heftigen Schneesturm. An die Entscheidung, gemeinsam die Treppe hinaufzugehen, kann ich mich nicht mehr erinnern, aber wir taten es. Alles, was ich noch weiß, ist, dass nichts anderes mehr wichtiger schien, als ihn zu küssen. Die Wirklichkeit entglitt mir, ich ließ alles einfach geschehen. Irgendwann war es plötzlich sieben Uhr morgens, und wir waren noch immer auf und unterhielten uns zwischendurch – ja, sogar Ben erzählte, ein bisschen zumindest. Die Sonne ging auf und drohte den Augenblick zu zerstören, uns anzutreiben, aber es interessierte uns nicht. Wir machten einfach weiter mit dem, was wir gerade taten, und lachten dem Morgenlicht ins Gesicht.

Eve

Brooklyn

Die erste Geburtstagskarte, die ich von meinem Vater erhielt, nachdem er uns verlassen hatte, war im Februar abgestempelt worden, aber ich bekam sie erst im Mai. Das lag daran, dass ich sie erst fand, als ich endlich einmal mein Schülerpostfach durchgesehen hatte, was normalerweise niemand tat, weil sowieso nur Schrott darin lag. Das stimmte auch in diesem Fall, aber dieser Schrott hatte es in sich. Als meine Mutter gestorben war, hatte ich fast erwartet, mein Vater werde wieder auftauchen. Aber wo war er gewesen? Er musste es gewusst haben. Von irgendjemandem, irgendwie musste er erfahren haben, was geschehen war. Doch offensichtlich war alles, was er tat, diese Karte an ein Postfach zu schicken, das ich nie leerte. Ich weiß noch, dass ich nur flüchtig auf den Absender schielte. Ich wollte die Adresse nicht genau wissen, nicht zu intensiv darauf schauen. Allein die Vorstellung, dass er irgendwo lebte, brachte etwas in mir in Bewegung, der Gedanke, er war in der Nähe und hielt es dennoch nicht für nötig, uns ausfindig zu machen. Dass er einen Ort sein Zuhause nannte – oder auch nur vergeblich versuchte, dies entstehen zu lassen, während er meine Schwester und mich links liegen ließ.

Von diesem Zeitpunkt an kam jedes Jahr eine Geburtstagskarte von derselben Adresse in Brooklyn. Ich fasste die Karten mit spitzen Fingern an. Jedes Jahr öffnete ich sie, sah auf die Worte auf dem weißen Blatt, die immer mit einem dicken Filzstift geschrieben waren, und warf sie so schnell wie möglich in den Müll, als würde ich mir die Hände daran schmutzig machen. Nachdem er gegangen war, hatte ich zunächst angenommen, er sei weit fort – in einem abgelegenen Fischerdorf in Alaska, auf einer Insel abseits der indonesischen Küste. Oder in Boston. Nachdem ich die Adresse gelesen hatte, entschied ich, keine Angst haben zu müssen, in New York zu leben und ihm eines Tages zu begegnen – die Chance, ihm in Manhattan über den Weg zu laufen, ging gegen null. Ich beschloss, niemals nach Brooklyn zu fahren, und er war sicher niemand, der seinen Stadtteil verließ. Aus diesem Grund waren unsere Universen weit voneinander entfernt. Wenn ich doch mal wegen meines Jobs nach Brooklyn musste, kam und ging ich so schnell wie möglich. Die ganze Zeit lief ich mit gesenktem Kopf, um den Radius dessen, was ich sehen konnte, zu verringern. Doch die Taktik funktionierte nicht wirklich. Mein Herz raste jedes Mal, wenn ich einen Mann entdeckte, der ähnliche Augen hatte oder die gleiche Frisur, so groß war wie er oder seine Figur hatte.

Auf seine Karten antwortete ich nie. Das schien er auch nicht zu erwarten. Doch dieses Jahr war Ben bei mir, als die Karte ankam.

»Du solltest ihn anrufen«, sagte er, nachdem er mir den ganzen Abend zugesehen hatte, wie ich auf dem Fußboden gesessen und mir tränenüberströmt alte Fotos angeguckt hatte. »Ich bleibe hier, während du mit ihm sprichst. Hast du nicht das Bedürfnis, mehr darüber herausfinden, was damals eigentlich passiert ist?«

»Nein. Nicht wirklich«, gab ich mit leiser Stimme zurück, ohne ihn anzusehen. Dann griff ich nach meinen Kopfhörern und steckte sie in die Ohren. »Ich möchte nur Musik hören und nicht weiter darüber nachdenken.«

»Okay, das ist die vierzehnjährige Version meiner Freundin.« Mit einem sanften Zug an dem Kabel löste Ben die Kopfhörer aus meinen Ohren.

»Hey«, protestierte ich.

»Eve, irgendwann muss man erwachsen sein. Beiß in den sauren Apfel.« Er setzte sich neben mich auf den Fußboden. Ich sah ihn nur an.

»Stellen wir uns mal vor, in ein paar Jahren änderst du deine Meinung«, sagte er ruhig. »Vielleicht wird es dann nicht mehr möglich sein. Er wird nicht ewig leben. Vielleicht ist es an der Zeit, mit ihm zu reden.«

Seine Argumente waren nicht von der Hand zu weisen, und so rief ich schließlich einen alten Freund der Familie an und erkundigte mich nach der Telefonnummer meines Vaters. Ein paar Wochen später rief ich ihn an – unter Bens Argusaugen und nachdem ich ein halbes Glas Wein getrunken hatte.

»Eve. Hi. Schön, dass du anrufst«, sagte er.

Er lud mich zum Lunch nach Brooklyn ein, als wäre nichts gewesen. Ich trug nichts zum Gespräch bei, sondern lauschte nur seiner vertrauten Stimme, bestätigte, dass ich zum Essen käme, und legte auf. Ich war erleichtert, ein bisschen fühlte es sich an, als wäre ich gerade noch rechtzeitig aus einem Wagen gesprungen, ehe ein Unfall passierte. Ganz offensichtlich hatte Ben mich mit seinem Glauben an das Gute und seiner Freundlichkeit angesteckt. Er hatte eine einfühlsame und wohlüberlegte Meinung zu allem. Das nervte.

Ich erzählte Emma von dem Anruf und davon, dass wir uns zum Lunch verabredet hatten. Gleichzeitig versicherte ich ihr, sie brauche nicht mitzukommen, weil es genüge, wenn einer von uns diesen Unsinn mitmache. Schließlich sei ich die Ältere und würde mich deshalb bereit erklären. Sie protestierte nicht. Wie es ihre Art war, schien sie nicht sonderlich beeindruckt von der Situation.

Und deshalb saß ich nun hier, in einem Café in der 7. Straße, wartete darauf, meinen Dad wiederzusehen, und war ziemlich nervös. Wie benommen saß ich an einem Tisch am Fenster, auf dem ein Blumenstrauß in einem Wasserkrug stand, und zog die Maserung der hölzernen Tischplatte mit dem Finger nach. Ich konnte nicht aufhören, mich an irgendetwas festzuhalten. Mein Körper war in Alarmbereitschaft. Als eine Kellnerin an den Tisch kam und fragte, ob ich etwas bestellen wollte, schrak ich hoch. Gedankenverloren hatte ich ein älteres Paar beobachtet, das zwei Tische weiter saß.

»Siehst du? Es sind Rosinen«, sagte die Frau gerade liebevoll zu dem Mann und deutete auf ihren Kuchen.

»Heute haben sie Rosinenkuchen«, erwiderte er. »Gestern war das anders. Oder was meinst du? Dass ich dir absichtlich den falschen Kuchen mitgebracht habe?«

Sie lächelte ihn an, dann sah sie zu mir herüber, weil sie vermutlich gemerkt hatte, dass ich sie anstarrte und darüber nachdachte, ob sie einander wohl noch immer mochten. Waren sie glücklich? Hastig erwiderte ich ihr Lächeln und wandte den Blick ab.

Eine Serviererin stellte zwei Tassen Kaffee auf ihren Tisch. »Ah-ha«, sagte der Mann und begutachtete unverhohlen ihren Po. *Da ist es. Die Abgründe sind nie auf den ersten Blick erkennbar.*

»Hier, etwas zur Stärkung.« Ben tauchte auf und reichte mir einen Donut in Folie und ein kleines Glas Apfelsaft. »Das Einzige, was schlimmer ist als du, wenn du dich in einer emotionalen Situation quälst, bist du, wenn du dich mit leerem Magen in einer emotionalen Situation quälst.«

»Ich dachte, heute sollte ich mal erwachsen sein?«, gab ich zurück und lenkte meine Aufmerksamkeit von dem lüsternen alten Kerl auf den Donut und den Apfelsaft.

»Wir sollten deinen Körper aber nicht überfordern.«

Er dachte wirklich an alles. Also nickte ich, trank einen Schluck, kaute, allerdings ohne etwas zu schmecken. *Das Wichtigste ist, meine Wut im Griff zu behalten.* Tatsächlich war das die größte Hürde. Ich musste aufpassen, dass sie zusammengepresst in meinem Innern blieb, und durfte sie nicht herauslassen, nicht das kleinste bisschen von ihr. Immer wieder stellte ich mir vor, wie ich dieser Wut auch nur für eine Sekunde Raum geben würde. Es wäre viel schlimmer, als so zu tun, als wäre nie etwas geschehen. Also würde ich mich genauso verhalten. Ich würde das Heft in der Hand behalten. Wenn ich ihn tatsächlich treffen wollte, durfte ich mich nicht hinreißen lassen, Fragen zu stellen wie: *Wie konntest du?* oder *Was hast du …?* Auf keinen Fall. Aber würde er es in meinem Gesicht lesen können? Meistens verriet mich mein Mienenspiel in Situationen wie dieser. Allerdings kannte er mich nicht mehr besonders gut. Ich beschloss, wenig zu sagen und mich bedeckt zu halten. Ab und zu jedoch wanderten meine Gedanken an den dunklen ehrlichen Ort, wenn ich an die ganze Sache dachte. Und jedes Mal musste ich ihnen folgen und sie wieder zurückbringen.

Kurz Zeit später saßen Ben und ich in der U-Bahn-Station in der 8. Straße. Als er mich ansah, formte ich mit den Lippen *Ich bin aufgeregt*. Doch er ignorierte mich, und so saß ich da, die Hände in meinem Schoß. In den Monaten, die wir nun offiziell zusammen waren, hatte er gelernt, mir nicht zu sehr nachzugeben. Als der Zug von der Stilwell Avenue nach Coney Island einfuhr, standen wir auf. Er umarmte mich, küsste mich auf die Wange und sagte: »Denk nicht mal dran«, während der Windhauch der U-Bahn uns streifte.

»Was meinst du damit?«, gab ich zurück, und er lachte. Die vergangenen zwei Monate mit Ben hatten überwiegend aus Sex und Gesprächen bestanden. Es war, als versuchten wir, alles von dem anderen zu erfahren, alles, was er bis zu diesem Moment jemals erlebt hatte. Die meisten dieser Unterhaltungen fanden im Bett statt, einfach weil es so bequem war. Diese Fahrt nach Brooklyn war einer unserer seltenen Auftritte in der Öffentlichkeit.

Fast eine halbe Stunde saßen wir im Zug – Prince Canal, City Hall, South Ferry, Court Street, Jay Street. Lange genug, um den Rhythmus von Dunkelheit, blinkenden weißen Lichtern, Abbremsen und Beschleunigen und das Ein- und Aussteigen der anderen Fahrgäste aufzusaugen. Unaufhaltsam näherten wir uns einem Ziel, das ich nicht erreichen wollte. Immer wieder führte ich mir vor Augen, dass ich an jedem Punkt noch umkehren könnte. Ich sagte mir: Ja, du hast diese Richtung eingeschlagen, aber das bedeutet nicht, dass du sie weiterverfolgen musst. *Du probierst nur aus, wie weit du kommst, du testest dich selbst, und dann, wenn du angekommen bist, kehrst du einfach um, und das war's.*

Aber ich fuhr weiter. Als wir aus der U-Bahn stiegen, liefen wir noch ein paar Minuten die Flatbush Avenue entlang, bis wir zu Nevins gelangten. Dort wandten wir uns nach links. »Nur noch drei Blocks!«, sagte Ben, weil ich keine Ahnung hatte, wo wir waren. Mein Magen zog sich zusammen.

Es war ein modernes Gebäude in einem Straßenzug voller Läden und Büros – Dentallabors, Anwaltskanzleien, ein Salon für afrikanische Flechtfrisuren, eine ärztliche Notaufnahme, ein Waschsalon, ein Spirituosenhändler. Es wirkte fehl am Platz mit seiner grauen Fassade zwischen all den rot geklinkerten Häusern. Das Haus meines Vaters hatte vier Stockwerke mit jeweils drei schwarz umrandeten Fenstern. Daneben lag ein Laden der Heilsarmee. Die Lichter waren an, die Türen standen offen, und so konnte ich eine lange, mit nach Farben sortierten T-Shirts behangene Stange sehen. Über der Tür stand: *Helfen Sie uns, anderen zu helfen.*

Eine Frau hielt uns die Tür auf, und am liebsten hätte ich sie gefragt, ob wir es uns kurz in ihrer Wohnung gemütlich machen dürften. Als wir aus dem Lift stiegen, blieb ich mitten auf dem Flur stehen, zog meine Jacke aus und legte sie mir ordentlich gefaltet über den Arm. Plötzlich war mir extrem warm, und ich fragte mich, warum ich mich darauf eingelassen hatte. *Warum bin ich hier?*

Das Klicken einer Tür, die geöffnet wurde, riss mich aus meinen Gedanken. Als ich ihn dort im Türrahmen stehen sah, erschrak ich darüber, wie alt er aussah. Auch wenn es eigentlich selbstverständlich war, hatte ich doch erwartet, er sähe so aus wie früher. Noch immer war er extrem schlank. Sein Gesicht war kantig wie einst, die Wangenpartie hing ein wenig nach unten. Sein Haar war voll und grau. In meiner Erinnerung war er größer, irgendwie mächtiger. Wie harmlos er wirkte, als er nun vor mir stand und nicht länger nur ein verblassendes Bild in meinem Kopf war. Auf seinem Gesicht lag ein Ausdruck der Wärme, als er mich umarmte und Ben die Hand schüttelte. Dann aber schien er sich ein bisschen unbehaglich zu fühlen. Mein Herz raste und war völlig aus dem Takt geraten. In sanften Kreisen rieb ich mir über den Brustkorb, versuchte, diskret mein Herz zu massieren und es zu beruhigen. *Alles gut. Alles gut. Nichts ist passiert.* Ich musterte Bens Profil, seine Körperhaltung und hängte mich an seinen Arm, als könnte ich seine Ruhe per Osmose auf mich übertragen. *Sieh mal, wie ruhig er wirkt. Er sieht aus, als würde er so etwas täglich machen.*

Mein Vater drehte sich um und ging uns voran in seine Wohnung. Er machte uns auf verschiedene Dinge aufmerksam und setzte sich dann in einen Sessel. Er wirkte unbeholfen. Die hellen Farben und modernen Formen sämtlicher Stühle und Sofas in der Wohnung hätten eher zu einem Studenten mit wenig Geld gepasst. An einer Wand stand eine große Vitrine, die hervorragte. Hinter der Glasscheibe waren einige Objekte arrangiert – eine Uhr in der Form einer Zitrone, kleine russische Matroschkas, ein Tablett mit chinesischen Schriftzeichen. Sie wirkten wie Reisesouvenirs. Hatte er damit seine gesamte Zeit verbracht? Durch die Welt zu reisen und solche Gegenstände zu sammeln?

An einer anderen Wand hingen Bilder von ihm mit irgendeiner Frau vor verschiedenen Hintergründen – auf einem Berg trugen sie zusammenpassende rote Sweatshirts, am Strand saßen sie elegant gekleidet im Liegestuhl und küssten sich wie auf einem Hochzeitsfoto. Ich wusste nicht, wie lange diese Frau Teil des Lebens meines Vaters gewesen war, aber alle Fotos wirkten, als wären sie im gleichen Zeitraum aufgenommen worden.

»Nicole!«, sagte er da, und mit einem Drink in der Hand tauchte die Frau von den Bildern leibhaftig auf. Zur Begrüßung umarmte sie mich, aber sie drückte mich nicht wirklich an sich. Ich spürte nur ihre Fingerspitzen an meinem Rücken.

Großartig, dachte ich und setzte ein Lächeln auf. Dabei spürte ich, wie eine erneute Welle der Angst über mir zusammenschlug.

»Das sind meine Tochter Eve und ihr Freund Ben.«

Höflich lächelte sie.

»Versorgst du die Kinder mit einem Drink?«, bat er. Die Bezeichnung *Kinder* stieß mir auf. Es klang so, als gehörten wir zu ihm, aber wusste sie das auch?

Nicole nippte an ihrem Glas und musterte uns. »Natürlich! Was möchtet ihr trinken?«

Wer ist diese Frau? Ich weiß, ich weiß, sie heißt Nicole. Aber wer ist diese Person?

»Für mich nichts, danke«, lehnte ich ab, woraufhin Ben die Augenbrauen hochzog. »Na ja, einen Wein würde ich trinken«, räumte ich ein. »Danke.«

»Was haben Sie da?«, erkundigte sich Ben, und während Nicole einiges aufzählte, gab er vor, über die Auswahl nachzudenken. Nur Ben konnte in einer solchen Situation sorgfältig darüber nachdenken, was er trinken wolle, als wäre er auf einer Kreuzfahrt durchs Mittelmeer.

»Weißwein wäre nett«, sagte er schließlich mit einem Blick auf ihr Glas. »Was Sie gerade offen haben.«

»Habt ihr das Haus sofort gefunden?«, wollte mein Vater wissen. »Ich weiß, dass all diese Straßen verwirrend sind, wenn man Manhattan gewohnt ist.«

Nicole kam mit unseren Getränken und einem kleinen Teller kandierter Früchte zurück. Es waren genau jene, die ich als Kind so geliebt hatte. Keine Ahnung, ob das Absicht war. *Will er mich an meine Kindheit erinnern?* Langsam und zögerlich nahm ich eine und beschloss, dass es Zufall sein musste.

Nicole hatte langes, rötliches, gewelltes Haar, mit dem sie die ganze Zeit spielte. Sie wickelte sich immer wieder Strähnen um den Finger, zog sie kurz zu sich heran und ließ sie wieder los. Ihre Kleidung war dunkel und saß locker, sodass man ihre Figur nicht wirklich erkennen konnte. Sie trug eine weite schwarze Bluse mit Knöpfen an der Seite, wie ein Sofakissen. Ich fragte mich, ob sie auch Kinder hatte, wie viele Jahre sie jünger war als mein Vater, wie sie sich kennengelernt hatten, wo sie aufgewachsen war, worüber sie stritten, ob sie Dinge vor dem Partner geheim hielten, ob sie nur so tat, als wäre sie nett. *Ist das ihre Wohnung oder seine?* Ich sah mich um und suchte nach Zeichen dafür, dass sie hier wohnte.

Wir nahmen auf dem Sofa Platz. Nicole stellte den Teller mit den kandierten Früchten auf den Couchtisch. Keiner sagte etwas. Ich schaute aus dem Fenster über Manhattan. Dann begannen die Fragen, und mein Vater überließ es Nicole, sie zu stellen. Ein kluger Schachzug, denn ich hätte es seltsam gefunden, wenn mein eigener Vater mir Fragen über grundlegende Dinge meines Lebens gestellt hätte.

»Ich war Musikredakteurin bei einer Tageszeitung in Colorado, dann bin ich nach New York zurückgekehrt und habe für eine Website in SoHo geschrieben, und jetzt arbeite ich für ein Magazin«, erzählte ich.

»Wie cool«, befand sie und musterte mich. »Was für ein Magazin?«

»Eine Musikzeitschrift …«, meinte ich und überlegte, wie viel ich darüber erzählen wollte. »Sie heißt *Interview*. Darin interviewe ich Musiker …«

Ben unterbrach mich. »Ja, und außerdem bekommt sie Freikarten für ziemlich tolle Konzerte.« Es war ungewöhnlich für Ben, das Wort zu ergreifen, ohne direkt angesprochen worden zu sein. Er machte es, weil ich ihn unterwegs instruiert hatte. »Du musst reden. Schließlich hast du mir das eingebrockt. Jetzt musst du mir Druck abnehmen«, hatte ich gesagt und mit dem Finger vor seinem Gesicht herumgefuchtelt.

»Bei dir klingt es cooler, als es wirklich ist«, warf ich ein. »Meistens ist es so, dass ich die Worte berühmter Leute so lange drehe, bis es sich anhört, als hätten sie etwas Interessantes gesagt.«

»Eine echte Journalistin eben!«, bestätigte Ben. Befremdet sah ich ihn an. *Eine echte Journalistin? Wer ist dieser Mensch?*

Mein Vater lachte, auf seiner Miene zeigte sich flüchtig ein überraschter Ausdruck.

»Sie sind wirklich gut«, fügte Ben hinzu, »ihre Artikel. Ich für meinen Teil verpasse nie einen davon.«

Mein Vater sah mich bewundernd an. Ich zuckte zusammen und wandte den Blick hastig ab, als würde ich von der Sonne geblendet.

»Erzähl ihnen von dem Artikel, an dem du gerade arbeitest«, forderte Ben.

»Das ist nichts Besonderes«, wehrte ich kopfschüttelnd ab.

»Das stimmt nicht. Er ist gut.«

»Es geht da um eines der Gründungsmitglieder einer Band, die in den Neunzigern erfolgreich war …« Während ich redete, starrte ich Ben an. »Jetzt hat er eine neue Band zusammengestellt aus Musikern, deren Bands sich aufgelöst haben und … ich habe mit ihm darüber gesprochen, wie es ist, Songs aus ihrem ursprünglichen emotionalen Zusammenhang zu lösen.«

»Nenn ihnen die Überschrift«, sagte Ben.

Ich warf ihm einen wütenden Blick zu. Nicole und mein Dad wirkten extrem gespannt. Es wirkte albern, dass wir so auf diesem Thema herumritten, aber jetzt war es zu spät. *»Ein besserer Ort«*, sagte ich. »Er ist Mist.«

»Er ist großartig«, widersprach Ben.

Ich seufzte. »Ben ist Ingenieur«, erklärte ich dann, was schallendes Gelächter hervorrief. »Das hat wenig mit Musik zu tun«, rief mein Vater aus. Die Art, wie er es sagte, katapultierte mich zurück in meine Kindheit, wenn er ein gutes Zitat aus dem Fernsehen wiederholte und glaubte, das wäre lustig.

Immerhin konnte ich mich immer auf Ben und seinen zwanzigminütigen Monolog über seine Arbeit verlassen. Er begann über die fünfundsechzigtausend Quadratmeter Fläche in Lower Manhattan zu reden, denen er sein Leben opferte. Als Ben den Freedom Tower zum ersten Mal erwähnte, warf mein Vater mir einen Blick zu, doch ich ignorierte ihn völlig und ließ meine Augen auf Ben geheftet, während er sprach. Wage es nicht, dachte ich. *Damit kommst du viel zu spät.*

»Es ist, gelinde gesagt, ganz anders als Eves Welt«, stellte er fest. »Der endgültige Entwurf steht, aber wir müssen noch ein paar Sicherheitsbedingungen ergänzen, darauf besteht die Polizei«, erklärte er. »Sie möchten, dass wir einen fünfundzwanzig Meter hohen Sockel aus Beton gießen, ursprünglich sollte er aus Glasprismen bestehen. Jetzt befürchtet der Architekt, dass das Gebäude aussehen wird wie ein Betonbunker. Deshalb versuchen wir nun herauszufinden, ob die Glasprismen ohne den Beton überhaupt funktionieren würden. Einige Tests haben ergeben, dass die Prismen zerspringen könnten. Wahrscheinlich müssen wir Edelstahlstützen und Panzerglas verwenden. Wie man sieht, interessiert sich Eve dafür, was die Welt empfindet, ich interessiere mich dafür, wie sie funktioniert. Zusammen wissen wir dann fast alles.«

Ich verdrehte die Augen. Jetzt war er wirklich zu weit gegangen.

Nicole fing an, von sich zu erzählen. Obwohl ich zuhörte, bekam ich nur am Rande mit, was sie sagte. Sie war Professorin an einem College in Brooklyn und hatte ein Atelier hier in der Wohnung. Was unterrichtete sie? Welche Art von Kunst? Ich wusste es nicht und konnte mich auch nicht überwinden, danach zu fragen. Die Details bekam ich sowieso nicht mit. Mein Kopf nahm all die Informationen auf und schien sie sofort wieder abzugeben. Vielleicht war das eine Art Selbstschutz.

Wir gingen hinüber ins Esszimmer. Vor uns auf dem Tisch standen eine Holzschüssel mit Glasnudeln, ein Salat mit Hühnchen und Mandarine und ein Schälchen Sojasoße. Es war asiatisch angehaucht und schien mir für meinen Vater ziemlich exotisch. Als ich ihn zum letzten Mal gesehen hatte, war er noch der Überzeugung gewesen, gegrillter Käse mit Ketchup wäre seine persönliche kulinarische Erfindung.

Nicole lief noch ein paarmal in die Küche, und wir warteten auf sie, ehe wir anfingen zu essen. Ich kostete ein bisschen von allem, doch ich nahm nicht wirklich wahr, was ich da aß. Während des Lunchs blieb ich freundlich und fröhlich und war offensichtlich überzeugend dabei. Nichts verriet den Sturm, der in meinem Innern tobte, während ich Salat aß und Bissen mit Nudeln hinunterschluckte. Ich saß da und aß und gab mich entgegenkommend, während ich in Wirklichkeit völlig geistesabwesend war. Innerlich strengte ich mich an, diese passive Rolle zu durchbrechen. Nicole und mein Vater erzählten von einer Reise nach Tokio, die sie kürzlich gemacht hatten. Ich konnte mich nicht erinnern, dass meine Eltern jemals das Land verlassen hatten. Und wenn wir tatsächlich mal irgendwohin gefahren waren, wirkte mein Vater immer mürrisch deswegen. Nach einem unruhigen Flug hatte er mal erklärt, er werde nie wieder in ein Flugzeug steigen, das er nicht selbst steuere. Wenn mein Vater also heute Interesse an Reisen und fremden Kulturen hatte, dann musste es eine neue Version von ihm sein, die selbst am Steuer saß.

Mit keiner Silbe ging er auf das ein, was geschehen war, und ich verübelte es ihm nicht. Ich hätte selbst nicht gewusst, wie ich es hätte zur Sprache bringen sollen. Hin und wieder trafen sich unsere Blicke über den Tisch hinweg für ein paar unbehagliche Sekunden. Doch das war alles. Dann sah ich wieder auf meinen Teller und aß weiter, jedes Stück Gemüse einzeln. Ich hatte Angst, dass ich mich ansonsten mit unliebsamen Gedanken hätte befassen müssen. Jeden Bissen kaute ich hundertmal, bis er zu Brei geworden war. Ich kaute, bis das Gemüse flüssig war.

Alles in allem war der Lunch erträglich, bis mein Vater Disneyland erwähnte.

»Demnächst fahren wir nach Orlando«, meinte er und verdrehte die Augen in Nicoles Richtung. »Ihre Nichte heiratet. Na ja, es ist nicht gerade eine Reise nach Disneyland, aber wir werden es schon überstehen.«

Die vierzig Dollar. Die vierzig Dollar, die verschwunden waren, als mein Vater uns verlassen hatte. Meine Gedanken drehten sich im Kreis. Warum zum Teufel hatte er sie mitgenommen? Wie konnte jemand so etwas tun? Und es war nicht irgendjemand – es war mein Vater. Mein Kinn sah genauso aus wie seines, meine Hände waren wie seine geformt. Wäre ich auch zu so etwas in der Lage? Trug ich es in mir, tief in meinem Innern verborgen? Würde es eines Tages ausbrechen?

Ich musste mit ihm reden. Es schien mir wichtig, ihn zu verstehen. Andernfalls wäre dieser ganze Besuch umsonst gewesen. Aber ich konnte nicht damit anfangen, vor dieser freundlichen, perfekten Frau mit ihren Glasnudeln.

»Kann ich noch jemanden zu einem Dessert überreden?«,

ließ sich Nicole vernehmen. »Karottenkuchen mit Schlagsahne?«

»Nein danke«, lehnte ich ab und versetzte Ben unter dem Tisch einen Tritt.

Er sah auf und fragte: »Was?«

Mein Vater wirkte beleidigt. Nicole senkte den Blick. Es war offensichtlich nicht die Antwort, die sie erwartet hatten.

»Wir sollten jetzt wirklich gehen«, sagte ich. Ben schien verwirrt.

»Okay«, stimmte Nicole zu, obwohl ich sicher war, dass sie es nicht ernst meinte.

»Hast du … den Kuchen nicht selbst gebacken?«, meinte mein Dad zu Nicole.

»Schon gut, kein Problem.« Sie erhob sich. »Wir können ihn morgen zum Frühstück essen«, versicherte sie und umklammerte ihre Serviette mit den Fingern.

Ich half ihr beim Abräumen. Nicole räumte die Spülmaschine ein. Der Lunch war vorbei, und alles war gut gegangen. Human. Aber es fühlte sich nicht richtig an. Nichts war richtig. Ich sah meinen Dad an und sagte beinahe unfreiwillig: »Kann ich mit dir reden?« Dabei deutete ich in Richtung Flur, von dem die anderen Räume abgingen.

»Wir sind in ein paar Minuten zurück«, rief er Ben und Nicole zu. Ich wartete kurz, dann folgte ich ihm.

Vom Schlafzimmer aus konnte ich die offene Tür zum Bad sehen. Am Handtuchhaken hingen ein paar Kleidungsstücke, auf dem Fußboden lag eine Rolle Toilettenpapier. Etwas in mir war kurz davor auszurasten. Jedes Teil ließ mich noch mehr verzweifeln. Ich versuchte, mich auf die Lücken zwischen den einzelnen Gegenständen zu konzentrieren und nicht jede Sache direkt anzusehen.

»Ich bin mir nicht sicher, dass ich das schaffe«, sagte ich und suchte seinen Blick. Ich hörte den Wind draußen toben, der am

Schlafzimmerfenster rüttelte. »Das kommt in meinem Lebensentwurf nicht vor.«

»Ich verstehe nicht, was du meinst«, erwiderte er.

»Warum hast du nie angerufen? Hattest du nie das Bedürfnis, mich zu sehen? Es hat so viele Momente gegeben, in denen ein Anruf von dir hilfreich gewesen wäre …« Meine Stimme brach. »Wenn du mich hättest sehen wollen.«

»Tut mir leid.« Er starrte zur Decke hinauf und schien den Augenblick abwarten zu wollen. Dann ging er hinüber zum Schreibtisch und setzte sich auf den Stuhl daneben. »Glaub mir, ich weiß das. Aber ich lebte damals unter schlimmen Umständen. Es hätte dir nicht geholfen, mich um dich zu haben. Es hätte dich nur verletzt. Und als ich dann eine vernünftige Wohnung gefunden hatte, fiel es mir so schwer, auf dich zuzugehen. Und soll ich dir was sagen? Ich war egoistisch damals, aber das war notwendig.«

Ich wusste nicht, wie ich das Schweigen füllen sollte, das nun folgte. Deshalb starrte ich ihn nur an und wartete, dass er fortfuhr. In meinen Schläfen hallte ein Klingeln, und ich schüttelte den Kopf. All meine Gedanken waren auf ein einziges Ziel fixiert: Du darfst nicht weinen.

»Das genügt mir nicht als Erklärung«, erwiderte ich. »Waren wir dir egal? Hast du dir keine Sorgen um uns gemacht, als Mom gestorben ist?«

Er antwortete nicht sofort. »Doch, natürlich«, sagte er dann und fuhr sich mit der Hand übers Gesicht. Er versuchte nicht länger, seinen Gesichtsausdruck im Griff zu haben. »Aber ich wusste nicht, wie ich damit umgehen sollte. Nachdem ich … getan hatte, was ich tat, wusste ich nicht, wie ich je wieder Kontakt zu euch aufnehmen sollte.« Enttäuscht saß er da, als habe sich selbst die kleinste Hoffnung, die er mit diesem Treffen verbunden hatte, nicht erfüllt. »Es war einfach, das alles abzublocken. In meinem Leben hat sich alles zum Besseren gewendet. Ich bin glücklich. Ich lebe mit Nicole zusammen. Sie ist ein guter, anständiger Mensch, kann keiner Fliege etwas zuleide tun. Du würdest sie mögen.«

Darum ging es jetzt überhaupt nicht. Am liebsten hätte ich es ihm entgegengeschrien: »Darum geht es jetzt *überhaupt* nicht!« Und genau das tat ich.

»Der Punkt ist, dass du uns verlassen hast und wir dich gebraucht hätten. Du warst unser Vater. Wir hatten geglaubt, dir etwas zu bedeuten. Es entbehrt jeglicher Logik, dass du einfach aufgehört hast, dich um uns zu kümmern, und dich so davongemacht hast. Ohne Erklärung. Ohne alles. Und dass du dann auch noch die vierzig Dollar beim Hinausgehen mitgenommen hast, Dad. Damit hast du endgültig besiegelt, dass wir dich für immer hassen mussten. Hast du geglaubt, wir würden es nicht merken? Stell dir vor, ich merke alles. ALLES. Du hast mir die Lektion erteilt, nie unaufmerksam zu sein, niemandem zu vertrauen, nicht einmal den Menschen, die mir am nächsten stehen.«

Noch während ich es sagte, wurde mir klar, dass ich übertrieb. Es stimmte nicht ganz, was ich da behauptete. Zumindest nicht mehr.

»Ich weiß nicht, was ich sagen soll«, erwiderte er. Das also war seine großartige Antwort. Die Worte, auf die ich nahezu fünfzehn Jahre lang gewartet hatte. »Möchtest du mit uns auf diese Hochzeit nach Orlando fahren? Wir könnten ins Disneyland fahren …«

Ich sah ihn an, als wäre er verrückt, was auch nicht ganz ausgeschlossen war. Mein Herz schlug mir bis zum Hals. Aus dem Augenwinkel bemerkte ich eine Porzellanschildkröte auf der Kommode, die gerade an einem Baumstamm hinauflief. Emma und ihr blöder Schildkröten-Vergleich, dachte ich. Sie hatte recht. Er war null Prozent menschlich und hundert Prozent Schildkröte. Aber ich war nicht wie er. Egal, wie mein

Kinn und meine Hände aussahen. Nie hätte ich mich verhalten wie er. Das wusste ich jetzt besser. Viel besser. Dafür hatte meine Mutter gesorgt. Ich konnte wütend auf ihn sein, ihm unzählige Fragen stellen. Nichts davon würde mich weiterbringen.

»Aber natürlich werden wir das jetzt nicht klären können«, sagte ich. »Vielleicht sogar nie. Ich muss hier raus.«

»Okay«, meinte er nur. Und dann entdeckte ich einen vertrauten Ausdruck in seinen Augen. *Leid.* Ich sah ein Spiegelbild von mir selbst in der Fensterscheibe des Vorraums einer Bank am Geldautomaten. Es war Jahre her. *Er leidet.* Unabhängig davon, was in der Vergangenheit passiert war, wollte ich nicht, dass ein anderer Mensch das erlebte, dass er litt – vor allem nicht mein Vater, der früher viel für mich getan hatte. Der einzige Ausweg für mich war, es zu akzeptieren.

»Aber … hör zu … vielleicht können wir noch mal zusammen essen«, schlug ich vor, als wäre das ein riesiger Fortschritt.

Wieder sah er mich an, und das Leid in seinem Blick war verschwunden, hatte einer Mischung aus Freude und Überraschung Platz gemacht.

»Das wäre großartig«, sagte er. »Jederzeit.«

Sobald Ben und ich draußen waren, lief ich schnellen Schrittes los. Er kam hinter mir her. Auf der Atlantic Avenue flitzten die Autos an uns vorbei. Zwei Obdachlose stritten sich um einen einzelnen Schuh. Nun, da ich aus der Wohnung heraus war, spürte ich die ganze Last dessen, was passiert war.

»Wohin gehen wir jetzt?«, erkundigte sich Ben. »Nach Hause?« Seine Stimme klang wie von weit her. Ich drehte mich zu ihm um.

»Bring mich an den nächstgelegenen freundlichen Ort«, sagte ich.

»Okay.« Er holte mich ein. »Aber dann gehst du in die falsche Richtung.«

Daraufhin nahm er mich bei den Schultern und drehte mich um. Ich hatte keine Ahnung, wohin wir gingen, aber ich vertraute ihm. Ein paar Minuten lang gingen wir in absolutem Schweigen nebeneinanderher.

»Ich finde, es ist gut gelaufen«, sagte er schließlich. Das Schlimmste daran war, dass er es völlig ernst zu meinen schien.

»Machst du Witze?« Ich wandte mich ihm zu.

»Nicht? Ich hatte den Eindruck. War es nicht so?«

»Oh, sicher. Es war in Ordnung. Und noch dazu will er uns nach Disneyland mitnehmen.«

»Was?«

»Frag nicht.«

»Doch. Ich meine – es ist nichts passiert. Bist du nicht erleichtert? Ich fand, es lief ziemlich gut. Alles gut.«

Ich erzählte ihm, was mein Vater zu mir gesagt hatte. »Er hat keine Antworten. Kannst du dir vorstellen, wie schlimm das ist? Ich kann nicht fassen, dass ich tatsächlich angenommen hatte, es könnte etwas bedeuten, ihn wiederzusehen. Darauf war ich tatsächlich hereingefallen.«

»Alles klar.«

»Das ist alles? Mehr hast du nicht zu sagen?«

»Was erwartest du denn von mir?«

»Ich werde dir nicht erklären, wie du meiner Meinung nach reagieren solltest. Ich erwarte nur, dass du mich *verstehst*.«

»Aber ich verstehe dich nicht.«

»Genau. Ich möchte einfach nur eine intelligente Diskussion darüber führen, was passiert ist.«

»Nein, das stimmt nicht. Du willst eine emotionale Diskussion darüber führen.«

»Ja, damit ich mich nicht wie eine *Außerirdische* auf dieser Welt fühlen muss.«

Lächelnd sah er mich an, und auch ich lächelte – trotz allem.

»Du *bist* eine Außerirdische«, sagte er kopfschüttelnd. »Unglücklicherweise bist du *meine* Außerirdische, und damit muss ich klarkommen ... zumindest so lange, bis du wieder auf deinen Planeten zurückkehrst – welcher das auch immer sein mag.«

»Ich bin von hier«, beharrte ich und stampfte mit dem Fuß auf.

»Das sagst *du.*« Er legte seinen Arm um meine Schulter, und wir gingen weiter.

»Die Wohnung war nicht sinnvoll geschnitten«, meinte Ben, nachdem wir ein paar Blocks lang geschwiegen hatten. »Die Aufteilung war seltsam. Jeder Raum hat sich zum nächsten hin geöffnet, es gab kein einziges Zimmer, das vom Rest der Wohnung abgetrennt war. Sie haben diesen großen Raum in der Mitte – der war in Ordnung –, aber alles andere war wie ein Anhängsel. Die anderen Zimmer hatten seltsame Schnitte und Größen, und ihre Funktion war völlig unklar. Sehr seltsam.«

»*Das* ist es, worüber du nachdenkst?«

»Allerdings. Worüber denkst du nach, Aristoteles? Wahrscheinlich überlegst du, was für einen Snack du gleich essen könntest, also sei nicht so herablassend zu mir.«

»Das bin ich nicht. Und übrigens, wenn dich jemand unter dem Tisch tritt, dann solltest du nicht ›Was?‹ fragen. Man erwartet dann von dir, dass du es stillschweigend bemerkst und dich so verhältst, wie du glaubst, dass der andere es von dir fordert.«

»Ich hatte keine Ahnung, warum du mich getreten hast«, erwiderte er.

»Weil ich wollte, dass du den Nachtisch ablehnst.«

»Und das hätte ich durch den Tritt wissen sollen?«

»Natürlich!«

»Aber du willst immer Nachtisch.«

Ich seufzte. »Nicht in dieser Situation.«

Er zuckte die Achseln und murmelte vor sich hin: »Ein Tritt bedeutet *Kein Dessert*. Wer kann das ahnen?«

Es dauerte eine Weile, bis ich in die normale Welt zurückkehrte. Ich wartete darauf, dass irgendetwas von mir abfiel, doch nichts geschah. Als wir zum Prospect Park kamen, setzten wir uns einen Moment unter einen Baum ins Gras. Von meinem Platz aus konnte ich die Fenster all der schönen Stadthäuser rund um den Park sehen. Ich stellte mir vor, wie gemütlich es dort in den Häusern war, malte mir schwere Vorhänge aus, offene Kamine und Familien, die unter einer Decke kuschelten. Natürlich konnten die Menschen in diesen Häusern unglücklich sein, das wusste ich, aber irgendwie war ich überzeugt, dass sie es nicht waren. Mit diesem sicheren Gefühl sah ich durch die Fenster und die Glasscheiben an den Haustüren. Und ich fühlte mich, als betrachtete ich diese leuchtenden Familienszenarien aus einem dunklen Raum heraus. Was trennte uns? Was war realer? Warum schien es mir wie eine Vision von etwas, was ich nie haben würde? Warum hatte ich das Gefühl, Ben gehörte dorthin und ich nicht?

Ich beobachtete eine Familie im Park und konnte kaum den Blick abwenden. Die ganze Szene war so banal. Da waren ein Mann, eine Frau, ein Kind und ein Hund. Sie picknickten. Heute war der erste Tag des ausklingenden Winters, in dem man den warmen Frühling erahnen konnte. Auf einem Grashügel lag eine Decke ausgebreitet und bildete den Untergrund für das Bild der perfekten jungen Familie – die Eltern waren beide gutaussehend und schlank, die Haare des Vaters vom Wind zerzaust, seine Jeans hatten genau den richtigen Sitz, sein T-Shirt war verwaschen, weich und sexy. Die Mom hatte ihr langes blondes Haar zu einem Pferdeschwanz gebunden. Sie trug Shorts und ein gestreiftes Sweatshirt. Ihre Kleidung war bequem, aber nicht unmodern. Der kleine Junge war ungefähr ein Jahr alt. Er war gerade stark genug, um auf den eigenen Beinchen zu stehen, und das schien im Moment das einzig Wichtige für ihn zu sein. Er lernte laufen, und der Dad hielt ihn an den Händen, als der Kleine versuchte, ein paar unsichere Schritte zu machen. Die Mutter filmte es und lächelte hinter ihrem Handy. Ihr flauschiger Hund hatte sie bis zu diesem Augenblick aus einer gewissen Entfernung beobachtet. Plötzlich sprang er wie ein kleiner weicher weißer Ball in die Szene und rannte, so schnell ihn seine Beine trugen. Er lief geradewegs auf das Kind zu, warf es um und zerstörte damit jeden eventuellen Fortschritt der Gehversuche. Zum Glück hielt der Vater das Kind fest, und der Kleine bekam nicht die ganze Wucht des Anpralls zu spüren. Es war eher ein leichtes Schubsen, die Knie gaben nach, und der Junge plumpste rückwärts. Es war eher komisch als gefährlich oder erschreckend. Der Vater lehnte sich lachend zurück, und auch die Mutter lächelte breit, ganz offensichtlich erfreut, dass es ihr gelungen war, die Situation auf Video zu bannen. »Perfekt für eine dieser Pannenshows im Fernsehen!«, hörte ich sie zueinander sagen, wenn sie erschöpft von diesem erfüllten Tag nach Hause kämen. Sie würden darüber fachsimpeln, dass der Hund nur Aufmerksamkeit erregen wollte, weil er seinen Platz im Rampenlicht verloren hatte, seit das Baby auf der Welt war. Ich begriff es nicht. Eigentlich hätte ich all das sehen und denken sollen: Das ist es. *Das ist es, was man sieht, und schon wagt man selbst den Sprung. Dies ist es, was man sieht, und denkt:* Das will ich auch.

Doch stattdessen wartete ich. Ich wartete und dachte: Nein, nein, das kann nicht richtig sein. Und das könnte es auch nicht. Es war zu lieblich, zu perfekt. Ich glaubte nicht daran. Also beobachtete ich weiterhin, wartete, hoffte. Und dann, wie nicht anders zu erwarten, begann das Baby nach einiger Zeit zu weinen, der Vater nahm es auf den Arm und legte es auf die Decke. Der Hund fing an, andere Hunde zu beschnüffeln. Die

Mutter entfernte sich ein paar Schritte von ihrer Familie, zündete sich eine Zigarette an und tippte auf ihrem Handy herum. Ich stellte mir vor, dass sie eine Nachricht an ihren Exfreund entwarf, aber damit schoss ich wahrscheinlich über das Ziel hinaus. Der Vater versuchte, sie wieder zurück auf die Decke zu locken, doch sie warf ihm nur einen genervten Blick zu. Meine Augenlider wurden schwer. In Bens Armen döste ich ein und dachte: Das verstehe ich. *Daran glaube ich.*

»Hier sind zu viele Familien«, murmelte ich. »Bring mich zurück ins Land von Lower East Side Jewels und Biker Bill. Sie geben mir das Gefühl, mein Leben im Griff zu haben.«

Er löste sich von mir, klopfte Gras von seinen Beinen und hielt plötzlich in der Bewegung inne.

»Ach, ich muss dir noch etwas erzählen.«

»Was denn?« Mein Magen zog sich zusammen. Ich erwartete einen weiteren Schlag. Einen neuen Schrecken. Ein vertrautes Gefühl. Alles driftete auseinander.

Ben

Prospect Park

Während ich hier mit Eve saß, wurde mir klar, wie sehr ich mich geirrt hatte. Ich wollte mit diesem Mädchen zusammen sein, vielleicht für immer. Sie musste wissen, wer mein Vater war. Wo war mein Sinn für vorausschauendes Handeln geblieben? Als ich sie mit ihrem Vater erlebt und gesehen hatte, unter welcher Anspannung sie gestanden hatte, selbst dann noch, als es vorüber war, hatte ich begriffen, wie unberechenbar das Leben sein konnte. Man kann sich nicht ständig den Dingen verschließen, um sie zu vermeiden. Das schafft keine Ordnung. Es war vielmehr technisch zu betrachten. Man musste die Vergangenheit ebenso mitbetrachten wie die Zukunft und die Situation so sehen, wie sie war, nicht, wie man sie gern haben wollte. Aus irgendeinem Grund erinnerte mich die ganze Sache mit Eve an die George-Washington-Brücke.

Als Kind hatte ich immer hinten im Wagen meiner Eltern gesessen und aus dem Fenster auf die Brücke geschaut, die gerade und relativ flach war, ohne Scheitelpunkt oder Rundung in der Mitte. Fuhr man in die eine Richtung, hatte man einen Blick auf Downtown Manhattan. In der anderen Richtung waren die Palisades zu sehen, jene steilen, baumbestandenen Klippen. Die Brückenpfeiler waren kompakter, als sie hätten sein müssen. In der Planungsphase hatten sich die Ingenieure für eine Stahlkonstruktion entschieden. Die Pfeiler sollten dann noch eine Ummantelung aus Mauerwerk bekommen. Die Brücke sollte so ähnlich aussehen wie die Brooklyn Bridge, aber sie wurde in den Dreißigern gebaut, auf dem Gipfel der Depression, und das Geld wurde knapp. Also entschied man, die Pfeiler sähen ohne Mauerwerk genauso gut aus, und letztendlich bekam die Brücke so einen weitaus moderneren Look. Ursprünglich war die Brücke nur mit einer Ebene gebaut worden, jedoch mit der Option für eine zweite. Allerdings sah man aufgrund des wenigen Verkehrs die Notwendigkeit nicht, diese auszubauen. Allen war aber bewusst, dass man irgendwann vielleicht eine zweite brauchen würde. Die Pfeiler mit dieser Möglichkeit auszustatten, das war enorm vorausschauend gewesen.

Ich musste es ihr erzählen. Denn irgendwann würde es wichtig sein.

»Mein Vater hat deine Mutter gekannt«, sagte ich. »Sie war seine Assistentin, in der Anwaltskanzlei. Er war mit ihr zusammen, direkt bevor … Und ich habe es dir nicht erzählt, weil er sich noch immer schuldig fühlt – und ich glaube, ich ebenso –, dass sie das Gebäude nicht rechtzeitig verlassen haben. Wenn sie früher herausgegangen wären, hätten sie vielleicht beide überlebt. Er hatte ihr gesagt, sie solle bleiben, weil er glaubte, es sei sicherer zu bleiben – aus welchem unverständlichen Grund auch immer. Schließlich sind sie zusammen raus, weil sie darauf bestand, aber eben zeitverzögert, weil er ihr gesagt hatte, sie solle bleiben.«

»Warte. Was?«, meinte Eve.

Schweigend begann ich, Gras auszurupfen.

»Ich weiß«, sagte ich schließlich, »ich hätte es dir erzählen sollen. Mir ist der Zusammenhang klar geworden, als ich die Visitenkarte gesehen habe, die ich dir später zurückgegeben habe.« Als ich es aussprach, realisierte ich, wie schlimm das klang. Ich bekam Panik. Es hätte mehr sein müssen – mehr, was ich hätte sagen können. »Aber … vielleicht … Immerhin hat deine Mom meinem Vater das Leben gerettet. Möglicherweise ist es nun an mir, deines zu retten?«

»Wann genau hast du das herausgefunden?«

»In dem Bagel-Laden.«

»Welcher Bagel-Laden?«

»Du weißt schon, nach unserer ersten Nacht.«

»Den ganzen Rückweg über?«

»Ja«, gab ich zu und senkte den Blick. »Also, sie sind rausgegangen ... an jenem Morgen ... in erster Linie wegen deiner Mutter. Andernfalls wäre er geblieben, da bin ich sicher. Er ist manchmal so begriffsstutzig und zu entspannt. Und ich erzähle dir das, weil es die Wahrheit ist, aber auch, weil ich nicht so sein will wie er.«

Plötzlich trat ein anderer Ausdruck in ihre Augen. Glasig. Oh verdammt. Ich hatte es verdorben. Mädchen, die kurz davor sind, in Tränen auszubrechen, haben so etwas Erschreckendes an sich. Nein. Nicht irgendwelche Mädchen. Eve. Das war viel, viel schlimmer.

»Warum hast du mir das nicht früher erzählt?«

»Weil ich nicht wusste, wie du reagieren würdest.«

»Also dachtest du, du verschweigst es lieber?«

»Ich habe es immer wieder aufgeschoben. Aber jetzt habe ich gesehen, wie chaotisch die Dinge manchmal werden können, und ich möchte nicht, dass wir so werden wie dein Dad und du.«

»Oh ja, das ist klasse. Ein hoher Standard.«

»Ich habe mich verantwortlich gefühlt.«

»Du bist also mit mir zusammen, weil du Mitleid mit mir hast?«

Auf der Suche nach den richtigen Worten hielt ich kurz inne. »Manchmal habe ich Mitleid mit dir, ja. Aber das ist nicht der Grund, aus dem ich mit dir zusammen bin. Das bin ich, weil ...« Ich löste den Blick von ihr und ließ ihn durch den Park schweifen. »Weil du nicht ein einziges Paar Socken hast, in dem nicht ein Loch ist ... und du kannst nicht einen Strumpf wegwerfen, weil du befürchtest, der andere Strumpf könnte traurig sein, weil ihm seine Kumpelsocke fehlt. Und obwohl das leicht geistesgestört ist, liebe ich dich dafür. Und ich kann nicht behaupten, dass diese Socken-Sensibilität jemals zuvor etwas war, was mir an einem Mädchen wichtig gewesen wäre. Aber nun ist es da, und ich empfinde nun einmal so für dich und kann nichts dagegen tun.«

Mit feuchten Augen sah sie mich an. Eine Träne rann über ihre Wange. Sie sagte kein Wort. Ein paar Minuten lang starrte ich ins Gras und hatte das Gefühl, sie nicht berühren zu können – oder sie nicht berühren zu dürfen. Und dann stand sie auf und klopfte ihre Kleidung ab. Auf ihrem Gesicht lag ein unergründlicher Ausdruck.

Eve

Eine Synagoge auf der Lower East Side

Kate und ihr Verlobter Charlie hatten für ihre Hochzeitsfeier eine gotische Synagoge ausgewählt, die, von der Straße aus gesehen, unspektakulär wirkte – eine schlichte, im Verfall begriffene Backsteinfassade. Betrat man jedoch das Innere mit all seiner Erhabenheit, entpuppte sich dies als eine Fehleinschätzung. Sie war der Kathedrale von Notre-Dame in Paris nachempfunden mit ihren spitz zulaufenden Bogenfenstern, den in einem Dreieck mündenden Türfassungen und den hohen Decken in prachtvollem Blau mit goldenen Sternen. An diesem Abend brannten so viele Kerzen, dass man das gesamte Gebäude durch eine falsche Bewegung in Schutt und Asche hätte legen können. Die Kerzen standen in Windlichtern auf dem Boden, auf den Stufen und auf dem Bartresen neben Schnapsflaschen und Tabletts mit Horsd'œuvres. Jeder der Tische war mit einem Strauß aus weißen Orchideen, weißen Rosen und rosafarbenen Lilien geschmückt.

Ich war auf dem besten Wege, mir einen kleinen Rausch anzutrinken, als ich ein goldenes Spotlight auf der Tanzfläche bemerkte. Ich ging in die Richtung und betrachtete das frisch vermählte Paar, das zu Louis Armstrongs »What a Wonderful World« tanzte. Kate hatte ihr Gesicht an seiner Wange vergraben, als wollte sie es verschämt vor den Zuschauern verbergen. Vielleicht war das alles ein bisschen viel für sie, dieses Fest, das sie so minutiös für sich selbst geplant hatte.

Niemanden schien zu interessieren, dass diese Hochzeit eigentlich eine Farce war. Na ja, nicht wirklich eine Farce, aber, sagen wir mal, nicht die ganze Wahrheit. Das war in Vergessenheit geraten. Ebenso vergessen wie all die Lunch-Verabredungen mit Kate, bei denen sie über ihre Probleme mit Charlie geredet hatte. Einige dieser Treffen hatten in Tränen geendet. Vergessen auch die Nächte, in denen sie mir geschrieben hatte, sie habe die Nase voll und werde in einer Stunde zu mir kommen, nachdem sie sich von Charlie getrennt habe. Dann wartete ich auf weitere Nachrichten, hörte in dieser Nacht aber nichts mehr von ihr. Erst Tage später schickte sie mir eine nichtssagende Nachricht wie *Alles gut*! Aber das war Vergangenheit, und es war nicht fair, jetzt daran zu denken.

Unabhängig davon, dass ich der Verlobung mit Charlie mit gemischten Gefühlen gegenüberstand, hatte ich mir geschworen, eine gute Freundin zu sein. Ich zog alle Register, ging zu zwei Verlobungspartys, einer Junggesellinnen-Party in Miami, die mich in den Ruin trieb, einer Brautparty, einer zweiten Brautparty, von der Kate verkündet hatte, sie sei keine Pflichtveranstaltung für die Brautjungfern – und auf der ich doch aufkreuzte (unter uns gesagt, war ich an dem Morgen ziemlich hungrig und hatte gehofft, es gäbe Sandwiches und kleine Geschenke für die Gäste). Allerdings stellte sich heraus, dass es nur eine Platte mit Früchten gab, von der wir ziemlich schnell weggescheucht wurden, um Pailletten auf Kleiderbügel zu nähen. Das Leben ist manchmal wie eine Brautparty: Du kommst mit der Erwartung auf ein Frühstück und ein Geschenk und landest in einem erniedrigenden Kunsthandwerks-Projekt.

Vor der Trauzeremonie hatte ich Kate in ihrem überdimensionalen weißen Kleid begutachtet. Sie wirkte verängstigt, und ich fragte sie mit einem stummen Blick: Geht's dir gut? Sie wirkte nicht so, und deshalb hatte ich weiterhin ein Auge auf sie. Doch in dem Moment, als sie durch den Mittelgang in der Synagoge schritt, hatte sie ihr Pokerface aufgesetzt. Sie konzentrierte sich auf den Ausgang, dessen Türen weiter und weiter geöffnet wurden, sodass das Sonnenlicht durch die Bleiglasfenster flutete.

Und jetzt, eine Stunde später, war die Zeremonie beendet, und gemeinsam mit allen anderen Gästen sah ich diesem scheinbar perfekten Paar zu, wie es den Eröffnungstanz hinter sich brachte. Ich war eine von fünf Brautjungfern in identischen Kleidern und mit einem seitlich gebundenen Pferdeschwanz. Alle waren wir ein bisschen rührselig, aber auf Hochzeiten war das erlaubt. Wir ließen uns von der surrealen Zerstreuung, die Hochzeiten mit sich bringen, treiben. Zusammen standen wir in einer Ecke und versuchten, ein paar Tränen zurückzuhalten.

Außer Maya, die ihren Tränen ganz offiziell freien Lauf lassen durfte.

»Geht es dir gut?«, flüsterte ich, als sie laut aufschluchzte.

»Ich bin so …« Wir erwarteten alle, sie werde »glücklich« sagen, aber sie beendete den Satz mit »müde«. Tatsächlich hatte Maya zuletzt lange Spätschichten im Krankenhaus übernommen. Deshalb waren ihre Tränen weniger ein Zeichen von Rührung als vielmehr ein Beleg dafür, dass sie körperlich am Ende war. Ich sah die anderen Mädchen an, die alle kicherten, und reichte Maya Taschentücher aus deren Handtaschen.

Nachdem das Lied vorbei war, gingen wir zurück an unsere jeweiligen Tische. Wir wussten, was von uns erwartet wurde, denn unser Leben bestand mittlerweile aus einer Abfolge von Hochzeiten. Es war eine überstrapazierte Routine geworden, die mit einem dicken cremefarbenen Umschlag im Briefkasten begann, der handgeschrieben eine Vielzahl von Websites und die Namen von alten Freunden enthielt, die plötzlich wieder auftauchten, als hätte man sie über Nacht wiedergefunden. Der letzte Stopp jeder dieser Reisen war genau hier, auf der eigentlichen Feier. Bald würden auf allen Tischen gleichzeitig die

Salate gereicht. Dann würden alle unzählige Male ihre Champagnerkelche erheben. Der Trauzeuge würde einen Rückblick auf das bewegte Leben des Bräutigams geben. Eine der Brautjungfern würde ein selbst geschriebenes Gedicht vortragen, und einer der älteren Gäste würde feststellen: »Die Sandkastenfreundin der Braut hat Sinn für Humor.« Dann würde die mit buntem Zuckerguss garnierte, von der Braut probierte und von der Brautmutter für gut befundene Hochzeitstorte angeschnitten werden. Und schließlich würden die Gäste den gewagteren Hochzeitskuchen des Bräutigams verschlingen (in der Form eines Football-Helms, wie albern!). Solche Feste folgten einem eigenen Rhythmus.

»Warum hast du solche Angst davor?«, hatte Ben wissen wollen, ehe ich ging. Er selbst war beruflich in Chicago. Er hatte noch versucht, die Geschäftsreise abzusagen, aber vergeblich. Dies war die erste Hochzeit, auf der ich ohne ihn war. Überhaupt war es das erste Mal seit Langem, dass wir ein paar Tage getrennt waren.

»Weil eine meiner besten Freundinnen einen Typen heiratet, der sie in der Vergangenheit nicht gut behandelt hat«, erklärte ich. »Ich traue ihm nicht. Außerdem mag ich ihn auch nicht.«

»Ordnungsgemäß notiert. Aber kannst du nicht trotzdem Spaß haben?« Es war nicht einfach, von Ben verstanden zu werden. Für ihn bedeutete eine Hochzeit Essen + Tanzen = Spaß. In meinem Kopf gab es da noch ein paar mehr Variablen.

»Ich werde es versuchen«, versprach ich, weil er befremdet klang, vielleicht sogar verärgert. Seit jenem Tag in Brooklyn war etwas zwischen uns zerbrochen. Um ehrlich zu sein, war ich mir noch immer nicht sicher, wie ich für ihn empfand, nachdem er mir die Sache mit meiner Mutter so lange vorenthalten hatte. Zuerst war ich verletzt gewesen. Und dann insgeheim ein bisschen erleichtert. Ben war nicht makellos. Das ließ mich wieder atmen. Doch mit diesen Atemzügen kam die

Erkenntnis, dass unsere Beziehung vielleicht nicht das war, was ich geglaubt hatte. Dadurch wurden wir einerseits noch vertrauter. Aber andererseits gab es uns auch einen traurigen Kontext.

»Hey«, sagte er. »Vielleicht werden sie glücklich bis an ihr Lebensende.«

»Wenn sie glücklich sind bis zum Lebensende, macht das meine gesamte Logik zunichte.«

»Deine Logik? So was besitzt du?«

Während ich jetzt an diesem blumenübersäten Ort voller Kerzenschein und alkoholseliger Fröhlichkeit stand, ertappte ich mich bei dem Wunsch, Ben wäre hier, unabhängig von der Spannung, die ich in letzter Zeit zwischen uns gespürt hatte. Diesem Abend mit Kates Freundinnen und anderen Leuten vom College, die ich seit Jahren kannte und lange nicht gesehen hatte, wohnte eine nostalgische Atmosphäre inne. Ich sah zu Kate hinüber: Ihre Lippen waren von einem sinnlichen Rot, ihr Haar fiel in sanften Wellen und war an einer Seite mit einer einzigen diamantenen Haarnadel festgesteckt. Vielleicht lag ich falsch. Möglicherweise wurde doch alles gut. Kate wirkte präsent und geschäftig, wie sie von Tisch zu Tisch ging, Cousins und Freunde umarmte, denen ich nie zuvor begegnet war.

Sie war wirklich eine wunderschöne Braut. Mir kam es so vor, als hätte ich nicht die Wahl, es anders zu beschreiben, denn in all den Tausenden Trinksprüchen auf den Hunderten von Festlichkeiten, die dieser Hochzeit vorangegangen waren, war immer betont worden – von Charlie, von Charlies Freunden, auf die sich alles konzentrierte –, wie *gut* sie aussah, was für ein *schönes Paar* sie waren. Vor allen Dingen von Charlie. In erster Linie. Doch die Kate, die ich kannte, war so viel mehr.

Die sieben Musiker, aus denen sich die Band zusammensetzte, begannen eine Reihe bekannter Songs zu spielen, ansprechende Hintergrundmusik. Nicht spannend genug, um zu tanzen, aber perfekt für Cocktail-Gespräche unter den goldenen Leuchtern. Da Ben nicht mitgekommen war, hatte ich einen mir fremden Tischnachbarn. Alle Brautjungfern waren mit ihren Freunden oder Ehemännern gekommen, sodass ich die Sitzordnung über den Haufen geworfen hatte. Ich hatte Kate frühzeitig gefragt, ob ich neben einem der anderen Mädchen sitzen könne, doch sie hatte mir höflich erklärt, Frauen und Männer säßen immer abwechselnd. Tatsächlich waren ihre Worte, wenn ich mich recht erinnere: »Du bist dabei für mich gestorben.«

Unauffällig musterte ich die Männer, die sie rechts und links von mir platziert hatte. Auf beiden Seiten saßen Typen, die ich noch vage vom College kannte, aber seitdem nicht mehr gesehen hatte. Es war seltsam, wie wir alle drei unbehaglich in den Raum starrten. Meine Freundinnen saßen am anderen Ende des Tisches und brachen in Begeisterungsrufe aus über ihre Tischnachbarn. Ich beschloss, das Eis zu brechen und Konversation zu betreiben. Beiderseits von mir saßen Fremde, die ich nie wiedersehen würde. Heute Abend aber musste ich so tun, als wäre ich absolut fasziniert von ihnen. Also würde ich die nächsten zwei Stunden damit verbringen, sie zu fragen, wo sie wohnten, wie sie morgens zur Arbeit kamen, was sie zum Frühstück aßen, wie oft sie sich täglich die Zähne putzten, welche Aufstiegschancen sie in ihrem Job sahen, wie ihre Urlaubspläne fürs nächste Jahr aussahen, als würde all das ein interessantes Bild ergeben. In ein paar Stunden würden wir alle unserer Wege gehen, und keine dieser Informationen hätte noch irgendeine Bedeutung. Dennoch musste ich diese Fragen stellen. Gnade mir Gott, wenn ich es nicht tat. Zur Strafe würden sie mir mein Filet mignon wegnehmen.

»Hi, ich bin Eve«, sagte ich zu dem Typen links neben mir.

»Steven«, stellte er sich vor, schüttelte mir die Hand und schien erleichtert. »Meine Frau Rebecca.« Ich streckte die

Hand über den Tisch zu einer Frau mit Brille und türkisfarbenem Kleid. »Waren wir zusammen auf dem College?«, erkundigte er sich.

»Ja, ich glaube schon«, erwiderte ich.

»Und was machst du so?«, erkundigte er sich. Das Frage-und-Antwort-Spiel des Abends war offiziell eröffnet.

»Ich bin Autorin bei einem Magazin«, erwiderte ich.

»Was für ein Magazin?«, wollte er wissen.

»Eine Musikzeitschrift.«

»Eine, von der man gehört haben sollte?«

Offensichtlich hatte ich zu lange gezögert, denn jetzt gab ihm seine Frau einen leichten Klaps und lachte.

»Was ist das denn für eine Frage? Liest du Musikzeitschriften?« Sie verdrehte die Augen. Bisher hatte sie ihm die Gesprächsführung überlassen und wenig Interesse gezeigt. Offensichtlich hatte sie ihre eigenen Probleme. Sie sortierte Radicchioblätter aus, schob sie an den Tellerrand und musste gleichzeitig das unsinnige Gespräch von ihrem Tischnachbarn über sich ergehen lassen.

»Die Zeitschrift heißt *Interview*«, erklärte ich.

Er nickte und sagte, er höre keine Musik, weil er zu viel arbeite. Auf den ersten Blick schien das eine perfekte Ausrede zu sein. Tatsächlich aber war es das keineswegs. Ich fragte ihn nach seinem Job, und dann kam unser Gespräch schnell zum Erliegen.

»Und was machst du in deiner Freizeit?«, erkundigte ich mich.

»Freizeit?« Er lachte. »Was ist das denn?«

Ganz sicher dramatisierte ich das Ganze. Was passiert nur mit der Welt? war mein einziger Gedanke. In Wirklichkeit war ich nur Opfer einer unglücklichen Sitzordnung. Die Band spielte ein Lied, das ich mochte, und so stand ich auf und beugte mich zu Maya hinüber.

»Lass uns tanzen«, sagte ich. »Der Typ neben mir ist nicht besonders witzig.« Sie sah kurz zu Erol hinüber, ihrem Verlobten, der gerade mit seinem Salat beschäftigt war. Während sie überlegte, spießte sie ein Stück Avocado auf.

»Okay, gehen wir.«

Wir bahnten uns den Weg bis zur Mitte der Tanzfläche, begannen uns zu der ohrenbetäubend lauten Musik zu bewegen und wurden mit der Zeit immer lockerer. Wir kannten jeden Songtext auswendig und sangen hemmungslos mit. Dabei sahen wir uns an, als wären wir allein im Raum. In unserer gemeinsamen Vergangenheit hatte es so viele Tanzpartys gegeben – wir wussten, was wir taten. Wir tanzten und verloren den Bezug zu unserer Umgebung. Es war wie ein Schnitt, und es kam uns vor, als wären wir wieder im College. Wir folgten dem Rhythmus so schwerelos, bis nichts anderes mehr zählte. Irgendwann zog Maya ihre Schuhe aus und verschwand kurz, um sie unter unseren Tisch zu stellen. Als sie zurückkam, streckte sie einen Arm in die Luft und hielt in der anderen Hand ein Glas Champagner, das ihre Lebensgeister wieder weckte. Das war der beste Teil jeder Hochzeit, die Gelöstheit nach all den Vorbereitungen, der Anspannung der Trauzeremonie, nach ein paar Happen Essen und mehr als ein paar Schlucken Alkohol. Zunächst schien es grundsätzlich so, als würde der Moment nicht einsetzen, doch irgendwann passierte es immer. An diesem Punkt des Abends waren wir jetzt, in diesem kostbaren Augenblick, wenn die Gedanken von der Musik übertönt wurden.

Deshalb war mein erster Gedanke, der Alkohol spiele mir einen Streich, als ich Jesse an der Bar stehen sah. Das konnte er nicht sein.

Doch dann wurde mir klar, dass er es sein musste. Niemand sonst konnte gleichzeitig so gut und so albern in einem schwarzen Anzug und einer schmalen schwarzen Krawatte aussehen. Oh, und er war betrunken. Weitaus betrunkener, als jemand auf einer Hochzeit es sein sollte. Ich fühlte mich, als wäre ich die Einzige, die erkannte, in welchem Stadium er schon war. Als ich seine Aufmerksamkeit quer durch den Raum erlangt hatte, sah er mich mit neckischem Argwohn an, dann grinste er breit.

Ich wandte den Blick ab, beugte mich zu Maya hinüber und sprach leise mit ihr.

»Ähm. Jesse ist hier?«

»Oh … ja …«, erwiderte sie hastig. »Er ist mit Charlie befreundet … Hat Kate dir das nicht erzählt?«

»Hmmm … nein!«, sagte ich.

»Tja, wahrscheinlich hatte sie zu viel zu tun, aber …«

Wir waren einer Meinung. Sie hätte es mir sagen müssen. Aber das war typisch Kate – nur weil sie selbst in einer solchen Situation ruhig und gesammelt blieb, erwartete sie, dass jeder andere ebenso reagierte. Maya hätte es mir Monate vorher gesagt und mir dann eine dreistündige Sitzung bei einem Psychiater geschenkt, der auf Krisenbewältigung spezialisiert war.

»Ich gehe nach draußen und schnappe ein bisschen frische Luft«, erklärte ich.

»Gute Idee«, pflichtete sie mir bei.

Zielstrebig bahnte ich mir den Weg durch die Menge und lief durch einen Tunnel aus Kleidern und Anzügen, Tabletts mit leeren Gläsern, während die Gäste im Kreis um Kate und Charlie tanzten. Von einem Tisch griff ich mir ein Glas Eiswasser und trank es in einem Zug aus. Ich spürte, wie die kalte Flüssigkeit meine Kehle hinunterrann und sich in meiner Brust ausbreitete.

Als ich die Tür erreichte, entpuppte sie sich als meine Rettung. Es war nicht der Haupteingang, sondern die Seitentür, die wir den ganzen Nachmittag genutzt hatten, um für die Fotos nach draußen und wieder hinein zu gehen. Draußen angekommen, schloss ich die Augen, stand dort in der Kälte und rubbelte mit den Händen über meine Arme. Ich wartete, dass das Wasser sich in meinem Körper bemerkbar machen würde, damit ich mich ein bisschen weniger beschwipst fühlte. Dann schickte ich Ben eine eindringliche Nachricht. *Ich vermisse dich*. Er antwortete nicht. Also musste ich an etwas anderes denken.

Es entmutigte mich, dass mein Telefon stumm blieb. Warum schrieb er nicht *Ich vermisse dich auch*? *Ganz klar. Natürlich schreibt er dir nicht, weil er sich wahrscheinlich von dir trennen wird. Er ist deine Spielchen vermutlich leid. Gerade jetzt denkt er darüber nach, Schluss zu machen. Darum antwortet er nicht. Weil er damit beschäftigt ist, seine Flucht zu planen. Warum musstest du das vorhin auch sagen? Warum musstest du erwähnen, wie unangenehm die Hochzeit sein würde? Dass Kate und Charlie keine Zukunft hätten. Wer will schon mit jemandem zusammen sein, der ständig so negativ ist? Bravo, Ben! Endlich hat er es begriffen! Das Spiel ist aus. Gut für ihn. Jetzt wird er jemanden finden, der daran glaubt, dass jedes Hochzeitspaar glücklich ist bis zum Lebensende. Damals im Prospect Park ist es ihm klar geworden. Wir sind völlig unterschiedlich. Vielleicht hat er mir von seinem Vater erzählt, weil er hoffte, ich würde mich dann von ihm trennen. Er ist ausgefuchst genug, so etwas zu inszenieren und es nicht wie seinen Fehler aussehen zu lassen.*

Minutenlang starrte ich aufs Handy und hoffte, Ben werde anrufen. Doch das Telefon klingelte nicht. Ben widerlegte meine Ahnung nicht. Er war genau wie die anderen. Wie hatte ich ihm so sehr vertrauen können? Ich sah die Straße hinunter. Inmitten einer Gruppe von Obdachlosen stand ein bärtiger Mann. Eine Frau ging an ihnen vorüber, die Hände tief in die Jackentaschen gesteckt. Ich versuchte, etwas zu tun, doch ich konnte es nicht. Ich war wie erstarrt. Ich fühlte mich wieder wie mit zweiundzwanzig, so heftig war meine Verbindung zwischen dem Gefühl der Unsicherheit und der Lower East Side. Die Straßen führten mich zurück in die Vergangenheit. Ich war wieder das verlassene Mädchen. Der Boden unter meinen Füßen begann zu beben.

Und dann hatte er mich entdeckt.

»Glückwunsch!«, sagte er, als er direkt hinter mir stand. Ich wandte mich um. Jesse hatte ein zynisches Lächeln aufgesetzt.

»Wozu?«, wollte ich wissen.

»Keine Ahnung. Ich sage das einfach ziemlich häufig heute Abend. Ist mir so in den Kopf gekommen.«

Ich nickte, und plötzlich erschauerte ich. Die Haare auf meinen Armen stellten sich auf, und ich fuhr mit den Händen wieder über die Arme.

»Willst du?«, fragte er und schenkte mir einen Blick, den ich kannte. Dann zog er seine Jacke aus, und obwohl ich den Kopf schüttelte, reichte er sie mir.

»Du siehst aus wie eine Trophäe«, stellte er fest. Trotz seiner Farbe war das Kleid zugegebenermaßen recht figurbetont. Es war trägerlos und wirkte, als hätte ich mich hingelegt, die Arme über den Kopf gestreckt und zugelassen, dass jemand drei Viertel meines Körpers in einen schimmernden grünbraunen Stoff hüllte.

»Ich sehe eben aus wie eine Brautjungfer«, gab ich zurück.

Nachdenklich begutachtete er mich. »Ja, gut …« Dann starrte er auf die Stelle zwischen meinen Hüften, als wollte er den Stoff anfassen. Schweigend standen wir einen Moment da. Es wäre nirgendwo einfach gewesen, Jesse zu begegnen. Aber hier und jetzt musste ich mir nachdrücklich klarmachen, dass ich erwachsen geworden war, dass ich mich verändert hatte.

»Ich nehme an, du willst mir nicht sagen, wie es dir geht?«

»Richtig angenommen.«

»Schenkst du mir zumindest einen Tanz?«, bat er. Ich hatte mir diesen Augenblick so häufig vorgestellt, hatte in der ganzen Stadt so viele verschiedene Versionen von Jesse gesehen, die dann doch nicht er gewesen waren.

»Nein.« Ich sah ihn nicht an.

»Aber du hast so ausgesehen, als hättest du eine Menge Spaß«, beharrte er, während er näher kam. »Wirklich. Du sahst toll aus.«

»Oh … Das bezweifle ich.«

»Und es ist eine von diesen Motown-Coverbands! Total spannend! Das gibt es fast nie. Eine schockierende Wahl für eine Hochzeit!«

Ich hielt den Blick gesenkt. Am liebsten hätte ich *Sei nicht so ein Musik-Snob* gesagt, aber ich befürchtete, das wäre ein Rückschritt in alte Verhaltensmuster. Stattdessen nickte ich lächelnd und beschloss, es dabei zu belassen. Das Geheimnis von Lächeln und Nicken, ohne eines der gefürchteten Worte. Das schien mir der sicherste Weg, ein Gespräch mit ihm zu führen.

»Was hältst du davon?«, wollte er nach einer oder zwei Minuten wissen und ließ den Blick über die Synagoge schweifen. »Die Tage sind gezählt, hm? Übrigens siehst du großartig aus.« Damit beugte er sich vor und flüsterte mir ins Ohr: »Habe ich das schon erwähnt?«

»Danke«, sagte ich zu dem Whiskeygeruch, als sein warmer Atem meine Schulter traf. *Ich kann mich mit meinem Exfreund unterhalten. Das ist kein Betrügen.*

Genau in diesem Moment fuhr ein Krankenwagen mit Martinshorn vorbei, und Jesse steckte sich die Finger in die Ohren. Dann schaute er ihm nach, bis er ein paar Blocks weitergefahren war. »Seit ich auf Tour war, bin ich extrem lärmempfindlich«, erklärte er, nachdem die Sirenen nicht mehr zu hören waren.

»Oh, was hast du gemacht?«, erkundigte ich mich. War es so schlimm, das wissen zu wollen? Schließlich hatte ich den Anfang miterlebt, die lausigen kleinen Auftritte und die ständigen Selbstzweifel. Zum Teil freute ich mich für ihn, dass es jetzt offensichtlich gut lief. Es war mal unser kleines Projekt gewesen.

»Es war krank. So viele Städte in so wenigen Tagen. Irgendwie fand ich es toll, aber ich weiß noch, dass wir in Detroit waren und ich keine Ahnung hatte, wo verdammt noch mal ich eigentlich war. Ich hatte immer das Gefühl, mitten in der Nacht bei einem Autounfall sterben zu müssen. Oder dass der Bus von einer Brücke stürzen würde.«

»Warum?«

»Weil wir so viel unterwegs waren.«

»Ah.«

»Genau.« Mit großen Augen sah er mich an. »Einmal haben die Reifen Feuer gefangen.«

Ich wartete einen Moment. »Echt? Was ist dann passiert? Sorry, mein Wissen über Autos hält sich in Grenzen.«

Er lachte. »Wir mussten zusehen, dass wir schnell den Feuerlöscher herausholten, um den Brand zu löschen, ehe er auf den Tank übergreifen und das Auto in die Luft fliegen konnte.«

Ich zuckte zusammen. »Wahrscheinlich hat es trotzdem ein bisschen Spaß gemacht, oder?«

»Ja, natürlich. Auf der Bühne zu stehen gibt dir einen Energieschub wie nichts anderes, aber es ist auch härter, als ich es mir vorgestellt hatte. Die Bandmitglieder gehen dir irgendwann auf die Nerven, und du spielst nicht immer die Musik, die du spielen möchtest. Dazu das ständige Klingeln in meinen Ohren … Das hat mich echt verrückt gemacht. Aber ich schreibe weiterhin Songs. Damit kann ich nicht aufhören, auch wenn ich es gern würde.«

»Das klingt für mich ziemlich glamourös«, sagte ich und klang zum ersten Mal heiter. »Auf eine nicht glamouröse Weise.«

»Ja, jedenfalls …« Er beugte sich noch weiter zu mir. »Ich will nicht klischeehaft klingen, aber willst du von hier verschwinden?«

»Ich werde nicht mit dir von hier abhauen. Ich habe einen Freund.« *Den betrüge ich nicht. Ich werde Ben nicht betrügen.*

»Ich weiß«, erwiderte er lächelnd. »Und ich habe eine Freundin.«

»Und das ist dir egal?« Ausdruckslos sah ich ihn an.

Er lehnte sich ein Stück zurück, und seine Miene wurde melancholisch. Einen Moment lang schwieg er. »Mein Bruder hat sich umgebracht«, sagte er dann.

Mich überkam ein Schauer. »Was?«

»Lass es mich nicht noch einmal wiederholen.« Er wirkte aufrichtig mitgenommen. Es schien, als hätte er etwas gesagt, was er nicht hatte erwähnen wollen.

»Wann war das?«

»Vor zwei Monaten.«

Mir kam es vor, als wären all die Gefühle, die ich für ihn gehabt hatte, plötzlich wieder präsent und schmetterten die Überlegungen, wie ich mich ihm gegenüber verhalten wollte, einfach nieder. Ich hatte das Bedürfnis, ihn an mich heranzuziehen, und genau das tat ich. Keinen Moment länger verschwendete ich einen Gedanken daran, worüber wir reden könnten, was Jahre zuvor passiert war – oder daran, wer gewonnen oder verloren hatte. Nichts davon schien mehr wichtig. In einem Nu fiel all das von mir ab. Sobald ich ihn umarmte, erwachte das Verlangen in mir. Ganz offensichtlich war es möglich, mehrere Menschen gleichzeitig zu verkörpern. Ich hatte verschiedene Identitäten, und manchmal überschnitten sie sich für einen kurzen Zeitraum. Manchmal geschah das einvernehmlich, zu anderen Zeiten als stürmischer Streit.

»Du hättest es mir erzählen müssen«, sagte ich, auch wenn das nicht logisch war. Schließlich hatten wir uns nicht als

Freunde getrennt. Doch in diesem Moment wollte ich genau das für ihn sein. Ich wünschte mir, jene Zeit noch mal aufleben lassen zu können, in der wir einander etwas schuldig waren.

»Du hast mich nie zurückgerufen«, erwiderte er, nachdem wir uns wieder voneinander gelöst hatten.

»Mir war nicht klar, dass du das erwartet hattest. Ich glaubte, mich klar geäußert zu haben.« Wir wagten beide ein kleines Lächeln.

»Ich wollte dich nicht quälen. Es wäre nur schön gewesen, wieder mit dir zu reden.«

»Wenn ich das gewusst hätte, dann hätte ich deine Anrufe angenommen.«

»Echt?«

»Natürlich.«

Das Gespräch nahm einen besorgniserregenden Verlauf. *Aber das ist kein Betrug. Schließlich betrügt man jemanden nicht, nur weil man sich mit einem anderen unterhält.*

»Geht es dir gut?«, erkundigte ich mich.

Er zuckte mit den Schultern. »Nicht wirklich. Mal im Ernst, können wir irgendwo anders hingehen? Nur wir beide? Ich hätte gern eine kleine Auszeit.«

»Eine Auszeit wovon?«

»Von allem.«

»Ich glaube nicht, dass … wir das … jetzt noch tun können.«

Er senkte den Kopf und schüttelte ihn ungläubig. »Es ist verrückt. Ich führe mein Leben, und alles ist gut, und plötzlich ist da eine Situation, die mich blitzartig an dich denken lässt. Dann wird mir klar, dass meine Erinnerung an dich immer noch ganz lebendig ist, und es kommt mir vor, als hätten wir uns nie getrennt. Dann verfalle ich in einen Zustand der Nostalgie, und mir kommen diese zufälligen Situationen in den Sinn – etwa, wie wir zusammen Filme gesehen haben und du dich in den kitschigen Szenen immer hinter meinem Rücken versteckt hast, so wie die meisten Menschen es machen, wenn im Fernsehen Blut fließt. So hast du es bei den geschmacklosen Szenen gemacht. Oder wie du mich mitten in der Nacht angefleht hast, auf der Feuerleiter nachzusehen, ob sich ein Mörder dort versteckt hat, nur weil du irgendein Geräusch gehört hattest.«

»Du tust so, als hätten wir nicht tatsächlich einmal jemanden dort entdeckt.«

»Ein einziges Mal!«

»Einmal genügt ja wohl. Und du hast mich nie wirklich beruhigt. Zwar hast du nachgesehen, aber eine richtige Antwort hast du mir nie gegeben. Stattdessen hast du so was gesagt wie ›Ja, da ist jemand, stimmt, aber ich möchte ihn nicht stören‹.«

Er lachte. »Ich musste mich einfach über dich lustig machen. Es ging nicht anders.«

Ich stemmte die Hände in die Hüften. »Das sehe ich nicht so.«

»Verstehst du, fünf Sekunden lang denke ich an solche Dinge, und schon ist da wieder diese klaffende Lücke in meinem Innern, gegen die ich nichts tun kann. Weißt du, was ich meine?«

Ganz langsam nickte ich. *Mit ihm kann ich über alles reden. Es ist nur Plauderei. In Erinnerungen schwelgen. Das hat nichts mit Betrügen zu tun.*

»Du verstehst es wirklich? Okay, gut. Dann bin ich also nicht verrückt.«

»Du bist nicht verrückt.« Wenn er sich mir so offenbarte, konnte ich ihn wohl kaum im Regen stehen lassen. Vor allem, da ich ihn wirklich verstand. Ich begriff, was er meinte. Nicht dass ich ständig an ihn gedacht hätte … aber dann und wann schon.

»Sieh mal, wenn du nicht mit mir verschwinden willst, ist das in Ordnung. Lass uns wieder reingehen.« Während wir auf dem Weg hinein waren, griff er von hinten nach meinem Kleid und flüsterte mir zu: »Ich habe mir immer vorgestellt, mit dir in die Kirche zu gehen und dich zum Altar zu führen.«

»Es ist keine Kirche, sondern eine Synagoge«, erwiderte ich etwas zu kokett.

»Unwichtig.«

Während wir uns den Weg durch die Menge bahnten, sah ich Charlie und Kate aus den Augenwinkeln. Sie sahen aus wie das Paar auf der Hochzeitstorte, allerdings schienen sie eine Meinungsverschiedenheit zu haben. Ich konnte nicht erkennen, worum es ging. Kate wirkte verwirrt, mit großen Augen sah sie ihn an. Schließlich gingen sie auseinander. Ihre Liebesschwüre hatten also nicht wie von Zauberhand alle Probleme gelöst. Und plötzlich wurde mir klar: Ich sorgte mich um sie, um mich. Um uns alle.

Die Tanzfläche war jetzt voller Menschen – Mädchen, verschwitzt und ohne Schuhe, und Männer mit aufgeknöpftem Hemd, die Krawatte wie ein Stirnband um den Kopf gebunden. Als wir vollständig mit der Menge verschmolzen waren, griff Jesse verstohlen nach meiner Hand, sodass niemand es sehen konnte. In diesem Augenblick schienen all meine Nervenenden sich in meiner rechten Handfläche zu befinden. Alle anderen Sinne waren ausgeschaltet. Ich befahl mir, meine Hand aus seiner zu lösen. In meinem Kopf schrie eine Stimme: Das passiert nicht wirklich. Aber ich konnte ihm meine Hand nicht entziehen. *Was mache ich hier? Ich betrüge Ben nicht.* Die Band spielte einen langsamen Song, und die Melodie entfaltete ihre Magie. Jesse lehnte seine Wange an meine. Mir dämmerte, dass ich mich genauso fühlte wie damals, bevor wir zum ersten Mal miteinander geschlafen hatten. Ich erinnerte mich, dass ich damals auf der anderen Seite des Raumes gesessen hatte und plötzlich dieses Begehren in mir aufwallte, dieses starke Gefühl, gegen das ich nicht ankam. Ich wollte ihn. Obwohl wir uns nicht einmal berührt hatten, fühlte ich mich seltsam angezogen von ihm.

»Hast du ein schlechtes Gewissen?«, flüsterte er.

»Weshalb?«

»Wegen der Tatsache, dass du immer noch an mich denkst.«

Ich antwortete nicht sofort. »Manchmal. Und du?«

»Ja, genauso. Ab und zu. Aber ich fühle mich nicht so schlecht deswegen, wie ich es vielleicht sollte.«

»Ich weiß, was du meinst, so geht es mir auch.«

»Das ist genau das Ding – manchmal bin ich abgeklärt genug, um zu sagen: ›Wir waren zusammen, es war eine andere Zeit, andere Umstände. Und jetzt sind wir nicht mehr zusammen.‹ Was kann man auch daran ändern? Ich glaube nicht an diesen Mist, dass es einen Menschen gibt, der für dich bestimmt ist. Daran habe ich nie geglaubt. Die Tatsache, dass ich so empfinde, hängt mit allem zusammen, woran ich in Bezug auf die menschliche Rasse jemals geglaubt habe. Das Leben ist Chaos. Eine Beziehung löscht nicht die Chance auf eine andere Beziehung aus. Wie sollte das auch möglich sein? Aber dann, in anderen Momenten, macht es mich fertig, wenn ich mir vorstelle, es wäre umgekehrt. Wenn meine Freundin solche Gefühle für jemanden hätte, würde ich den Typen umbringen. Ich würde es weder verstehen noch nachempfinden können. Auf keinen Fall würde ich sagen: ›Na ja, das Leben ist eben chaotisch!‹, sondern dem Typen klarmachen, dass das meine Freundin ist und nicht seine. Begreifst du, wie heuchlerisch das ist?«

»Natürlich.«

»Und gleichzeitig kann ich dich nicht mehr haben. Nicht so, wie es mal war zwischen uns. Mag sein, dass es so das Beste ist, aber es tut verdammt weh, weißt du? Aber genauso tut es auch weh, an meine Freundin zu denken, die entsetzt wäre, wenn sie wüsste, wie schmerzhaft es für mich ist, nicht mehr mit dir zusammen zu sein. Ist das nicht ätzend?«

»Wenn wir alle die Wahrheit kennen würden und jedes Detail wüssten, das einem anderen im Kopf herumgeht, würde keiner von uns jemals wieder mit anderen sprechen – nicht mal Ehemänner und Ehefrauen.«

»Es wäre das Ende der Zivilisation, wie wir sie kennen.« Er lächelte. »Ich vermute, jetzt sollte ich mich bei dir entschuldigen«, sagte er dann und lehnte sich zu mir herüber. »Für all die schmutzigen Dinge, an die ich im Zusammenhang mit dir gedacht habe.«

»Schon okay«, erwiderte ich lächelnd.

»Nein, wirklich. Da waren ein paar obszöne Sachen dabei.«

»Hör auf«, flehte ich ihn an. *Mach weiter.* »Du machst es nur noch schlimmer.«

»Entschuldige. Entschuldige. Aber weißt du was, vielleicht hat sie ihre eigenen … Situationen, von denen ich nichts weiß! Vielleicht ist es diese gegenseitige Blindheit, die uns allen zu eigen ist. Diese ganz bewusste Ignoranz. Macht das jeder? Ich weiß es nicht. Über so etwas reden die Leute ja nicht. Dabei ist es immer die gleiche Geschichte – die gelangweilte Ehefrau und die aufregende Affäre, nicht wahr? Als könnte man nie beide gleichzeitig lieben, sondern immer nur exklusiv. Was passiert, wenn du deine Freundin wirklich liebst, aber deine Exfreundin auch? Was machst du dann? Du hältst den Mund, oder? Du schluckst es hinunter. So machen es alle. Aber hier geht es um uns beide. Bist du bereit dafür?«

»Wahrscheinlich nicht, aber rede weiter.« Ich hatte den Eindruck, dass er sorgfältig über etwas nachdachte und seine Worte genau wählte.

»Du und ich, wir sind beide insgeheim ein bisschen verkorkst.«

»Was meinst du damit?«

»Sagen wir mal, du bekommst ein Glas mit kochend heißer Lava in die Hand gedrückt oder so was Ähnliches, und du darfst es halten, aber mit der Warnung, dass es ganz schlimm enden wird, wenn du auch nur einen Tropfen davon verschüttest. Jeder von uns beiden würde, wenn gerade niemand hinsieht, das Glas ein winziges bisschen schräg halten. Wir würden nichts verschütten, aber wir wären kurz davor.«

»Willst du damit sagen, wir spielen mit dem Feuer?«

»Ich will ausdrücken, dass wir das Feuer spannend finden oder die Möglichkeit, ein Feuer zu entfachen. Und ja, manchmal spielen wir auch damit. Nicht alle Menschen sind so. Und damit will ich nicht behaupten, dass sie etwas falsch machen und wir richtig. Ich rufe nicht: ›Juchhu, wir sind die Besten!‹ Es ist nicht unbedingt gut. Gut ist es, wie es die anderen machen – die das Glas so halten, wie es von ihnen erwartet wird, und nicht an die Grenzen gehen. Ernsthaft. Gut für sie. So viele Menschen finden etwas schlimm und lassen es trotzdem zu, oder sie denken nur kurz darüber nach. Ich mag es, genauer hinzusehen, und du magst es ebenfalls. Wenn ich nicht kurz davor wäre, den Inhalt des Glases zu verschütten, oder wenn ich nicht wüsste, wie es ist, heiße Lava überall auf dem Fußboden zu haben, dann könnte ich keinen einzigen Song schreiben.«

Ich wollte verstehen, wie er es geschafft hatte, die Chemie in meinem Innern so zu verändern. Warum erwachten all meine alten Gefühle wieder? Während wir darüber sprachen, was uns von anderen Menschen unterschied, fühlte ich mich vollständig mit ihm verbunden. Ich war genau wie Jesse, und ich wollte nicht mein ganzes Leben lang einsam sein. War dies meine einzige Chance? Mein Herz schien mit seinem verwoben zu sein wie ich es vielleicht nie mit einem anderen empfinden würde. Es fühlte sich an wie … Sicherheit. Ziemlich genau wie Sicherheit.

Er blickte nach unten und legte die Hand seitlich an mein Kleid. Die Leute, die um uns herum tanzten, boten uns Deckung, und Jesse tat nichts, was jemand hätte beobachten können. Jeder hätte nur den Eindruck eines freundschaftlichen Beisammenseins. Ich zwang mich, die Augen weit offen zu halten, und kämpfte gegen jeden winzigen Teil meines Körpers, der aufzugeben drohte. Jesses Anziehungskraft auf mich war ungebrochen. Nichts hatte sich verändert. Es war wie ein Zwang, gegen den ich nicht ankam, und ich hatte nicht geahnt, dass ich so beeinflussbar war. Plötzlich wurde mir bewusst, dass wir die ganze Zeit Hand in Hand standen. *Wir konnten ja wohl mal eine Minute unsere Hände halten. Kates Hand hatte ich auch vorher gehalten. Darin liegt nicht unbedingt etwas Romantisches. Es ist kein Betrügen. Ben wird sowieso irgendwann gehen – wenn nicht jetzt, dann zu einem anderen Zeitpunkt. Und dann bleibe ich ohne alles zurück.*

Jesse führte mich von der Tanzfläche, hinaus aus dem großen Saal in einen menschenleeren Gang. »Schnell«, sagte er, ehe er die Tür zu einem dunklen Raum aufstieß und hinter mir ins Schloss fallen ließ. Ich konnte seine Schritte nicht hören, konnte ihn nicht sehen. Doch ich hielt seine Hand in meiner und spürte, wie er mit dem Daumen über meine Handfläche strich. Die Dunkelheit änderte alles. *Allein zu zweit in einem dunklen Raum zu sein ist noch kein Betrügen.* Aber jetzt waren wir füreinander verfügbar. Noch ehe sich die Umrisse seines Haars, seines Gesichts und der Hände in der Dunkelheit abzeichneten, spürte ich, wie er nach meinem Bauch tastete. Plötzlich waren seine Lippen auf meinen, er presste mich an die gegenüberliegende Wand, und mehrere Gegenstände, die ich nicht erkennen konnte, stürzten scheppernd zu Boden. Seine Zunge – auf einmal wusste ich wieder, wie es war, wenn sie mit meiner spielte. Es war wie ein altbekanntes Lied, das ich lange nicht gehört hatte und das noch immer wunderschön klang. Mit beiden Händen umfasste er meine Hüfte, dann öffnete er den Reißverschluss meines Kleides. Es fiel zu Boden, umspielte meine Knöchel und blieb dort aufrecht stehen wie eine Säule. »Zieh deine Schuhe aus, Süße«, sagte er, wie er es immer gesagt hatte. Stets hatte er liebevolle Anweisungen gegeben. *Quäl mich nicht, Süße. Manchmal tut es weh, Süße.* Ich streifte die Schuhe aus. Er ging in die Knie, tastete nach meinem trägerlosen BH, löste die Haken und liebkoste meine Brüste. Sein Mund war nur Millimeter entfernt.

Sobald ich seine Zunge auf meiner Haut spürte, schob ich seinen Kopf von mir. Mit einer Hand hielt ich ihn zurück und betrachtete sein Gesicht. Schwer atmete er ein und aus. Ich hatte nicht erwartet, dass ich weinen würde. Um Himmels willen, dies war nicht der Zeitpunkt für Tränen, doch meine Gefühle waren so intensiv und widerstreitend, dass sie sich einfach Bahn brachen. Und außerdem hatte ich es gewusst. Irgendwo in meinem Innern hatte ich gewusst, dass ich total versagen würde.

»Was ist los?«, wollte Jesse wissen.

»Nichts.« *Nichts. Nichts. Nichts.*

»Alles in Ordnung?« Offensichtlich hatte er die Tränen bemerkt, trotz der Dunkelheit und obwohl ich versucht hatte, sie zu verbergen. Er erhob sich.

»Ja.« *Ja. Ja. Ja.* »Ich kann das nicht«, sagte ich. Dann trat ich einen Schritt zurück, beugte mich nach vorn, hob den BH vom Boden auf, schloss das Kleid.

»Tja, so weit waren wir schon einmal.« Die nächsten Minuten lang schwiegen wir beide. Unablässig sah Jesse mich an. Mir war speiübel. Ich wollte mich nicht übergeben.

»Ich liebe einen anderen«, erklärte ich.

»Ich auch, Eve«, erwiderte er seufzend, und dann steuerte er auf die Tür zu. »Aber ich liebe sie, weil ich sie liebe. Nicht weil ich mir verzweifelt wünsche, so zu empfinden.«

Eve

Warum ist die Taube über die Straße gelaufen?

Ich betete darum, seine Stimme hören zu können. Mit dem Telefon in der Hand lief ich in meinen schwarzen Schuhen die roten Stufen hinauf und hinunter. Zehn Stufen aufwärts, zehn Stufen abwärts wartete ich auf den Klang seiner Stimme. Wenn ich diesen Platz verließ, so befürchtete ich, würde ich den Sinn für die Realität verlieren und das Gefühl dafür, was tatsächlich passierte. Ich würde die Chance verlieren, alles zurückzunehmen oder zumindest etwas zu ändern. Auf der anderen Straßenseite war eine Schule mit einem eingezäunten Betonplatz. Ein Basketballfeld, so verrieten die eingezeichneten Linien. Drei Bäume davor und über mir zwei schmutzige Fenster. Am Fuß der Treppe beschloss ich, einmal nach rechts bis zur Straßenecke zu gehen und wieder zurück. Ich kam an der gelben Bodenschwelle zur Geschwindigkeitsreduzierung vorbei, an dem gelben »Achtung Schulkinder«-Verkehrsschild, einer Feuerleiter, einer roten Tür, einer weiteren Feuerleiter, einer roten Tür, einem grünen Haus, einer grauen Steinfassade und erreichte die Ecke zur East Houston Street. Dann schnell zurück. Grünes Haus, rote Tür, Feuerleiter, rote Tür, Feuerleiter, Verkehrsschild, Bodenschwelle, rote Stufen. Es war, als hätten diese Stufen mich in einen unsichtbaren Bann gezogen. Noch einmal machte ich die gleiche Runde bis zur Ecke, aber ich ging nie über den Block hinaus, kehrte immer zum Ausgangspunkt zurück – zur roten Treppe. Erneut versuchte ich, Ben zu erreichen, und wartete, während das Telefon klingelte und klingelte, ohne dass jemand abnahm. Wieder betete ich darum, seine ruhige Stimme zu vernehmen, die dieses endlose Klingen unterbrechen würde. *Nimm ab, nimm ab, nimm ab.*

Als jemand vorbeikam, blieb ich stehen. Er zog einen Koffer hinter sich her, und aus irgendeinem Grund stellte ich mir vor, er ginge nach Hause zu seiner Frau und den beiden Kindern, die schon schliefen. Leise würde er in ihr Zimmer gehen, ihnen einen Gutenacht-Kuss aufs Haar geben und sich sein Essen in der Küche aufwärmen. Neugierig starrte er mich in der Dunkelheit an. Für Außenstehende musste diese Szene seltsam wirken – eine schmale Straße, die jetzt in der Nacht ruhig und ohne Beleuchtung dalag, eine Frau in einem Brautjungfernkleid, die ganz offensichtlich fror, und dazu das Klacken der Absätze auf den Stufen. Als er außer Sichtweite war, griff ich nach dem Telefon und rief erneut an.

»Hey, ich bin's«, sagte ich. »Ruf mich an. Ich muss mit dir reden.« Normalerweise hinterließ ich keine Nachricht auf der Mailbox, aber es war die einzige Möglichkeit, ihm irgendwie nah zu sein, auch wenn es nicht besonders nah war. Ich war verzweifelt und zitterte in der Kälte, aber ich fand dieses Leiden tröstlich. In meinem Innern sah es weit schlimmer aus. Ich war voller Energie, die ich nicht loswurde, die ich auf nichts lenken konnte. Es gab keinen Ort, wo ich hinkonnte, niemanden, der Mitleid mit mir hätte, keine Chance.

Um mich von meinen Gedanken abzulenken, beobachtete ich eine Taube auf dem Gehweg. Sie pickte am Rand des Rinnsteins, in dem das Wasser am Rand der Straße ablief. Beide bewegten wir uns in der Straße hin und her, beide auf die gleiche ziellose Weise. Während ich ausschritt, behielt ich die Taube im Auge, die sich weiter und weiter vom Fahrbahnrand entfernte und auf die Straßenmitte zusteuerte. Ich wollte die Treppenstufen nicht mehr verlassen. Bis Ben anrief, würde ich hier warten. Wenn ich fortginge, wäre ich noch einsamer in dieser

Stadt, getrennt von allem. Mehr denn je brauchte ich einen Anker, und wenn Ben mich verließ, hatte ich nur noch diese Hochzeit und meine Freunde. Ohne diesen Ort gäbe es nichts mehr, dem ich mich verbunden fühlte.

Eine flüchtige Erinnerung tauchte auf, wie Ben mich hielt, wenn ich schlief. Er tat es immer, auch bevor es angemessen gewesen war, selbst nach der ersten Nacht im Rausch am Saint Mark's. Irgendwie hatte ich es geschafft, das alles wegzuwerfen. Ich fühlte mich, als hätte sich etwas Beständiges verändert, als gäbe es etwas Verdorbenes in mir, was alles ruinierte, was ihm in den Weg kam.

Wieder sah ich auf mein Telefon, und in diesem Augenblick fuhr ein Lastwagen zischend vorbei und überfuhr die Taube. Ich hörte das Knirschen unzähliger kleiner brechender Knochen. Keuchend trat ich langsam einen Schritt vor und betrachtete den platt gefahrenen Körper mit den schwarzen, grauen und weißen Federn auf der Straße. Dann schrak ich zurück. Ich sinnierte darüber, wie mit einer falschen Bewegung, einem falschen Schritt alles zu Ende sein konnte. Du kannst alles gewinnen oder alles verlieren. War das nicht der Grund, warum Ben sich solche Vorwürfe wegen seines Vaters machte? Er wusste, wie einfach es war, die Richtung der Ereignisse zu verändern.

Maya kam heraus, und ich sah sie an, ohne mein Erschrecken zu verbergen.

»Ich habe gerade gesehen, wie eine Taube überfahren worden ist«, sagte ich. »Direkt vor mir. Ein Laster hat sie überfahren – wusch – und das war's. Tot.«

Sie schien ein bisschen irritiert, dennoch umarmte sie mich, ohne Fragen zu stellen. Ich erzählte ihr nichts von Jesses Bruder oder von Jesses tastenden Händen in der Dunkelheit, von dem Kuss oder von Ben. Ich hielt sie nur fest – und sie mich auch. Nach ein paar Minuten ließ sie mich los.

»Dann war es wohl ... eine taube Taube?«

Ich lächelte ihr zu. Sie legte mir die Hand auf die Schulter, ging wieder hinein und kam mit meiner Jacke und einer Packung Taschentücher wieder heraus.

»Offensichtlich haben wir den Kleenex-Teil des Abends erreicht.«

Ich zog die Jacke an und hielt sie mit beiden Händen zu. So blieb ich stehen, weil ich viel zu sehr damit beschäftigt war, auf mein Handy zu blicken, als dass ich meine Jacke ordentlich hätte zuknöpfen können.

»Wie läuft's da drin? Glaubst du, Kate hat bemerkt, dass ich gegangen bin?«, erkundigte ich mich.

»Auf keinen Fall.«

»Bist du sicher?«

Voller Überzeugung nickte sie. »Kate bekommt nicht einmal mehr mit, wen sie geheiratet hat«, erwiderte sie. »Warum gehst du nicht heim?«

»Ich kann nicht.«

»Warum nicht?«

»Keine Ahnung. Es geht nicht.«

»Ich muss Erol suchen«, erklärte Maya und wandte sich um. Ich nickte und ging wieder los. Wie viel Zeit vergangen war, wusste ich nicht, aber irgendwann hörte ich, wie sich ein paar Hochzeitsgäste – ziemlich betrunken und fertig für heute Abend – voneinander verabschiedeten. War die Party vorbei? Die erste Gruppe ließ sich in die Taxis fallen, die vor der Tür gewartet hatten. Nachdem sich die Türen geschlossen hatten, klingelte mein Handy wie durch ein Wunder.

Sobald ich seine Stimme hörte, wurde alles um mich herum schwarz. Die Stadt war verschwunden. Ich nahm keine Autohupen mehr wahr, keine Gesprächsfetzen von den Passanten, keine Musik von drinnen. Alles, was ich hörte, war der Klang seiner Stimme.

»Hey.«

»Hi.«

»Wie war die Hochzeit?«

»Gut.«

»Das merke ich.«

»Oh, Ben, ich verstehe es nicht. Ich verstehe nicht, warum du mir so etwas nicht erzählt hast. Etwas so Wichtiges wie …« Meine Stimme brach, und die Tränen stiegen mir in die Augen. »Etwas so Wichtiges wie das.«

»Wieder dieses Thema? Tut mir leid. Das hätte ich nicht tun dürfen. Du hast natürlich recht.«

»Du kannst nicht einfach schweigen. Manchmal bist du so wortkarg, und es gibt nichts, was mich mehr ängstigt als unerklärliches Schweigen.«

»Ich weiß.«

»Und jetzt ist alles vorbei. Alles ist so was von kaputt.« Unkontrolliert schluchzte ich ins Telefon.

»Warum?«, wollte er wissen. Noch nie hatte Ben so alarmiert geklungen. Das brach mir noch mehr das Herz.

»Ich … ich habe etwas Schlimmes gemacht.«

»Okay …«

»Etwas wirklich Schlimmes.«

»Und zwar?«

»Ich habe Jesse auf der Hochzeit getroffen.«

»Okay.«

»Wir haben uns geküsst.«

»Was?«

»Ich weiß, das war das Dümmste, was ich tun konnte.«

»Allerdings.«

»Irgendwas ist nicht in Ordnung mit mir.«

»Mag sein.«

»Ich kann nicht fassen, dass ich das getan habe, denn ich liebe dich. Ich liebe dich so sehr, Ben. Aber du hast mich aus der Bahn geworfen … als du mir die Sache erzählt hast. Ich war so überrascht. Ich hatte mir nie Gedanken darüber gemacht, dass du mir etwas verheimlichen könntest. Für mich warst du immer derjenige, der … der die Leere in meinem Innern ausfüllte. Ich hatte nicht damit gerechnet, dass du einmal die Ursache für diese Leere sein würdest.«

»Verstehe.«

»Aber wie auch immer, es war ein Fehler. Glaubst du mir? Es war ein Riesenfehler.«

»Verstehe.«

»Sag was anderes als ›verstehe‹, bitte.«

»Was willst du denn hören? Sieh mal, ich sage alles, was ich sagen muss. Da brodelt nichts unter der Oberfläche. Alles, was du siehst, ist echt. Was bedeuten denn all deine Worte? Sie bringen uns nicht weiter. Abgesehen davon ging es mir vor diesem Gespräch weitaus besser.«

»Ich weiß nicht, aber bitte sag mehr als nur ein einziges Wort. Ich möchte mit dir reden. Manchmal gibst du so wenig von dir preis, und es ist schwer zu erahnen, was in deinem Kopf vorgeht, wenn ich dich nicht sehen kann. Also, wenn du mir sagen könntest, was du empfindest …«

»*Eve!* Schätz mal. Rate einfach wild drauflos, wie ich mich fühlen könnte. Was geht wohl in meinem Kopf vor? Wie fühle ich mich? Ich fühle mich genauso, wie du denkst, dass ich mich fühle.«

Und dann war die Verbindung tot.

Ben

U-Bahn, irgendwo zwischen der 4. und 20. Straße

New York City ist ein phänomenaler Ort, wenn du sauer bist. Du landest auf dem JFK-Flughafen, und es spielt überhaupt keine Rolle, wo du gewesen bist, denn wenn du in New York ankommst, stellt sich heraus, dass dein Leben sich komplett verändert hat. Sobald das Flugzeug sich den schwindelerregenden gelben und weißen Lichtern nähert, die inmitten der Schwärze zu zwinkern scheinen, du im Vordergrund das Empire State Building entdeckst und die Brücken zwischen den Landmassen, die so wirken, als würden sie ohne diese Verbindung auseinanderdriften, dann bist du wieder in der Realität angekommen. Allerdings ist die Wirklichkeit, die dich nun erwartet, eine andere als jene, die du zurückgelassen hattest. Denn dein vorheriges Ich säße jetzt im Zug, äußerlich ruhig, doch innerlich auf eine positive Art aufgewühlt, weil ihr euch gleich sehen würdet und das immer ein bisschen aufregend war. Du würdest an der Fulton und Chambers und Canal Street vorbeifahren, an der West Fourth Street aussteigen und ein paar Blocks gehen, bis du in ihrer Wohnung angekommen wärst, die mittlerweile auch deine Wohnung war.

Doch statt an der West Fourth auszusteigen, siehst du den anderen zu, die sich an dir vorbeidrängen. *West Fourth Street, dies ist die Haltestelle West Fourth Street.* Und du bleibst sitzen. Du bleibst sitzen, du wartest und ziehst deinen Koffer näher zu dir heran, damit ihn dir niemand beim Aussteigen gegen das Schienbein schiebt. Die Türen schließen sich. Irgendwo unter dem Times Square beschließt du, noch weiter zu fahren. Denn du tust dich schwer damit, den Weg zu nehmen, den du sonst gehst. Und du hast das Gefühl, die Rolle als unnützer Kloß auf einem U-Bahn-Sitz passt im Moment hervorragend zu dir. Außerdem weißt du nicht, wohin. Du willst nicht allein sein, gleichzeitig aber möchtest du mit niemandem reden. Dafür ist die U-Bahn hervorragend geeignet. Auch dafür, ein paar Leute zu sehen, deren Leben weitaus schlimmer ist als deins. Es gibt einiges, was Menschen durchmachen. Setz dich einfach in eine U-Bahn, dann kannst du ihnen praktisch dabei zuschauen.

Die Linie A ist bekannt für die lange Expressverbindung von der 59. Straße zur 125. Straße ohne Zwischenstopps. Das kommt mir gerade recht. Für einen Schnellzug ist sie – verglichen mit anderen Schnellzügen wie dem 2/3 oder 4/5 – downtown und im Zentrum ziemlich langsam, aber ich habe es nicht eilig. Um ohne ein bestimmtes Ziel vor Augen einmal quer durch die Stadt zu fahren, eignet sie sich hervorragend. Nach der 125. Straße kommt die 145. Straße, dann die 168. Straße, das Columbia Medical Center. Bei dem Gedanken, hier auszusteigen, muss ich über mich selbst lachen. Ist hier nicht eine psychiatrische Klinik, das New York Psychiatric Institute, oder so? Und würde das nicht Sinn ergeben, wenn ich nach allem hier landete? Jepp. Es ist eine psychiatrische Klinik.

Nein. Nein, hör auf. Ernsthaft? Sieh dir all die Leute an, die ein- und aussteigen. Sehen sie etwa glücklich aus? Wirken sie, als erlebten sie gerade die tollste Zeit ihres Lebens? Nein. Die meisten von ihnen sind irgendwo auf der Skala zwischen gut und miserabel. Und ich bin sicher, sie haben ihre Gründe. Bessere als ich.

Warum? frage ich mich. Warum jemand anderem etwas Gutes tun? Vermutlich war es für sie nicht gut. Welchen anderen Schluss sollte ich ziehen? Aber wie war es möglich, dass ich es so falsch eingeschätzt hatte? Ich wusste es nicht, und ich verstand sie nicht. Das war die einzige Antwort. Und wie sollte man mit jemandem zusammen sein, den man nicht verstand? Sie und ich – wir waren nicht wie Äpfel und Birnen. Sie gehören in dieselbe Kategorie, ins gleiche Universum. Das kann man jeden Tag im Obstkorb sehen, wie die Früchte sich vermischen. Eve und ich, wir waren wie Äpfel und … ein Buch? Ein Rucksack? Ein Magnet? Ich weiß es nicht. Das sind einfach nur Dinge, die ich gerade in meiner Umgebung sehe. Eve wäre besser darin. Sie würde lächeln und sagen: Oh, kennst du nicht das Märchen von dem Apfel und dem Magneten? *Natürlich nicht, genau! Denn es gibt keines – sie verbringen keine Zeit zusammen.* Und dann würde sie sich köstlich darüber amüsieren, dass ich versucht hatte, eine Verbindung zwischen ihnen herzustellen.

Ein plötzlicher Schmerz schießt durch meinen Körper, als ich mir überlege, was sie wohl sagen oder was ich ihr gern erzählen würde. Es fühlt sich an wie das Geräusch der Räder auf den Schienen unter mir. Das Kreischen verrät mir, dass wir … wo zum Teufel halten wir gerade? 175. Straße? Die Endstation dieser Linie ist die 207. Straße. In ein paar Minuten wird eine Durchsage kommen, und dann gibt es keine Hoffnung mehr darauf, einfach weiterzufahren, keine Entscheidung treffen zu müssen. »Du kannst nicht für immer hier mitfahren, Kumpel«, könnte es im Ansagetext heißen. Diese Stadt ist gnadenlos.

Nächster Halt 207. Straße. Der Zug endet hier.

4. Teil

Drei Monate später

Eve

Dies ist die Park Avenue

Sobald ich hörte, dass das Wasser nicht mehr durch die Leitungen in der Wand floss – dieses sanfte morgendliche Rauschen, das kam und ging –, war mir klar, dass ich endlich aufstehen musste, und zwar schnell. Mir blieben noch etwa zehn Minuten, um einen Kaffee zu trinken, zu frühstücken oder zumindest etwas mitzunehmen und dann wieder ins Gästezimmer zu huschen. Ich zwang mich, wach zu werden, aus dem Bett zu krabbeln und dicke Socken anzuziehen, um durchs Wohnzimmer gehen zu können, ohne dass der Holzfußboden knarrte.

In der Küche war es noch dunkel. Ich schaltete das Licht ein, stellte die Kaffeemaschine an und nahm mir vorsichtig, um das Geschirr nicht aneinanderstoßen zu lassen, eine Schüssel aus dem Schrank. Dann griff ich nach den Frühstücksflocken und öffnete den Karton – leise, *leise*. In den vergangenen Monaten hatte ich gelernt, einen Frühstücksflockenkarton so vorsichtig zu öffnen, als müsste ich eine Bombe entschärfen. Als ich die Kühlschranktür öffnete, um die Milch herauszunehmen, erstarrte ich. Waren das Schritte? Ich lauschte, doch jetzt hörte ich nichts mehr. Abwartend verharrte ich. Da, ein Schlurfen. *Mist!* Ich geriet in Panik. Wie hatte er so schnell aus der Dusche kommen und sich anziehen können? Dafür brauchte er immer zehn Minuten. Immer!

Die Schritte wurden lauter – schwere Schritte. Mist! Mist! Mist! Ich war aufgeschmissen. Hier konnte ich nicht weg. Am besten wandte ich ihm einfach den Rücken zu und gab mir ein paar Sekunden extra, um mir meinen nächsten Schritt zu überlegen. Diese morgendliche Routine war zu einem Ritual geworden, und sie war sinnvoll. Unter den gegebenen Umständen war dieses ganze absurde Affentheater nicht ganz so absurd. Ich versuchte, besser mit Arthur auszukommen, aber vor neun Uhr morgens war das unmöglich.

»Morgen!«, hörte ich Arthurs Stimme hinter mir – immer laut, immer gesellig. Ich gab Milch zu den Frühstückflocken und stellte das Tetrapack zurück in den Kühlschrank.

»Morgen!«, brachte ich so lebhaft wie möglich heraus, was allerdings nicht sonderlich beeindruckend war. Arthur war weitaus weniger launisch als ich. Seine Stimmung war so verlässlich wie seine Kleidung – eine ganze Reihe kurzärmeliger Hemden in Türkis und Orange mit zwei Brusttaschen und dazu Kakihosen. Ich sah zu, wie er sich eine Tasse aus dem Schrank nahm – heute trug er ein orangefarbenes Hemd – und zur Kaffeemaschine ging.

»Wie läuft's mit dem Schreiben?«, erkundigte er sich. Arthur hatte immer Fragen, und er wartete nicht damit, sie zu stellen, bis ich hellwach war. Einmal hatte er mich vor sieben Uhr morgens gefragt, wie die Situation in der Musikindustrie sei, und ich wäre fast in Tränen ausgebrochen. Dieses Mal beschloss ich, schnell zu antworten und dann mit meinem Frühstück in meinem Zimmer zu verschwinden, als wäre es normal, dass ich es dort äße. Das Gute an Arthur war, dass er so etwas nicht persönlich nahm. Er war nicht der Typ, der darüber nachdachte, dass es an ihm liegen könnte, wenn Leute sich aus dem Staub machten. Für solche tiefsinnigen Grübeleien hatte er ein viel zu sonniges Gemüt.

»Läuft ganz gut«, erwiderte ich und ließ der Antwort einen Laut folgen, der eigentlich ein Lachen sein sollte, sich aber mehr wie eine Mischung aus Schluckauf und Wiehern anhörte.

Arthur lachte, und *sein* Lachen hatte die Bezeichnung verdient. Mit einer Schale und seinem Karton Schoko-Cheerios ließ er sich am Tisch nieder und füllte die Schale bis zum Rand mit den dunkelbraunen Ringen. Ich wollte ihn nicht verurteilen, wirklich nicht, aber ich wünschte mir, er würde ein einziges Mal durchblicken lassen, dass ihm klar war, wie seltsam sein Frühstück war. Eigentlich war es mehr ein Nachtisch, und ganz sicher nicht normal für einen Fünfundsechzigjährigen. Allerdings war ich bei Arthur absolut überzeugt, dass er glaubte, die Bezeichnung *Cheerios* auf der Verpackung bedeute gesunde Ernährung und Vollkorn-Qualität. Normalerweise interessierten mich die Frühstücksgewohnheiten anderer nicht, aber aus irgendeinem Grund betraf mich das hier. Es war eine Qual, ihm zuzusehen, wie er sich jeden Morgen mit seinen großen Händen die Cheerios in den Mund schaufelte und ihm die Milch vom Kinn tropfte. Heimlich wünschte ich mir, meine Mutter würde das sehen. Sie hätte es geschafft, dieser unangenehmen Frühstücksflocken-Situation die Peinlichkeit zu nehmen.

Arthurs Handy tönte, und ich hörte seinen Klingelton – die ersten Takte von »Stayin' Alive«, die mir schon viel zu vertraut waren. Ich ergriff die Gelegenheit, mich ins Gästezimmer zu verkrümeln und so zu tun, als wollte ich ihn nicht stören. *So höflich und rücksichtsvoll!* Es war das erste von Arthurs Kundentelefonaten für heute. Sein Telefon läutete permanent, wodurch er ständig sein einzigartiges Talent zum Small Talk unter Beweis stellen konnte. Ich fragte mich immer, ob es keine modernere Weise gab, wie die Kunden ihre Aktienkurse erfahren konnten. Allerdings hatte ich das Gefühl, all seine Kunden waren über siebzig und außerdem ähnlich wie Arthur immer auf der Suche nach einem Grund zum Plaudern. Ich vermutete, es war der einzige Anruf, den diese Leute am Tag machten. Belegen konnte ich das allerdings nicht.

»Na, sind Sie es schon leid, sich ständig Fotos von dem Baby ansehen zu müssen?«, hörte ich Arthur noch fragen, während ich die Tür hinter mir schloss. Ein paar Sekunden später sagte er: »Hab ich Ihnen doch gesagt! Es ist harte Arbeit, ein liebevoller Großvater zu sein!« Und dann sein unverwechselbares Lachen.

Er meldete sich am Telefon nie einfach nur mit Hallo. Und er sagte auch nie lediglich Tschüss. Stattdessen beendete er ein Gespräch mit Bemerkungen wie: »Gut, dann genießen Sie Ihr Kreuzworträtsel. Ist es einfach oder schwierig heute?« oder »Rufen Sie Ihre Mutter mal wieder an!«

Er war ein netter Kerl. Nach drei Monaten mit ihm in einer Wohnung schaffte ich es langsam, diese »Leben und leben lassen«-Gelassenheit anzunehmen. Seine Wohnung war schlimmer als der Auskunftsschalter am Hauptbahnhof, aber insgeheim fand ich mittlerweile Gefallen an den Ablenkungen, die damit verbunden waren: die Telefonate mit seinen Kunden und auch seine Haushälterin Camilla, eine temperamentvolle Kolumbianerin, die mit jedem in Streit geriet, der ihr über den Weg lief. Besonders gern stritt Camilla mit Santiago, einem der Concierges, dem sie die Hölle heißmachte, wenn sie auch nur das Gefühl hatte, er habe den Fahrstuhl nicht schnell genug kommen lassen (ich vermutete, dass sie verliebt waren und eine heimliche Affäre hatten, aber bisher hatte ich dafür noch keine Beweise gefunden). Einmal hatten sie sich so lautstark gestritten, dass Arthur ein berufliches Telefonat abbrechen musste. »Ich muss auflegen«, hatte er erklärt. »Meine Haushälterin und mein Concierge streiten sich. Ein Haus im Kriegszustand …« Und dann sein Lachen. Ich genoss das Schauspiel, und mir war bewusst, dass dies echte Park-Avenue-Probleme waren.

Da ich die Hände nicht frei hatte, weil ich mein Frühstück hatte mitnehmen müssen, schob ich die Tür mit der Hüfte zu und ging zum Fenster. Von hier aus sah ich die Park Avenue aus der Vogelperspektive, konnte Frauen in hohen Schuhen und Männer in Anzügen beobachten, die ihre Hunde ausführten oder Kinder am Arm hinter sich herzogen. Eine Gruppe lustloser Arbeiter ging über die Straße, die Sicherheitshelme in der Hand. Vor dem Haus parkte eine schwarze Limousine in zweiter Reihe. Der Fahrer lehnte am Wagen und las Zeitung. Ich schaute hinunter zu den Menschen dort unten, die einen prüfenden Blick gen Himmel sandten, betrachtete die Aktentaschen und Kaffeebecher, die sich die Park Avenue hinauf und hinunter bewegten. Das war einer der Reize dieser Wohnung im siebten Stock: der Ausblick auf die Park Avenue und das damit verbundene Gefühl von Luxus. Hier oben war man gefeit vor den neugierigen Blicken, die ich von New York gewohnt war. Sieben Stockwerke über dem Verkehr, niemand außer den Vögeln, der mich sehen konnte; das war ein Vergnügen, das mich für vieles entschädigte. Es war wundervoll, reich zu sein – überall, aber besonders in dieser Stadt.

Ich ging zurück ins Bett, setzte mich ans Kopfende, zog die Knie an die Brust und aß meine schwer verdienten Flocken. Mir gegenüber hing ein Flachbildfernseher. An den anderen Wänden hingen ein paar moderne gerahmte Bilder – ein Druck von Fred Feuerstein, ein abstraktes Gemälde von Michael Jackson, ein Foto von Lebensrettern im Einsatz. Sie alle unterstrichen Arthurs kunstliebendes und lebensbejahendes Naturell. Neben dem Bett stand ein Foto von Arthur und meiner Mutter in einem herzförmigen Rahmen. Es war auf einer Hochzeit entstanden, und sie waren chic angezogen. Arthur trug einen dreiteiligen Anzug, aus einer Tasche blitzte eine Uhrkette hervor. Ach ja, die Taschenuhr. Meine Mom hatte ihn gebeten, sie an diesem Abend nicht zu tragen, und ihm gesagt, wie unmodern das sei. Aber er hörte nicht auf sie, sondern erklärte, sie erinnere ihn an James Dean. Mom entgegnete, sie erinnere die Uhr an das Kaninchen in *Alice im Wunderland*. Ihre Streitigkeiten waren immer auf diese Art und Weise verlaufen. Ich war stets dankbar, dass es um nichts Wichtigeres ging.

Ich ließ mich auf das Himmelbett fallen und starrte auf den CD-Spieler über der Kommode. Darauf lag ein Katalog, die Seite mit den Seidentaschentüchern war aufgeschlagen. Daneben stapelten sich CDs – Billy Joels *Greatest Hits*, die *Complete Greatest Hits* von den Eagles, *1* von den Beatles –, Arthur verschwendete seine Zeit nicht mit unpopulären Songs. Als ich ihn einmal danach gefragt hatte, war seine Antwort gewesen: »Die Hits sind aus gutem Grund Hits.«

Jemand klopfte energisch an die Tür. »Eve?«, hörte ich seine Stimme. Als er eintrat, sah er sich im Zimmer um und ließ den Blick über den Kleiderhaufen auf dem Fußboden und die Bücher vor dem ungemachten Bett schweifen.

»Du frühstückst … hier?« Er lächelte unsicher.

»Jepp! Frühstück im Bett!«, gab ich mit einer Stimme zurück, die keine Widerrede duldete.

»Warum nicht in der Küche?«

»Dort hast du telefoniert. Ich wollte nicht stören.«

Besänftigt nickte er.

»Eve«, sagte er dann und sah mich mit einem unbehaglichen Gesichtsausdruck an, als müsste er mir etwas mitteilen, was ihm schwerfalle.

»Ja?«

Er senkte die Stimme und schloss die Tür hinter sich. »Findest du nicht, es wäre an der Zeit, dir eine eigene Wohnung zu suchen?«

»Aber mir gefällt es hier«, erwiderte ich.

Es hätte deprimierend sein können, in Arthurs Wohnung zu leben, aber mittlerweile versuchte ich, mich damit zu arrangieren und ihm näherzukommen. Manchmal gingen wir zusammen ins Kino. Außerdem hatte ich einen Job, den ich liebte. Unglücklicherweise warf er allerdings nicht genug ab, um die Miete für mein Apartment bezahlen zu können, seit sie erhöht worden war. Und deshalb verstand ich nicht, was so falsch daran sein sollte, bei dem vierten Mitglied der Bee Gees Zuflucht zu suchen, solange ich mir nichts Eigenes leisten konnte.

»Und ich bemühe mich um eine Wohnung«, log ich dreist. Dann sah ich auf mein Handy und scrollte durch die E-Mails, doch ich spürte, dass sein Blick weiter auf mir ruhte. Die Wahrheit war, ich nutzte ihn aus, und Arthur wusste es. Es war weit entfernt von dem Zuhause meiner Kindheit, aber es war ein Ort, an dem ich es mir gut gehen lassen konnte. Die Wohnung war schön und geräumig, und ich war ständig abgelenkt. Abends, wenn ich mich einsam fühlte und Ben vermisste, hatte ich Gesellschaft. Zudem musste ich nicht jeden Monat einen Großteil meines Gehalts für Miete ausgeben. Der einzige Nachteil war, dass ich hin und wieder das unterschwellige Gefühl abschütteln musste, ein ewiger Loser zu sein.

»Bist du wirklich auf der Suche? Was hast du dir denn in letzter Zeit angesehen?«, hakte er nach.

Ich sah zu ihm hoch. Sein Haar war noch feucht vom Duschen. »Es ist alles zu teuer. Du hast doch gesagt, ich solle ruhig eine kurze Zeit hier wohnen.«

»Mittlerweile ist es … eine Zeit lang.«

»Na ja, du hast keine Grenze gesetzt. Und ich arbeite wirklich viel.«

»Darum geht es nicht, Eve. Ich weiß, dass du einen großartigen Job hast. Versteh mich nicht falsch, ich habe dich gern um mich, aber es wird Zeit. Niemand ist gern allein. Nachdem meine erste Ehe vorbei war, habe ich einen Monat lang jede Nacht die Lichter in der kompletten Wohnung brennen lassen. Aber du musst dich zwingen, ein bisschen mutig zu sein. Du hast Angst, das ist alles.«

»Natürlich habe ich Angst. Ich habe die einzige gute Beziehung ruiniert, die ich jemals hatte. Aber das Gute daran ist: Je mehr Angst ich habe, umso besser arbeite ich.«

Noch immer hatte ich mich nicht ganz von Kates Hochzeit erholt. Ben war aus unserer Wohnung im East Village ausgezogen. In meiner ersten Nacht, die ich allein dort verbrachte, wachte ich nachts um drei mit einer Panikattacke auf. Ich saß im Bett und fokussierte mich darauf zu atmen. Bei jedem Ein- und Ausatmen zählte ich bis zehn und konzentrierte mich auf jede Zahl, als hinge mein Leben davon ab. Um wieder runterzukommen und die Endlosschleife beängstigender Gedanken zu durchbrechen, hörte ich mir ein paar Songs auf dem Computer an, die mich normalerweise vor dem Schlafengehen beruhigten. Doch in dieser Nacht funktionierte der Trick nicht. Es genügte ganz einfach nicht. Also nahm ich einen Stapel leerer Blätter mit ins Bett und schrieb einen Artikel für *Interview*.

Um fünf Uhr morgens war ich fertig, und ich konnte noch immer nicht schlafen. Also packte ich ein paar Sachen zusammen und ging. Klopfenden Herzens floh ich förmlich aus der Wohnung, ohne die Schuhe richtig zugebunden zu haben. Hastig rannte ich los, ohne eigentlich zu wissen, warum und wohin. Es goss in Strömen, aber ich musste einfach fort. Zu sehr ängstigte es mich, welche Gefühle sich tief in mir verbargen und was passieren würde, wenn ich allein bliebe. So stand ich draußen, und als ich endlich in ein Taxi stieg, war ich bis auf die Haut durchnässt. In meinem Kopf hörte ich die tadelnde Stimme meiner Mutter. Sie hasste Taxis und fällte oft ein hartes Urteil über Leute, die sich auf diese Weise fortbewegten. »Wie viel Zeit verschwendest du damit, im Verkehr festzustecken?«, hätte sie gefragt. Ich war nass geworden, während ich auf ein Taxi gewartet hatte, aber das war mir egal. Die größte Gefahr war wohl, dass meine Probleme weggespült würden. Ganz selbstverständlich nannte ich dem Fahrer

Arthurs Adresse. Auf keinen Fall wollte ich Kate anrufen oder Maya oder meine Schwester. Sie würden immer wieder die Details mit mir durchgehen wollen, die zu dieser Situation geführt hatten. Aber ich wollte nicht reden. Ich wollte schlafen.

Der Regen prasselte auf das Autodach, während wir uptown fuhren, und ich konnte kaum die Strecke erkennen. Es tropfte ins Innere, und ich schloss das Fenster, das einen Spalt offen gestanden hatte. In der Scheibe betrachtete ich mein Spiegelbild. Meine Miene war aufgewühlt – die Augen glasig, der Ausdruck verwirrt. Vermutlich machte ich einen befremdlichen Eindruck auf Arthur, als ich dann vor seiner Wohnungstür in der Park Avenue stand, völlig durchnässt und zitternd vor Kälte und Angst. Meine Sehnsucht nach Gesellschaft war übermächtig. Zunächst wollte er wissen, ob ich in Schwierigkeiten steckte, doch als er herausgefunden hatte, was los war, beschloss er, die Klärung der Umstände könne bis zum Morgen warten. Dann brachte er mich in mein altes Zimmer, das wieder zum Gästezimmer geworden war, öffnete die Schublade mit sauberen und trockenen Handtüchern, während draußen der Regen an die Scheiben schlug. Er zauberte eine Zahnbürste hervor, bot mir einen heißen Tee an und brachte ihn mir. Es überraschte mich, die Stimme einer Frau im Flur zu vernehmen, auch wenn ich wusste, dass Arthur wieder mit jemandem zusammen war. Wir taten beide so, als hätten wir nichts gehört.

In jener Nacht schlief ich nur ein paar Stunden, und auch die folgenden Nächte waren nicht besser. Jeden Morgen wachte ich auf, ohne zu wissen, wo ich war und wie ich dorthin gekommen war. Noch ehe ich die Augen aufgeschlagen hatte und wirklich wach war, stand mir die traurige Aufgabe bevor, mir bewusst zu machen, was geschehen war. Es war wie eine kurze Zusammenfassung: »Was bisher geschah …« *Ben war fort, und es war überwiegend deine Schuld. Du wolltest, dass er sich trennt, und nun hat er es getan.*

Es war schwer für mich, wieder in die Wohnung im East End zurückzukehren. Irgendwie war es die Wohnung selbst, mit der ich nicht zurechtkam. Ich fand dort keine Ruhe mehr. Sobald ich dort war, fühlte ich eine Unsicherheit in mir aufsteigen. Ich kehrte an einen Ort zurück, der mir vertraut war, doch jetzt machte mir jeder Winkel Angst und ließ mich befürchten, dass die Panikattacke wiederkommen würde.

Alle guten Erinnerungen waren von diesem monumentalen negativen Gefühl überlagert. Ich spürte es, sobald ich durch die Räume ging, die Tür öffnete, den Blick über das Bett schweifen ließ oder durch die Küche. Ich sagte mir, es sei nicht die Wohnung gewesen, die diese Panikattacke verursacht habe, doch es spielte keine Rolle. In meinem Kopf war es zu einer Einheit verschmolzen. Das einzig Gute, was diese Nacht hervorgebracht hatte, war, dass ich den Artikel, der in dieser Extremsituation entstanden war, an meinen Redakteur bei *Interview* geschickt hatte und er völlig begeistert gewesen war. Ganz offensichtlich war es meine bisher beste Arbeit.

»Eve«, sagte Arthur jetzt lächelnd.

»Was? Wirfst du mich hinaus?« Immerhin war er es gewesen, der mich zum Bleiben überredet hatte, nachdem die Miete meiner Wohnung erhöht worden war. Er meinte, es sei das Beste, wenn ich jetzt nicht allein wäre.

»So was in der Art.« Er stemmte die Hände in die Hüfte. »Betrachte es als Aufgabe für die nächsten zwei Wochen, eine neue Bleibe zu finden.« Seine Augen blitzten, als gäbe er mir die Chance, bei einem witzigen neuen Spiel mitzumachen.

»Gut, ich bin schon aus schöneren Wohnungen rausgeworfen worden.« Ich schob theatralisch die Bettdecke weg und stand auf.

»Ach ja?« Er lachte.

»Natürlich nicht«, schnaubte ich. »Dies ist immerhin die Park Avenue.«

Unfassbar, dachte ich, während ich mich anzog, um zur Arbeit zu gehen. Arthur und ich hatten tatsächlich dieselbe Meinung über eine Sache.

Der mit dunklem Holz verkleidete Fahrstuhl kam in der Lobby an, die Türen öffneten sich, und vier Concierges richteten ihre Aufmerksamkeit auf mich. Die beiden, die auf der lederbezogenen Bank gesessen hatten, standen ruckartig auf. Alle vier grüßten mich wie immer, aber ich hatte das Gefühl, als müssten sie sich dazu überwinden. Als wüssten sie, dass ich nicht wirklich hier wohnte und es keinen Grund gab, freundlich zu mir zu sein, weil ich nur ein vorübergehender Gast war. Ich nickte und grüßte zurück. Meine Mutter hatte sich immer mit ihnen über das Wetter unterhalten, insbesondere mit Dennis, der einen irischen Akzent hatte. »Sie sagen in den Nachrichten, es wird regnen, aber ich bin nicht sicher – was meinen Sie, Dennis?«, fragte sie dann. – Oder er erzählte ihr: »Für Sonntag haben sie achtzehn Grad angesagt.« – Und sie erwiderte: »Oh, ich nehme Sie beim Wort!«, als hätte sie nie etwas anderes getan, als sich mit Concierges über das Wetter zu unterhalten.

Als ich auf die Straße trat, bemerkte ich, dass der Verkehr schon zunahm. Ich lief die Park Avenue hinunter. Die Atmosphäre downtown, das lässige Flair im East Village mochte ich lieber. Die Upper East Side war gleichförmiger. Was hier nicht hinpasste, kam nicht vor. Mütter mit großen Ledertaschen eilten geschäftig durch die Straßen und sprachen über irgendwelche Sanierungsarbeiten. »Es gibt nichts Schwierigeres als die Wahl der richtigen Türknäufe.«

»Ich habe mein Bad erneuern lassen, und alle meinten, ich sei verrückt.«

Mädchen in gleichen Röcken waren auf dem Weg zur Schule. An ihren Rucksäcken baumelten kleine Stofftiere auf und ab, während sie gingen.

»Ich schick dir eine Nachricht. Vielleicht schaffen wir es ja, noch einen Termin zum Spielen dazwischen zu quetschen.«

Alle – Männer und Frauen, unabhängig von Alter und Herkunft – waren elegant angezogen. Selbst bei alten Männern, die auf den ersten Blick fast wie Obdachlose aussahen und ihre Hunde spazieren führten, stellte man bei genauem Hinsehen fest, dass ihre Jogginghose teuer gewesen sein musste. Ich betrachtete die Paare auf der Straße – die Frauen in langen Mänteln mit Pelzapplikationen, die Männer im Anzug mit Einstecktuch und glänzenden Budapestern an den Füßen, die nicht selten Französisch oder Italienisch miteinander sprachen. Ich hatte nicht das Gefühl, dass ich ihnen etwas zu bieten haben könnte oder sie mir. Aber ich genoss es, mir die netten Geschäfte anzusehen, die Wohnhäuser mit den zusammenpassenden Markisen, die Reihen akkurat geschnittener Büsche und Blumentöpfe. Mein Job war downtown, und er war nicht besonders gut bezahlt. Er war nichts, was die Leute auf der Upper East beeindrucken könnte. Und deshalb trennten sich meine Wege und die der Upper East Side, sobald ich in die U-Bahn stieg.

Doch zuerst machte ich einen Boxenstopp an der Madison Avenue. Ich wich den Pfützen aus, die entstanden, weil die Concierges die Straße abspritzten, und bahnte mir den Weg an den Kurieren vorbei, die glänzende Einkaufstaschen schleppten. Jeden Morgen ging ich in dieselbe überteuerte Bar, um mir einen überteuerten Kaffee zu holen, aber ich müsste lügen, wenn ich behaupten wollte, dass der Kaffee nicht köstlich wäre und ich mich mit dem rosafarbenen Becher nicht wie auf einer luxuriösen Parisreise fühlte. Während ich vor der Bar stand, entdeckte ich einen Typen, der extreme Ähnlichkeit mit Bens Freund Glick hatte. Er lehnte mit dem Rücken an der Wand. Als ich näher kam, erkannte ich, dass es tatsächlich Glick war, und bei dem Gedanken, Ben könnte auch in der Nähe sein –

oder Glick hätte zumindest in der letzten Zeit etwas von ihm gehört, begann mein Herz zu rasen. Glick trug ein Buttondown-Hemd, das ein bisschen zu weit aufgeknöpft war, sodass man ein Dreieck seines Brusthaars sehen konnte.

»Hey«, begrüßte ich ihn, vielleicht ein bisschen zu überschwänglich.

»Oh, hey«, erwiderte er weit weniger enthusiastisch.

»Was machst du denn an einem Freitagmorgen in dieser Schickimickibar?«, fragte ich und musterte die rosafarbene Tasse, die zu ihm noch weniger passte als zu mir.

»Ich hatte gerade ein Kundengespräch«, erklärte er. Seine Stimme klang angeschlagen. Dann nahm er einen Schluck Kaffee.

»Ein Kundengespräch?«, wiederholte ich beeindruckt.

»Ja«, gab er zurück. »Ist das so schwer vorstellbar?« Er warf mir einen amüsierten Blick zu.

»Ja, ja, das ist es allerdings.«

Er streckte sein Bein aus und tat so, als wollte er mir einen Tritt ans Schienbein verpassen, aber er war zu weit weg und erreichte mich nicht.

»Und was machst du so?«, erkundigte ich mich.

»Ich verkaufe Immobilien.«

»Was für ein Zufall!« Ich klatschte in die Hände. »Ich bin auf der Suche nach einer Immobilie! Zur Miete … eine Wohnung.« Bei meinen Worten zuckte ich zusammen, einfach nur, weil mir plötzlich wieder bewusst wurde, aus welchem Grund ich eine Wohnung suchte und dass Bens Freund es vielleicht ein bisschen geschmacklos finden könnte, Bens betrügerischer Exfreundin zu helfen.

»Was kannst du investieren?«

Oder auch nicht.

»Du meinst, Geld?«

»Nein, ich meine Erfahrungen«, gab er sarkastisch zurück.

Ich sah mich um und flüsterte: »Ich denke, ungefähr zwölfhundert Dollar im Monat.«

Entgeistert schaute er mich an und schüttelte den Kopf. »Und ich denke, du bist unzurechnungsfähig.«

»Dafür finde ich nichts?«

»Suchst du was in New York?«

Ich lachte und verdrehte die Augen. »Nein, mir ist jede Stadt recht.«

Er machte den Mund auf und schloss ihn wieder. »Weißt du was, ich habe eine Wohnung an der Ecke 69. und 3., die zu vermieten ist. Sie wird dir gefallen.«

»3. wie in Third Avenue? In Manhattan? Das ist bestimmt nicht meine Liga.«

»Warte ab, und sieh dir die Wohnung erst mal an. Sie hat ein paar … Nachteile. Aber was hat die nicht in dieser Stadt? Wenn du die Klospülung bedienst, kommt Wasser aus der Decke. Spielt das für dich eine Rolle?«

Ich lachte. »Ähm …«

»Das war ein Witz.«

»Oh.« Ich senkte den Blick. »Wie hoch ist die Miete?«

»Wenn du willst, kann ich sie dir gleich zeigen.« Fragend hob er die Augenbrauen.

»Jetzt? Ich muss zur Arbeit.«

»Wann musst du dort sein?«

»Um zehn.«

»Um zehn? Himmel!« Er sah auf sein Handy.

»Ja, ich arbeite für eine Zeitschrift. Das bedeutet, ich brauche erst um zehn anzufangen, aber ich kann mir keine Wohnung auf der Upper East Side leisten. Du hast mir noch immer nicht gesagt, wie teuer die Wohnung ist. Wahrscheinlich kann ich sie mir gar nicht leisten.«

»Und was machst *du* dann in dieser Schickimicki-Nachbarschaft?«

»Mein Stiefvater wohnt an der Park Avenue, Nummer 750.« Ich sparte es mir, ihm die Details zu erklären.

Wieder zog er die Augenbrauen hoch. »Oh, dann ist die Miete für dich kein Problem«, meinte er und erklärte, die Wohnung koste ungefähr zweitausendeinhundert Dollar im Monat. Ich wusste ja gleich, dass ich sie mir nicht würde leisten können. Aber insgeheim hoffte ich, dass ich, wenn ich noch eine halbe Stunde mit Glick verbrachte, vielleicht etwas über Ben in Erfahrung bringen könnte. Also schwindelte ich und behauptete, das wäre machbar, ich hätte zuvor etwas zu tief gegriffen, und es könnte nicht schaden, die Wohnung zu besichtigen.

Also liefen wir zusammen bis zur 69. Straße und dann drei Avenues Richtung Osten. Ein frischer Herbstwind begleitete uns. Auf den Gehwegen lag verfärbtes Laub. Wir gingen an einer blonden Frau vorbei, die einen Kinderwagen schob. An dem Wagen hing eine Tasche, auf der in blauen Buchstaben FORD stand.

»Ford«, grummelte Glick. »Ein perfekter Name, wenn du ein Baby hast … oder einen Präsidenten.«

Ich lachte.

»Entschuldige bitte, das Baby hat *Slipper* an! Ich glaube, ich trug zum ersten Mal Slipper, als ich fünfundzwanzig war.«

»Ja, aber du bist auch was Besonderes«, sagte ich.

Dann erkundigte ich mich nach seinen Freunden und gab vor, einfach nur neugierig zu sein, ohne Hintergedanken. Ich fragte ihn nach Danza und Julian, ihren Jobs, ihren Wohnungen und wartete auf den richtigen Moment, um Ben zu erwähnen.

»Warte mal, es gibt Danza, Julian … und wie heißt noch mal mein dritter Freund? Mit wem bin ich noch befreundet, nach dem du fragen könntest?«, neckte er mich. »Gott, weißt du was, es fällt mir nicht ein! Der Name ist wie ausgelöscht.«

»Schon gut, schon gut.«

Ein paar sehr lange Minuten sagte er nichts. Ich versuchte wirklich, mich in Geduld zu üben und zu warten, bis er irgendetwas von sich gab, und endlich machte er das auch. »Weißt du, er hat eine neue Freundin.«

»Ach ja?«, erwiderte ich, während ich spürte, wie mein Herz sich zusammenzog.

»Jepp. Sie arbeitet bei einer gemeinnützigen Organisation und läuft Marathon.«

»Wow.«

»Also ist sie definitiv ein guter Mensch.« Er lachte.

Ich wusste nicht, was ich darauf erwidern sollte. »Tja, schön für ihn.«

»Wahrscheinlich sind sie noch vor Jahresende verlobt.« Glick seufzte. »Eines Tages werde ich ihnen vermutlich die Utensilien zum Pizzabacken schenken oder einen Mangoschneider oder einen Picknickkorb.«

»Einen Picknickkorb, soso«, sagte ich, wobei ich leicht nickte. »Warum wünschen sich Menschen so etwas? Denkst du, sie benutzen diese Sachen wirklich? Keiner meiner Freunde hat jemals auch nur das leiseste Interesse daran geäußert, ein Picknick machen zu wollen. Und trotzdem scheinen Picknicks untrennbar mit Hochzeiten verbunden zu sein.«

»Und wie häufig isst du Mangos, dass du ein spezielles Gerät dafür bräuchtest?«

»Du hast recht. Mangos gehören zu den Früchten, die man nur ab und zu mal kauft.«

»Ich weiß nicht, Mann«, sinnierte er und klang müde dabei. »Ernsthaft, wenn man kurz vor dreißig ist, erkennt man plötzlich, welcher der Freunde, mit denen man bisher durch die Straßen gezogen ist, ein Anwärter auf einen Picknickkorb ist.«

An der Ecke 69. und Lexington Street stoppten wir und warteten, dass die Ampel auf Grün sprang. »Du hast also mit

Heiraten noch nichts am Hut?« Ich drehte mich zu ihm um. Er hatte die Hände in die Hosentaschen gesteckt.

»Ach, ich weiß nicht. Es hat wohl mehr damit zu tun, dass ich noch nicht die richtige Frau gefunden habe. Nicht jeder kann mit mir umgehen, Eve.«

»Tja, willkommen im Club.« Wir überquerten die Straße und wichen einem Hundesitter mit sechs oder sieben kleinen weißen Hündchen aus, die um seine Knöchel herumsprangen.

»Eve, so schlimm war das nun auch wieder nicht, was du getan hast«, sagte Glick. »Du wolltest nur ein bisschen Spannung in dein Leben bringen.«

»Was?«

»Spannung in dein Leben bringen«, wiederholte er.

»Das wollte ich gar nicht.«

»Oh doch, da bin ich ziemlich sicher. Die Menschen machen, was sie machen wollen. Und du wolltest dein Leben ein bisschen pushen.«

»Hat Ben das behauptet?«

»Nein. Hast du Ben mal wieder getroffen?«

Unwillkürlich musste ich lächeln.

»Das passiert jedem mal. Na ja, einigen passiert es. Aus irgendeinem Grund setzt man ganz bewusst etwas aufs Spiel. Ich bin sicher, du hattest deine Gründe.«

»Ja, nun, ich habe immer und immer wieder darüber nachgedacht und bin zu dem Schluss gekommen, dass alles so *glatt* lief – und … ach, ich weiß nicht. Jede Beziehung, die ich vorher hatte, war voller Schwierigkeiten, und … ich schätze, ich habe es lieber selbst in die Hand genommen, als abzuwarten, dass es plötzlich aus heiterem Himmel passiert. Unbewusst habe ich wohl … ich bin eine Idiotin.«

»Nein, ich verstehe schon, was du sagen willst. Es ist das gleiche Gefühl wie in der Achterbahn. Du fährst höher und höher, und nichts Schlimmes passiert, aber du weißt, dass es irgendwann wieder abwärtsgehen wird. Und manchmal willst du darauf eben nicht warten. Manchmal willst du es einfach nur hinter dich bringen.«

»Genau«, bestätigte ich. »Vielleicht.« Ich beschloss, dass Glick auch seine guten Seiten hatte, wenn er gerade nicht betrunken war und ein altes Faxgerät zerstörte, das er auf der Straße gefunden hatte.

»Trotzdem ist Ben ein guter Freund«, fuhr er fort. »Ben ist wie der Anker, und ich ... bin die Boje.«

»Ja, ich bin auch eher eine Boje. Warte mal ... sind Bojen nicht auch irgendwo befestigt?«

»Keine Ahnung, Mann. Das ist meine erste maritime Analogie. Ich dachte, sie schwimmen nur ziellos umher?«

»Oh, vielleicht hast du recht.«

»Du weißt, wer die Antwort auf diese Frage kennt, nicht wahr?«

»Ben«, sagten wir beide wie aus einem Munde.

Ich sah zu dem weißen gemauerten Bau auf, der den halben Block einnahm. »Ist es hier?«, wollte ich wissen. Er nickte. Nachdem wir in den siebten Stock hinaufgegangen waren, tat ich so, als würde ich alles in Augenschein nehmen – so, wie ich es auch getan hätte, wenn ich wirklich an der Wohnung interessiert gewesen wäre. Sie hatte große Fenster zur Third Avenue hinaus. Das Bad und die Küche wirkten, als wären sie erst vor Kurzem renoviert worden. Genau deshalb konnte ich sie mir nicht leisten. Ich hatte noch nie eine Wohnung in New York gehabt, in der das Bad oder die Küche aus diesem Jahrhundert waren, und ich nahm an, dass sich das auch niemals ändern würde. Aber das war in Ordnung. Ich hatte die schwarz-weißen Bodenfliesen, die seltsamen Befestigungen, die Schalter und abgeschnittenen Leitungen, die ohne erkennbaren Zweck aus der Wand ragten, schätzen gelernt.

»Ich verrate dir etwas«, sagte er, während er in der Mitte des Raumes stand, der einmal das Wohnzimmer sein würde.

»Aber nur, weil ich das Gefühl habe, dass wir jetzt auf irgendeine Weise miteinander verbunden sind.«

»Und zwar?«

Ich hätte wetten können, dass er sich ein Lächeln verkniff. »Vielleicht steuert Ben doch nicht so direkt auf den Traualtar zu, wie ich es eben angedeutet habe«, erklärte er.

»Was meinst du damit?« Ich ging in die Küche hinüber, öffnete die Kühlschranktür und schloss sie wieder, dann die Backofenklappe, als würde ich darüber nachdenken, tatsächlich Geld für neue Küchengeräte auszugeben.

»Er hatte Streit mit seiner Freundin. Wir haben uns darüber lustig gemacht.«

»Ach? Worum ging es?« Ich ging in die Hocke und zog eine Schublade unter dem Backofen auf. Hier könnte man Backpapier verstauen, überlegte ich und vergewisserte mich, dass ich einen entsprechenden Gesichtsausdruck auflegte.

Als ich mich wieder aufrichtete, klopfte Glick mit den Fingern an sein Kinn. Ihm machte das Ganze sichtlich Spaß.

»Was?«, sagte ich auffordernd. »Diese Ungewissheit bringt mich um.«

Er musterte mich von oben bis unten. »Er hat deinen Namen erwähnt.«

»Hm?«

»Er hat deinen Namen gesagt.« Glick wand sich. »Beim ... Sex.«

»Hör auf.« Ich legte meine Hände auf den Kopf.

»Gern geschehen«, erwiderte er lachend und trat ans Fenster. Sein Gesicht spiegelte sich in der Scheibe, und ich sah, dass er in die Sonne blinzelte.

»Ich kann nicht glauben, dass ihm das passiert ist«, sagte ich. Es war, als schimmerte unter einer Tür, die jemand zugeschlagen hatte, plötzlich ein winziger Lichtstrahl hindurch.

»Allerdings. Und wie es scheint, ist sie völlig ausgerastet.

Das war natürlich absolut daneben, aber typisch Ben, oder? Ich schwöre es. Unter der stahlharten Denkerstirn lauert eine substanzlose Schicht marshmallowhafter Dummheit.«

Ich wusste genau, was er meinte, und nickte. Der Tritt unter dem Tisch bei meinem Vater. Die verwelkten gelben Rosenblätter.

»Ich kann es nicht fassen, dass er echt beim Sex redet«, meinte Glick.

»Ich würde es nicht unbedingt *reden* nennen.«

»Auch wieder wahr. Egal, auf jeden Fall hat sie ihn aus ihrer Wohnung geworfen. Aber ich schätze, sie haben sich wieder versöhnt.«

»Warte mal, das sind ja großartige Neuigkeiten!«

»Warum das denn?«

»Weil es bedeutet, dass ich noch in seinem Kopf herumspuke! Das heißt, ich habe noch eine Chance.«

»Vielleicht ...«

»Tja, Michael, dann bleibt mir keine andere Wahl.«

»Was? Was meinst du damit?«

»Ich muss zum Flughafen.«

»Warum zum Flughafen?«

»Natürlich, um Ben zu suchen. Ich muss ihn unbedingt aufspüren und ihm sagen, dass ich ihn liebe, und versuchen, ihn zurückzugewinnen.«

»Ben ist nicht am Flughafen.« Verwirrt sah Glick mich an. »Er ist im Büro, du durchgeknalltes Huhn.«

»Ich weiß«, erwiderte ich lächelnd. »Das war nur ein Scherz. Ich sehe ständig irgendwelche Filme, in denen jemand lebenswichtige Dinge am Flughafen klärt. Und dabei regnet es grundsätzlich.«

»Blauer Himmel.« Glick deutete aus dem Fenster.

Drohend streckte ich die Fäuste nach oben. »Ich kann jetzt nicht mehr warten.«

»Was hast du denn bisher getan? Um ihn zurückzuerobern?«

»Ich habe ihn ständig angerufen und ihm E-Mails geschickt und einmal sogar einen grenzwertigen handgeschriebenen Brief. Vor etwa einem Monat habe ich damit aufgehört. Ich wollte ihm Freiraum geben, aber nicht so viel, dass er sich eine neue Freundin sucht.«

»Eve. Wir sind fast dreißig. Was meinst du, wie schwierig es wohl für Ben war, eine neue Frau zu finden, wenn du berücksichtigst, dass er einen Job hat und noch einen spürbaren Puls?«

»Aber ich kenne ihn noch aus der Zeit, als er Kapuzenpullis trug.«

»Ach hör auf«, entgegnete er kopfschüttelnd. »Damals hast du ihn nicht mal gemocht.«

»Wie auch immer!«

»Wie wär's damit?« Er hielt kurz inne, durchmaß mit großen Schritten die Wohnung und schien völlig in Gedanken zu sein. »Heute Abend ziehe ich mit meinen Kumpeln durch die Bars. Ich weiß, ich weiß – völlig ungewöhnlich für uns an einem Freitagabend. Ich werde mir wahrscheinlich irgendeine Geschichte einfallen lassen müssen, aber egal, ich werde Ben dazu bringen mitzukommen. Und dann tauchst du auf.«

Zunächst schwieg ich. Glick und ich hatten uns nie besonders nahegestanden. Mir war es immer so vorgekommen, als wenn er mich höchstens um Bens willen tolerierte, aber er hatte mich oft so angesehen, als wäre ihm nicht wirklich klar, was ich eigentlich in dieser Runde zu suchen hatte.

»Warum machst du das für mich?«

Einen Moment lang überlegte er. »Weil du ihn glücklich gemacht hast, und dann hast du dafür gesorgt, dass es ihm miserabel ging. Aber zumindest ist er nicht zu irgendwelchen Picknicks gegangen.«

Gemeinsam verließen wir die Wohnung und gingen zur Haltestelle der Linie 6 an der Lexington und 6. Straße. Während ich die Stufen zur U-Bahn hinunterging, dachte ich darüber nach, wie Glick in der Welt klarkam.

Da rief er mir nach: »Und wegen heute Abend ... zieh was Heißes an.«

Am späten Nachmittag schickte Glick mir eine Nachricht mit den Details, und am Abend tauchte ich in einem hautengen schwarzen Kleid in der Bar an der Second Avenue und 78. Straße auf, bereit, über Ben herzufallen. Es war eindeutig, dass ich den Verstand verloren hatte. Wenn Ben mich hätte erreichen wollen, dann hätte er gewusst, wie. Man konnte niemanden zu etwas zwingen. Das war mir klar. Aber ich verbot mir, mir zu viele Gedanken darüber zu machen, wie seltsam mein Vorgehen war. Mir war bewusst, wie tief ich gesunken war, aber das war auch nicht schlimmer als der Fehler, den ich begangen hatte. Der war weitaus peinlicher gewesen, weitaus fataler. Dennoch musste ich es in kleinen Schritten hinter mich bringen. *Ich gehe nur in eine Bar.* Das ist nur ein Zufall, sagte ich mir. Ein Zufall, dem wir ein bisschen nachgeholfen hatten. Wenn man daran glaubte, war es eigentlich keine Lüge.

Ehe ich Ausschau nach der Gruppe hielt, ging ich geradewegs an die Theke und bestellte mir einen Drink. Überall in der Bar hingen Fernsehschirme, auf denen Sportübertragungen gezeigt wurden. Die Kneipe war voller Männer aller Altersgruppen, die zur Theke strömten und an den Tischen saßen. Ich bahnte mir den Weg durch die Menge und bemerkte, wie sie miteinander tuschelten. Ich hatte das unangenehme Gefühl, dass sie über mich redeten, wie sie da so in Grüppchen zusammenstanden und diskutierten. Und wie immer, wenn ich unter fremden Männern war und ihre Stimmen hörte, sehnte ich mich nach Ben.

Nachdem ich meinen Drink zur Hälfte hinuntergestürzt hatte, sah ich mich nach Ben und den anderen dreien – Glick, Danza und Julian – um. An einem Tisch im hintersten Winkel entdeckte ich sie. Gerade steuerte eine Kellnerin auf sie zu, beobachtete sie kurz und sprach sie dann an. Die vier waren eine vertraute Einheit für mich, aber plötzlich ergriff mich das seltsame Gefühl, dass sie jetzt Macht über mich hatten. Ein paar Sekunden lang wurde ich nervös, doch dann sagte ich *Tu etwas* zu mir. *Nicht nachdenken, tun.*

Wie in Trance ging ich auf sie zu. Als Ben mich bemerkte, hob er den Kopf. Er wirkte völlig ahnungslos, fast ein bisschen besorgt. Es erinnerte mich daran, wie er mich im College angesehen hatte, ehe wir uns kannten. Damals hatte er mich beobachtet.

Sie empfingen mich schweigend. Die anderen erhoben sich von ihren Stühlen. Es entstand eine Pause, weil niemand so recht wusste, wie er mit der Situation umgehen sollte. Glick versuchte, es zu überspielen.

»Na, wenn das nicht der Teufel selbst ist«, sagte er.

Jetzt stand auch Ben auf, um mich zu begrüßen. Er umarmte mich fest, keineswegs distanziert, sondern freundschaftlich. Es fühlt sich so gut an, dachte ich und schalt mich im nächsten Moment. *Denk so etwas gar nicht erst.* Ich wollte nichts übereilen. Objektiv gesehen, wusste ich, dass ein langer Weg vor mir lag. Aber er hatte meinen Namen gesagt! Und dann die Umarmung! Ruhig. Ruhig. Ich dachte daran, wie ich damals vor der Synagoge versucht hatte, Ben anzurufen. Das hatte eine beruhigende Wirkung auf mich. Es war ein weiter Weg, wieder zurückzukommen.

Ich setzte mich, und wir fünf unterhielten uns über ein paar gemeinsame Bekannte vom College. Nach den ersten zwanzig

Minuten wirkte die Situation schon normaler. Als Ben über etwas lachte, was ich gesagt hatte, war das der schönste Moment seit Langem.

»Erst kürzlich haben Eve und ich uns über deine Kapuzenpulli-Phase unterhalten«, sagte Glick.

»Der Kapuzenpulli war toll«, gab Ben zurück.

»Ja, abgesehen davon, dass du ihn *ständig* getragen hast«, wandte Danza ein.

»Meine anderen Sachen waren alle nicht so bequem.«

»So bequem wie was?«, meinte ich lachend. »Wie die Pyjamas, die du immer getragen hast?« Der Alkohol hinterließ seine Wirkung. Ich fühlte mich entspannt, sorglos.

»Hey, Ben, wieso erzählst du Eve nicht von deinem Streit mit deiner Freundin?«, schlug Julian vor. Ganz offensichtlich fühlte er sich genauso wie ich.

Leicht lächelnd senkte Ben den Blick. »Das ist es nicht wert, darauf zu reagieren«, sagte er.

Dann entstand ein Moment unerträglichen Schweigens, ehe die drei Freunde aufstanden. »Okay, ihr zwei. Wir lassen euch jetzt mal allein«, sagte Glick zu uns.

Dann saßen wir da, sahen zu, wie sie auf die andere Seite der Bar gingen und mehr und mehr in der Menge verschwanden. »Wie geht's dir so?«, wollte Ben wissen.

»Gut! Und dir?«

»Ziemlich gut«, meinte er achselzuckend.

»Wie läuft's bei der Arbeit? Hey, ich habe was von Glaspaneelen gehört, die eingebaut worden sind ... Das ist doch ein gutes Zeichen, oder?«

»Jepp. Vor zwei Monaten ist das gemacht worden.«

»Großartig!«

»Ja, ziemlich cool. Und was ist mit dir?«

»Mit mir? Nichts Neues ... außer dass ich erwachsen geworden bin.« Lächelnd deutete ich mit dem Finger auf mich.

»Du schreibst also keine Songs mehr über einsame Strümpfe?«

»Hör mal! Ich glaube nur …« Schamrot senkte ich den Blick. »Ich denke nur, dass die Waschmaschine ziemlichen Stress für Socken bedeutet. Sie können sich hinter der Trommel verklemmen, ihre andere Hälfte verlieren … Ich versuche nur, ihnen diesen Prozess zu erleichtern.«

Mit zusammengekniffenen Lippen nickte er.

»Entschuldige. Ich weiß, das klingt verrückt.«

»Deine Verrücktheit hat mich nie gestört.«

»Aber du wärst auch ganz gut ohne sie ausgekommen.«

»Nein«, widersprach er und dachte darüber nach. »Das warst du. Wenn mir das verloren gegangen wäre … ich hätte Angst gehabt, was ich sonst noch verlieren könnte.«

»Das hast du nett gesagt.« Ich zupfte an meinem Kleid. Eine plötzliche Anspannung überkam mich. Unwillkürlich legte ich die Hand auf seinen Arm und lehnte den Kopf an seine Schulter, als wäre das völlig normal. Ich spürte, wie er ein kleines Stück zu mir her rutschte und seinen Kopf in meine Richtung neigte. Als ich zu ihm aufsah, bemerkte ich, dass er die Augen geschlossen hatte. Ein paar Sekunden später nahm ich die Hand weg und setzte mich wieder richtig hin. »Wie auch immer, ich habe jedenfalls diesen Artikel über den Freedom Tower gelesen und eine Menge gelernt über Stützen und falsche Bauweisen. Zum Beispiel, dass man das Fundament erweitert, um ein Bauwerk zu stabilisieren, wenn es instabil ist und zusammenzubrechen droht. Ich weiß jetzt sogar, was *Untermauern* bedeutet.«

»Und zwar?«

»Wenn ein Gebäude einzustürzen droht, baut man daneben ein neues. Und wenn man die Baugrube aushebt, kann das alte Haus einfach in das Loch fallen.«

Er lächelte. »Das trifft es nicht annähernd.«

»Was?«

Ganz plötzlich stand er auf, legte seine Hand auf meine nackte Schulter, und ich spürte die Bewegung seiner Finger. Es war nicht viel, und doch vermisste ich ihn durch diese Berührung nur noch mehr. Mein Körper war wie erstarrt. Seine Finger fühlten sich warm an. »Möchtest du noch was trinken?«, erkundigte er sich. Er wirkte ein bisschen genervt. Ich machte ihn mürbe. Aber auf eine gute Weise? Vielleicht.

»Ja, gern«, erwiderte ich und sah zu ihm auf. *Mein Name. Die Umarmung. Noch ein Drink.* Das hier war auf einem guten Weg.

Er klopfte mir zweimal auf die Schulter und ging hinüber zur Theke. Ein paar Minuten saß ich da, blickte auf den Tisch und dachte sowohl darüber nach, was bisher passiert war, als auch darüber, wie ich jetzt weiter vorgehen sollte. Ich beschloss, keine Zeit mehr zu verlieren. Sobald er zurückkam, würde ich meine Karten auf den Tisch legen. Ich spürte, wie mein Mut mich plötzlich verließ, weil ich keine Ahnung hatte, was ich sagen sollte. Innerlich war ich kurz vor dem Durchdrehen. Es war, als würden meine Gedanken hinausdrängen, als wäre es in meinem Kopf zu eng für sie. Ich konnte es kaum erwarten, wieder neben ihm zu sitzen und das Gefühl zu genießen, in seiner Nähe zu sein. Zum ersten Mal ergab alles einen Sinn. Ich glaubte daran, ihn zurückgewinnen zu können. Es ging nur darum, ihn noch einmal allein zu erwischen, das war alles. *Noch ein Drink*. Er hatte mich gefragt, ob ich noch etwas trinken wollte, und das war ein gutes Zeichen. Darauf konnte ich aufbauen.

Nachdem ich noch einige Minuten gewartet hatte, dann noch ein paar mehr, kam Glick mit schuldbewusster Miene auf mich zu. Ich konnte mein Herz schlagen hören. Keine Ahnung, warum ich von dem Moment an, als ich ihn sah, eine böse Vorahnung hatte, aber so war es.

»Tut mir leid, Eve«, sagte er. »Ben ist gegangen. Er hat mich gebeten, dir Bescheid zu geben.«

Ich löste mich innerlich auf. In einem einzigen Augenblick lösten sich all meine Hoffnungen auf.

Alles, was ich hörte, war: Ben ist gegangen.

Ben

West End Avenue 450, Apartment 4E, Upper West Side

Ich trank noch einen Drink im Stehen an der Theke, dann ging ich hinaus und lief so lange, bis ich zur West Side kam. Ich hatte nur ein Ziel: weg von Eve. Körperlichen Abstand zwischen uns schaffen. Der Rest würde sich ergeben. Auch mein Verstand würde wieder einsetzen. Sie war wie ein Aufputschmittel. Ihr Anblick war wie Espresso für mich. Und das wollte ich nicht mehr, ich wollte meine innere Ruhe wiederfinden.

Natalie und ich waren nur ein paar Monate zusammen gewesen, es war keine enge Beziehung gewesen, aber ich sehnte mich nach ihrer Nähe. Eve würde mich nicht wieder in ihre gestörte Welt hineinziehen, wo nichts nur eine einzige Bedeutung hatte und du nicht mal sicher sein konntest, dass du diese Bedeutung überhaupt kennst. Sobald ich aus der Bar raus war, schickte ich Natalie eine Nachricht. Sie schrieb zurück, sie sei schon im Bett, lasse die Tür aber angelehnt für mich.

Großartig. Perfekt. Die Möglichkeit, in ihre Wohnung zu kommen, war alles, was ich jetzt gerade brauchte.

Der Block, in dem sie wohnte – 86. Straße und West End –, lag verlassen da. Natalies Nachbarschaft wirkte abends wie ein Freiwilligencamp für all jene, die sich vom Stress der Stadt erholen wollten und von dem Wahnsinn, den das Leben im East Village bedeutete, wo Eve wohnte. Es war ruhig, kein Straßenverkehr, nur wenige Geräusche, und das zu jeder Tageszeit. Es war, als würde man in einen See blicken, dessen Oberfläche völlig reglos ist, ohne ein einziges Kräuseln. Ein bisschen seltsam für die City, aber ich kam damit klar.

Der Eingangsbereich ihres Hauses hatte eine indirekte Beleuchtung, die alles in ein bernsteinfarbenes Licht tauchte. Ich fuhr mit dem Fahrstuhl in den vierten Stock. Dort betrachtete ich mich im Spiegel auf dem Gang. Ich trug noch meinen Anzug aus dem Büro, und auf dem Weg durch die frische Luft hatte ich mich wieder gesammelt. Das Einzige, was meinen Gemütszustand verriet, waren die rot geränderten Augen, die ich immer vom Alkohol bekam.

Auf Natalies Etage gab es fünf Wohnungen. Sie hatte einen Schuh in die Tür gestellt. Ich schob sie ganz auf und tastete mich durch den dunklen Flur. Der Duft nach Orangen traf mich wie ein Schlag. Natalies Wohnung roch immer so, als würde sie ein Parfum mit Zitrusduft versprühen. Durch das Wohnzimmerfenster fiel etwas Licht, sodass ich einen Orientierungspunkt hatte. Die Wände ihrer Wohnung waren cremefarben gestrichen, doch jetzt wirkten sie dunkler. Meine Augen gewöhnten sich langsam an die Dunkelheit, und ich konnte den Kamin mit dem breiten Sims und den Bildern darauf ausmachen. Natalie hatte schlichte goldene Vorhänge, die dem Wohnzimmer einen würdevollen Hauch verliehen, ein braunes Samtsofa und ein altes Klavier, das die Vormieter dagelassen hatten und von dem Natalie behauptete, sie könne es nicht ertragen, es wegzugeben. Leise schloss ich die Tür und zog die Schuhe aus. Dann ging ich in die Küche und trank hastig ein Glas Wasser.

Anschließend steuerte ich ihr Bad an. Alles in Natalies Bad trug ihren Namen in zierlicher Schrift – die Handtücher, der Zahnputzbecher, die Seifenschale. Der Karton mit den Abschminktüchern verbarg sich in einer Tissue-Box, auf der ihre Initialen standen. Wer wusste schon, dass man Abschminktücher nicht einfach so in ihrem Karton herumstehen ließ?

Natalie Williams. Die wusste so etwas. Es war blanke Ironie, dass ich in jener Nacht Eves Namen gesagt hatte, während ich mit Natalie schlief, denn Natalies Name war überall. *Natalie. Natalie. Natalie.* Als ich auf den Fliesenboden starrte, schien er zu schwanken. Ich fuhr mir ein paarmal über die Augen und wusch mir die Hände mit einer dunkelgrünen Seife, die nach Olivenöl roch.

Behutsam schlich ich ins Schlafzimmer, zog geräuschlos meine Sachen aus, hob die cremefarbene Bettdecke an, glitt neben Natalie und deckte mich zu. Bei der leichten Bewegung der Matratze wechselte sie die Stellung und drehte sich zur anderen Seite des Bettes. Ich betrachtete ihr Profil. Natalie war ein guter Mensch. Sie arbeitete für die amerikanische Alzheimer-Stiftung, und das, obwohl sie nicht mal jemanden kannte, der die Krankheit hatte. Wenn Natalie ein Dinner vorbereitete, kochte sie es aus frischen Zutaten. Natalie duftete immer nach Vanille, und sie hatte grundsätzlich Blumen auf der Fensterbank, weil sie überzeugt war, Blumen sorgten dafür, dass Menschen sich wohlfühlten. Im Streit argumentierte sie immer logisch. Ihre haushaltlichen Fähigkeiten waren unvergleichlich. Es schien, als hätte sie sich schon seit frühester Kindheit auf das Erwachsenenleben vorbereitet, als hätte sie schon damals nichts anderes gewollt, als möglichst schnell groß zu werden und zu dieser Alltagswelt zu gehören, in der E-Mails beantwortet, Rechnungen bezahlt und Gemüse gekocht werden musste.

Ich legte mich von ihr abgewandt hin, sodass jeder von uns an eine andere Wand blickte und ich mir – trotz allem, trotz jeden verdammten sinnvollen Arguments – in der Dunkelheit Eve vorstellen konnte.

Das passierte fast jede Nacht, insbesondere wenn ich in Natalies Bett schlief. Ich hatte keinen Einfluss darauf. Meine Gedanken wanderten einfach zu ihr. In dieser Nacht kamen die Erinnerungen an jene Phase, als es schneite und Eve und ich den ganzen Tag im Bett verbrachten und einen *Star Wars*-Marathon hinlegten. Keiner von uns war ein besonderer Fan dieser Serie, aber sie lief nun mal im Fernsehen. Wir hatten es so gemütlich dort bei ihr im Schlafzimmer, während sich der Schnee draußen auf dem Fensterbrett türmte. Wir kamen buchstäblich nicht aus dem Bett. In der Welt da draußen gab es nichts, was uns interessiert hätte. Die Sonne ging auf und wieder unter, und wir hatten unsere Position nicht verändert.

Lächelnd schlief ich ein und dachte daran, wie sehr Eve die Actionszenen hasste – und dass ihre Lieblingssequenz jene war, in der R2-D2 einen Muffin vom Tisch klaut. Warum auch immer, sie konnte sich darüber köstlich amüsieren. Das war Eve – *Star Wars* zu gucken und all ihre Aufmerksamkeit auf diesen kleinen Roboter und die eine seltsame Szene beim Frühstück zu richten.

Ohne es zu merken, war ich tief und fest eingeschlafen.

Ich erwachte davon, dass die Sonne auf meine dem Fenster zugewandte Gesichtshälfte brannte und Natalie vor mir stand.

»Ben«, sagte sie und tippte an mein Bein. Ich brauchte ein paar Sekunden, um mich zu orientieren. *Ich habe Eve getroffen. Jetzt bin ich in Natalies Wohnung. Gestern Abend bin ich hierhin gegangen, nachdem ich Eve gesehen hatte. Für Natalie ist das kein Problem. Natalie ahnt nichts davon.*

»Was?«, murmelte ich krächzend. Dann, nachdem ich mir bewusst gemacht hatte, dass ich ohne großartige Vorwarnung betrunken bei ihr aufgetaucht war, versuchte ich, freundlicher zu sein. »Hey, guten Morgen«, nahm ich einen neuen Anlauf und tastete nach ihrem Arm.

»Ich gehe joggen. Willst du mitkommen?«

Ich hatte meinen Traumstatus noch nicht ganz verlassen. »Wohin gehst du?« Noch immer war ich nicht ganz sicher, ob ich mir dies hier nur einbildete. Also riss ich die Augen auf. Sie stand tatsächlich in Sportkleidung vor mir, das Haar zum Zopf zurückgebunden, die Haut blass und frisch gewaschen.

»Ich gehe joggen«, wiederholte sie, und auf ihrem Gesicht erschien ein Lächeln. »Möchtest du mitkommen?«

Natalie lief jeden Morgen eine Runde durch den Park. Ohne Ausnahme. Sie führte einen Kalender, in dem sie ihre Zeiten eintrug und kleine Kästchen abstrich. Wenn es darum ging, sich zur Aktivität zu motivieren, legte sie eine enorme Disziplin an den Tag. An den Wochenenden schleppte sie mich mit, aber an diesem speziellen Samstag sehnte ich mich nach einer Ausnahme. Wahrscheinlich war es aber zu spät, darum zu bitten.

»Okay …« In dem Bedürfnis, nett zu sein, gab ich nach. »Bist du sicher, dass du Gesellschaft möchtest?«

»Allerdings, denn ich weiß: Falls ich allein laufe, bist du wieder eingeschlafen, wenn ich zurückkomme.« Ihre Miene war ausdruckslos, nicht verärgert, sondern einfach nur pragmatisch.

»Das ist nicht wahr.«

»Stimmt. Vielleicht bist du bis dahin aufgewacht und zum Sofa hinübergewandert, wo du fünf Minuten später ein Nickerchen machen wirst.«

Ich schloss die Augen und öffnete sie dann wieder. »Du denkst immer, dass ich eingenickt wäre.«

»Das bist du ja auch meistens«, konterte sie.

»Was für eine ungerechte Charakterisierung«, protestierte ich und lächelte mit geschlossenen Augen.

Ich versuchte, sie wieder zu mir ins Bett zu ziehen, aber sie war zu schnell für mich und außerdem außerhalb meiner Reichweite. Mein Griff ging ins Leere. Also stand ich auf, in erster Linie deshalb, weil ich befürchtete, sonst zwei Frauen innerhalb von zwölf Stunden zu verärgern. Vielleicht würde es mir guttun zu laufen. Gerade war es jedoch das Letzte, was ich gern tun würde. Aber wenn ich erst draußen war? Der Wind in meinem Haar, meine Füße, die sich vom Pflaster abstießen? Das würde mir sofortige Klarheit bringen. Vielleicht.

Während sie an der Eingangstür auf mich wartete, zog ich die Shorts und das T-Shirt an, die sie mir auf dem Bett zurechtgelegt hatte. Irgendwas Altes, was ihr zu groß war. Vielleicht hatte es mal einem Exfreund gehört. Allerdings hatte ich keine Turnschuhe. Natalie schlug vor, ich sollte meine Schuhe vom Abend zuvor anziehen.

»Anzugschuhe?« Gestern war ich direkt von der Arbeit in die Bar gegangen.

»Besser als nichts. Es ist ziemlich kühl heute Morgen«, erklärte sie. Natalie hatte verschiedene Lauf-Outfits, die je nach Fünf-Grad-Sprüngen der Temperatur variierten.

Fragend sah ich sie an. »Ich habe nichts zum Überziehen.«

»Hast du keine Jacke dabei?«

Ohne auf eine Antwort zu warten, öffnete sie ihren Kleiderschrank und zog eine Fleecejacke heraus, die ich beim letzten Mal hier vergessen haben musste. Ich streifte sie über und sah an mir herunter. Sie lachte.

»Was? Nicht gut?«

»Großartig. Ganz klasse. Nicht die Kombination des Jahrhunderts, aber es ist in Ordnung.« Sie behauptete, es wäre in Ordnung. Ich aber fand, es sähe aus, als hätte ich die Hose vergessen.

Es war ein sonniger, aber windiger Tag. Auf den Wegen lagen rote, grüne und gelbe Blätter, die der Wind über die Rasenflächen wehte. Der Central Park sah prächtig aus. Wir liefen an dem Maschendrahtzaun an der Straßenseite entlang, kamen zur Great Lawn und umrundeten sie dreimal. Auf dem Grün spielten Kinder Fußball. Ich beobachtete ein kleines Mädchen, das einen Jungen umwarf und ihm ins Gesicht spuckte. Eve.

Wir liefen, bis meine Lungen brannten und ich spürte, wie der Restalkohol vom gestrigen Abend in meiner Kehle aufstieg. Ich warf einen Seitenblick auf Natalie, die in einem stetigen Rhythmus lief und keine Pause zu brauchen schien. Als ich nicht mehr konnte, brachte ich sie dazu, mit mir eine kurze Rast einzulegen. Ich ließ mich auf einer Bank nieder und versuchte zu verbergen, dass ich nach Luft schnappen musste, während sie ihre Beinmuskeln dehnte.

»Warst du am College nicht in irgendeiner Sportmannschaft?«, meinte sie grinsend.

»Ja, vor zehn Jahren«, keuchte ich und wies sie darauf hin, dass ich nicht gerade angemessenes Schuhwerk trug.

»Zum Laufen braucht man nicht unbedingt Turnschuhe«, gab sie zurück.

»Okay, aber es hilft durchaus«, entgegnete ich.

Natalie erstaunte mich ebenso wie ich sie. Diese Frau war der bestfunktionierende Mensch, den ich kannte. Vielleicht ein bisschen schrill, wenn sie viel zu tun hatte, aber sie war völlig immun gegen die alltäglichen aufreibenden Vorkommnisse. Sie schmiss Partys in ihrer Wohnung, hatte Unmengen an Freunden, organisierte Dinners für Leute, die von auswärts kamen. Ich habe noch nie jemanden erlebt, der so viel Besuch von außerhalb bekam. Woher kannte sie all diese Leute? Das hatte ich noch nicht herausgefunden. Ihr Kalender war prall gefüllt mit sozialen Engagements, und sie sagte nie eines davon ab. Sobald es im Kalender stand, war es wie in Stein gemeißelt. Es spielte keine Rolle, wie erschöpft sie freitags sein mochte – wenn Natalie Williams Pläne geschmiedet hatte, hielt sie sich daran.

Sie wollte noch um das Reservoir laufen, und ich schlug ihr vor, diese Runde ohne mich zu drehen und dann wiederzukommen. Ich würde hier auf sie warten und mich erholen.

Das schien für sie mehr als in Ordnung zu sein. »Gut … aber wir sind noch nicht fertig!«

»Ich weiß, ich weiß.«

Nachdem sie fort war, blieb ich auf der Bank sitzen und steckte die Hände in die Jackentaschen, um sie vor der Kälte zu schützen. Von meinem Platz aus konnte ich die Spitzen der Gebäude westlich vom Central Park sehen, die in den wolkenlosen Himmel ragten. Ihre Umrisse waren alle unterschiedlich. Das Besondere am Central Park war, dass er immer wieder anders wirkte, je nachdem, wo man sich gerade aufhielt. Man musste ihn durchqueren, um ihn zu erleben, denn er zeigte sich immer wieder neu. Nichts wiederholte sich, es gab keine Gleichförmigkeit. Der Park war unvorhersehbar, wie die Natur selbst. Es war die Intention der Planer gewesen, ihn grenzenlos wirken zu lassen, eine riesige grüne Fläche. Die Great Lawn mit ihrer ovalen Rasenfläche bildete das Zentrum. In früheren Zeiten war dies ein geschätztes landschaftsarchitektonisches Kunstwerk gewesen, und die Menschen hatten dagegen gekämpft, dass hier Sportplätze entstanden. In den Fünfzigern waren Baseballfelder errichtet worden, und man hatte dafür gesorgt, dass die Freizeitaktivitäten auf diesen Bereich beschränkt blieben, er sozusagen »ein Platz zum Spielen« war.

Ich spürte den Wind an meinen Beinen. Auf einmal stießen meine Finger gegen ein gefaltetes Blatt Papier in einer der Taschen. Ich nahm es heraus und betrachtete es. *Ben.*

Es war ihre Handschrift, und sofort fiel es mir ein.

Eve hatte den Brief an meine Tür gelehnt – etwa einen Monat, nachdem wir uns getrennt hatten. Bereits als ich ihn an der Türschwelle entdeckte, ein trauriges, kleines gefaltetes Stück Papier, wusste ich, was es war. Ich erwartete eine weitere Entschuldigung oder Erklärung. Sie hatte nicht klar denken können – und so weiter, und so weiter. Damals war ich gerade im Begriff zu gehen, und so steckte ich den Zettel in die Tasche, ohne ihn gelesen zu haben. Ich ging zu meiner Verabredung mit meinen Freunden in der Bar, war ziemlich genervt und hatte nicht vor, das Ding zu lesen – auch wenn ich es nicht wegwerfen wollte. An diesem Abend lernte ich Natalie kennen, und daraufhin vergaß ich die Notiz ganz vorsätzlich. Es wurde wärmer draußen, und so ließ ich die Jacke in Natalies Wohnung. Den ganzen Sommer über hatte ich sie nicht vermisst.

Jetzt saß ich auf dieser Bank, betrachtete die Leute, die vorübergingen, und spielte mit dem Papier. Ich entfaltete es und faltete es wieder zusammen. Noch immer hatte ich nicht vor, es zu lesen. Nervös warf ich mehrmals einen Blick über die Schulter, um zu sehen, ob Natalie auftauchte. Irgendwann hatte ich den Zettel so oft auseinandergefaltet, dass die Worte *Kartoffelchips* und *Zwischenfall* hängen geblieben waren. Ich faltete ihn wieder zusammen, steckte ihn zurück in meine Tasche, zog ihn erneut heraus und überlegte. Der Kartoffelchips-Zwischenfall? Ich öffnete den Brief. Er bestand aus zwei Seiten in Eves Handschrift. Ein Teil in Schreibschrift, ein anderer in Druckbuchstaben, längst nicht so ordentlich, wie sie normalerweise schrieb. Das *i* hatte nie einen Punkt, halbherzige *e*, deren Schleife nicht geschlossen war. Ein letztes Mal blickte ich über meine Schulter.

Dann begann ich zu lesen.

Der Kartoffelchips-Zwischenfall
Weißt du noch, wie sehr du es gehasst hast, wenn ich in deinem Bett Chips gegessen habe? Das war auch nachvollziehbar. Es ist eine schreckliche Angewohnheit. Trotzdem habe ich es getan. Denn du warst fort, und ich war nervös und hatte irgendwann irgendwo gehört, dass Kohlenhydrate entspannen. Das kann ich übrigens als medizinische Tatsache bestätigen, denn mich haben Pommes frites schon überdurchschnittlich oft beruhigt. Egal. Ich habe ihnen beim Essen keine große Aufmerksamkeit geschenkt, weil ich wie immer nebenbei geschrieben habe, und dabei habe ich mich an einem Chipskrümel ver-

schluckt. Ich bekam keine Luft mehr und war ein, zwei Sekunden lang wirklich erschrocken. Ich bin zur Spüle gelaufen und habe Wasser in meine Hände geschöpft. Sobald ich angefangen habe zu husten und wieder atmen konnte, ist mir etwas bewusst geworden. Die Nahtoderfahrung (ich kann dich förmlich hören, wie du denkst: NAHTOD? Aber ja!) hat mir klargemacht, dass im Leben alles passieren kann. Du kannst Hundert werden, oder du kannst an einem verrückten Chipsunfall sterben. Es gibt also keinen Grund, sich an irgendetwas zu klammern. Man kann sich eigentlich gar nicht an etwas klammern – zumindest nicht auf die Art, wie ich es getan habe. Immer hatte ich diese Panik, jemanden zu verlieren. Ich hatte Angst vor dem Unbehagen, vor dem blanken Schmerz, und nichts davon passiert ohne den Anfang. Nichts davon geschieht, ohne dass du anfängst, jemandem zu vertrauen, auf etwas zu hoffen, jemanden zu lieben und dich auf ihn zu verlassen. Mein ganzes Leben lang habe ich angenommen, dass ich diese Befristung ertragen muss: Mein Vater hat uns verlassen, als ich noch klein war. Meine Mutter starb, und meine Schwester und ich blieben allein zurück. Deshalb habe ich Angst davor, dass Menschen gehen. Doch ich habe mich oft gefragt, ob das für immer gelten würde. Nachdem du und ich zusammengekommen waren, habe ich mich gefragt, ob ich diese Angst überwinden könnte – einfach weil ich spürte, dass nichts, was ich tun würde, dich zum Gehen veranlassen würde. Tatsächlich habe ich verblüffenderweise genau das empfunden – dass du wirklich da warst und es immer bleiben würdest. Nun, es hat sich herausgestellt, dass ich mich geirrt habe. Ich habe es ausgetestet, und du bist gegangen. Und es tut genauso weh, wie ich es befürchtet hatte. Vielleicht sogar noch mehr.

Aber ich lebe noch. Und es hat sich herausgestellt, dass ich stärker bin, als ich erwartet hatte. Heute ist mir klar, dass es so etwas wie eine perfekte Kindheit oder eine vollkommene Familie nicht gibt. Irgendeine Art von Verlust oder Schmerz ist immer da. Und es erscheint mir nicht mehr verlockend, diesem Impuls nachzugeben, alles Negative zu vermeiden. Ich glaube nicht mehr daran. Es ist illusorisch. Es ist, als ginge man an einer Wohnung vorbei, aus der man ausgezogen ist. Die Wohnung existiert noch, aber es ist für dein eigenes Leben bedeutungslos, was dort seither passiert ist. Meine Angst hat keine Substanz mehr. Als ich Jesse auf der Lower East Side wiedergetroffen habe, bin ich nicht einfach nur dorthin gegangen. Ich bin tatsächlich dorthin zurückgekehrt. Zu dem Zeitpunkt, als ich zweiundzwanzig war. Und sofort hatte ich wieder das Gefühl, mich schützen zu müssen, als hätte ich die Fähigkeit, all die schlimmen Dinge im Leben, über die ich keine Kontrolle habe, zu vermeiden, weil ich nicht in der Lage wäre, damit umzugehen. Das Gefühl stellte sich wieder ein, als wäre ich ein bestimmter, sehr schwacher Typ Mädchen, das einen bestimmten Typ Mann braucht. Aber in Wirklichkeit bin ich an einen Ort zurückgekehrt, der so gar nicht mehr existiert. Es war etwas, was ich aus der Distanz betrachten konnte. Ich war so gefangen in meiner pseudotraumatischen Vergangenheit und meiner heutigen Borniertheit, dass ich etwas Entscheidendes zu berücksichtigen vergaß: andere Menschen. Unsere Beziehung hat mich verändert. Und das liegt nicht nur daran, dass ich das Gefühl hatte, du würdest mich nicht verlassen, sondern auch daran, dass ich diese Trennung überstehen konnte. Selbstverständlich war es schmerzhaft, aber ich habe es ausgehalten. Natürlich konnte ich es aushalten.

Ich kann nicht in die Zukunft sehen, aber ich bin ziemlich sicher, dass es zwischen uns noch funktionieren kann. Und, Ben, das ist alles, was wir haben. Alles, was man je bekommen wird. Und es ist das Beste, was man erwarten kann. Ich hoffe, du weißt, wie leid es mir tut. Ich hoffe, du kannst mir verzeihen. Nicht, weil du perfekt bist oder ich es wäre, auch nicht aufgrund von irgendwelchen Versprechungen für die Zukunft, sondern einfach, weil wir in der unseligen Lage sind, uns zu lieben. Und ich hoffe, irgendwann können wir wieder Chips zusammen essen, denn für gewisse Leute (die nicht namentlich genannt werden sollten) ist es äußerst gefährlich, sie allein zu essen.

VERDAMMT, Eve. Ich las den Brief noch einmal. Es war nicht so, dass ich mit Natalie irgendetwas *vermisste*. Weißt du, wie es sich anfühlte? Als wenn ich an einem reichlich gedeckten Tisch säße und an nichts anderes denken könnte als den Lieferwagen mit Eiscreme, der draußen parkte. Ich konnte nicht aufhören mir vorzustellen, dass ich diese beschissene Eiscreme in mich hineinschaufle.

Warum bekam ich sie nicht aus meinem Kopf? Wochenlang hatte ich ihr gegrollt, weil sie mich betrogen hatte. Ich hasste sie. Ich betrank mich, spielte verschiedene Szenarien in meinem Kopf durch, was ich sagen oder tun würde, wenn ich sie sähe. Aber unter dem Strich hatten meine ursprünglichen Gefühle für sie nie aufgehört. Eve war in meinem Kopf, wenn ich kurz vor dem Einschlafen war und in der Dunkelheit lag. Dann spielte ich die glücklichen Momente noch einmal durch. In meinen Träumen, wenn ich die Straße hinunterging – immer war sie da, bis ich mir irgendwann sagen würde, dass ich nicht mehr an sie denken wollte. Was ich nicht tat. *Das* war mein Problem. Ich habe mich nie zum Aufhören gezwungen.

Und die Sache mit der Namensverwechslung? Nun, das war

ausgleichende Gerechtigkeit in Bestform. Vermutlich habe ich immer gespürt, dass ich Eve wiedersehen würde, selbst als die Erinnerung an meine Zeit mit ihr zu verblassen begann und die Wunde nicht mehr so frisch war. Ich hatte das Gefühl, jede andere Frau wäre nur ein Ersatz. Doch irgendwann würde ich nichts mehr von Eve hören oder sehen. Sie würde aufhören zu versuchen, mit mir in Kontakt zu treten. Ich würde mich lösen, und dann wäre ich frei. Abgesehen davon, dass ich nicht frei sein wollte. Sonst wäre es einfacher gewesen. Ich war nie einer der Menschen, die glaubten, es müsse schwindelerregend sein, wenn man mit jemandem zusammen war. Aber genau das hatte sie gewollt, nicht wahr? Sie wollte die nervtötende Frau sein, ohne die ich nicht leben konnte.

VERDAMMT. Ich sehnte mich nach ihr.

Nachdem sie ihre Runde gelaufen war, holte Natalie mich ab, und zusammen walkten wir noch ein paar Minuten. Endlich war auch sie tatsächlich erschöpft, deshalb machten wir uns auf den Weg zu ihrer Wohnung. Wie benommen saß ich auf ihrer Couch, bis sie mir einen Teller voller Möhren mit einem Klacks Hummus an der Seite und ein Glas Orangensaft reichte, ehe sie das Footballspiel einschaltete, das gerade übertragen wurde. Sie ließ mich allein und ging ins andere Zimmer, um typische Natalie-Dinge zu tun – ihre Sachen zusammenlegen, irgendwelche Bekannten anrufen. Alles in ihrer Wohnung war so ordentlich, dass ich kaum der Versuchung widerstehen konnte, das Glas Orangensaft umzukippen, nur um zu sehen, was dann passieren würde, welchen Sturm der Entrüstung ich dadurch auslösen mochte.

Ich hatte nichts davon gesagt, dass ich das Spiel sehen wollte. Aber egal. Es war Herbst. Und es war Samstag. Natalie mochte es, die Geräusche eines Footballspiels im Fernsehen zu hören. Sie sagte, damit sei sie aufgewachsen, weil ihr Vater immer

Sportsendungen gesehen habe. Apropos: War es nicht genau das, was sie an mir am meisten mochte? Dass ich Hockey spielte? Dass ich dem äußeren Erscheinungsbild eines Mannes entsprach, der Sport trieb? Genau jenem Erscheinungsbild eines Mannes, mit dem Natalie sich gern sehen wollte. Aber war ich das auch? Nun, ich wusste es nicht. Nicht konkret. Ja, ich mochte Sport, aber da war ich in bester Gesellschaft mit vielen anderen. Mir kam es vor, als hätte sie einen Fehler beim Casting gemacht.

Eine Zeit lang starrte ich auf den Fernseher, das Glas Orangensaft in der Hand, den Teller Möhren auf dem Schoß und getrieben von dem Wunsch, einfach zu gehen. Ich fühlte mich wie ein Arschloch.

Irgendwas lief gerade falsch. Das war alles, was ich wusste. Ich stellte den Teller mit den Möhren ab und ging in ihr Schlafzimmer, wo sie gerade die Strumpfschublade aufräumte.

»Ah. Welche Strumpfstrategie hast du dir überlegt? Das übliche Zusammenrollen oder Freiheit für alle?«

»Hm?«

»Ich nehme an, du legst jeden Strumpf mit dem passenden Partner zusammen.«

»Würdest du es anders machen?«

»Na ja, es gibt viele Arten … Was machst du mit den einzelnen Strümpfen, die übrig bleiben? Mischst du sie?«

»Wovon redest du?«, wollte sie wissen.

»Was tust du mit den übrig gebliebenen Socken? Du weißt schon – wenn du einen aussortiert hast, der andere aber noch gut ist. Was machst du mit dem?«

»Ich werfe sie beide weg. Wenn einer kaputt ist, wandern beide in den Müll.«

»Im Ernst?«

Ich zügelte mich und dachte: Moment, warum ist mir das plötzlich so wichtig? *Was rede ich da? Strümpfe? Eine*

Mischung aus einzelnen? Übrig gebliebene …? Wie bin ich denn drauf?

»Ich muss gehen«, sagte ich endlich. Ich wusste, was ich zu tun hatte.

»Warum?« Ihre Überraschung war echt. Dabei wäre sie durchaus in der Lage gewesen, mein unlogisches Verhalten zu ignorieren. Sie hatte weitaus mehr schauspielerisches Talent, als ich jemals haben würde.

»Ich muss eine Theorie überprüfen«, erklärte ich.

»Beruflich?«

Ja, das hatte sie eindeutig.

Ich sah Natalie in die Augen, doch sie wandte den Blick ab, sie wusste es, aber wollte sich nicht damit auseinandersetzen. Nicht, solange ich da war. Nachdem ich gegangen war, würde sie es für sich klären, am Telefon mit ihren Freundinnen oder ihrer Mutter. In zwei bis fünf Werktagen würde ich eine perfekt formulierte E-Mail von ihr bekommen.

Ich wartete so ungeduldig auf den Fahrstuhl, dass ich beinahe gegen die Türen gehämmert hätte. Mir kam es vor, als würde sich alles um mich herum in Zeitlupe bewegen. Sobald ich draußen war, griff ich nach meinem Handy.

»Wo wohnt sie?«, wollte ich von Glick wissen.

»Wer?«

»Du weißt, wer. Wo wohnt sie jetzt?«

»Hast du etwa vor, ein Wunder geschehen zu lassen?«

»Halt's Maul.«

Er nannte mir die Adresse. Park Avenue. Nicht ganz das, wo ich sie zu finden erwartet hätte, aber es war praktisch. Ich überquerte die Amsterdam Avenue und ging wieder Richtung Central Park West. Mit langen Schritten lief ich durch den Park, vorbei am Teich, der noch immer in der Sonne glitzerte. Ich ging über eine kleine Brücke aus Zedernholz. Rechts konnte ich in der Ferne die Wolkenkratzer der 57. Straße sehen. Die Sonne stand schon tief am Himmel und würde bald untergehen. Zu meiner Linken lagen kleine Felsbrocken und größere Steine, auf denen das Wasser der Fontäne leicht aufspritzte. In den wärmeren Monaten waren hier häufig Enten und Pärchen in Ruderbooten, die aneinandergeschmiegt auf dem Wasser dahinglitten. Heute aber standen nur wenige Menschen mit verschränkten Armen am Ufer des Teichs.

Auf einmal spürte ich mein Herz leicht vibrieren, als wollte es herausspringen. Ich ging schneller, durchquerte zielstrebig den Ramble und achtete darauf, die verschlungenen Wege zu meiden, die meine Orientierung durcheinandergebracht hätten. Ich blieb genau auf meinem Kurs durch das Gewirr von Unterholz, ein Netz kaum erkennbarer Pfade und kleiner Wäldchen. Der Ramble hatte einen besonderen Zauber. Er bestand aus hohen Bäumen und wilden Büschen, die den Boden bedeckten. Das Gelände war uneben, und Ranken und Farne wucherten in völliger Unordnung – und dann, ganz plötzlich, war ich draußen und stand auf einer Grünfläche mit einem einzelnen riesigen Baum, dessen Herbstlaub sich auf dem Gras darunter verteilt hatte. Sobald ich dort angekommen war, rannte ich wie in einer Filmszene, trotz Lederschuhen und allem anderen. Es war gut, dass die Mädchen einen zwangen, sich diese ganzen romantischen Komödien anzusehen, sonst hätte ich gar nicht gewusst, dass das normal war. Dass quasi von mir erwartet wurde, mich so zu verhalten.

Auf der Fifth Avenue drängten sich Massen von Menschen auf dem Gehweg. Künstler präsentierten ihre Werke, Verkäufer schauten aus ihren Buden heraus, ein Eishörnchen landete in einer ausgestreckten Hand. Ich überquerte die Straße, um auf die weniger überfüllte Seite zu gelangen. Der Verkehr stockte. Ich schlängelte mich zwischen den Autos hindurch, vorbei an einem Polizisten mit seiner Pfeife. Neben mir eine

Horde Kinder, die von ein paar erwachsenen Begleitern aufgeregt auf die andere Straßenseite gescheucht wurde. Ich drängelte mich an ihnen vorbei, war schon fast auf der Park Avenue. Das Gefühl, sie gleich zu sehen, war plötzlich greifbar. Ich konnte meinen Puls förmlich hören.

Vor dem Gebäude stand ein uniformierter Mann mit roten Wangen. Er musterte mich. Wie zum Teufel hieß noch mal ihr Stiefvater? Ich kam nicht darauf. Arnold vielleicht?

»Hallo, ich möchte meinen Freund Arnold besuchen.« In der Sekunde, als ich es aussprach, hörte es sich falsch an.

»Entschuldigung? Arnold Wer?«

»Sie kennen Arnold nicht? Ja, meine Güte, Arnold, kaum zu glauben! Er wohnt hier seit fünfzig Jahren! Sie müssen ihn kennen! Ich will ihn zu unserem jährlichen … Golftreffen abholen.«

Seine Miene blieb ausdruckslos. Er sah auf seine Uhr und versuchte gar nicht erst, seine Ungeduld zu verbergen. *Ich würde sie ausfindig machen. Einfach so? Hallo? Das hier war eine Romanze!* Der Concierge sagte nichts. Er wirkte nicht wie der Typ Mann, der mich aus romantischen Motiven ins Haus lassen würde.

»Arnold!«, wiederholte ich. Ich war verzweifelt und kurz davor, Luxusdinge aufzuzählen: Zigarren! Manschettenknöpfe! Monokel! Whiskey! Segelboote!

»Wissen Sie was, ich rufe ihn an«, sagte ich und machte ein großes Aufheben davon, mein Telefon aus der Tasche zu ziehen. Zumindest wurde ich in die Lobby gelassen, wo ich mich in einen der beiden Sessel vor einem Spiegel setzte. Ich betrachtete es als Teilerfolg. Wenn ich hier wartete, kam sie vielleicht vorbei. Also tat ich so, als würde ich telefonieren, während ich in Wirklichkeit dem Gespräch der beiden Concierges lauschte. Niemand schien es seltsam oder verdächtig zu finden, dass ich so lange dort herumsaß. Irgendwann schienen sie vergessen zu haben, dass ich überhaupt da war. Ich unterbrach ihr Gespräch, um ihnen mitzuteilen, dass ich mit Arnold gesprochen hätte und er sich aufgrund von Kursschwankungen am Aktienmarkt verspätet habe, nun aber jeden Moment herunterkommen werde.

Und dann, als mir die Ideen ausgingen und ich mich schon seit einer Stunde hier herumdrückte, betrat wie durch ein Wunder Eve die Lobby. Ich stand auf und ging, innerlich schwankend, wie im Traum auf sie zu. Sie schien nicht erstaunt, mich zu sehen. Sie zwinkerte nicht einmal. In ihre Augen trat ein lebhafter Ausdruck, äußerst lebhaft. Sie schien durch mich hindurchzusehen. Und dann sah sie mir nicht mehr in die Augen, sondern blickte an mir herunter.

»Warum hast du keine Hose an?«

Ich wollte ihr Gesicht umfassen. Das hier passierte einmal im Leben, da war ich sicher – wenn man Glück hatte. So ein Moment wiederholte sich nicht. Ich hielt ihren Brief hoch, dann steckte ich ihn zurück in die Tasche.

»Ich bin nur gekommen, um dir zu sagen, dass du an dem Krümel Kartoffelchips nicht hättest ersticken können«, sagte ich. »Er hätte sich aufgelöst, lange bevor er dich hätte umbringen können. Deine Speiseröhre hätte ihn zerkleinert. Das wäre zwar schmerzhaft gewesen, aber du hättest weiteratmen können.«

Sie schien zu begreifen, dass ich den Brief jetzt erst gelesen hatte. Unwillkürlich flackerte ein schmerzlicher Ausdruck auf ihrem Gesicht auf, aber dann fasste sie sich wieder. »Vielleicht«, erwiderte sie, und ihre Miene wurde feierlich.

»Du bist der einzige Mensch auf der Welt, der in diesem Zusammenhang von einem Kartoffelchips-*Unfall* sprechen würde.«

»Es war beängstigend!«

»Für dich? Darauf würde ich wetten!«

»Ich weiß, was du denkst. Du fragst dich, ob es mir wieder gut geht. Nun, es ist ja schon ein paar Monate her … aber die Genesungsphase dauert länger, als man denken könnte. Nicht zu vergessen, dass auch der posttraumatische Stress eine Rolle spielt …«

»Allerdings, das dürfen wir nicht außer Acht lassen.«

Auf ihrem Gesicht erschien ein Lächeln, und in meinem Kopf ratterte es, als ich überlegte, was ich als Nächstes sagen sollte. Dieses Gespräch war heikel, als würden wir uns auf Glas bewegen, das jeden Moment brechen könnte. Eve fragte, ob ich Lust auf einen Spaziergang hätte, also gingen wir nach draußen und liefen ein paar Blocks weit. Irgendwann setzten wir uns auf eine Bank auf der Parkseite der Fifth Avenue. In der Nähe stand ein Auto mit geöffneten Fenstern, die Sitze in Liegeposition, und der Mann auf dem Fahrersitz hörte Salsamusik. Während wir da saßen, kam eine Gruppe Kinder in grellbunter Laufkleidung vorbei. Vor der Bushaltestelle sammelten sich ein paar Menschen. Ein Notarztwagen fuhr mit Martinshorn vorbei. Eine Frau mit einer Zigarette in der Hand blieb vor uns stehen, um ihren Schuh zu schnüren, während sie sich mit der Hand an einem großen Baum abstützte. Eine Weile beobachteten wir einfach das Treiben auf der Straße, die Leute, die mit Rucksäcken und den roten Tüten aus dem Geschenkshop an der Met in Zweier- und Dreiergruppen an uns vorbeigingen. Jeder kehrte von seinen samstäglichen Erledigungen zurück, die Hände in den Hosentaschen, den Blick auf den Gehweg gesenkt. Die meisten Leute gingen stadteinwärts. Ein Eisverkäufer spielte in seinem Wagen »Pop Goes the Weasel«. Eve hielt den Kopf gesenkt, doch ich konnte das gefährliche Lächeln sehen, auch wenn sie versuchte, es zu verbergen. Sie wirkte, als würde sie die Luft anhalten. Ich wusste, dass ich einiges hätte anders machen sollen, und ich hätte nichts dagegen gehabt, noch einmal von vorn anfangen zu können. Ich wollte sie wiedersehen – und wieder und wieder. Das war alles.

In meinem Kopf herrschte ein einziges Chaos. Dieses Gefühl, dass mein Herz barst und rasend schnell schlug, brach über mich herein. Dieses Mädchen hatte eine Mauer in meinem Innern niedergerissen – offensichtlich schon vor langer Zeit –, und jetzt war es unvorstellbar für mich, ohne sie zu sein. Als ich die Hand ausstreckte, um Eve näher zu sein, war es wie ein Nervenkitzel. Ich wollte ihr Gesicht dicht an meinem, ihre Hand mit meiner verschlungen. Ich berührte ihre Finger, und fühlte einen wahren Glückstaumel und eine Qual gleichzeitig. Unvollkommen. Nichts anderes spielte mehr eine Rolle als die Erfüllung dieses Gefühls.

»Ich weiß nicht, was in mich gefahren ist«, meinte ich. »Ehrlich, ich habe keine Ahnung.«

»Du bist ein großer Trottel geworden«, erwiderte sie und schloss – mit festerem Druck nun – ihre Hand um meine. Dann sah sie mich mit diesen Augen direkt an und beugte sich vor. »So wie wir alle anderen auch.«

EPILOG

Eve

Macdougal Street 112, Apartment 5C, West Village

»Ich kann das nicht mehr!«, schrie ich und warf die zerdrückte Zahnpastatube auf den Boden.

Ben sah mich wie immer ein bisschen verblüfft an.

»Was kannst du nicht mehr?«

»Das.« Ich deutete auf den Boden.

»Du musst von oben drücken.«

»Ich *drücke* von oben. *Seit Wochen* drücke ich von oben. Es ist nichts mehr drin. Kann ich bitte eine der neuen Tuben haben, die wir gekauft haben?«

»Nicht, solange die alte nicht leer ist. Da sind noch Mengen an Zahnpasta drin.«

»Mengen?« Ich stapfte hinter ihm her. »Du bist offensichtlich verrückt.«

Ich öffnete eine Kiste in der Küche, durchwühlte sie und schob Haushaltsrollen und Toilettenpapier beiseite.

»Was machst du da? Diese Kiste ist fertig eingeräumt!«

»Ich brauche neue Zahnpasta, und ich werde nicht länger unter diesem puritanischen Regiment leben!«

Flaschen mit Flüssigseife landeten auf dem Fußboden, eine nach der anderen – *plopp, plopp, plopp*.

»Verschwinde hier!«

Er umklammerte meine Hüfte und wollte mich aus der Küche ziehen, doch ich klammerte mich an der Kiste fest, sodass er mich nicht von der Stelle bekam.

»Du … machst … nichts … als … Ärger«, schimpfte er.

Während ich weiter in der Kiste kramte, zog er mich an den Füßen, doch da ich die Hände noch an der Kiste hatte, wurde sie durch die Wohnung mitgeschleift.

»Nimm die Finger da raus«, befahl er halb verärgert, halb lachend.

»Wo ist sie?«, rief ich. »Wo ist die neue Zahnpasta?«

»Ich gebe sie dir«, grummelte er. »Himmel, Eve. Sobald wir in der neuen Wohnung sind. Neue Wohnung, neue Zahnpasta.«

Er kämpfte mit mir und schaffte es, mich von der Kiste zu lösen und auf den Fußboden zu drücken. Ich wand mich unter ihm heraus und stand auf. Dann lief ich ins Bad und deutete auf die Zahnpastatube auf dem Boden. »Die ist leer.« Ich lachte. »Du kannst die Zahnpasta haben oder mich. Aber nicht beides.« Dabei stemmte ich die Hände in die Hüften. »ENTSCHEIDE DICH.«

»Dann wähle ich die Zahnpasta«, gab er zurück und hob sie auf. Er drückte die flache Tube vom Ende bis zur Öffnung und rollte sie auf, während er ging. Das blaue Gel schoss heraus. »Siehst du«, meinte er und gab mir die Tube. »Massen.«

Ich nahm sie wieder mit ins Bad und putzte mir die Zähne mit mehr Kraft als nötig, weil ich sauer war. Fast hätte ich sie aus lauter Trotz gar nicht geputzt. Aber dann überwand ich mich. Schließlich wollte ich sie ja putzen. Unabhängig davon, wer den Streit gewonnen hatte, war dies ein Sieg der Vernunft. Oder so was in der Art.

Anschließend ging ich ins Schlafzimmer, um mich für das monumentale Dinner anzuziehen, das letzte Dinner in unserer Nachbarschaft – als Bewohner der Macdougal Street.

»Weißt du, ich werde diesen Ort vermissen«, sagte ich, als ich wieder aus dem Schlafzimmer kam, und schaute mich in der Wohnung um, die wir im vergangenen Jahr gemietet hatten. All unsere Besitztümer waren jetzt in dreizehn Kisten verstaut, die mit einem dicken schwarzen Textmarker durchnummeriert waren, weil Ben darauf bestanden hatte, dass wir sie so einfacher zuordnen konnten. Ich hatte die Kisten mit dem jeweiligen Raum beschriften wollen, in den der Inhalt gehörte. Das war der Moment gewesen, an dem mir der Filzstift entwendet worden war.

»Ich werde ihn auch vermissen«, stimmte er zu.

»Willst du die behalten?«, wollte ich wissen. Ben hielt eine zehn Jahre alte Dose mit Campbell's Muschelsuppe in der Hand. Er hatte sie all die Jahre aus einem sentimentalen Grund behalten, den ich nicht nachvollziehen konnte. Es hatte irgendetwas mit seinen Freunden aus dem Hockeyteam zu tun. »Bist du sicher?«, hakte ich nach. »Was, wenn sie undicht ist? Sie lässt sich nicht so einfach transportieren.«

»Dich nehmen wir ja auch mit«, entgegnete er und steckte die Dose in die Ecke einer Umzugskiste. »Und du bist auch schwierig zu transportieren.«

Die Wohnung sah jetzt nicht mehr aus wie zuvor. Wir hatten zuvor alle Wände vollgehängt, und jetzt waren sie nackt. Wir besaßen nicht viele Möbel, lediglich einen alten Ohrensessel, einen Teppich mit indischem Muster und ein Bücherregal, das Ben an einem dieser Tage gebaut hatte, an denen er seine Werkzeugkiste hervorholt und Songs hört wie »Takin' Care of Business« und »Working for the Weekend« und das Bedürfnis verspürt, Dinge in der Wohnung auszubessern. Jetzt waren all unsere Bücher in Kisten verstaut, und zwar so willkürlich, als wären sie nie sorgfältig sortiert gewesen. Die Wohnung war klein, aber dafür lag sie an einer ruhigen, von Bäumen gesäumten Straße und nur zwei Blocks vom Washington Square Park entfernt.

Wir hatten ausgiebig über den Umzug diskutiert. Es war die bestmögliche Entscheidung für die Zukunft. Wir brauchten mehr Platz. Es war nie geplant gewesen, dass wir für immer hier wohnen würden, sondern die Rede war nur von übergangsweise. Als Ben und ich beschlossen hatten zusammenzuziehen, hatten wir das Bedürfnis, es sofort zu tun. Organisatorische Fragen wie die, wo wir unsere Habseligkeiten lassen sollten, wenn der einzige Schrank schon überfüllt und der Backofen voller Teller und selten benutzter Töpfe war, wollten wir später klären. Und dieses Später war gekommen, auch wenn es beeindruckend gewesen war, Ben dabei zu beobachten, wie er seine technischen Fähigkeiten als Ingenieur benutzt und angestrengt in den Schrank geguckt hatte, den er schließlich umräumte, um einen Platz für das Röhrchen Ibuprofen zu finden, das ständig herausfiel, wenn wir die Tür öffneten.

Sonderlich lange hatten wir hier nicht gelebt, und doch war diese Wohnung etwas Besonderes. Wir waren häufig zu Hause gewesen, und ich hatte hier die bisher glücklichste Zeit meines Lebens verbracht. Hier waren wir wieder zusammengekommen in der Gewissheit, uns nie mehr zu trennen. Hier konnten wir uns erholen von der Außenwelt, die in dieser Stadt nie weit entfernt war. Wir mussten nur aus dem Fenster blicken, um in die Wohnungen anderer Leute sehen zu können. Jedes dieser Vierecke hatte seine eigenen Sehenswürdigkeiten. Durch eines der Fenster sahen wir eine alte Dame, die allein lebte. Samstagmorgens ging sie gern auf ihre Terrasse und fegte die Blätter weg. In einer anderen Wohnung lebte ein junger Typ, der immer an seinem Computer nahe dem Fenster saß. Seine Mitbewohner wechselten häufig. In der Wohnung über uns liefen ständig alte Musik und Filme. Das Pärchen unter uns sah gerne Sportsendungen, und sie stritten sich lauthals darüber, ob sie Kinder wollten oder nicht.

Morgen würden die Möbelpacker kommen. Dann würde ich meine letzte Aufgabe erledigen: unser Bettzeug zusammenlegen und einpacken. Es war blütenweiß und unglaublich weich. Arthur hatte es in einem Laden an der Madison Avenue für uns gekauft. Ich war fast hintenübergekippt, als ich die

Preisschilder sah, aber Arthur bestand darauf. »Deine Mutter hätte gewollt, dass du diese Bettwäsche bekommst. Sie hat diesen Laden geliebt. Du weißt doch, sie glaubte daran, dass der Weg zum Glück über weiche Bettwäsche führt.« Ich nickte und nahm das Geschenk an. Während ich sie zusammenlegte – Ecke auf Ecke, Kante auf Kante –, dachte ich: Sie hätte diese Bettwäsche geliebt, aber besonders hätte es ihr gefallen zu sehen, dass ich mich darin so wohlfühle.

Ben arbeitete bis zu dem Zeitpunkt, als wir zum Dinner aufbrachen. Er versprach, dass er beim Essen anfangen würde, mit mir zusammen wehmütig zu werden, aber keine Sekunde früher.

»Hey«, sagte ich, während ich mich suchend nach meinem Telefon umsah, »erinnerst du dich, als ich vorgeschlagen habe, ein Video über unsere Zeit in dieser Wohnung zu drehen, und du sagtest: ›Es ist drei Uhr morgens, leg dich wieder hin!‹?«

Er starrte weiter auf seinen Computermonitor. »Als wäre es gerade mal vor fünfzehn Stunden gewesen.«

Ich nahm mein Handy von der Fensterbank. »Okay, gut. Jetzt ist der Zeitpunkt gekommen!«

Ben saß auf dem Fußboden, den Laptop auf dem Schoß, und beachtete mich gar nicht, als ich zu filmen begann. Ich ging durch die Wohnung und erzählte meinem Handy von all den verschiedenen Ecken. Mein Ziel war es, mir einen letzten guten Überblick zu verschaffen, bevor wir auszogen. Ohne unser ganzes Zeug wirkte der Zustand der Wohnung schlimmer, aber das machte mir nichts aus. Ich liebte sie, jeden Winkel. Ich sprach unsere kurze Geschichte mit dieser Wohnung in mein Telefon, hielt es mir vor den Mund und drehte meine Runden (es gab nicht viele Runden zu drehen).

Ben hatte darum gebeten, dass wir zum Essen ins Pluck U gingen, ein Restaurant, das auf Hühnchen spezialisiert war – was sonst!

»Ehrlich, du kommst mit dorthin?«, hatte er elektrisiert und ein bisschen misstrauisch nachgehakt, als ich zugestimmt hatte. »Da wollte ich schon immer hin, aber du nicht.«

»Das liegt daran, dass die Bewertungen im Internet schrecklich sind. Mehr als einer sprach davon, dass man mit einer Lebensmittelvergiftung rechnen müsse«, erklärte ich. »Eine Negativbewertung ist eine Einzelmeinung, zwei sind ein Muster. Aber ich komme dieses Mal mit, weil eine Beziehung immer Kompromisse bedeutet. Und ich möchte, dass wir es im Film festhalten, wie bereitwillig ich Kompromisse eingehe.«

»Du bist eine tolle Kompromisseingeherin. Ich habe zwanzigtausendmal vorgeschlagen, ins Pluck U zu gehen, und wir machen es einmal.«

»Ganz genau.«

»Wie auch immer«, sagte er, zog lange Streifen braunen Klebebands von der Rolle und wickelte es um eine Kiste. »Wenn ich dir die Entscheidungen überließe, würdest du Kartoffelchips und Junior Mints zum Dinner essen.«

Draußen stellten wir fest, dass es eindeutig Winter geworden war in New York. Der Schnee hatte alles unter sich begraben. Wir liefen auf der West Third Street, querten die Sullivan, bis wir zur Thompson kamen. Unsere Schritte mit den Stiefeln hallten, während wir an all den Bars vorbeikamen, in denen Collegestudenten und ältere Paare bunt gemischt saßen.

Pluck U war der hellste Laden im Block – mit seiner gelben Markise und den gelb gestrichenen Wänden wirkte es wie ein Hafen im Sturm –, und der goldene Glanz strahlte bis hinunter zur Thompson Street. Sobald wir drinnen waren, schlug mir der Geruch von Pommes frites ins Gesicht. Es gab nur zwei Tische, und einer war frei. Ich hängte meine Jacke über einen Stuhl, um den Platz für uns zu reservieren, denn ich hatte nicht vor, unser Abschiedsessen im Stehen zu mir zu nehmen. Mit ernstem Blick studierte Ben die Speisekarte über dem Tresen.

Als wir ein paar Minuten später mit unseren Hühnchengerichten am Tisch saßen, erwartete ich irgendeine Veränderung, irgendetwas, was dieses Essen unvergleichlich gegenüber all unseren anderen Dinners gemacht hätte, doch da war nichts.

»Steht Pluck U eigentlich für Pluck University?«, wollte ich von Ben wissen. »Weil die Hühnchen aufs College gehen oder so was?«

»Es ist nur ein Wortspiel und sagt nichts über den Bildungsgrad ihrer Hühnchen aus.«

Der Song »Rockin' Robin« ertönte aus einem Lautsprecher in der Ecke, in dem es um ein Rotkehlchen geht, das den ganzen Tag in den Baumwipfeln hopst und tanzt.

Ich sah auf. »Wäre es nicht lustig, wenn immer, sobald sie dieses Lied spielen, ein Typ in einem Hühnerkostüm auftauchen und den Gästen das Essen wegfuttern würde?«

Ben tunkte eine Pommes in den Ketchup.

»Warum sollte ein Huhn andere Hühner essen?« Ziemlich häufig stellte Ben die Logik meiner Witze infrage. Ehe ich bei der Arbeit eine Idee präsentierte, sprach ich sie normalerweise mit ihm durch, um sicherzugehen, dass ich mich nicht zu weit von der Ausgangsfrage entfernt hatte.

»Ich weiß nicht. Vielleicht, weil es voller Selbsthass ist?« Darüber dachte ich ein paar Sekunden nach. »Oder vielleicht könnte es herauskommen und jedem das Essen vom Teller schieben?«

Er nickte. »Siehst du, jetzt ergibt es Sinn.«

Insgeheim war ich begeistert über seine Anerkennung und darüber, dass ich eine Idee hatte, die sogar einen Ingenieur zufriedenstellte.

»Ich denke, es ist angemessen, an unserem letzten Abend in der Wohnung hierhergekommen zu sein, nachdem wir diesen ›Augenblick‹ mit Hähnchenschenkeln auf dem Saint Mark's hatten. Hühnchen scheinen in unserer Beziehung ein besonderes Thema zu sein.«

Ohne etwas darauf zu erwidern, trank Ben einen Schluck Wasser.

»Was? Findest du nicht?«, hakte ich nach.

»Braucht unsere Beziehung ein Thema?«

»Wenn wir unseren künftigen Hochzeitsplaner nicht verwirren wollen, schon.«

Sein Gesichtsausdruck veränderte sich. Es war, als witterte er eine Falle. Er hörte auf zu essen. *So* wichtig war es also, was ich sagte.

»Oh!«, fügte ich hinzu. »Sie könnten den Ententanz auf unserer Hochzeit spielen. ›The Way You Look Tonight‹. Lass mich mal überlegen. Im Ernst, glaubst du, sie könnten den Ententanz in einer an Sinatra angelehnten Form spielen? Arthur würde es lieben. Er ist absoluter Sinatra-Fan. Er sagt immer: ›Dieser Sinatra hat das Zeug zum Star‹, als wäre er es gewesen, der ihn entdeckt hat, und als würde Sinatra noch leben. Oh Gott. Wäre Arthur derjenige, der mich zum Altar begleiten würde? Eigentlich wäre ich damit einverstanden. Solange er nicht diese entsetzliche Taschenuhr trägt. Oh! Emma könnte Trauzeugin sein. Puh, vielleicht würde sie mit einem der männlichen Trauzeugen schlafen. Wie ist es, hast du einen Freund, dessen Leben du ruinieren möchtest?«

Mit großen Augen sah er mich an. »Sagst du tatsächlich gerade, dass du mich heiraten würdest – und das im *Pluck U*?«

»Weißt du was«, sagte ich feierlich, »genau das tue ich.«

Ben schien noch einmal darüber nachzudenken und dann durchaus zufrieden zu sein. Grinsend widmete er sich wieder seinen Pommes frites. »Ganz nebenbei: Der Ententanz wird bei Baseballspielen angestimmt, nicht auf Hochzeiten.«

»Bist du sicher?«

»Allerdings.«

Während wir zum letzten Mal zu unserer Wohnung in der Macdougal Street zurückgingen, fragte ich Ben, ob er glaube, dass unsere künftige Wohnung sich genauso sehr wie unser echtes Zuhause anfühlen würde wie diese. Die korrekte Antwort lautete: Ja, natürlich! Schließlich sei unser echtes Zuhause immer dort, wo wir zusammen waren. Das sei das einzig Entscheidende. Die Wohnung selbst sei nebensächlich. Es gehe um dieses Gefühl, einen sicheren Ort in der Welt zu haben; das sei es, was die Menschen sich am meisten wünschten. Alles andere im Leben führe letztendlich auf diesen Punkt zu. Ich erwiderte, dass, wenn es so war, wir viel eher hätten zusammenkommen müssen. Dann hätten wir uns eine Menge Ärger erspart. Doch Ben meinte, er glaube an die Entwicklung.

»Die Stadt besteht aus Gegensätzen«, sagte er. Das gelte hier mehr als anderswo – ständig stürzten sich die Menschen in das fieberhafte Treiben auf den Straßen, nur um dann Schutz vor dieser Verrücktheit zu suchen. Das sei es, was New York so großartig mache, betonte er, dass man einen sonnigen Tag erst dann wirklich zu schätzen wisse, wenn man gerade aus einem Sturm komme. Wenn das stimmte, konnte ich froh sein, ihm nicht eher nachgegeben zu haben. Mir war nicht klar gewesen, was für eine Hellseherin ich gewesen sein musste, mich vor ihm mit den falschen Typen eingelassen zu haben. Das war tatsächlich mein brillantester Schachzug gewesen – jeden hellen Schein der Liebe spannend gefunden zu haben, der sich dann als nicht ganz so strahlend entpuppt hatte. Jetzt würde ich diese Typen nicht mal mehr wiedererkennen, so falsch und mächtig, wie ich sie in meiner Erinnerung hatte. Dennoch war ich dankbar, dass es sie gegeben hatte. Jeder von ihnen war das Versprechen auf etwas Größeres gewesen. Und wenn die Dinge wirklich einen Gegenpart brauchten, um zu existieren, dann war es großartig, Enttäuschung zu erleben, nicht immer die richtige Entscheidung zu treffen, verwirrt zu sein und nicht ständig angebetet zu werden. Es schien mir wichtig, sagen zu können: Vor langer Zeit einmal war ich das Mädchen mit dem gebrochenen Herzen gewesen.

Am nächsten Morgen kamen die Möbelpacker. Ich hatte mir vorgestellt, es würde lange dauern, doch die Umzugskartons waren schnell verschwunden. Noch ein letztes Mal sah ich mich um und hielt Ausschau nach etwas, was ich mitnehmen könnte, doch ich fand nichts. Mir war bewusst, dass ich diese Wohnung nie wiedersehen würde. Wenn wir in den folgenden Jahren noch einmal herkommen würden, wäre dies ein entstellter Ort. Ich wollte mich daran erinnern, wie er war, als wir ausgezogen sind. So würde er in meinen Gedanken immer bleiben. Ich hatte das Video von gestern Abend. Und ich hatte einige Fotos gemacht, ehe wir alles zusammengepackt hatten. Jetzt versuchte ich, mich an ein paar Momente zu erinnern, weil ich das Gefühl brauchte, ein paar Szenen noch einmal zurückzuholen.

Die Erinnerung daran, wie Ben sich weigerte, mit mir die Macdougal Street entlangzugehen, weil er meinte, er gehe sie jeden Tag allein entlang, und das erinnere ihn an die Arbeit.

Wie wir uns zu unserem Nachbarn hinübergeschlichen hatten, als er fortgegangen war, und ich seine Post durchgesehen hatte, während Ben Schmiere stand.

Unsere Spaziergänge im Schnee durch den Washington Square Park, in dem die Kinder einen Hügel hinunterrodelten, der nur einen Meter hoch war.

Dieses italienische Restaurant in der 9. Straße, wo wir einmal waren, nur um festzustellen, dass alle Gäste über siebzig waren, sodass wir uns ziemlich uncool fanden und beschlossen, nie wieder dort einzukehren (unserer Selbstachtung zuliebe), aber uns durchaus Essen von dort liefern zu lassen (weil es ausgesprochen köstlich war).

Wie wir auf dem Flur vor unserer Wohnung die Hebefigur aus der letzten Szene von Dirty Dancing *geprobt hatten, weil ich Ben dazu gebracht hatte, sie anzusehen. Ich behauptete, diese Figur sei nicht schwierig für mich, doch als wir sie ausprobierten, musste ich so lachen, dass ich auf ihn zulief und dann abbrach, bevor er mich hochheben konnte.*

Die neuen Studenten an der NYU, die im August in ihre Wohnheime einzogen, und ihre Eltern, die mit sorgenvoller Miene die Autos ausluden und die älteren Studenten mit ihren Piercings und Tattoos musterten, als fragten sie sich, was wohl aus ihrem eigenen Kind noch werden würde.

Meine Haarspangen und Ohrringe auf dem Nachttisch.

Bens Socken unter dem Bett, die so versteckt lagen, dass ich sie nicht entdecken und meckern konnte, er solle sie wegräumen.

Die Küche, in der Ben samstagmorgens Haschkekse backte und sonntagabends Pizza aufwärmte und wo er »Gewürzschrank-Hühnchen« erfand, ein Hühnchen, das er mit jedem Gewürz verfeinerte, das wir besaßen.

Der Flur vor der Küche, wo ich solche Dinge sagte wie: »Hör auf, meine Eiscremeprobleme kleinzureden!« Und Ben Sachen erklärte wie: »Wusstest du, dass die Italiener erst seit ungefähr hundert Jahren mit Tomaten kochen? Christopher Kolumbus hat sie aus Amerika mitgebracht.«

Die Couch, auf der ich gesessen hatte, während er kochte, nachdem ich aus der Küche verbannt worden war, weil ich zu viele unnötige Anweisungen gegeben hatte.

Das koreanische Restaurant, in dem wir so oft gewesen waren, dass ich sagte: »Wenn wir irgendwann ein Kind hätten, wäre sein erstes Wort nicht Papa *oder* Mama, *sondern* Bulgogi Taco.«

Der Fernseher, der irgendwann nicht mehr funktionierte und den wir nicht reparierten. Eine Woche später lief er plötz-

lich wieder, und wir schauten erstaunt hin, und Ben erklärte: »Selbstheilungskräfte.«

Der Schrank, in dem Bens Hemden gehangen hatten, die er immer in derselben Reihenfolge trug. Er war ein Sklave dieser Reihenfolge geworden, also hängte ich sie irgendwann um, was bei ihm einen kurzen, aber akuten psychischen Zusammenbruch auslöste.

Wie Ben mit dem endgültigen Entwurf des Freedom Towers ins Wohnzimmer kam und ich sagte, das sei das Schönste, was ich jemals gesehen hätte, und er aufgeregt und stolz sagte: »Natürlich ist es das. Weil du in dieser Stadt gar nicht anders kannst, Eve. Du kannst einfach nicht!«

Der Waschsalon in der Thompson Street, wohin wir unsere Wäsche brachten und wo ich Ben neckte, weil er nie seine Hosentaschen ausleerte, bevor er sie in die Waschmaschine steckte, und die Maschine immer klapperte, weil Ben Münzen und seine Kreditkarten mitwusch.

Plötzlich hatte ich eine geniale Idee. Ich ging ins Schlafzimmer und sah in den Wandschrank. Dort stand etwas geschrieben. Vor ein paar Monaten hatte ich es entdeckt. Jetzt öffnete ich die Schranktür und sah nach unten. »Macdougal Street 112, 5C«, stand dort auf einem Holzbrett dicht über dem Boden mit einem dicken schwarzen Filzstift geschrieben. Ich kniete mich hin und fuhr mit dem Finger über die Wörter. Ich hatte in verschiedenen Wohnungen gelebt, doch diese hier war etwas anderes. Hier hatten wir uns etwas aufgebaut, das Bestand haben würde. Es würde ein Leben lang halten, und nichts könnte es zerstören. Ich überlegte, *Ben & Eve* unter *Macdougal Street 112* zu schreiben, aber irgendetwas hinderte mich daran. Die Wirklichkeit unserer Namen an der Wand schien mir trivial, es würde nichts bedeuten, hätte keinen Zusammenhang. Ich stellte mir die Fremden, die künftigen Bewohner vor, die diese Inschrift sehen würden. Ich wollte, dass die Wohnung unversehrt in ihre nächste Episode ging, so, wie auch wir sie vorgefunden hatten, eine stetige, leer stehende Sphäre, die sich füllte und leerte, füllte und wieder leerte. Es ging nicht um unsere Namen. Es ging darum, was hier und im Village geschehen war, aber ich konnte mich an vieles nicht mehr erinnern. Ich hatte nichts aufgeschrieben. Das war ein großer Fehler gewesen.

»Wir sterben doch nicht. Wir gehen raus und sammeln neue Erinnerungen«, versuchte Ben mich zu trösten, als ich ihm davon erzählte. »Auf eine Art werden wir immer hier sein«, versicherte er mir, während er die Tür hinter uns zuzog. Er wusste, dass ich diese Schwindelei brauchte, ein Märchen, ein Happy End.

Aber ich glaubte ihm, und so kam es auch.

DANKSAGUNG

Seit ich ein Kind war, hatte ich diesen Roman im Kopf. Mein erster Dank ging damals an einen Stoffaffen namens Triple-Dip und einen Pinguin namens Icing. Doch da ich jetzt älter und weiser bin und ein wahrer Ausbund an Reife, werde ich davon Abstand nehmen, mich … ach, zum Teufel – danke euch allen! Ohne euch hätte ich das nie geschafft!

Okay. Erst mal meine Mitmenschen. Die Inspiration für jede warmherzige, ehrliche, lustige, verrückte, komplizierte weibliche Figur, über die ich jemals geschrieben habe, sind meine Freundinnen. Monica Sethi, Kristin Soong, Ellen Fedors, Erica Temel, Logan Bromer, Sandra Rose, Marisa Zucker, Shelly Kellner, Emma Zuroski, Priya Ravishankar, Kasey Fechtor, Madeleine Root, Nattha Chutinthranod, Anna Christodoulu, Caroline Fairchild und Jamie Joseph. Dank für eure Brillanz.

Mein Dank gilt auch dem Grundkurs »Kreatives Schreiben« an der Columbia University, wo alberne, unbrauchbare Träume geboren werden. Und Professor Michael Seidel, der mir jene Bücher verkauft hat, die mich immer begleitet haben.

Ich hatte das große Glück, in zwei Literaturagenturen – den besten der Stadt – gearbeitet zu haben. Dank an alle bei Levine Greenberg Rostan, die einer Praktikantin, die völlig neu war in der Welt der Publizistik, ein glückliches Zuhause geschaffen haben. Vor allem Kerry Sparks. Dank an meine Freunde bei Writers House und an Simon Lipskar, der mich angetrieben hat weiterzuschreiben, aber besser. Der Tag, an dem du dich bereit erklärt hattest, mein Manuskript zu lesen, hat mich zu einem der besten Siegestänze inspiriert, die meine Wohnung je erlebt hat.

Vielen Dank an die Looney Tunes im Writers House Softball-Team: Dan Conaway, Ian Kleinert, Amy Appel, Ashley Collom, Mickey Novak, Christina Fodera und Sean Fodera. Mit euch Buchmachern an Sommernachmittagen Zeit im Central Park zu verbringen ist großartig. Und an meine Berater in puncto Männer, die mir unendliche und manchmal erschreckende Einblicke in die männliche Psyche gewährten: Henry Ginnay, Colin Farstad und Daniel Meredith – ihr Jungs seid ein Traum. An Clare Reeth, wunderschönes Genie, einzigartige Schneeflocke (in der Stimme von Leslie Knope zu Ann Perkins). Und an meinen Lieblingsfeind Kevin Meredith, der meine Witze lustiger und mein Leben besser macht.

Dank an Michael Miracle, meinen ersten Chef, der mich für alle weiteren Chefs verdorben hat. Chris Sweetgall für seine Kenntnisse über Nieten und Bolzen. Camille Rankin für meine erste Autorenzeile, die lediglich aus meinen Initialen in winziger Schrift bestand, aber trotzdem großartig war. Lila Coleburn für die dringend notwendige Orientierungshilfe. Phillip Rosen, zuverlässiger Rechtsberater und cooler Onkel. Gitta Rosen, Leslie Mintz und Wendy Sarasohn für ihr unablässiges Anfeuern. Danny McEneaney, meinem Schwager, der mich bei Laune gehalten hat. Marc Philippe Eskenazi für Einsichten in den Rock-and-Roll-Lifestyle (PS: Nennt man es immer noch Rock and Roll?)

Dank an meinen Freund David Siffert. Ich hatte nie einen Bruder, aber ich schätze, das bedeutet, dass sich jemand um dich kümmert, auch wenn er dich ein bisschen lästig findet und dir bei unzähligen Dinners in ganz Manhattan gegenübersitzt, während du eine Vielzahl von Zusammenbrüchen auslebst. Sif, in deiner Gegenwart würde ich nur Waffeln mit Wein essen. Immer wieder gern.

An meinen Agenten, Andrew Blauner, der die Seele eines Juden und den Charme eines weißen angelsächsischen Protestanten hat, was bedeutet, dass er nahezu unaufhaltsam ist. Ich weiß noch, wie er mir, als er diesen Roman verkauft hat, erklärte, dies sei »ein absoluter, uneingeschränkter Höhepunkt« für ihn. Für welchen Menschen bedeutet es einen absoluten, uneingeschränkten Höhepunkt, wenn die Träume eines anderen in Erfüllung gehen? Nur für einen wirklich, wirklich guten Menschen. Mein Dank gebührt außerdem David Duchovny, dem außergewöhnlichen Schlagmann, der mich immer genau im richtigen Moment ermutigt hat. Andrew und David sind grundsätzlich die freundlichsten, nobelsten, besterzogenen Männer, die tun, was sie wollen – und nichts auf das Urteil anderer geben. Wenn ich groß bin, will ich genauso sein wie sie.

Dank auch an Elena Cohen. Ich hätte mir niemand Perfekteren vorstellen können, um dieses Buch herauszubringen. Manchmal hatte ich das Gefühl, dich nur geträumt zu haben, und dann wäre ich am liebsten ins S&S-Büro gestürmt, um mich zu überzeugen, dass du real bist. Und an Nina Cordes, die mit einer solchen Begeisterung und Gnade übernommen hat. Jennifer Bergstrom dafür, dass sie mir dieses besondere Geschenk von Elena und Nina gemacht hat.

An meine russischen Schwiegereltern, Yuly und Roza Verbitsky, für ihre Unterstützung und dafür, dass sie mich regelmäßig mit Sauerkraut versorgen.

Meinen Vater und Diane für ihre Überzeugung, dass meine Wahl immer die beste Wahl ist.

Meine Schwester Ali, die meine Chefin für Presse- und Öffentlichkeitsarbeit, Expertin für Social Media, Stofftierberaterin und stetige Begleiterin ist. Ohne sie wäre ich auf den alten Familienfotos allein, und während eine Person in einem entsetzlichen Kleid mit Blumenmuster (inklusive dazu passenden Huts!) ein bisschen mitleiderregend wäre, sind zwei definitiv schon eine Menschenmenge.

An meinen Ehemann Dave, der vor zehn Jahren die Rolle als führender Mann in meinem Leben beansprucht hat und es seither rockt.

Und zu guter Letzt an meine Mutter, die so viele Entwürfe gelesen, mich durch so viele Katastrophen begleitet hat und vor allem dafür, dass sie mich gelehrt hat, zu schreiben und zu lieben.

Informationen zu unserem Verlagsprogramm, Anmeldung zum Newsletter und vieles mehr finden Sie unter:

www.harpercollins.de